菊花君子意，拂琴了除霜。
流水或有尽，知音共桃源。
幽径千里海，人也万重山。
相隔永无期，念君著提间。

白姬作

缥缈

PIAO
MIAO

典藏版

②

鬼面卷

白姬绾　著

青岛出版集团 ｜ 青岛出版社

图书在版编目（CIP）数据

缥缈：典藏版. 2 / 白姬绾著. -- 青岛 ：青岛出版社，2025. -- ISBN 978-7-5736-2922-7

Ⅰ. I247.5

中国国家版本馆CIP数据核字第202441WV14号

PIAOMIAO2（DIANCANG BAN）

书　　名	缥缈2（典藏版）
作　　者	白姬绾
出版发行	青岛出版社（青岛市崂山区海尔路182号）
本社网址	http://www.qdpub.com
邮购电话	18613853563
责任编辑	李文峰
特约编辑	侯晓辉
校　　对	王子璠
装帧设计	千　淼
照　　排	梁　霞
印　　刷	三河市良远印务有限公司
出版日期	2025年6月第1版　2025年6月第1次印刷
开　　本	16开（640mm×920mm）
印　　张	21.5
字　　数	363千
书　　号	ISBN 978-7-5736-2922-7
定　　价	49.80元

编校印装质量、盗版监督服务电话 4006532017　0532-68068050

目 录

· 1 ·

第三折　桃核墨

· 4 ·

盛唐，长安。

西市坊间，有一座神秘虚无的缥缈阁。

缥缈阁中，贩卖奇珍异宝、七情六欲。

缥缈阁在哪里？

无缘者，擦肩难见；

有缘者，千里来寻。

世间为什么会有缥缈阁？

众生有了欲望，世间便有了缥缈阁。

第一折　玉面狸

第一章　报　恩

金秋十月，正是桂花盛开的季节。

清晨时分，元曜打开缥缈阁的大门。大门口放着一张梧桐叶，梧桐叶上摆放着三块桂花糕，两块在下，一块在上。

一只花狸猫躲在柳树后，偷偷地望着缥缈阁。

元曜抬头时，正好和花狸猫四目相对。

花狸猫急忙缩了头，似乎很羞赧，飞快地跑了。

"哎——"元曜想叫住花狸猫，但是花狸猫已经跑远了。

元曜追不上它，只好作罢。

元曜望着三块桂花糕，有些哭笑不得。

三天前，元曜去西市瑞蓉斋买桂花糕，回缥缈阁的路上，一只花狸猫跟着他，眼睛盯着他手中的桂花糕。

元曜猜想，花狸猫可能想吃桂花糕，就取了两块，放在干净的树叶上。

花狸猫很开心地吃了。

之后，一连三天，元曜早上打开缥缈阁的大门，都会看见一张梧桐叶，三块桂花糕。饶是小书生呆头呆脑，也能发现一只花狸猫躲在柳树后面，探头探脑地张望。不过，只要一对上元曜的眼神，花狸猫就会飞快地跑掉。

元曜问白姬这是怎么一回事。白姬道："这是花狸猫在报恩呀，轩之给它吃了桂花糕，它也回送轩之桂花糕。"

元曜拿着桂花糕走进缥缈阁，觉得花狸猫天天来报恩，倒是让他有些不好意思了。

离奴穿戴整齐地走出来，看见桂花糕，撇嘴道："那只花狸猫又来了？书呆子真笨，当时给它一条大鲤鱼多好，现在就天天有大鲤鱼吃了。"

"离奴老弟，你这是什么话？施恩岂能图报？"

元曜似乎想起了什么，对离奴道："这只花狸猫天天来送桂花糕，小生颇为过意不去，想要叫住它，它又跑了。离奴老弟和它同为猫，可认识它？"

离奴生气地道："不要把爷和不知从哪里来的野山猫相提并论！爷是干净优雅的家猫，爷的祖上有高贵的血统，是猫中的贵族。爷如此高贵英俊，怎么会认识鄙俗又丑陋的野山猫？！"

元曤挠头："可是，看起来，离奴老弟你也很像野山猫呀。"

离奴吼道："那是你眼拙！"

上午，缥缈阁中生意冷清，没有客人。

白姬闲得无聊，对元曤道："轩之，去西市逛一逛吧。天气也冷了，我要去添几件冬衣。轩之也可以买一件，这个月就不给你月钱了。"

"好。"元曤道。

离奴赶紧道："主人，离奴也不要月钱了，您给离奴带一顶漂亮的帽子回来吧。"

白姬道："离奴，你已经没有月钱了，你这个月的月钱都已经买香鱼干了。"

离奴想了想，道："那就用书呆子下个月的月钱给离奴买帽子。"

白姬道："可以。"

元曤生气地道："白姬、离奴老弟，请不要不经小生的同意，就擅自预支小生的血汗钱！"

白姬、元曤离开缥缈阁，来到西市繁华的街头。

西市中店铺林立，一片繁华，铁行、肉行、笔行、大衣行、药行、秤行、绢行、麸行、鱼店、酒肆林立，波斯、大食的商人穿着鲜艳的衣服在卖珠宝，新罗、扶桑的商人在大声吆喝着卖药材，一些走江湖的艺人当街卖艺，许多人围着观看，十分热闹。

白姬、元曤走进一家远近驰名的制衣铺——蚨羽居。

蚨羽居里有衣裳成品，也可以定做。不过，这里几乎没有女装。在唐朝时，贵族王室的女子有家族专属的裁缝、绣女，一般不会在外面买衣裳。平民女子大都精通女红，穿的衣裳自己缝制，一般也不在外面买衣服。

白姬执意定做几件女装，蚨羽居的朱掌柜只好把妻子叫出来，让她和白姬细谈布料与款式。

元曤觉得定做麻烦，试了一件猞猁毛镶边的墨蓝色长袍。这件长袍质地上好，厚实而柔软，剪裁精良，优雅而合体。

白姬左右端详了一会儿，赞道："轩之穿上这件袍子，倒是很精神。"

小书生也很满意，道："那小生就买它了。"

朱掌柜道："这……这恐怕不妥。公子还是另外选一件吧。"

元曤奇道："为什么？"

5

朱掌柜道："这件袍子是波斯王子萨桑定做的，他今日就会来取。"

元曜有些失望："原来，是别人定做的。"

白姬对朱掌柜道："那你再做一件和这件袍子一模一样的。到时候，我们来取。"

朱掌柜苦着脸道："不可能一模一样，这布料是萨桑王子拿来的，十分珍贵，店里没有。"

元曜道："算了，不用麻烦了，小生重新挑一件袍子好了。"

白姬固执地道："一定要这件。难得轩之能把一件袍子穿得没有酸腐之气。"

元曜生气地反驳道："你这是什么话？小生什么时候酸腐了？！"

白姬笑道："我随口一说，轩之不要生气。"

白姬坐在蚨羽居等波斯王子，元曜只好陪她等着。

白姬一边喝茶，一边和朱掌柜闲聊。她从朱掌柜的口中打听到，这位萨桑王子的汉名叫苏谅，他是萨桑王朝①的后裔。他的父亲卑路斯是波斯的皇子，高宗时期在长安担任右武卫将军。后来萨桑王朝灭亡了，卑路斯就一直留在长安了。卑路斯去了以为李氏郡主，生下了苏谅。苏谅一半是波斯血统，一半是大唐血统。

白姬喝完一杯茶时，苏谅来到了蚨羽居。

苏谅身形魁梧，穿着一身金线绲边缀西番莲图案的长袍。他二十三四岁，高鼻深目，栗色鬈发，不似中土人。他的眸子是深碧色的，仿佛两潭寒水。

白姬望了苏谅一眼，微微一怔，嘴角勾起一抹玩味的笑。

苏谅看见白姬，面无表情，径自走向朱掌柜，道："朱掌柜，我来取衣服了。"

朱掌柜笑道："小人替您送到府上去也就是了，还劳您亲自来取。"

苏谅道："没什么，反正顺路。"

苏谅准备试穿袍子，看见袍子上镶边的猞猁毛，勃然大怒。

"谁让你用猞猁毛镶边了？！"

朱掌柜一愣，赔笑道："冬天穿的袍子，通常用猞猁毛、狐毛镶边，这样更加暖和。"

---

① 萨桑王朝是古代波斯最后一个王朝。因为阿拉伯帝国兴起，以及王朝连续两位国王被刺杀，萨桑王朝崩溃，波斯末代国王伊嗣俟三世的儿子卑路斯东逃至唐朝，任右武卫将军，当时唐朝由唐高宗当朝。（编者注：多译为"萨珊王朝"。）

苏谅瞪眼，一把抓住朱掌柜的衣领，凶恶地道："用人皮镶边，岂不是更保暖？"

朱掌柜赔笑道："您说笑了。"

苏谅凶恶地道："我没说笑！把猞猁皮拆了，改用人皮绲边！"

朱掌柜冷汗涔涔，道："光天化日，朗朗乾坤，小人上哪儿去给您找人皮？"

苏谅问道："这猞猁皮是谁送来的？"

朱掌柜答道："前街做皮毛生意的王三，他家的猞猁皮、狐皮、虎皮都是西市中最好的。"

苏谅道："把猞猁皮拆了。明天，我给你送一块人皮来，改用它绲边。"

人皮？！朱掌柜吓得一头冷汗，也只能道："好。"

苏谅气呼呼地丢下袍子，准备离去。

白姬起身，拦住了苏谅。

"苏公子请留步。"

苏谅低头，望向白姬："怎么了？"

白姬道："我想向苏公子买一块布料。"

"什么布料？"

"那件袍子的布料。"

苏谅咧嘴一笑，道："真是奇事，一向只卖东西的白姬也会向人买东西。"

元曜微愣：这苏谅认识白姬？

白姬也笑了，道："偶尔，也会买一买东西。"

苏谅道："布料我还有，但是，价格很贵。"

白姬笑道："什么价？说来听听。"

苏谅咧嘴，眼中露出凶残的光。

"一张龙皮。"

元曜心中寒冷。

白姬眼中闪过一道寒光，掩唇而笑。

"哦，一张龙皮吗？我还以为是一条野猫尾巴呢。"

苏谅仿佛一只被踩了尾巴的猫，勃然大怒。

"住口！"

"哈哈，哈哈哈——"白姬哈哈大笑，怜悯地望着苏谅。

苏谅十分愤怒，脸也涨得通红，他恶狠狠地道："龙妖，我就是把布料烧了，也不卖给你！①"

苏谅气呼呼地离开了。

"嘻嘻。"白姬诡笑。

蚨羽居外，一棵大槐树后，一只花狸猫正探头探脑地张望。

因为苏谅不卖布料，元曜另选了一件袍子。白姬、元曜付了银子，离开了蚨羽居，去给离奴买帽子。

元曜问道："白姬，你认识这位波斯王子？"

白姬道："不认识。"

"那他怎么会叫出你的名字，还知道你非人？"

白姬没有回答元曜的问题，只是笑道："这位'波斯王子'很有趣。"

元曜撇嘴道："他看起来凶巴巴的，哪里有趣？"

白姬掩唇，笑道："正因为凶巴巴的，踩一踩它的尾巴，才非常有趣呀。"

元曜奇道："他有尾巴？"

白姬诡笑，道："它没有尾巴。"

白姬、元曜经过一家毛皮店时，一个客人在叫店主："王三！王三！在不在？我家主人要订五张狐皮，要上好的。"

一位虬髯汉子从内室走出来，应道："好。没问题。"

白姬听见了，想了想，转身走进了毛皮店。

元曜也跟了进去。

毛皮店中充斥着一股腥臊的味道，元曜有些难受。

王三看见白姬，笑着招呼。

"快冬天了，这位姑娘买一张毛皮做大衣？我这里有上好的玄狐皮。"

白姬四处扫了一眼，问道："有没有龙皮？"

王三出了冷汗，笑道："姑娘开什么玩笑？世上哪来的龙？就算是有龙，剥了龙王的皮，那还不被天雷劈死？！"

---

① 编者按：作者用丰富的想象力为读者虚构了一个发生在唐朝的传奇故事。作品中描写了各种妖魔、鬼魅等，借鉴了中国古代志怪小说的表现形式，整体构思属于志怪小说的文学创作范畴。现实世界中并无鬼怪，书中描写的世界虽光怪陆离，但其精神内核是积极的，引人向善的。希望读者在阅读过程中，能感受到中国传统文学想象力的瑰丽和文学形象的多面性。

"没有就好。"白姬从衣袖里摸出两张符，放在柜台上，"看在这店里没有龙皮的分上，送你两张符，贴在大门上，可保平安。"

王三一愣，满头雾水："什么？！"

"轩之，我们走。"白姬也不解释，带上元曜走了。

元曜回头一看，王三将两张符揉成一团，扔了。

元曜有些担心，道："白姬，王三好像把符扔了。"

"随他去吧。"白姬不以为意地道。

白姬、元曜来到一家帽子铺，冤家路窄，恰好看见苏谅也在买帽子。

苏谅看见白姬，假装没看见，埋头选他的帽子。

白姬也没有理会苏谅，和元曜一起给离奴挑帽子。

元曜偷眼向苏谅望去。苏谅买了七八顶帽子，大的、小的、绣花的、纯色的、羽毛的、绸缎的，各种款式，各种风格。苏谅付了银子，让伙计将东西送到他的府上去，就走了。

元曜不由得感叹，道："这波斯王子还真是喜欢帽子！"

伙计笑道："是啊。苏公子有收集帽子的癖好，每个月总会来买几顶帽子。他收集的帽子，比小店里的还多呢。"

白姬问道："从什么时候起，苏公子有收集帽子的癖好了？"

伙计道："三年前。以前，苏公子不曾来过帽子。"

白姬笑了。

面对琳琅满目的帽子，白姬拿不定主意，让元曜给离奴挑一顶。元曜觉得离奴的脑袋也不大，就挑了一顶楼兰风格的银色小毡帽。付了银子之后，白姬、元曜离开了。

缥缈阁，大厅中。

黑猫坐在货架上，对着一面铜镜，头上扣着一顶银色毡帽，帽子上的流苏随风飞舞。

黑猫戴上白帽子，看上去有些怪异和滑稽。

黑猫抖了抖胡子，道："好丑……"

元曜有些心虚，道："不丑，不丑，离奴老弟戴上这顶小毡帽，看上去也很英俊。"

黑猫发怒道："爷当然英俊！爷是说这顶帽子好丑！书呆子的眼光真差！"

元曜不敢反驳，讪讪地道："离奴老弟不满意这顶帽子，自己再去买一顶好了。"

黑猫道："算了。这帽子也不是爷戴，是爷打算送给一位朋友做礼物的，爷戴不合适，我的朋友戴着说不定很合适。"

"离奴老弟还有朋友？"元曜惊奇。从他来缥缈阁到现在，他从没见过有什么朋友来拜访离奴。离奴唯一的亲人就是玳瑁了，但是玳瑁难得来一次缥缈阁，而且玳瑁一来，兄妹就会吵架。

离奴生气地道："爷看着像是人缘差到没有朋友的猫吗？！"

元曜很想点头说"像"，但是忍住了，改口问道："离奴老弟的朋友姓甚名谁？住在哪里？怎么从来不见来缥缈阁玩？"

离奴眼神一黯，道："它叫阿黍，是爷小时候的玩伴。阿黍是一只玉面狸猫，家住在爷家隔壁。不过，那是一千多年前的事情了。自从阿黍家搬走后，爷就再也没见过阿黍了，也不知道阿黍现在在哪里。"

元曜冒了冷汗，道："原来是记忆中的朋友……离奴老弟，你这不还是没朋友吗？"

"你才没朋友！死书呆子！讨厌！"黑猫挠了小书生一爪子，跑了。

掌灯时分，白姬整理货架，让元曜去二楼仓库中取香料和古董。元曜刚走到楼梯口，见离奴闪入了仓库旁的杂物间。

元曜很好奇，走到杂物间外，探头望进去。

橘色的烛火下，杂物间的空地上，离奴正将银色毡帽放入一个大箱子中。

离奴侧头，看见元曜，道："书呆子，你来得正好。这个箱子装满了，你替爷把它放上去。"

元曜走进去，杂物间中除了一些杂物之外，就是几十个大箱子，箱子一个叠一个地堆着。

离奴身边的那一个箱子还没盖上，里面装着很多顶帽子。

元曜吃惊，道："离奴老弟，你攒这么多帽子做什么？难道打算将来离开缥缈阁之后，开一家帽子铺？"

离奴瞪眼，道："爷开帽子铺干什么？爷要开也是开卖香鱼干的铺子！"

元曜好奇地道："那这些帽子……？"

离奴眼神微黯，道："这些帽子是打算送给阿黍的。"

元曜道："就是你那位记忆中的朋友？"

离奴点头，心有所感，开始向元曜述说阿黍的事情。

阿黍是离奴的童年玩伴，家住在离奴家隔壁，他们常常在一起玩。

阿黍是一只玉面狸猫，善化百形。阿黍特别喜欢帽子，戴上不同的帽子，就可以幻化成不同的人，惟妙惟肖。离奴总会被阿黍逗得哈哈大笑。因为阿黍，离奴的童年充满了快乐。

然而，好景不长，阿黍的父亲被仇人追杀，一家人只能逃亡。阿黍离开得非常匆忙，甚至都来不及和离奴道别。

这一分别，就是千年，漫长的岁月，茫茫的人海，离奴和阿黍再也没有见过面，离奴也不知道阿黍的消息。

离奴遗憾地道："当年，阿黍离开的那一天，恰好是阿黍的生日，爷给他准备了一顶漂亮的帽子，却没有来得及送给他。"

在漫长的岁月中，离奴偶尔也会想起阿黍，想起童年的快乐时光。不知道从什么时候起，它养成了收集帽子的习惯，一年买一两顶，不知不觉，它买的帽子也装满几十个大箱子了。

离奴笑了笑，道："将来，哪天遇见阿黍了，爷就把这些帽子都送给阿黍。阿黍一定会很高兴。"

元曜望着离奴的笑容，也笑了。原来，离奴也不是一直都那么凶恶、蛮不讲理，也有温柔善良的一面，也有真挚的友情、温暖的回忆、美好的愿望。

元曜道："离奴老弟，你为什么不让白姬替你实现再见到阿黍的愿望？"

离奴闻言，急忙跑到杂物间门口探头张望，确定白姬不在之后，才回头对元曜挥舞拳头，道："书呆子，你要是把这件事告诉主人或者别人，爷就吃了你！"

"为什么？"元曜不解，这又不是什么见不得人的坏事，为什么需要保密？

离奴吼道："爷可是猫躯一震、长安皆惊的离奴！爷不想让主人和别人知道爷也会婆婆妈妈、多愁善感。"

"离奴老弟，小生不觉得你有想见童年玩伴这种美好的愿望是婆婆妈妈、多愁善感的。"

"少啰唆！爷觉得是就是！总之，今晚的事情，你不许对别人说一个字！"离奴威胁道。

元曜只好道："好，小生不说就是了。"

离奴关上大箱子，指挥元曜将箱子放上去，然后和元曜出了杂物间，关上了门。

之后，元曜和离奴去仓库取了香料和古董，拿到了大厅，又帮白姬摆放货物。放好货物之后，三人各自去睡了。

第二章　乞　丐

第二天早上，元曜洗漱完毕，打开了缥缈阁的大门。

今天，大门口没有放桂花糕，但是放了一匹布料。元曜拿起布料，布料颜色和花纹很熟悉，触感也很熟悉，正是苏谅做袍子的布料。

元曜吃了一惊：苏谅的布料怎么会放在缥缈阁门口？他抬头四望，目光与躲在大柳树后的花狸猫对上了。

花狸猫十分羞涩，转身跑了。

布料难道是它拿来的？

元曜拿着布料，不知道该怎么办。

吃早饭的时候，元曜问白姬："花狸猫怎么会有苏公子的布料？"

白姬尚未回答，离奴已经抢答道："一定是偷的。"

"偷的？"元曜惊诧。

白姬笑道："即使是偷的，它也是为了向轩之报恩。"

"这……这……"元曜不知道该说什么好。虽然花狸猫是出于善意，但是偷东西终归不对。

吃过早饭之后，元曜左思右想，决定把布料还给苏谅。

离奴撇嘴道："书呆子真是多此一举。"

元曜道："古语云，不义之财勿取。小生不能拿这布料。"

白姬道："轩之想去还，那就去吧。"

元曜去还布料了。

苏谅的住址很好打听，他住在西市附近的崇化坊。

元曜一路向崇化坊走去，路上他不经意间回头，总会看见一只花狸猫躲在树后，悄悄地跟着他。

欸？它又跟着他吗？！元曜想了想，决定和花狸猫说清楚。

走到一处僻静的地方，元曜猛然回头，花狸猫急忙缩回了大树后。

元曜知道花狸猫躲在大树后，见左右无人，大声道："这位花狸猫，小生有一言想说。你的心意小生十分感激，你的厚礼小生也心领了，但以后请不要再送礼物了，不然小生过意不去。如果不嫌弃，你可以来缥缈阁找小生喝茶聊天，化人形来可以，以猫形来也可以，我们交一个朋友。"

大树后面没有回应。

在元曜说第一句话时，花狸猫已经害羞得飞奔而去，根本没有听完元曜的话。

元曜以为花狸猫听见了，也就开心地走了。说不定，他可以和花狸猫成为好朋友。以后，大家熟了，花狸猫也许还会成为离奴的朋友。有了朋友，离奴就不会寂寞了。

元曜来到苏府时，苏谅正带着一干仆从要出门，看这擎苍牵黄的架势，应该是去狩猎。

元曜走上前去，对苏谅道："苏公子止步，小生有事相告。"

苏谅侧头，倨傲地望了一眼元曜，道："哟，是你呀。怎么，龙妖还不死心，派你来买布料？"

元曜道："不是，小生是来送还布料的。不知道，这是不是苏公子的布料？"

元曜解开包袱，将布料递给苏谅。

苏谅一看，有些吃惊，召了一名侍从过来，耳语了几句。侍从飞奔进苏府，一盏茶的时间后出来了，神色惊惶，向苏谅耳语了几句。

苏谅剑眉倒竖，瞪着元曜，勃然大怒。

"好一个贼，居然敢入我府中行窃，偷走布料？！"

元曜急忙分辩道："小生没偷布料……"

苏谅将布匹扔在地上，怒道："你没有偷？那我的布料怎么会在你手中？"

元曜解释道："这是一位朋友送给小生的……"

"原来，你小子还有同伙？！"苏谅大怒，对仆从道，"还愣着干什么？打他！给我狠狠地打他！"

"是！"一干仆从得令，围住小书生就打。

元曜被揍了几拳，但觉眼冒金星、浑身酸痛。他抱着头，试图讲理，道："小生并未偷布料，你们怎么可以不讲道理就乱打人？！"

苏谅乐了，道："拳头就是道理！打的就是你！给我狠狠地打！哈哈哈——"

元曜很生气，挣扎着和苏谅理论。

"光天化日之下，你怎能不讲道理地行凶伤人？"

苏谅又腰狂笑，道："我看你不顺眼，就想揍你，你又能怎么样？哈哈哈——"

仆从们的拳脚雨点般落在元曜的身上，打得他鼻青脸肿，气得他浑身发抖，但是他也没有办法，只好抱头忍耐。

过了一会儿，苏谅看腻了小书生挨打，道："唉，可惜打的不是那条龙妖。不过，打你一顿，也算是扇她一耳光了。我也解气了。"

苏谅将马头掉转了一个方向，对众仆从道："走吧，还得去打猎呢。"

"是。"众仆从停了手，翻身上马，跟着主子走了。

元曜趴在地上，凄凄惨惨。那匹布料也被扔在地上，被马蹄践踏之后，满是灰土。

苏谅其实并不在乎这匹布料，让仆从殴打小书生只是为了取乐，以及报昨天在蚨羽居被白姬取笑的仇。

元曜十分生气。他挣扎着爬起来，但是浑身散了架般疼痛，根本爬不起来。

突然，一棵大树后跑出来一个鹑衣百结、蓬头垢面的乞丐，乞丐飞奔到元曜身边，扶起了他。

"多谢，多谢。"元曜心中一暖，感激地道。

乞丐没有说话。

元曜抬头向乞丐望去，顿时吓了一跳。乞丐蓬乱的头发下，长着一张毛茸茸的猫脸。

这人怎么会有一张猫脸？元曜暗自思忖。难道，这是那只一直跟着他的花狸猫？是的，一定是的，一定是那只花狸猫听见了他的话，所以化作人形来与他相见。

"你是……花狸猫？"元曜问乞丐。

乞丐有一双深碧色的眸子，静静地注视着元曜，没有作声。

元曜将沉默当作默认，借着乞丐的搀扶站起身来，笑道："太好了，你终于肯现身与小生相见了。"

乞丐张开嘴，咿呀了一句什么，说不出完整的话。

啊，原来，花狸猫是一只哑巴猫？元曜心中有些悲伤，怪不得花狸猫如此腼腆害羞。

元曜伸手，想摸乞丐的头以示安慰，但是乞丐比元曜高了半个头，他只好踮着脚去摸，笑道："小生不介意花猫兄是哑巴。"

"咿呀——"乞丐有些生气，瞪了元曜一眼。

元曜走了两步，腿十分疼，满头是汗。

乞丐见元曜走不动，蹲下了身，示意要背他。

元曜道："怎么好意思让花猫兄背小生？"

乞丐不说话，直接把元曜背在了背上。

元曜只好道："既然如此，多谢花猫兄了。请带小生回缥缈阁。"

乞丐弯腰拾起沾满灰尘的布匹，递给元曜。

元曜迟疑了一下，接了。怎么说，这也是花狸猫的一番心意。

乞丐不识路，元曜就给他指路，两个人来到了缥缈阁。

缥缈阁中，离奴正倚着柜台吃鱼干，见一个乞丐背着元曜回来了，奇道："书呆子，你怎么了？好好地出去，怎么头破血流地回来了？"

元曜道："唉，别提了。那苏谅蛮横跋扈，小生去还布料，反被他打了一顿。"

"嘿嘿！"离奴笑了，道，"如果书呆子给爷买三斤香鱼干，爷就去替你狠揍那个苏谅一顿。"

"去！"元曜生气地道，又问，"白姬在哪里？小生要向她告半天假，去看大夫。"

离奴撇嘴，道："书呆子又想偷懒。主人闲来无事，在后院弹琵琶呢。"

元曜从乞丐背上下来，道了一句："有劳花猫兄搀扶小生去后院。"

乞丐点头。

离奴望了一眼乞丐，仍旧吃鱼干。

草色染金，蛱蝶飞舞。白姬坐在后院的草地上弹琵琶，音符从拨子上流泻而出，珠落玉盘，非常悦耳。

白姬抬头，看见元曜和乞丐，停下来。她望着伤痕累累的元曜，笑了："哟，让我猜猜，轩之是被苏谅打了吗？"

元曜道："那苏谅蛮不讲理，让仆从殴打小生。"

"嘻嘻。"白姬笑了，道，"如果轩之和我结下'因果'，我会让苏谅求生不得、求死不能。"

"去！"元曜生气地道，"因为仇恨、报复之类的事情和你结下'因果'的人，基本没有好下场！别想诓小生误入歧途！小生即使想报复苏谅，也是去衙门和他理论！"

"嘻嘻！"白姬诡笑。

白姬抬头望向乞丐，问道："这位是谁？"

"咿呀呀——"乞丐想说话，却说不出来。

元曜替乞丐回答，道："这位是花猫兄。就是天天来给小生送桂花糕的那位花狸猫。"

"嘻嘻。"白姬笑了，用拨子拨出一串清泠泠的琵琶音，道，"能够踏入缥缈阁的，就是有缘人。只要心之所想，即使不能说出话语，也可以实现一切愿望。"

乞丐闻言，身躯一颤，深碧色的眼眸中情绪起伏。他想抬步走向白姬，但是又有一些犹豫。最终，他还是没有走向白姬。

白姬饶有兴趣地望了一眼乞丐，继续弹琵琶。

元曜向白姬告假，打算去看大夫。白姬见元曜伤得很重，行走不便，就让离奴去请大夫来缥缈阁。

元曜躺在二楼白姬的房间中，等着大夫来医治。

不多时，一名老大夫来到缥缈阁，给元曜检查了一番，说都是皮外伤，没有大碍，还开了几服治外伤的药。

老大夫开完方子，闲坐着等奉茶时，说起了他今早去看诊的一位病人。

"今早老夫被叫去给西市王记皮货店的王三看诊，他也是皮外伤，不过比元公子的伤要吓人得多。他也不知道是得罪谁了，背上的一大块皮被人揭了去，鲜血淋漓，筋肉尽现，饶是老夫见多了伤患，也悚得头皮发麻。"

元曜吃了一惊，道："是谁这么残忍，对王三做下这等事情？"

老大夫捻着胡子道："王三疼得死去活来，神志不清，问不出一个所以然。他家娘子吓得要死，哭着说是猫妖作祟，因为她昨晚睡得迷迷糊糊时，听见了几声特别瘆人的猫叫，好像就在枕边。"

"可怜的王三！"白姬叹道。

离奴端上香茶，奉给老大夫。

老大夫接过了茶，道："是啊，很可怜呢。饶是王三身强力壮，还能养好，也得受一阵子苦了。依老夫之见，这妖鬼之中，猫妖最讨人嫌，它们心性阴邪，既记仇，又小心眼，还爱给人添乱。"

老大夫正准备喝茶，离奴冷哼一声，一把抢过了茶杯，将茶杯放回托盘里，气呼呼地走了。

"噗——"白姬、元曜偷偷地笑了。

老大夫一头雾水，道："这位小童怎么不给老夫喝茶？"

白姬笑着解释道："想是沏错了茶，他去换了。招待您，得用上等的茶叶，这才是礼数。"

老大夫笑道："其实，不用太麻烦，老夫一向都饮粗茶。"

"不麻烦，您先坐一会儿。"料定离奴不会给老大夫送茶来，白姬自己下去拿茶了。

老大夫望着白姬离去的身影，捻须微笑。

元曜觉得枕头下有什么东西，硌得他的脖子很不舒服，将其摸出来一看，是一个干枯的断手，像是小孩子的。

元曜头皮发麻，心中惊悚，但是又怕老大夫看见断手，闹到官府。他悄悄地扯出衣袖中的手帕包了断手，趁老大夫转头望着门外时，忍着疼痛，探出身，把断手往床底下扔去。

老大夫回头，捻须笑道："后生真是好福气，娶了一位这么美丽贤淑的娘子。"

元曜闻言，一时间没撑稳身体，滚下床。

元曜坐在地上，面红耳赤地摆手，道："不，不，白姬不是小生的娘子！小生还没有成亲呢！"

老大夫奇怪地道："后生，你不疼吗？"

元曜浑身是伤，又摔倒在地上，但是因为心情激动，急于解释，浑然不觉得疼痛。经老大夫提醒，难耐的疼痛才如蚯蚓一般爬上了元曜的神经，他忍不住号道："哎哟，疼死小生了，疼死小生了——"

老大夫一头冷汗：这缥缈阁里的人怎么都这么奇怪？！

老大夫喝完茶之后，告辞走了。

那名乞丐不愿意离开，留在缥缈阁不肯走。白姬没有赶他走，离奴也没管他，小书生也觉得花狸猫在缥缈阁住两天也没关系。

乞丐在后院梳洗了一番，他穿的衣服又脏又破，只好扔了。元曜有些奇怪：离奴从来不换衣裳，这花狸猫怎么还要换衣裳？元曜把自己的新袍子拿出来，给乞丐穿上。

乞丐穿戴整齐出来，远远看去，倒也是一名魁梧健朗的男儿，只是，只能远看，不能近观，他的猫容太诡异了。

元曜有些奇怪，离奴变猫的时候是猫，变人的时候是人，这花狸猫莫不是法术不精，才会变出一个半人半猫的奇怪模样？

吃晚饭时，缥缈阁新添了一副碗筷，白姬、元曜、离奴、乞丐坐在廊檐下吃饭。

白姬抱怨元曜将她新得到的猿猴手臂扔到了床底下，元曜解释说这种东西太吓人了，还是藏在床底比较好。白姬不高兴，决定以后即使元曜病得快死掉，也不再借床给他养病了。

乞丐不知道是太饿了，还是本来胃口就很好，狼吞虎咽、风卷残云地吃光了所有的菜肴。

白姬、元曜、离奴看着乞丐吃东西，举着的筷子落不下去。

白姬望了一眼结满桃子的绯桃树，飘了过去。

"嗯，我去吃桃子吧。"

离奴起身，跑去厨房。

"爷去吃香鱼干。"

元曜没有吃的，只好留下，笑道："花猫兄的胃口真好……"

"咿呀——"乞丐含混地说了一句什么，继续胡吃海塞。

晚上，元曜和乞丐睡在大厅中。

元曜睡得很熟，发出轻微的鼾声，乞丐却睡不着，他站起身，走到货架边，站在一面铜镜前。

月光下，乞丐看着镜子里的猫脸，忍不住掩面而泣。

第二天早上，元曜起床了，乞丐还在睡。

元曜没有吵醒他，自己去打开缥缈阁的大门。大门被打开的瞬间，元曜吓了一跳——门口横七竖八地躺着七八个壮汉，不知道被谁打得鼻青脸肿，昏迷不醒。他们的服饰元曜很眼熟，正是苏谅的侍从的服饰。昨天上午，正是他们打了小书生。

元曜抬头望向大柳树，一只花狸猫正探头探脑地张望。一对上元曜的眼神，它又害羞地跑了。

"呃？！"元曜大吃一惊：昨天背他回来的乞丐不是花狸猫？

这些人是花狸猫丢来的吗？元曜心中暗暗叫苦。

恰在这时，壮汉中的一人醒过来了，揉着眼睛坐起身。

砰！元曜急忙关了大门，大气也不敢出一下。

隔着大门，元曜隐约听见那个壮汉醒来之后，在拍醒同伴。

"快醒醒，我们怎么会在这里？"

"咦？这是哪里？哎哟，老子的鼻子好疼！"

"俺的腰好像折了，昨晚是哪个兔崽子从背后一闷棍，把俺给打晕了？！"

"老子昨晚也被人偷袭了！"

"可恶，要是让爷知道是谁，爷要他好看！"

元曜提心吊胆，害怕壮汉们闯进缥缈阁，但门外的众人好像没有看见缥缈阁，七嘴八舌地抱怨了一番，互相搀扶着走了。

"呼——"元曜松了一口气。

元曜走到寝具边，望着熟睡的乞丐：如果他不是花狸猫，那他是谁？为什么长着一张猫脸？

乞丐毛茸茸的猫脸看上去像是一张面具，元曜忍不住伸手去扯他的胡子，看是不是面具。

"咿呀——"乞丐吃痛，一下子惊醒。他看见小书生扯他的胡子，有些生气，瞪着小书生。

元曜尴尬地道："小生……小生只是想知道兄台是不是戴着面具……"

"咿呀呀——"乞丐生气地挥拳，似乎在说：你才戴面具！

元曜道："小生知道这么问有些失礼，但是小生实在有些好奇，兄台为什么长了一张猫脸？"

乞丐闻言，眼神一黯，用被子蒙了头，转身背对着元曜。

乞丐浑身战栗，悲伤地哭泣。

"兄台，你别哭了，小生不问你就是了。"元曜心软，看不得人哭。

乞丐哭得更厉害了。

元曜也没办法，安慰了乞丐几句，就自去后院梳洗了。

吃过早饭，趁乞丐坐在后院发呆，元曜偷偷地问白姬道："你早知道那位乞丐兄不是花狸猫，对吗？"

白姬点头，道："是啊。他明明是人嘛。"

"你怎么不早告诉小生？"

"轩之又没问。"

"他为什么长了一张猫脸？"

"我怎么知道？"白姬摊手，随即诡异地笑了，"比起他为什么长了一张猫脸，我倒是更好奇他为什么能够踏进缥缈阁。"

就在这时，乞丐来到了白姬、元曜面前。他的眼中布满了血丝，深碧色的眼眸望着白姬，以嘶哑的声音吃力地道："愿……望……"

他说出这两个字时，仿佛撕裂了喉咙，非常吃力，甚至连嘴角都涌出了鲜血。

白姬笑了，道："什么愿望？"

乞丐掏出一把匕首，匕首寒光闪闪。他用匕首沿着自己的额头、脸颊、下巴，划了一个圈，鲜血滴落。他扔下匕首，用手抠住额头的创口，沿着匕首划下的线，生生地撕开了猫脸。他揭开猫脸皮，下面是赤裸裸的血肉。

乞丐疼得哀号起来，撕心裂肺。

元曜吓得牙齿打战，险些晕厥过去。

然而，不到半盏茶时间，乞丐脸上的伤口以肉眼可见的速度愈合，皮肤粉红，细毛生出，又长成了一张猫脸。

乞丐的手上还拿着一张血淋淋的猫脸皮。

元曜惊愕地张大了嘴，不知道这是怎么一回事。

乞丐悲哀地望着白姬。

白姬诡异地笑了，道："原来是中了咒术。你的愿望，是让我还原你的脸吗？"

乞丐点头。

白姬走到乞丐身边，靠近他的脸，翕动鼻翼，道："是狸猫的咒术，充满怨恨的咒术。"

乞丐望着白姬，喉咙里发出咿呀声。

白姬笑了，道："不必担心。在缥缈阁中，任何愿望都能够被实现。"

两行热泪从乞丐的脸上滑落，他手中的猫脸皮掉在了地上。

第三章　玉　面

白姬带元曜去二楼仓库，要寻找记载咒术的古籍。找了大约半个时辰，白姬才从一个木箱底下翻出一卷羊皮卷。

元曜偷眼望去，羊皮卷上的文字像是乱爬的蚯蚓，不知道是哪国的文字。

"这是什么地方的文字？"元曜问道。

白姬笑道："西域以西的国度，黑巫术盛行的永夜之乡。"

元曜挠头，不知道那是哪里。他想要细问，白姬已经拿着羊皮卷飘走了。

白姬坐在柜台后面翻看羊皮卷，羊皮卷很长，展开几乎有一米半。羊皮卷上全是密密麻麻的蚯蚓文，还有一些图案。

白姬似乎在找什么，专心致志，沉溺其中。

乞丐坐在后院发呆，离奴买鱼去了，元曜拿着鸡毛掸子给古董掸灰，心不在焉。

"啊哈，终于找到了！"不知道过了多久，白姬发出一声欢呼，看了一会儿羊皮卷，又自言自语，"嗯，材料有些难找齐……"

白姬望了一眼神游天外的小书生，眼珠一转，红唇挑起一抹笑。

"轩之，今天花狸猫送来了什么报恩的礼物？"

元曜拉长了苦瓜脸，道："哎，别提了，花狸猫把昨天在苏府门前揍小生的九个大汉给丢在门口了，真是吓死小生了。"

白姬沉吟了一下，道："那明天，躺在门口的，恐怕就是苏谅了。"

元曜闻言，吓了一跳，道："千万不要。那苏谅来了，指不定又闹出什么乱子！"

昨天，小书生挨了打，心中虽然很气愤，但是冷静下来一想，这件事终归是花狸猫不对在先，花狸猫不该去偷苏谅的布料。他挨了一顿打，也算是代替花狸猫受了惩罚，也不打算再和苏谅纠缠下去，只盼事情就此了结。如果，花狸猫再去打苏谅一顿，将苏谅丢来缥缈阁前，只怕自此冤冤相报，不得安宁。

"白姬，你有什么办法让花狸猫不要再报恩了？这番好意，小生心领了。"

"嘻嘻。"白姬笑了，"办法倒是有一个，可以让花狸猫明天不送苏谅来。"

"什么办法？"元曜问道。

白姬提起紫毫，蘸饱墨汁，飞快地在一张纸上写了一些字。元曜还未来得及看清楚那些字，白姬已经折好了纸，将纸放入一个信封中。她点燃蜡烛，滴蜡封死了信封。

白姬把毛笔递给元曜，笑道："轩之，在信封上写几个字吧。"

元曜接过毛笔，疑惑地道："信里写的是什么？你要小生写什么字？"

白姬跳过了元曜的第一个问题，直接回答他的第二个问题。

"写上'玉鬼公主启，元曜拜上'。"

元曜疑惑地道："谁是玉鬼公主？"

白姬笑道："花狸猫呀。"

元曜张大了嘴："那只花狸猫是一位公主？"

白姬笑道："是呀。它不是狸猫，是猞猁。玉鬼公主是猞猁族中最……喀喀喀，最有趣的一位公主。看起来，玉鬼公主似乎很喜欢轩之，说不定会让轩之去做猞猁族的驸马呢。"

"去！不要胡说！"元曜生气地道。他提笔在信封上写下了"玉鬼公主启，元曜拜上"，还是有些疑惑，道："白姬，你在信中写了什么？"

白姬掩唇笑道："没什么，只是一些让玉鬼公主明天不要把苏谅丢来缥缈阁的话罢了。"

"哦。"元曜放心了。

白姬把信封放在了缥缈阁外面的台阶上。

元曜不放心，一盏茶时间过后，出去看了一下。

信已经不在了。

难道，那位玉鬼公主一直潜伏在缥缈阁外面？！元曜也不知道该悬一颗心，还是该松一口气。

元曜走回缥缈阁，朝坐在柜台后的白姬走去，想问问玉鬼公主的事情。

白姬猛地抬起头，一张毛茸茸的猫脸赫然映入元曜的眼帘，猫眸中发出幽森的碧光，獠牙尖利如镰刀。

"白姬……变猫妖了……"元曜吓得眼前一黑，砰然一声倒地。

"哎，轩之，你怎么了？"白姬摘下戴在脸上的狰狞的猫脸面具——她刚用乞丐扒下的猫脸皮做的面具，疑惑地道，"我只是想让你看一看这狸猫面具做得好不好，你怎么倒下了？"

元曜口吐白沫，四肢抽搐。

白姬只好叫来乞丐，一起把元曜拖进里间。

元曜醒来时，发现自己躺在里间。他刚侧过头，又是一张猫脸映入眼帘，漆黑的毛，碧瞳森森。

元曜吓得一个激灵，抓起手边的鸡毛掸子就打："猫妖退散！退散！"

黑猫灵巧地跃起，躲开了鸡毛掸子，顺势一爪挠向元曜。

"死书呆子，你不想活了？竟然连爷也敢打？！"

元曜这才看清是离奴，他捂着疼得发烫的脸，眼泪汪汪。

"离奴老弟，大白天的，你不去做饭，蹲在小生的头边盯着小生干什么？对了，小生刚才好像看见白姬变猫妖了，长了一张凶恶的猫脸……"

离奴解释道："主人在做狸猫面具，书呆子胆小，被吓晕了。"

元曜松了一口气："哦，原来是这样。"

离奴在元曜眼前走了一圈，问道："书呆子，好看吗？"

元曜奇道："什么好看？"

离奴笑道："帽子。爷戴这一顶帽子好看吗？你的眼光太差，爷今天特意绕去帽子铺又买了一顶。"

元曜定睛望去，才发现黑猫的头上扣了一顶西域风格的纯黑色小圆帽。黑帽子戴在黑猫头上，不仔细看，还真看不出来。

元曜道："感觉离奴老弟不像是戴了一顶帽子，倒像是少了两只耳朵。"

"你才少了两只耳朵！"黑猫拉长了脸，挠了小书生一爪子，气呼呼地跑了。

因为昨天乞丐食欲很好，几乎吃光了所有的饭菜，让白姬、元曜、离奴都没吃的，离奴今天就做了许多菜，也多煮了一锅饭，菜肴摆满了桌案。

没想到，今天乞丐心情忧郁，胃口不佳，只吃了半碗饭，夹了两筷子菜，就放下了饭碗，继续发呆去了。白姬、元曜、离奴为了不浪费食物，只好拼命地吃，撑得要死。

秋月如盘，寒蛩微鸣。

乞丐早早地睡了。

因为晚饭吃得太多，白姬、元曜、离奴没有丝毫睡意，一起坐在后院赏月。黑猫捧着圆滚滚的肚子，在草丛中翻过来滚过去。

白姬拿了一件连帽的白色斗篷，打算出去散步消食。元曜也想去散步消食，央求白姬带他一起去，白姬答应了。

白姬、元曜走在空荡荡的街道上，夜风呼啸而过，落叶飞舞。

走到一条两边都是围墙的街道时，白姬突然停住了脚步，白色的斗篷随风翻飞。

"轩之，有人跟着我们。"

元曜回头，身后空荡而寂静，没有看见什么人。

元曜道："哪有人？即使有什么，也是一两只偶尔飘过的孤魂野鬼吧。"

白姬的声音缥缈如风："嘘，轩之，你听，有很多脚步声。"

元曜侧耳一听，除了风声，什么也没听见。

元曜苦着脸道："白姬，今天小生已经被你吓晕一次了，你就不要再吓唬小生了，让小生安心地散个步、消个食，好不好？"

白姬道："如果想要安心，轩之最好不要抬头看两边。"

元曜抬头向两边一望，顿时头皮发麻：道路两边的大树上、围墙上，有几百双碧幽幽的眸子在黑暗中注视着他，阴森而凶残。

"喵呜——喵呜呜——呜呜——"突然，没有任何征兆的，夜空中响起了无数凄厉而凶恶的猫叫，像是婴儿在夜哭，一声高过一声，一浪高过一浪，刺痛了白姬、元曜的耳朵。

"怎么这么多野猫？"元曜倒吸一口凉气。

"不知道。"白姬眯眼望去，淡淡地道，"好像，以前从没见过这些野猫。"

树上、围墙上的野猫无声无息地跳下地，密密麻麻一片，有几百只，潮水般包围了白姬、元曜。野猫们有的冲着元曜凄厉地号叫，有的发出呜呜的声音，露出了尖利的獠牙和爪子。

为首的一只独眼麻花猫凶恶龇齿，呜呜地低吼。看样子，来者不善。

元曜比较迟钝，没有看出野猫的杀机，道："这些野猫一定是饿了，才叫得这么厉害，它们跟着我们是来要鱼干吃的吗？"

白姬道："嗯，轩之拿出几吊钱，给它们买鱼干吧。"

元曜摸了摸衣袖，只有三文钱，道："小生的钱不够买那么多鱼干……白姬，你给吧。"

白姬道："一只猫给一文钱吗？"

"一只猫给三文钱吧，一文钱买的鱼干哪里够吃。"

白姬笑道："就听轩之的。"

大群野猫渐渐逼近，口中发出呜呜的声音，利齿如刀。

白姬摘下风帽，从衣袖中拿出一个木盒，打开木盒，一颗巴掌大小的透明水球浮上了半空。白姬红唇微启，吹出了一口寒气，水珠中哗啦啦地滚下洪水，一波一波地冲向围逼而上的野猫。

凶恶的野猫们一看见水，顿时蒙了，气势全无，四散奔逃。但是，它们跑不过洪水，一只一只全被淹没了。

这时候，更奇怪的事情发生了。

地上的洪水自发形成大大小小几百个水球，每一个水球里都困着一只猫，猫脑袋留在外面，身子陷在水球里。大大小小的水球滚来滚去，也不跌散成水，只苦了一群猫彼此撞来撞去，喵喵地叫。

元曜问："白姬，你干什么？"

白姬道："轩之没看出来这群野猫想袭击我们吗？"

元曜挠头，道："有吗？小生没看出来。"

虽然这些野猫看起来很凶恶，但是迟钝的元曜没看出野猫的恶意，还以为野猫们只是饿了。

白姬走向那只独眼麻花猫，一脚踏进水球中，踩住了猫的脖子。

独眼猫哀嚎起来："大仙饶命……饶命……小的再也不敢了，请大仙饶了我和兄弟们……"

白姬冷冷地道："以前，从没在长安城见过你们。你叫什么名字？从哪里来的？为什么要袭击我和轩之？"

独眼猫道："这说起来话就长了。小的姓张，父母没有给起名字，因为生了一身麻花，道上的朋友就叫小的张麻子。小的祖籍在沧州，出生在青州，后来因为生活所迫，落草为寇，偶尔带着兄弟们干一些打家劫舍的勾当。今年，青州、齐州大旱，颗粒无收，小的和兄弟们混不下去了，听说长安富饶繁华、遍地是金，就来见个世面，也谋一条生路。"

话痨的独眼猫说到这里就住了嘴，不再说了。

白姬重复了一遍独眼猫避而不答的问题，道："为什么要袭击我和轩之？"

独眼猫道:"大旱起来,可真要命,毒辣辣的日头,晒得大地裂开,人兽都得脱一层皮……"

见独眼猫有意回避问题,白姬移动脚,把独眼猫的头踩进了水里,道:"既然刚从大旱的地方来,你就多喝一点儿水吧。"

独眼猫在水中拼命地挣扎,几乎窒息。

元曜对白姬的作为有些气愤,正要去阻止,独眼猫已经挣扎出水,叫道:"大仙饶命,大仙饶命,小的说就是了!是玉面狸,是那该死的玉面狸让小的来偷袭这位元公子,说是杀了元公子,玉面狸就把一座大祠堂让给小的和兄弟们容身,还供给我们水食。小的初到长安,人生地不熟,又带着这么多等着吃饭的兄弟,实在是没有办法。那玉面狸给小的看了元公子的画像,让小的潜伏在光德坊附近逮元公子,不承想元公子竟是金身罗汉下凡,还带着一位大仙护法。那杀千刀的玉面狸,也不说清楚,这不是把小的往火坑里推吗?"

元曜默然:这只独眼猫怎么一副油滑的江湖腔,不知道是跟谁学的。

"原来是他!"白姬眼中闪过一抹寒光,寒光如同刀锋。

"谁?谁是玉面狸?"元曜问道。

"苏谅。"白姬道。

"苏谅?小生和他并没有大仇大怨,他为什么要害小生?"

白姬道:"猫妖小心眼,爱记仇。喀喀,这话不要让离奴听到,它会不高兴的。也许,轩之自己不觉得,但是苏谅恨上轩之了。"

话痨的独眼猫插嘴道:"哪里,哪里,小的们就从不小心眼、记仇,我们道上的朋友都是相逢一笑泯恩仇。大仙,你就饶小的和兄弟们一命吧,我们一定不记仇,只记恩。"

白姬笑眯眯地道:"饶了你们可以。不过,轩之说了,一只猫给三文钱。所以,你们每只猫留下三文钱,就可以走了。"

众猫瞪向元曜,眼神像看一个打劫的山贼。

元曜苦着脸对白姬道:"小生说的是你给每只猫三文钱,不是每只猫给你三文钱。"

白姬笑道:"不都是一只猫三文钱吗?"

元曜道:"其中还是有很大的区别的。"

张麻子和兄弟们只好各自留下三文钱,才脱了身。

白姬望着地上的一大堆开元通宝,心情愉快,哈哈大笑。

元曜苦着脸站在一边,忍受着众猫的白眼。

白姬对张麻子道："长安城中千妖百鬼伏聚，不比青州，这里可不允许打家劫舍，这里有这里的规矩和禁忌。你明白吗？"

这条龙妖怎么好意思说，她自己不是正在干打劫的勾当吗？元曜腹诽。

独眼猫道："明白一点儿。不过，不打劫，小的和兄弟们没法糊口。"

元曜道："你们可以去找一些正经事做，养活自己。"

独眼猫道："不瞒您说，我们都好吃懒做，不爱干活。"

"呃。"元曜闭嘴了。

白姬提议道："不如，去打劫苏府吧。"

独眼猫瞪眼，道："苏府？打劫那杀千刀的玉面狸？"

白姬笑道："没错。玉面狸藏了很多顶珍贵的帽子，你们劫了它的帽子，去卖了换银两，一定能赚一大笔。"

独眼猫有些犹豫，道："那玉面狸很厉害，听说它善化百形……惹恼了它，小的和兄弟们都会遭殃……"

白姬嘻嘻诡笑，阴森地盯着独眼猫。

"惹恼了我，你会更遭殃。"

白姬连恐吓带利诱，张麻子只能答应去打劫苏谅。

张麻子带着一群猫兄弟，踏着月色走向苏府。

白姬愉快地站起身，指挥元曜用袍子兜了开元通宝，一起回缥缈阁。

元曜兜着铜钱，迈着沉重的步伐，跟在身轻如燕的白姬身后。月色如此美丽，他却万分苦恼，这下子和苏谅的梁子算是结下了。

白姬、元曜回到缥缈阁，离奴还在后院的草丛中翻滚，白姬、元曜各自去睡了。

第四章　妖　术

第二天一早，元曜打开缥缈阁的大门，地上放了一个大包袱。

元曜抬头望向柳树下，花狸猫也在探头望他。它一对上元曜的眼睛，又羞涩地跑了。

"唉！"元曜叹了一口气，低头望着地上的大包袱，心中发愁。这一次，花狸猫又送来了什么？桂花糕？布匹？不管怎样，幸好没送苏谅来。看来，白姬那封信还是有效的。

元曜把大包袱拿进缥缈阁，放在柜台上，打开。包袱里有大大小小十余个油纸小包，最上面放着一封信。

元曜见信封上用歪歪扭扭的字体写着"元公子亲启，玉鬼拜上"，也就打开了信封，抽出了信。

这位玉鬼公主似乎不太擅长也很讨厌写字，信上没有用敬语，也没有文士惯用的连篇累牍的铺陈，只赤裸裸地写了一句话："找不到千年僵尸蜕下的皮。见谅。"

信的落款处没有署名，只拍了一个梅花形的墨色猫爪印。

千年僵尸蜕下的皮？！元曜觉得眼前一阵晕眩，急忙去翻看油纸包。每一个油纸包上都贴着一张红纸，上面写了字。

"蜥蜴的黏液，二两。"

"蜈蚣的触角，六钱。"

"蚀骨花的花粉，半斤。"

…………

元曜一包一包翻看过去，头皮发麻，双手发抖。

这一定是白姬干的！她昨天写给猞猁公主的信，一定是叫人家去找这些稀奇古怪的可怕东西！元曜心中发苦，跑出门去找花狸猫，想把东西还给它，但花狸猫早已不知所终。

吃早饭的时候，因为花狸猫找来了白姬需要的东西，白姬十分开心，笑道："哈哈，我真喜欢玉鬼公主……"

离奴撇嘴，道："主人，缥缈阁中有离奴就够了，你可不能养两只猫。离奴讨厌那只不知道从哪里来的野山猫。"

元曜道："离奴老弟放心，你的卖身契还有几千年，她舍不得再花银子去雇一只猫使唤。"

白姬抚摸黑猫的头，笑道："不要听轩之胡说。我不养别的猫，是因为我最喜欢离奴呀。"

黑猫高兴地道："离奴也最喜欢主人，最讨厌书呆子。"

元曜道："离奴老弟，后面那一句可以不必说出口。"

乞丐望着白姬和黑猫的亲昵模样，突然悲从中来，号啕大哭。

白姬、元曜、离奴转头望向乞丐，不明白发生了什么事。

元曜猜测乞丐伤心是因为看见了变成黑猫的离奴，想起了自己的猫脸。他安慰道："兄台不要伤心，无论你中了什么咒术，白姬都会帮你恢复原样。"

白姬道："嗯，虽然还差一种材料，不过我知道哪里能够找到。不必担心，走进缥缈阁的人，任何愿望都可以实现。"

离奴道："其实，长了猫脸也没什么不好。"

乞丐又号啕大哭。

白姬、元曜瞪了离奴一眼，离奴不作声了。

白姬对离奴道："你去平康坊，入饿鬼道见鬼王，说借三两他蜕下的皮。"

离奴撇嘴，道："鬼王不是好东西，一直觊觎缥缈阁的宝物，见主人有求于他，一定会提出苛刻的条件。"

白姬道："我知道，但是必须去找他。放眼长安，'千年僵尸蜕下的皮'只能去他那里找了。"

离奴道："好吧。离奴去问问。"

吃过早饭，离奴去了平康坊。

阳光明媚，秋高气爽。白姬坐在柜台后摆弄玉鬼公主送来的东西。元曜在擦货架上的灰尘。乞丐坐在后院发呆。

元曜不高兴地对白姬道："你怎么能不经小生同意，就以小生的名义让玉鬼公主去找这些稀奇古怪的东西？"

白姬笑道："轩之不要生气。我这么做，也是为了尽早实现客人的愿望，让客人恢复人脸，这不也是轩之希望的事情吗？"

元曜望着柜台上的大包小包，头皮发麻。

"你要用这些东西让猫脸的兄台恢复人脸？"

白姬点头，道："是。他中的是一种恶毒的黑巫术，需要熬煮巫药才能解咒。"

突然，一个人闯进了缥缈阁，气势汹汹。

元曜侧头望去，来者竟是苏谅。

苏谅的脸上有几条抓痕，衣衫也有些破损，整个人像是刚和谁大战了一场。他大步走向柜台，狠狠地拍桌，神色愤怒："龙妖，你居然挑唆张麻子，让它和那群野猫劫走了我珍藏的帽子？！"

白姬望着苏谅，没有承认，也没有否认。

"张麻子已经得手了吗？"

苏谅咬牙切齿，心疼地道："它们猫多势众，把我的帽子洗劫一空就跑了。我的帽子啊！那可是我多年的心血，是我的命根子，没有它们，我可怎么活？！"

白姬愉快地道："不能活，那就去死吧。"

元曜心中发苦：白姬一定会惹恼苏谅，恐怕又是一场事端。

苏谅果然勃然大怒，腾地化作一只猎豹般的猫兽。猫兽全身是松烟色，后背有七条棕色的花纹，没有尾巴。元曜仔细一看，猫兽不是没长尾巴，而是尾巴断了。

猫兽的眸子是玉髓般的深碧色，幽光灼灼，狡猾而凶残。猫兽的脸上生着诡异的黑纹，远远看去，黑纹竟像是一张人类的笑脸，说不出地诡异。

元曜心中害怕，握紧了鸡毛掸子。

玉面狸猛地蹿上柜台，俯视着白姬，凶恶地道："惹怒了我，你的下场会很惨，你毁了我的帽子，我也要毁了你的缥缈阁！"

电光石火间，玉面狸伸出利爪狠狠地抓向白姬，似乎想一爪刺穿她的心脏。

白姬坐着没动，身上却腾起了金色的龙火。

玉面狸的爪子被龙火灼伤，发出一声凄厉的号叫，弹跳开去。金色的龙火沿着玉面狸的爪子直烧到它身上，玉面狸喵呜喵呜地哀号。

白姬从柜台后站起身，诡笑着走向玉面狸，她的身上金火如织。

玉面狸微微发抖，眼珠一转，不顾身上的伤痛，带着一团火焰跑了。烈火中传来愤怒的声音："龙妖，你等着，我不会放过你——"

白姬也不去追赶，站在原地望着玉面狸逃走。

白姬对元曜道："轩之最近不要独自出门。"

元曜苦着脸答道："好。"

看这情形，白姬和苏谅的仇恨是越来越深了。

元曜望着白姬身上的火焰，怔怔出神。金色的火焰如同佛光，她一袭白衣立于万丈佛光中，澄澈无瑕，十分好看。

白姬见元曜看着她，双手合十，笑道："轩之看我像不像《佛光图》里的观音菩萨？"

元曜无语，这条龙妖明明更像《地狱图》里的阎罗狱鬼。不过，他不敢说实话，只好道："挺像。"

至少，白色的衣服挺像。元曜在心中补充。

白姬很高兴，夸道："轩之真有眼光。"

下午，离奴回来了，看上去十分生气。离奴对白姬道："主人，那鬼王真不是一个好东西，架子大得要命，离奴等了两个时辰，才被夜叉带去福地见他。离奴说主人要他的三两皮，他就阴森地笑，说要主人拿缥缈阁跟他换。离奴气不过，就回敬了他一句。他发怒了，叫夜叉来叉离奴。离奴很生气，就和夜叉打了起来。我们打得激烈，不分胜负，但是离奴惦记着给主人和书呆子做饭，就先抽身回来了。"

元曜觉得，离奴不是惦记着做饭才回来，而是打不过夜叉，逃回来了。但是，离奴自尊心很强，元曜也不敢揭穿它。

白姬问离奴，道："你回了鬼王一句什么？"

离奴道："也没什么，就说了一句'不过是三两粽子皮，也值得拿缥缈阁来换？'"

白姬抚额，道："离奴，鬼王最恨别人提'粽子'。"

离奴道："主人，鬼王阴邪狡诈，不怀好意，一直在打缥缈阁的主意，还常常在背后说您的坏话。您不如去饿鬼道扒了鬼王的皮吧。"

白姬思索片刻，道："离奴的提议不错。"

元曜担心白姬与鬼王结仇，自己沦为妖鬼斗法中的炮灰，急忙道："白姬，请冷静一些。你和玉面狸才结下仇，又去和鬼王结怨，有些不妥吧？俗话说，和气生财，我们是开店做生意的人，更应该以和气为贵，不要与人结怨。"

白姬笑道："既然轩之这么说了……那轩之明天就去饿鬼道'和气地'向鬼王讨要他蜕下的皮吧。"

饿鬼道的非人凶残暴虐，食人五脏，摄人生魂炼不死药，元曜哪里敢去？他声音发颤，苦着脸推托道："小生笨嘴笨舌，做不了苏秦、张仪，恐怕还会误事。"

白姬思索了一下，道："明天，我和轩之一起去饿鬼道。"

第二天，元曜打开缥缈阁的大门，大门口放着一片梧桐叶，梧桐叶上摆放着三块桂花糕，两块在下，一块在上。

不用抬头，元曜也知道花狸猫躲在大柳树后面偷看他。怕花狸猫跑掉，元曜不敢抬头，低着头道："玉鬼公主，你在柳树后吗？"

片刻之后，大柳树后传来了一个轻细柔婉的声音，紧张而羞涩。

"元……元公子……"

元曜道："玉鬼公主，你的心意小生心领了，请不要再送任何礼物了。"

"为……为什么？"玉鬼公主有些奇怪。

元曜斟酌着措辞，道："因为……因为……这样会让小生很困扰。"

想到这猞猁公主一直这么"报恩"下去，元曜就觉得很困扰、很头疼。如果它不报恩，而是来缥缈阁找他，和他做朋友，他倒是会很开心。

大柳树后面沉默了片刻，传来了一句悲戚的话语。

"原来，元公子讨厌玉鬼……"

元曜一惊，急忙解释。

"玉鬼公主，你误会了，小生不是那个意思。"

可是，花狸猫完全不理会元曜，已经哭着跑了。

"太伤心了，太伤心了……"

元曜想追又追不上，心中发苦。

白姬睡够头了，将近午时才下来。她收拾妥当，对元曜道："轩之，你跟我一起去饿鬼道。"

元曜苦着脸道："小生能不去吗？"

离奴道："主人，书呆子不愿去，你带离奴去吧。昨天夜叉用铁叉叉去了离奴的一块皮，离奴要去找夜叉报仇雪恨！"

元曜推托跟白姬去饿鬼道，离奴抢着跟白姬去饿鬼道，两个人闹成了一团。

"咿呀——"乞丐在角落里发出了一阵声音，以示存在。

四个人正在吵嚷，一只乌鸦飞进缥缈阁，停在柜台上，呱呱地叫。

白姬看见乌鸦，道："哟，这不是鬼王的使者魇吗？"

"报丧，报丧——"乌鸦呱呱地道。

白姬道："你来缥缈阁报什么丧？难道鬼王死了吗？"

乌鸦腾地化作一个身披黑色斗篷、头戴黑色风帽，甚至连脸都蒙在黑布中的人。他静静地站着，低咳了一声，高呼道："鬼王陛下寿与天齐，永生不灭！吾辈奉鬼王陛下之命，来给白姬送一样东西。"

白姬疑惑地道："什么东西？"

魇从衣袖中拿出一个红纸小包，呈给白姬。

白姬伸手接过纸包，没有打开，只放在鼻端一嗅，满意地笑了。

"看来，不用去饿鬼道了。魇，鬼王怎么突然舍得他的皮了？"

魇垂首道："鬼王陛下说，他遵守约定，请白姬也要遵守约定。吾辈还要去向千妖百鬼报丧，不，发喜帖，就先告辞了。晚上月亮升起时，魇再来接您。"

"接我？"白姬觉得奇怪，正想细问，但魇行了一个礼之后，就化作乌鸦飞走了。

白姬也没往心里去，看着纸包，愉快地笑了。

白姬让离奴去买了几大捆柴火回来，又吩咐元曜去仓库搬一个青铜鼎去后院。青铜鼎比水桶略大，非常沉重，约有一百多斤，元曜和乞丐合力才将其搬到后院。

白姬把蜥蜴的黏液、蜈蚣的触角、蚀骨花的花粉、死婴的脐带、千年僵尸蜕下的皮等东西一股脑地丢进铜鼎里，加了一桶水，又让离奴吐了一些唾沫进去，然后在铜鼎下堆上柴火，开始熬煮。

"为什么离奴老弟要往鼎里面吐唾沫？"元曜一边往火里加柴，一边好奇地问道。

白姬道："因为羊皮卷上写了要加入猫的唾沫。"

元曜望着铜鼎里黑乎乎的液体，问道："这熬煮的东西是给乞丐兄恢复人脸用的吧？"

白姬点头："对。"

元曜问道："但不知这熬煮的东西是喝下去，还是怎样？"

乞丐盯着铜鼎中翻滚的蜈蚣触角、婴儿脐带、公牛的眼珠子，脸上流露出恐惧和恶心的表情。

白姬笑道："喝下去……"

乞丐冷汗如雨，嘴角抽搐了两下，飞奔去茅房呕吐了。

"喝下去……是会死人的。"望着乞丐飞奔的身影，白姬愉快地继续道，"这巫药是外用的。"

元曜松了一口气，埋怨道："白姬，说话时请不要随便停顿，害得乞丐兄奔去吐了。"

"嘻嘻。"白姬诡笑。

离奴端着一大盘用竹条穿着的生鱼走来，笑道："主人，生着这么大的火，浪费了怪可惜的，不如烤鱼吃吧。"

白姬赞成道："好主意，还可以烤栗子吃。"

离奴飞奔去厨房，拿了一大篮子生栗子来。

元曜道："我们是在熬药，不是在烤吃的。"

白姬、离奴不理会元曜，兴致勃勃地准备烤鱼肉、烤栗子。

离奴在火边挖了一个坑，将栗子埋进土里，又把涂了盐和香辛料的鱼架在火上。

白姬去取了几坛桂花酒。

乞丐回来之后，忧心忡忡。

元曜向乞丐解释巫药是外用的，不用喝下去。乞丐不相信元曜的话，认为元曜在安慰他，不停地叹息。

白姬不时地用木棍子搅拌铜鼎里的液体，黑色的液体渐渐泛出暗金色。一股若有若无的腥味蔓延在院子中，但被烤鱼的香味冲淡了。

离奴不时地翻动着烤鱼，鱼肉渐渐地被烤至焦黄，散发出阵阵诱人的香气。土里的栗子也烤熟了，甜香味隐隐蔓延。

离奴挖出栗子，烤栗子香气诱人。

白姬用树叶包了几个栗子，递给元曜。

"轩之，很香呀。"

元曜本来不想吃，但是受不了香味，也就吃了。

乞丐被离奴递过来的烤鱼诱惑，忘了心情不好，大口地吃了起来。

青铜鼎中，金黑色的液体冒着气泡，各种残肢翻滚。四个人欢乐地围坐在火边，一边喝桂花酒，一边吃烤鱼、烤栗子。

傍晚时分，青铜鼎中的液体已经被熬成了稀泥状。

白姬弄灭了火，等待稀泥冷却。

因为四人已经吃得很饱了，离奴没有做晚饭。四人都觉得有些积食，想要运动消食，于是在桃树下站成一排，开始练五禽戏^①。

第五章　鬼　亲

一套五禽戏练了三遍之后，太阳下山了，稀泥也冷却了。

白姬用勺子将稀泥盛在一个荷叶形的玉盘中，稀泥黢黑中带着深紫色，散发着一股淡淡的腥味。

---

① 五禽戏，通过模仿虎、熊、鹿、猿、鸟（鹤）五种动物的动作，以保健强身的一种气功功法。五禽戏是中国古代医学家华佗在前人的基础上创造的，故又称"华佗五禽戏"。五禽戏能治病养生，强壮身体。

白姬对乞丐道："今夜月朗风清，就在长廊解咒吧。"

乞丐点头。

元曜点燃了两盏油灯，将灯用灯罩罩了，放在长廊中。

乞丐跪坐在地上，白姬跪坐在他对面。乞丐有些忐忑不安，紧张得抓紧了衣角。

白姬伸手挑起乞丐的下巴，将稀泥涂在他的脸上。白姬糊得很仔细，很均匀，稀泥完全覆盖了猫毛。

乞丐似乎有些不舒服，咬住了嘴唇。

元曜有些担心，问道："这东西涂在脸上，不会毁容吧？"

白姬道："他都没有容了，还怕什么毁容？"

"咿呀——"乞丐吱了一声，以示反对。

白姬正涂得起劲，早上来过的那只乌鸦又来了。

"报丧——报丧——"

白姬笑道："魇，你怎么又来报丧？鬼王死了吗？"

魇站在草地上，高呼了一声："鬼王陛下寿与天齐，永生不灭——"然后魇才道，"白姬，吉时已到，您还没有准备好吗？"

白姬一边给乞丐涂稀泥，一边问道："准备好什么？"

魇垂首道："准备好嫁给鬼王。月上中天时，您和鬼王的婚礼就要开始了。"

元曜和离奴面面相觑，将疑惑的目光投向白姬。

白姬也是一头雾水。

"谁和鬼王的婚礼？"

魇道："您和鬼王的婚礼。"

白姬笑了，道："鬼王糊涂了吧？我什么时候答应和他举行婚礼了？"

魇道："难道您想毁约？昨晚，您来福地向鬼王陛下求亲，说愿意以缥缈阁为嫁妆，嫁给鬼王陛下。鬼王陛下见您态度诚恳，就答应了。鬼王陛下以他蜕下的皮为聘礼，您以缥缈阁为嫁妆，约定今晚子时成亲。鬼王陛下今天一天都很感慨，说您和他做了几千年的敌人，没想到您竟一直偷偷地爱慕他。身为鬼王，太过英俊，太过有魅力，果然是一种罪过。"

白姬嘴角抽搐，道："我昨晚没有去过饿鬼道，也没有见过鬼王，更没有向那具僵尸求什么亲。"

魇大惊，道："聘礼都收了，您怎么能悔婚？长安城中的恶鬼都已经齐聚福地，等着喝喜酒呢。"

白姬道："鬼王蜕下的皮我是拿了，但我不记得昨晚有过成亲的约定。"

离奴撇嘴，道："这分明又是鬼王的诡计，他想打缥缈阁的主意。就鬼王那模样，比书呆子还丑，主人哪会去向他求亲？他根本是在造谣生事，败坏主人的名誉，以报这些年的积怨。"

元曜不高兴地道："离奴老弟，小生哪里丑了？"

离奴道："从头到脚都丑。"

元曜刚要反驳，白姬觉得离奴说得有理，笑道："魇，你给鬼王带个话。"

乌鸦道："什么话？"

"你叫鬼王……去死吧。"白姬怒道。

"呱呱——"乌鸦惊恐地飞走了。

白姬继续往乞丐的脸上涂稀泥，一层又一层。

离奴见白姬脸上有怒气，趁机道："主人，离奴觉得应该去狠狠地教训鬼王一顿，免得他下次又鬼话连篇，败坏您的名誉。"

白姬赞同，道："离奴言之有理。"

元曜小心翼翼地道："小生觉得，这乌鸦不像在说谎……"

白姬挑眉，道："魇没说谎？那轩之的意思是我在说谎？"

元曜道："这当然也不太可能。你要是真去向鬼王求亲了，不可能不承认……"

白姬道："当然不可能。嫁给鬼王，还不如嫁给轩之。"

元曜的脸唰地红了。

"我只是随口打一个比方，轩之不必脸红。"

"小生没有脸红……"元曜的脸更红了。

月亮滑出云层，为大地洒下一片清辉。

乌鸦扑棱着翅膀又飞来了，掉了一地的黑羽毛，呱呱地叫："报丧——报丧——"

乌鸦停在白姬面前，道："鬼王陛下很愤怒，正在捉赴宴的妖鬼吃，发泄怒火。他说，他就知道您是在捉弄他，骗他蜕下的皮。您让他颜面尽失，他可以忍耐。您不嫁给他，他谢天谢地。但是，缥缈阁您必须如约给他，否则他不会与您善罢甘休。还有，您让他去死，他说他已经死过一次了，没办法……"

白姬打断乌鸦的话，怒道："你让他再去死一次。"

离奴生气地道："鬼王想要缥缈阁，做他的春秋大梦去！"

乌鸦扑棱翅膀，又飞去传信了。

元曜望着乌鸦飞远，有些怀疑地道："白姬，你昨晚夜游去了吧？你真的没有向鬼王骗亲？"

"骗亲？"白姬不高兴了，道，"轩之，在非人的世界中，语言也是一种'因果'。说出的话，如果做不到，或者毁诺，都会受到报应，得到恶果。即使我想要鬼王的皮，也不会拿缥缈阁和自己开玩笑，直接扒了鬼王的皮，才是最省事的办法。"

元曜直冒冷汗，以这条龙妖的性格，她确实会选择扒鬼王的皮这种最省事的办法。但是，不知道为什么，他觉得鬼王和乌鸦都不像在说谎。这到底是怎么一回事？

乞丐的脸上涂满了稀泥，黑乎乎一片。

白姬望了一眼天边的弦月，让乞丐躺在院子里，把脸对着月光。

白姬道："可能会有一些疼，忍耐过去了，就好了。"

乞丐点头。

乞丐闭上眼睛，睡在月光中，他脸上的稀泥带着一抹幽蓝的光泽。

白姬在水井边洗了手，走到回廊，坐在元曜身边。秋月，秋萤，秋草，秋灯，一切显得那么安谧而静美。

"夜色真美。"白姬笑道。

"嗯。"元曜点头。

白姬望着元曜，提议道："轩之作一首诗吧。"

元曜道："好。让小生酝酿一下情绪。"

元曜刚酝酿好一句"秋色染秋藤"，思绪就被离奴的吵嚷声打断。

"死狐狸，你来缥缈阁干什么？"

"某是来向白姬传话的。臭猫妖，让开，不要挡某的路！"

"居然敢骂爷？爷吃了你这只死狐狸！"

"臭猫妖，臭猫妖，某骂你了又怎样？"

一只黑猫、一只火狐狸吵吵闹闹地走到后院。

白姬、元曜回头一看，原来是胡十三郎。

白姬笑道："离奴，不得无礼。十三郎，今晚怎么有空来缥缈阁玩？"

小狐狸坐在白姬面前，礼貌地道："某不是来玩的。家父让某来向白姬道歉。"

白姬感到奇怪，道："老狐王向我道什么歉？"

小狐狸揉脸，似乎有些不好开口，但终于还是开口了。"昨晚，您来翠华山，说您在长安孤苦无依，希望嫁入九尾狐族。家父很高兴，同意了。您走之后，家父思量狐家的男丁中栗的年纪最大，且没有成亲，就决定让栗来娶您。栗听到这个消息，连夜收拾细软逃跑了。家父大怒，已经派人去抓栗了。家父说：'栗是太害羞了，所以才逃走，请白姬不要见怪，我把栗抓回来之后，一定好好教训这个不听话的逆子。'"

元曜道："栗逃走恐怕不是害羞，而是害怕……白姬，你怎么又去向九尾狐求亲了？"

离奴望了一眼白姬，道："主人，离奴和那群狐狸八字不合，离奴不赞成这门亲事。"

白姬嘴角抽搐，道："没有……我昨晚没去过翠华山，更没有求什么亲……十三郎，你是不是弄错了？"

小狐狸揉脸，道："怎么会弄错？家父还能不认识您吗？昨晚，某也和您说了几句话呢。"

白姬笃定地道："不可能，昨晚我没有去过翠华山。"

小狐狸睁大了眼睛，疑惑地道："那昨晚去翠华山的是谁？"

白姬陷入了沉思。

突然，一只花喜鹊飞入了缥缈阁，停在白姬面前。它叽叽喳喳地叫道："良辰美景，花好月圆。报喜——报喜——"

白姬道："这不是吉吗？有什么喜事？"

吉是给长安城中的千妖百鬼传播喜事的花喜鹊，因为一年到头喜事也不多，它又兼做媒人糊口。

花喜鹊飞上半空，一挥翅膀，撒下一大堆桃花瓣，落英缤纷。

桃花瓣落地，变作一大堆红色纸帖。

花喜鹊道："不知道为什么，今天特别多要求将生辰八字送来给白姬的人呢。喏，这是佘夫人长子的生辰八字，这是玄武侄子的生辰八字，这是东城海公子的生辰八字，这是西城鹰虎君的生辰八字……但不知，白姬您打算挑谁做夫婿？"

白姬的脸色渐渐地黑了，她道："吉，把这些生辰八字全都送回去……"

"这些人您都不满意吗？"吉为难地道，"我是喜鹊，只报喜事，不报烦忧。再说，我已经预收了送帖子的钱，不好意思再送回去……"看见白姬的脸越来越黑，吉眼珠一转，急忙开溜，"哈哈，我还得去别处报喜，您想送回这些帖子，就让离奴去吧，反正离奴是黑猫，不讨喜。"

"你才不讨喜！"离奴很生气，纵身去扑吉。

吉反应奇快，已经振翅飞走了，离奴扑了一个空。

"哈哈，良辰美景，花好月圆。报喜——报喜——"花喜鹊在月光中渐渐飞远。

元曜望着一堆八字帖，问白姬道："为什么突然这么多人来向你提亲？"

"非常……不对劲！"白姬神色凝重，对离奴道，"离奴，你出去打听一下，到底发生了什么事。"

"是，主人。"离奴领命而去。

胡十三郎见事情不对劲，准备告辞了。

"虽然不明白发生了什么事，但某先回翠华山了。等找回了栗，某再带栗来向白姬请罪。"

白姬道："昨晚的事情，恐怕是一个误会，等我查清楚了，再去向老狐王解释。至于栗，如果被找回了，请转告老狐王，务必替我抽栗二十鞭。"

"好。"小狐狸欢快地答应了。

小狐狸踏着月色离开了。

白姬、元曜坐在回廊下，望着夜空中的上弦月。

元曜望了一眼白姬，道："小生有一个疑问。"

白姬道："轩之问吧。"

元曜道："你曾说妖鬼也有婚丧嫁娶，那你在人间这么多年，为什么一直独身一人？"

白姬喝了一口桂花酒，认真地考虑了一会儿，道："或许，我在等轩之。"

元曜的脸腾地红了，心中浮起了难明的情愫。

白姬见元曜脸红了，笑道："玩笑而已，轩之怎么又脸红了？"

元曜很生气："请不要随意拿小生开玩笑。"

白姬道："轩之，你生气了吗？"

元曜不理会白姬，把头歪向了一边。

白姬望着上弦月，道："除了神佛，世间的生灵之中，以天龙的寿命最长。也许是因为生命太过漫长，天龙无法体会七情六欲，无法体会人类的情感，即使我在人间徘徊许多年，收集了许多'因果'，也还是无法体会。可能，等我收集了更多的因果之后，我才能体会人类的情感吧。"

白姬的侧影看上去很孤寂，元曜心中又涌起一阵奇异的情感，他想如果他靠近她一些，拥抱她，她的身影会不会就不那么孤寂了？

元曜慢慢地靠近白姬，在他的手离她的肩膀只有三寸时，躺在院子里晒月亮的乞丐突然啊啊地大叫起来，痛苦地在地上翻滚。

元曜吓了一跳，缩回了手。

白姬蓦地站起来，道："轩之，去打一桶井水。"

"好。"元曜应道。

白姬疾步走向乞丐，对他说了一句什么，并且按住了他，免得他在蜷缩身体时，脸部离开月光。

月光下，乞丐脸上的黑泥一层一层化开，变作了赤红色。稀泥冒着气泡，如同岩浆般沸腾。

乞丐非常痛苦，但咬牙强忍着，不让脸部离开月光，也不用手去摸脸。

元曜提着一桶井水过来，看见乞丐脸上像是戴了一张火焰面具。乞丐在火焰中扭动，呻吟，痛苦得直抽搐。他脸上的猫毛被火灼烧殆尽，露出了光洁的皮肤。

眼看乞丐的脸已经恢复了人面，但火焰还在燃烧，白姬对元曜道："轩之，浇水。"

"哗啦——"元曜急忙把井水泼向乞丐的脸。

"嗤嗤——"一阵火焰被水浇熄的声音传来，空气中弥漫着焦煳的味道。

乞丐坐在地上，双手捂着脸，肩膀抽搐。

元曜心中忐忑：难道他浇水太慢了，以致乞丐的脸被烧煳了？

"兄台，你的脸……没事吧？"元曜试探着问道。

乞丐抬起头，松开了手。

乞丐的脸没有被烧煳，他恢复了人脸。他的容貌不丑，甚至还十分英俊，但是元曜看见这张脸，被吓得大呼小叫："苏谅？！怎么会是苏谅？！"

白姬望着乞丐，似乎明白了什么。

"原来，是这么一回事……"

乞丐张开口，因为刚破除咒术，恢复声音，他的嗓子很干涩。

"我……才是……苏谅……现在的苏谅，是我养的一只狸猫。"

白姬道："我知道它是狸猫，但你为什么会变成这样？"

苏谅闻言，流下了两行热泪，无限伤心。

"我真的很喜欢小苏，它却这样对我……"

苏谅走到回廊坐下，喝了一杯桂花酒润喉之后，将往事缓缓道来。

第六章　偷　脸

三年前，苏谅去郊外打猎，因为追一只野鹿，他和随从走散了。

苏谅在森林里迷了路，在他又累又饿又恐惧时，一只没有尾巴的猫走了出来，带他出了森林。

苏谅很感激这只猫，就把它带回家了。这只猫成了苏谅的宠物，苏谅给它起了一个名字，叫小苏。

苏谅非常喜欢小苏，无论是吃饭，睡觉，还是出门，都带着它，寸步不离。

小苏倒也乖巧听话，只是对苏谅很戒备。无论苏谅对小苏怎样亲热、怎样好，小苏总是十分冷淡。

有一天，小苏突然口吐人语，对苏谅道："喂，喂，人类，你不要对我太好了。"

苏谅吃了一惊，望着猫，道："你怎么会说话？"

猫道："我是一只活了一千多年的猫妖，当然会说话。怎么，你害怕了？"

苏谅扑过去，抱住猫，揉捏。

"哈哈，我怎么会害怕呢？不管你会说话，还是不会说话，都是我的小苏。"

猫挣脱苏谅的手，舔着爪子，冷淡地道："人类都是邪恶的、冷酷的、残忍的，你对我这么好，一定有所图谋。"

苏谅又一把抱住猫，笑道："我对你好，只是因为很喜欢你呀。"

猫被苏谅抱住，有些不知所措。

知道小苏会说话之后，苏谅还是很宠爱它，没有视它为妖物。

小苏只在苏谅面前说话，有外人在的时候从来不说。

小苏善化人形，看见一个人之后，就能够变成那个人的模样，无论语气还是动作，都模仿得惟妙惟肖。这令苏谅惊叹不已。

有时候，小苏也会化作苏谅的模样到处晃，苏谅也不生气，反而觉得很好玩。

苏谅对小苏诚心相待，小苏却总是心怀戒备，总是怀疑苏谅对自己有所图谋。

这一年夏天，苏谅生病了，久治不愈。一名江湖郎中开了一个偏方，说是能够治好苏谅的病，但药引是活了十五年以上的老猫的眼珠子。活了十五年以上的老猫十分难找，但是苏府正好有一只活了一千多年的猫妖——小苏。

苏谅并不想伤害小苏，觉得应该还有别的方法可以治好自己的病。但是，小苏总是怀疑苏谅要挖自己的眼珠子，有意和苏谅保持距离。小苏怀疑苏谅会在食物里下毒，于是不吃苏谅喂的食物，自己去捉老鼠吃。小苏怀疑苏谅会暗算自己，即使刮风下雨，也不再睡在苏谅的房间中，而是睡在屋顶上。

小苏总是对苏谅道："我知道你要杀了我，用我的眼珠子做药引。"

苏谅解释道："小苏，我不会那么做。"

小苏道："你骗人。人类最善于伪装、欺骗。"

苏谅无奈地解释道："我真的不会那么做。"

小苏不相信苏谅的话，眼神阴森。

有一天，小苏对苏谅道："今天天气好，我们去郊外玩吧。"

"好。"苏谅也想出门散心，答应了。

小苏道："不要带随从，就我们俩去吧。"

苏谅没有多想，答应了。

苏谅和小苏出了长安城，来到一片森林中。森林中鸟鸣山幽，溪水淙淙，苏谅的精神也好了许多。坐了一会儿，苏谅对小苏道："静坐赏景，好像有些无趣。"

小苏道："那我们玩捉迷藏吧。"

苏谅笑道："怎样玩？"

小苏腾地化作一只猎豹般的猫兽，全身是松烟色，后背有七条棕色的花纹，没有尾巴。猫兽深碧色的眸子幽光灼灼，狡猾而凶残。猫兽脸上的黑纹仿佛一张人类的笑脸，说不出地诡异。

玉面狸盯着苏谅，獠牙森森。

"你躲起来，我去捉你。捉到之后，我就把你的眼珠子挖出来，然后吃掉你。"

苏谅以为小苏在开玩笑，伸手拍小苏的头，道："小苏，你的表情看上去还真可怕呢。"

玉面狸大怒，一爪挠向苏谅。

苏谅躲避不及，胸前顿时多了一道伤口，鲜血淋漓。

"小苏……"苏谅有些茫然。

玉面狸眼神冰冷，伸出舌头舔爪子上的鲜血，道："人类自私又虚伪，你明明很想挖出我的眼珠子，却骗我说不会那么做。你假装对我好，其实是想让我放松警惕，然后趁我不注意时，挖出我的眼珠子吧？人类真是太虚伪，太邪恶，太残忍了。"

苏谅道："我……没那么想过……我的病，一定会有别的方法治好……"

"哼！"玉面狸冷冷地道，"真是虚伪、邪恶，如果你不想杀我，你把匕首藏在靴子里干什么？"

苏谅道："来郊外出游，不带随从，我当然要带匕首防身。"

"你不是想防身，而是想杀我！"玉面狸固执地道。

苏谅无语。他想要再解释，玉面狸已经纵身扑了上来。

苏谅见玉面狸来势汹汹，只好跑。但是，他哪里跑得过玉面狸，不一会儿，他就被玉面狸扑倒了。

苏谅倒地的时候，后脑勺正好砸在一块凸起的石头上，顿时昏了过去。

昏迷过去的瞬间，苏谅以为自己死定了。

不知道过了多久，苏谅还是醒过来了。他醒来的时候，已是夕阳近黄昏，森林中的草木被风吹得沙沙作响，树影幢幢，小苏已经不在了。

苏谅松了一口气，小苏没有杀死他，也没有剜他的眼珠子，果然是在和他开玩笑。

幸好，小苏是在和他开玩笑。

一阵风吹来，苏谅觉得有些冷，低头一看，才发现自己赤身裸体，一丝不挂。他胸前被玉面狸抓伤的地方已经凝结了血痂，不过一动起来，还是隐隐作痛。

谁扒走了他的衣服？是小苏吗？苏谅很疑惑，决定先回苏府再说。

森林外面，有一个村子。苏谅借着暮色，裸奔到一户农人家中，想借一件衣服，顺便借宿一晚。

农人一家老小正在院子里谈笑，苏谅突然闯了进去，老人吓得昏厥，妇人吓得尖叫，小孩子吓得啼哭不止。男人们回过神来，顺手操起木棒、

钉耙、锄头围打苏谅:

"哪里来的猫妖?!"

"把他打出去!"

苏谅想解释,但是张开口,才发现自己无法开口说话,只能发出"咿呀——"的声音。

"咿呀——呜呜——"苏谅被打了几棒,哀号着夺路而逃。

苏谅在森林里煎熬了一个晚上,终于等到了天亮。他趁着天色未明,又潜入村子中,偷了一户人家晾晒在院子里忘记收进去的衣裳。

苏谅匆匆套上衣服,直奔长安城。

苏谅一路经过之处,人人惊叫着逃散。他觉得十分奇怪,不知道是怎么一回事。他来到苏府,平日熟识的仆人们都不认识他了,纷纷惊叫:"猫妖——猫妖啊——"

"咿呀——咿呀——"苏谅开口斥责仆人们无礼,并想冲进苏府。

仆人们不明白苏谅的意思,但见他要进苏府,纷纷阻拦。

苏谅很生气,推倒了一名仆人。

仆人们大怒,一起围上来打苏谅。

苏谅双拳难敌四手,"咿呀"地叫着,挨众人的打。

就在这时,苏谅看见另一个"苏谅"从苏府中走出来,闲庭信步,悠然自得。"苏谅"冷冷地看着仆人围打苏谅,嘴角泛起一丝阴邪的冷笑。

苏谅知道,这个"苏谅"一定是小苏。他冲出众人的包围,"咿呀"叫着扑向小苏,想问它为什么要这么做。众人手疾眼快,拦住了苏谅。

"苏谅"瞥了一眼苏谅,不高兴地道:"哪里来的猫妖?给我打!狠狠地打!"

众仆人领命,把苏谅狠狠地打了一顿。

"咿呀——"苏谅打不过他们,狼狈逃走。

假苏谅站在苏府门口,哈哈大笑。

苏谅逃到一处水边,往水里一看,才知道为什么众人害怕他、仆人不认识他。原来,他的脸竟然变成了一张猫脸。猫脸狰狞而诡异,连他自己都觉得可怕。

苏谅知道这是小苏捣的鬼,小苏偷走了他的脸,他不由得愤怒、伤心。

苏谅又去了苏府几次,每次都被仆人围打,他不能说话,也就无法解释。

小苏冷笑着看苏谅挨打,神色复杂。

因为苏谅去苏府的次数太多了,小苏害怕露出破绽,叫人将苏谅捉住,

43

把他当奴隶卖给牙行。苏谅无法说话，也无法反抗，只能眼睁睁地看着自己被卖掉，沦为奴隶。

苏谅长了一张猫脸，十分诡异，没有人愿意买他做家奴。他好歹也算是一个年轻力壮的男子，因此被当作苦力卖去咸阳，在梁山修乾陵。

在梁山修乾陵的日子，苏谅过得十分悲苦，每天吃不饱，睡不好，累得半死，还要挨监工的鞭子。他回想起曾经做公子哥儿的逍遥日子，想起小苏，心中既愤怒，又悲伤。

苏谅的病本来就没好，这几个月他起早贪黑做苦力，积劳成疾，他的病又发作了。

苏谅奄奄一息地躺在地上，发着高烧，昏迷不醒。

监工眼见苏谅活不了了，不愿意再浪费水食，就叫人把他和其他几个或累死或病死的奴隶一起拖去山谷里扔了。

乾陵附近一个用作抛尸的山谷，那里堆满了在修筑乾陵时死去的奴隶的尸体，臭气熏天。山谷中盘旋着许多乌鸦和夜枭，它们以吃腐肉为生。士兵们把苏谅和几具尸体抛下，一刻也不愿意停留，匆匆离开了。

也是苏谅命大，夜里下了一场大雨，把他淋醒了。他借着雷电看清了山谷里的情形，吓得爬起来就跑。

苏谅拖着病体在雷雨中拼命奔跑，也不知道病弱的自己哪来那么大的力量。一直跑了许久，跑到筋疲力尽时，他倒在了一座寺庙的大门前。

第二天早上，开门扫地的僧人发现了苏谅，把他救进了寺中。老方丈心怀慈悲，也精通岐黄之术，收容了苏谅，并治好了苏谅的病。

苏谅病好之后，心中茫然，就留在寺庙中打杂，空闲了就听僧人们念经。

老方丈和僧人们都认为苏谅是猫妖，苏谅不能说话，也没办法解释。

老方丈总是劝苏谅出家，觉得自己如果能够度化一只猫妖，会是一件了不起的功德。僧人们也都劝苏谅出家，觉得和一只猫妖做师兄弟，会是一件新奇而有趣的事情。

苏谅还惦记着小苏，还对小苏偷走他的脸的事情耿耿于怀，不愿意出家。老方丈和僧人们并不放弃，仍旧不时地发出一些"红尘悲苦，佛门清净""爱恨嗔痴，皆是虚妄"的警句，苦劝苏谅出家。苏谅还是不答应。

有一天晚上，老方丈和僧人们趁苏谅睡着时，偷偷剃光了他的头发。

苏谅醒过来之后，发现自己没有了头发，十分生气。他一怒之下，离开了寺庙。

离开寺庙之后，苏谅觉得天地苍茫，无处可去，思前想后，决定回长安。无论如何，他也要去找小苏，问小苏为什么要这么对他，并让小苏把他的脸还给他。

苏谅一路向东，回到了阔别两年的长安城。有了上一次的教训，苏谅不敢直接与小苏对质，装扮成乞丐，潜伏在苏府附近观察。

观察了两个月，苏谅悲伤地发现小苏彻底取代了他。苏府上下，上至他的父母，下到仆从，另外还有他的朋友和同僚，他们都把小苏当成了他，没有人发现真正的他已经不见了。

苏谅很愤怒，也非常伤心：他对小苏那么好，小苏为什么要这么残忍地对待他？！

苏谅潜伏在苏府附近，想找机会接近小苏，但始终没有机会。

前几天，他看见元曜挨了小苏的打，心中气愤，有心去帮助元曜，但又不敢露面，只好等小苏走了，跑去搀扶元曜。元曜误以为苏谅是玉鬼公主，带他回了缥缈阁。

在缥缈阁里，苏谅向白姬说出了自己的愿望，与她结下"因果"。他想起小苏，还是觉得伤心。他看见白姬和离奴相处融洽，想起了自己和小苏曾经也是那般和睦融洽，忍不住悲伤痛哭。

如今，他终于恢复了人脸，恢复了声音，各种情绪涌上心头，回想万般苦楚辛酸，感慨万千。

苏谅流泪道："我明明对小苏那么好，小苏为什么要那样对我？！我必须找小苏问清楚！"

元曜劝道："苏兄，请从长计议。玉面狸张扬跋扈，盛气凌人，苏兄你去找他，说不定又会被变成猫。"

白姬也道："先忍耐一下吧。说不定，玉面狸自己会来缥缈阁。"

苏谅还想说什么，但终究还是沉默了。

白姬、元曜、苏谅静静地坐着，不时有夜风吹过庭院，檐铃叮当作响。月亮渐渐升上中天，夜空中的云彩变幻出美丽的花纹，像是镶嵌在月镜上的螺钿。

月亮西斜时，离奴回来了。

离奴神色古怪，道："主人，事情非常奇怪，大家都说您昨天去向他们求亲了。离奴解释说主人不会乱求亲，他们一定认错人了。他们却笃定地说，绝对是您，不会弄错。因为您求的亲太多了，大家都很生气，说您戏耍他们，太无礼了。"

元曜、苏谅偷眼去望白姬，想看她会有什么反应。

白姬捧着酒杯，望着月亮，轻轻地哦了一声。

离奴顿了顿，道："主人，离奴虽然不明白到底发生了什么事情，但是这一次确实闹大了。长安城中的千妖百鬼都十分愤怒，说您欺人太甚，拿婚姻大事当儿戏，这对他们是一种莫大的侮辱，他们打算联合起来，屠龙、斩猫、烧掉缥缈阁。"

白姬捧着酒杯，望着月亮，又轻轻地哦了一声。

离奴咽了一口唾沫，又道："离奴没有害怕，只是觉得'众怒难犯'这句俗话也有一定的道理。不管怎样，主人您还是带着离奴去哪里躲一躲，避一避风头吧。缥缈阁留给书呆子看着，应该没有问题。"

元曜闻言，生气地道："离奴老弟，请不要乱出馊主意！小生可不愿意留下来给千妖百鬼塞牙缝！"

白姬喝了一口桂花酒，道："轩之太瘦，恐怕连塞牙缝都不够。"

离奴同意，道："书呆子还很酸，恐怕要用蜂蜜腌渍一下，才能入口。"

元曜很生气，但又不敢反驳，只能讷讷地争辩道："小生不是食物！"

离奴道："主人，离奴这就去收拾细软，我们连夜躲去洛阳避一避。等风头过了，再回长安来解释。"

白姬想了想，道："今天太晚了，先去睡觉吧。明天再说。"

于是，弦月西沉时，四人分别去睡了。

第七章　化　形

第二天早上，阳光明媚，秋风和煦。

白姬早上飘出了缥缈阁，不知道去了哪里，过午了还没有回来。

离奴今天不敢踏出缥缈阁买菜，就使唤元曜去。

"书呆子，快去买鱼，不要一天到晚就知道偷懒！"

元曜想起之前白姬嘱咐他不要独自出门，也不敢去，道："离奴老弟，买菜做饭是你的事情，你自己去。"

离奴不肯去，挥舞拳头，威胁元曜道："书呆子，你去不去？"

元曜把心一横，道："不去。"

离奴和元曜互相推诿，吵闹了一个上午，苏谅实在听不下去了，一把抓起菜篮子，走出缥缈阁，买菜去了。

漫漫秋日，时光悠闲，元曜拿着鸡毛掸子给货架掸灰，离奴坐在柜台后面愁眉苦脸地吃鱼干。

离奴愁道："如果事情真的发展到要离开长安的那一步，爷收藏的帽子可怎么办？"

元曜道："帽子乃是身外之物，保命要紧。"

离奴道："那不是身外之物，那是爷要送给阿棻的礼物。"

元曜道："小生说一句离奴老弟不爱听的话。从你的描述来看，你和那位阿棻交情也不深，只是童年记忆中的朋友。这么多年过去了，阿棻根本不知道在哪里，你更不知道它还记不记得你、认不认得你，你留着帽子恐怕也没有什么用。"

离奴神色一黯，有些伤怀。

突然，有人走进了缥缈阁。

元曜、离奴抬头，原来是白姬回来了。

白姬穿着一袭云纹长裙，臂挽月下白鲛绡披帛，倭堕髻上斜簪着一朵胭脂色的秋海棠。她瞥了元曜、离奴一眼，径自飘向了后院。

元曜、离奴没有在意，一个继续给古董掸灰，一个继续吃鱼干。

不一会儿，后院中传来一阵"砰砰咚咚"的声响。元曜、离奴觉得奇怪，急忙跑去后院看发生了什么事情。

秋叶纷落，金草起伏。白姬正在各处堆放木材，并往廊柱、门扇上泼松油。看样子，她似乎是想纵火。

元曜的脑袋嗡一下，他颤声问道："白姬，你在干什么？"

离奴也吓了一跳，道："主人，您这是在干什么？"

白姬回头，诡异一笑，道："烧了缥缈阁呀。"

元曜道："好好的，你烧缥缈阁干什么？缥缈阁是你多年的心血，你怎么忍心烧了它？"

离奴也道："主人，如果真的在长安待不下去了，我们避去洛阳就好了，不用烧掉缥缈阁。"

白姬道："还是烧掉比较干净。我意已决，你们不必多言。"

白姬继续往各处浇松油，元曜、离奴呆呆地站在回廊下看着。

白姬回头，道："你们愣在那里干什么？还不快来帮忙？"

元曜、离奴没有办法，只好去帮白姬堆柴火、浇松油。不多时，缥缈阁内外已经堆满了木材，浇满了松油，只差点火了。

白姬很满意，叉腰大笑，道："火要烧大一点儿，一定要烧得干干净净，哈哈哈哈——"

元曜觉得白姬疯了。他偷眼去看离奴，想让它再劝一劝白姬，让她不要冲动行事，一切从长计议。但是，离奴一向唯白姬马首是瞻，白姬说什么，离奴就做什么，已经全身心地投入到火烧缥缈阁的行动中了。

离奴指着屋顶，道："主人，要烧得干净，那屋顶上也得淋上松油。"

元曜心中发苦，道："离奴老弟，你忘了你的帽子了吗？"

离奴道："主人都不要缥缈阁了，离奴还要帽子做什么？"

白姬赞许地笑道："离奴，去屋顶淋松油吧。"

"是，主人。"离奴应道。

离奴跑上屋顶浇松油，元曜看得一头冷汗，觉得非常不妥。他回头望向白姬，想再劝说她两句。

白姬也正好望着元曜，双眸盈盈如秋水，黛眉淡淡似春山。

没来由地，元曜的心跳快了两拍，脸也有些发烫。他急忙回过头，不敢再看白姬。

白姬伸手，搭住元曜的肩膀，探头在他耳边道："我喜欢轩之啊。"

元曜的脸涨得通红，他有些手足无措，结结巴巴地说道："白……白姬，你……你……小生……小生……"

白姬凤目微睐，红唇挑起一抹诡魅的笑："轩之，我们成亲吧。"

元曜脸更红了，道："这……这……"

白姬道："轩之不喜欢我，不答应吗？"

元曜心跳如擂鼓，语无伦次地道："不，不，小生……小生……喜欢……语言也是一种'因果'……小生……喜欢……"

白姬牵起了元曜的手，笑道："轩之不反对，那事情就定下了。"

"……"元曜心绪混乱，隐隐觉得这一切怪怪的，好像哪里不对劲。但是，不知道为什么，听见白姬说喜欢他时，他心中隐隐有一种很愉快、很甜蜜的感觉。这就好像，有一阵春风吹过死寂的荒原，让皑皑冰雪融化成潺潺清泉，清泉流经的地方，百花缓缓绽放，形成美丽而绚烂的花海。花海之上，蝴蝶飞舞，比翼双飞。

白姬、元曜正在执手凝望，一个人影沿着回廊幽幽地飘来后院。

元曜侧目一瞥，觉得来者十分眼熟。

那人是一名身姿婀娜的女子，身穿一袭云纹长裙，臂挽月下白鲛绡披帛，倭堕髻上斜簪着一朵胭脂色的秋海棠。她的面容十分美丽，左边眼角有一颗血红的泪痣。这不是白姬又是谁？！

新来的白姬四下望了一眼庭院，将冷淡的金眸定格在和元曜执手对望的白姬身上，掩唇诡笑："嘻嘻，很有趣。"

另一个白姬松开元曜的手，黑眸在一瞬间变作了金色，也掩唇诡笑："嘻嘻，很有趣。"

元曜来回扫了两个白姬几眼，一下子蒙了，急忙跑去冲着正在屋顶上欢乐泼油的离奴喊道："离奴老弟，不好了！出怪事了！突然之间，有两个白姬了！"

离奴停止泼油，往下一望，看见两个白姬正在对峙。离奴大吃一惊，脚底一滑，滚下了屋顶。

元曜想都没想，伸手就去接黑猫。谁知，黑猫在半空中突然变成了黑衣少年，准备一个猛虎落地式跳跃，干净利落地着地。

元曜没有料到此变，躲避不及，被离奴压了一个结实。

离奴也没有料到元曜挡路，回避不及，和元曜撞在一起，滚在地上。

离奴揉着脑袋，坐起身来，大骂元曜。

"哎哟，摔死爷了！死书呆子，你挡爷干什么？！"

元曜眼冒金星，抱怨离奴。

"哎哟，压死小生了！离奴老弟，你突然变成人干什么？"

元曜、离奴吵闹着爬起来，两个白姬一起向他们走去，白衣金眸，泪痣如血，身姿绰约，气质如仙。两个白姬容貌一样，神情一样，举止一样，气质一样，仿佛是一面镜子中的里外两个人。

元曜、离奴这一摔之下，已经完全分不清哪一个白姬是先来的，哪一个白姬是刚来的，两个人面面相觑，心中发苦，不知道如何是好。

元曜问离奴，道："离奴老弟，两个白姬，这该如何是好？"

离奴苦着脸道："爷怎么知道？反正，肯定有一个主人是假的。"

两个白姬一起道："我是真的，她是假的。"

两个人的声音、语气、表情都一模一样，实在无法分辨真假。

元曜傻了眼，对离奴道："离奴老弟，你跟在白姬身边已经数百年了，一定能够认出她，你来分辨吧。"

离奴走过去，绕着两个白姬转了几圈，脸上露出迷茫而苦恼的神色。离奴想了想，道："有了。你们谁能变成龙，谁就是主人了。"

元曜闻言，也觉得有道理。

"不错。谁能变成天龙，谁就是真正的白姬。"

"嘻嘻。"两名白姬掩唇诡笑，一前一后腾空而起，两道白光乍起乍没，消失在了天空中。

元曜手搭凉棚，望向天空。

湛蓝如洗的天空中，一阵狂风吹来了许多白云，大片大片的浮云缓缓聚集。苍穹之中，风起云涌，云层不断地蔓延、翻卷，遮盖了太阳，变换了乾坤。

"轰隆隆隆——"虽然是大晴天，但是在云天尽头，传来了滚滚惊雷声。

云层之上，两条巨大的白色龙影昂然游过，巨龙犄角如镰，须鬣张扬，身姿宛若灵蛇，鳞甲泛着七彩光华。两条威严英健的白龙盘桓在长安城上空，在风云中时隐时现，吞云吐雾，发出震耳欲聋的雄浑龙啸。

如同一块巨石投入水中，两条白龙在长安城中激起一片喧哗和骚动。众人纷纷走出房子，在旷地上争相观望天龙现身云端的奇景，各大佛寺也次第响起了洪亮而悠长的铜钟声，大明宫中也响起了"咚咚——"的擂鼓声。

元曜张大了嘴巴，道："那就是白姬的真身吗？也太大了一点儿吧？还有，为什么有两条龙？难道假白姬也能变成龙？"

离奴也蒙了，道："看来，假扮主人的家伙，道行也很深。"

祥云散尽，天龙隐身。缥缈阁后院中，两个白姬脚踏彩云飘下来，衣袂翩跹。她们站在草地上，望着离奴，掩唇而笑。

离奴觉得头大，对元曜道："爷有些头疼，书呆子你来分辨吧。"

一个白姬对元曜笑道："轩之，你不认识我了吗？"

另一个白姬也笑道："轩之，她不是白姬，我才是。"

元曜依次望向两个白姬，也觉得头疼。突然，他想起了什么，脑海中闪过一串火花。

"有了。小生有办法知道谁是真白姬了！"

离奴急忙问道："什么办法？"

两个白姬望着元曜，以袖掩唇，嘻嘻而笑。

"即使可以惟妙惟肖地伪装成白姬，甚至也能够化成天龙，但是假白姬就是假白姬，不可能知道真白姬才知道的事情。"元曜镇定地道。他问左边的白姬，道："白姬，你和小生第一次相遇是在缥缈阁中，还是在韦府？"

那名白姬想了想，笑道："当然是在缥缈阁中了。"

元曜和离奴面面相觑，离奴突然一个跃起，化作凶恶的猫兽，扑向了那个白姬。

元曜道："小生第一次遇见白姬，是在城南的一座石桥上，不是在缥缈阁，也不是在韦府。真正的白姬，不可能不知道此事。"

右边的白姬哈哈大笑，道："偶尔，轩之也是很聪明的呀。"

元曜生气地道："什么叫偶尔？！"

离奴扑向"白姬"的瞬间，"白姬"蓦地化作一缕青烟，消失了。

虚空中，一个男子阴沉的声音缥缈如风。

"原来如此，我失算了。不过，缥缈阁今日必将葬于火海，灰飞烟灭。"

男子话音刚落，一团火苗从一堆浇了松油的木柴上蹿起。因为缥缈阁中到处都是火油和木柴，火苗以肉眼可见的速度飞速蔓延扩张，转眼间吞噬了庭院，往回廊的方向燃烧。

元曜吓了一跳，想要逃跑，但是四周火焰熊熊，他刚抬脚迈步，衣衫上也着了火。

离奴伏在火焰中，头贴近地面，竖起耳朵，倾听周围的动静，判断假白姬的方位。

白姬叹了一口气，道："火烧起来，缥缈阁就没了。"

元曜一边拍灭身上的火苗，一边号道："那你还不赶快想办法灭火？！"

白姬抬手，捏了一个法印，口中"喃喃"念了几句咒语之后，道："摩诃般若波罗蜜多，灼灼业火，皆化红莲。"

缥缈阁中的火焰倏地蹿起，金红色的火苗渐渐变得血红，宛如红莲，刺人眼眸。

一阵风吹过，火焰如莲花般摇曳，花瓣纷纷散落、飞舞。随着红莲纷散，火焰也熄灭了。火焰烧过的地方，奇迹般地保持着火焰燃起之前的原貌。

漫天红莲花瓣乱舞，遮住了人的视线，元曜甚至看不清站在他身边的白姬和伏在地上的离奴。

等红莲花瓣落定时，元曜才看清白姬。

白姬也侧头望向元曜，轻轻地咦了一声，眼中露出玩味的神色。

"哎呀，两个轩之。"

元曜扭头一看，也咦了一声。他身边站着一个青衫落拓的书生，那书生的面貌十分眼熟，他常常在镜子中看见。

书生看见元曜，也咦了一声。

两个元曜站在花雨中对望，神色惊奇、慌张。

元曜的脑子在一瞬间变得有些糊涂，但很快又恢复了清明。他明白一定是那个假扮白姬的妖怪又伪装成了他，混淆众人的视听。

元曜对白姬、离奴道："真金不怕火炼，请白姬和离奴老弟问一些小生才知道的问题，辨识真假吧。"

另一个"元曜"也道："请白姬和离奴老弟辨识真假吧。"

白姬和离奴对望一眼，笑了。

白姬道："没有必要辨识真假，缥缈阁正缺人手，两个轩之一起使唤吧。"

离奴舔唇，也道："没有必要辨识真假，一个书呆子清蒸，一个书呆子油炸，正好凑成一桌菜。"

元曜气得发抖，说道："你们……你们……"

另一个"元曜"闻言，腾地化作一缕青烟，想要逃走。

离奴反应奇快，纵身扑了过去。

青烟绕过绯桃树，离奴追过绯桃树。等青烟和离奴从绯桃树后出来时，离奴已经变成了两个。两只一模一样的猫兽伏在草地上，互相呲齿对望，嘴里发出呜呜的声音。

元曜傻了眼，问白姬道："离奴老弟又变成两个了，该怎么辨识？"

白姬道："没有辨识的必要。离奴，擒住它，不要让它逃跑。"

"是，主人。"左边的离奴应道。离奴纵身而起，闪电般扑向右边的猫兽。它的指甲尖锐如镰刀，凌空画出一个圆弧，在右边的猫兽背上抓出了三道血痕。

离奴怒吼道："喵！敢装成爷的模样，跪下受死吧！"

假离奴缓缓卸下了伪装，现出了真形。它也是一只猫兽，全身松烟色，背上有七条棕色花纹，没有尾巴。它的脸上生着神似人类笑脸的黑纹，说不出地诡异。它的眸子中幽光灼灼，目光狡猾而凶残。此猫兽正是玉面狸。

离奴看见玉面狸的模样，愣了一下。

玉面狸阴沉地道："大爷我才不稀罕伪装成你那一块黑炭一样的丑陋模样。"

离奴大怒，呲齿扑上去。

"没尾巴的野猫，也敢口出狂言？！"

"嗷呜——"玉面狸亮出利爪，冲上去迎战。

第八章　猞　猁

阴云低沉，飞沙走石，两只猫兽在庭院中大战。

白姬、元曜站在绯桃树下，观望这场战斗。

两只猫兽的动作迅疾如闪电，元曜只能看见两团影子交错纠缠，在呜呜的号叫声中，不时地溅出鲜血。

鲜血落在草地上，红艳如花。

白姬摘了一个桃子，咬了一口。

元曜见了，有些生气，道："都什么时候了，你还有心情吃桃子？那玉面狸看起来十分厉害，离奴老弟万一有个三长两短，可如何是好？"

白姬又摘了一个桃子，扔给元曜，笑道："轩之放心。我赌一个桃子，离奴不会输。除了做鱼，离奴最拿手的就是打架了。"

元曜接过桃子，咬了一口，还是不放心。

"可是，看上去，离奴老弟没有占上风。"

白姬若有所思，道："好像有些奇怪。离奴没有尽全力，留情了。这种事情，还是头一次发生。"

离奴有两次机会可以抓破玉面狸的喉咙，但不知道为什么，离奴的爪子只堪堪擦过了玉面狸的肩膀。

玉面狸善于化形，不擅长战斗。在僵持的战局中，玉面狸渐渐觉得体力不支，落了下风。

玉面狸瞥了一眼站在桃树下的白姬和元曜，白姬绕去了桃树左边，踮着脚摘桃子，元曜傻傻地站在树前吃桃子。

玉面狸眼珠一转，突然在离奴的扑袭中诈逃，就地一滚，迅速扑向元曜，卷走了他。

白姬、离奴反应过来时，玉面狸已经扑倒了元曜，用锋利的爪子抵住了他的脖子，阴狠地道："都别过来！不然，我割断这书生的喉咙！"

白姬望着趴在地上满脸愁苦的元曜，叹了一口气。

"轩之，你……"

离奴大骂玉面狸："卑鄙无耻！打不赢爷，就拿书呆子做挡箭牌！"

元曜的嘴里还含着没来得及吞下的桃肉，他心中发苦，想要说一句什么，却说不出来。

玉面狸阴笑，道："只要可以活下去，卑鄙无耻又何妨？这一招，可是跟人类学的。"

元曜吐出嘴里的桃子，对玉面狸道："小生和你无冤无仇，你杀了小生，于心何忍？"

玉面狸冷笑，爪尖轻轻划过元曜的脖子，一串珊瑚珠般的鲜血滚落。

"人不为己，天诛地灭。在人类的世界里，为了自己活下去，踩在别人的尸体上，不是很正常的事情吗？"

白姬道："放了轩之，我让你离开。"

"嘿嘿。"玉面狸阴笑，对白姬道，"要我放了他，你必须答应与我结下契约，做我的奴仆，永远效忠于我，不许违逆我。"

离奴闻言，十分生气，纵身要去扑袭玉面狸。

白姬以眼神制止了离奴，四下望了一眼，对着虚空道："玉鬼公主既然来了，就请现身吧。"

白姬话音刚落，玉面狸和元曜身后骤然浮现出一只巨大的猞猁妖兽，猞猁的体形比玉面狸和离奴大了一倍，身姿矫健，四肢修长，充满了野性的力量之美。

猞猁的毛是金栗色，全身布满了猎豹一样的斑点。它的耳朵比猫兽的略尖，耳尖上生长着耸立的黑色笔毛。它黑棕色的瞳孔呈一条直线，两颗獠牙泛着悚人的寒光。它走路无声，四足之下盘绕着金红色的火焰，仿佛行走在修罗地狱中的魔兽。猞猁是狸猫中最具野性、最凶残的一族，是天生的杀手、天生的捕猎者。

离奴看见猞猁，也有些心寒，对玉面狸道："喂，你后面……"

玉面狸浑然不觉危险正在逼近，哈哈大笑，蔑视离奴。

"黑炭，用这么老掉牙的笨方法骗我回头，你不觉得蠢了一点儿吗？"

离奴沉默了。

玉面狸身后，猞猁已经伸出了爪子，爪锋寒光烁烁。

猞猁在玉面狸耳后口吐人语，道："放开元公子，否则，捏爆你的头。"

玉面狸急忙回头，迎面对上一张冷酷而狰狞的猞猁脸，骇得一个激灵，出自本能地挥爪，袭击猞猁。但猞猁的动作比玉面狸的更快、更狠、更准，镰刀般的爪子插进了玉面狸的肩膀，将玉面狸掀翻在地。

玉面狸的肩膀皮开肉绽，鲜血淋漓。玉面狸吃痛之下，松开了钳住元曜的爪子，元曜趁机抱着头爬走了。

玉面狸想翻身起来，但是猰㺄已经张开獠牙，咬住了玉面狸的脖子，撕裂了一道伤口。

玉面狸拼命挣扎，挥爪刺向猰㺄的眼睛。猰㺄侧头避开这一击，玉面狸如同一条滑腻的泥鳅，灵巧地溜出了猰㺄的钳制。

猰㺄大怒，啮齿扑向玉面狸，獠牙上鲜血刺目。

玉面狸负伤之下，逃跑不灵便，又被猰㺄一爪掀翻，滚了几圈之后，瘫倒在地。

猰㺄灵活地跃上来，用爪子掐住了玉面狸的脖子，尖细的瞳孔变成了血红色，透露出嗜血的凶光。

"伤害元公子者，杀无赦！杀无赦！杀无赦——"

玉面狸倒在血泊中，浑身痉挛，眼中露出绝望和恐惧。

元曜被吓惨了，抱着头坐在地上，不停地念："阿弥陀佛——阿弥陀佛——阿弥陀佛——阿弥陀佛——"

离奴神色大变，想去阻止。白姬摇头制止了离奴："玉鬼公主是猰㺄族中最骁勇的猛士，无人能敌。玉鬼公主一旦双目发红，进入杀戮状态，就控制不了自己的杀意，谁靠近，谁就会死。猰㺄族中遭殃的人很多。这也是玉鬼公主被猰㺄王赶出……喀喀，遣出猰㺄族，四处游历修行的原因。"

一滴冷汗滑落离奴的额头，离奴望着濒死的玉面狸，神色复杂。

就在这时，去买菜的苏谅回来了，他见白姬、元曜、离奴都在后院，兴奋地道："你们看见龙了吗？刚才，有两条白龙在天空中时隐时现、吞云吐雾，真是太美丽、太神奇了。大家都说，这是四海升平、风调雨顺的吉兆。"

白姬道："没看见。"

离奴懒得理会苏谅。

元曜抱着头发抖："阿弥陀佛——阿弥陀佛——阿弥陀佛——阿弥陀佛——"

玉面狸听见苏谅的声音，侧过了头。看见苏谅，玉面狸眼睛睁大了，喉咙里发出呜呜的声音。

苏谅侧头，看见玉面狸，一下子愣住，手中的菜篮掉在了地上。

"小……小苏？！"

玉面狸呜呜了两声，转过了头。

猞猁双目赤红，杀气腾腾，爪子上用力更甚，玉面狸的脖子几乎走形。

苏谅突然冲了过去，喊道："住手！不要伤害我的小苏！！"

猞猁满身杀气，正处在癫狂状态，见苏谅扑上来，就地弹起，一下子将苏谅扑倒，一口咬向他的脖子。

白姬见状，脸色微变，想要上前阻止，已经来不及了。

说时迟，那时快，奄奄一息倒在血泊中的玉面狸突然弹跳而起，张嘴咬住猞猁的后颈，将猞猁掀翻在地。

玉面狸望着苏谅，喝道："走开！这里危险。"

苏谅悲伤地道："小苏……"

猞猁翻身跃起，双目赤红如血，杀气更甚，足踏红莲业火，露出尖锐的獠牙，一步一步逼近玉面狸，嘴里发出凶恶的呜呜声。

玉面狸浑身浴血，勉强支撑着身体不倒下，将苏谅护在身后。猞猁杀气腾腾地逼近，玉面狸的四足因为恐惧而微微发抖。但是，玉面狸没有丢下苏谅，独自逃离。

玉面狸对苏谅道："趁我扑上去缠住猞猁的一瞬间，你赶快逃走。"

苏谅爬起来，站在玉面狸身边，坚定地道："我不逃。我不会让它伤害你。"

玉面狸一愣，冰冷的眸子里突然涌出了眼泪。玉面狸的脸上几乎都是伤口，眼泪流下，宛如滴血。

玉面狸垂下头，哽咽道："傻瓜……真是一个傻瓜……我曾经那样对你，偷了你的脸，偷了你的身份，还把你卖为奴隶，你为什么要对我这么好……人类不都应该是自私的、残忍的、邪恶的吗？你为什么要对我这么好……"

苏谅笑了，道："我对你好，只是因为你是我的小苏。"

玉面狸脸上不断地滴落鲜血，泣不成声。

"傻瓜……傻瓜……"

猞猁双目赤红，越逼越近。

玉面狸一爪推开苏谅，将他远远地甩开，自己纵身扑向猞猁。

猞猁灵巧地跃起，锋利的爪子凌空画出一条弧线，在玉面狸的腹部和胸部拉开了一个大创口。

鲜血四溅，玉面狸砰地倒在地上，浑身抽搐，无法再起身。

苏谅被玉面狸甩开，正好撞在惊吓过度、抱头念佛不止的元曜身上，两个人一起跌倒在地上。

　　猰㺄见玉面狸已经奄奄一息，又来追杀苏谅，一个跳跃，停在苏谅跟前，獠牙上鲜血滴落。

　　苏谅吓得牙齿咯咯打战。

　　元曜爬起来，从苏谅的背后探头张望，正好对上猰㺄杀气腾腾的脸。

　　"轩之！"白姬脸色一变。玉鬼公主一旦杀性大发，就完全不认人，看见谁，就杀谁。在猰㺄族中，连猰㺄王和王后都因此受过重伤，不得不拿"出门游历修行"做理由，让玉鬼公主离开猰㺄族。现在这种情况下，元曜只怕也要遭殃。

　　"书呆子！"离奴也大惊，俯下身，准备在猰㺄攻击时，跳上去救元曜。

　　元曜看见猰㺄狰狞的脸，吓得汗毛倒竖，就要昏厥过去。

　　谁知，猰㺄看见元曜的脸，赤红的血目瞬间恢复了棕黑色，脸上也失去了狰狞、凶残的表情，继而浮起了一抹羞涩、一抹紧张、一抹无措。

　　猰㺄突然一跃而起，一阵风一般跑到绯桃树后。不一会儿，一只花狸猫从绯桃树后探出半颗头，悄悄地望着元曜，紧张而羞涩。

　　"呼——"白姬松了一口气。

　　"呼——"离奴也松了一口气。

　　"欸？"苏谅一头雾水，但他没有心情疑惑，见凶恶如魔兽的猰㺄不见了，他流泪奔向奄奄一息地瘫在血泊中的玉面狸。

　　元曜看见花狸猫，张大了嘴。

　　"玉……玉鬼公主？！"

　　花狸猫羞涩地缩回了头，道："元……元公子……玉鬼今日失态了，没有吓到你吧？"

　　元曜擦汗，刚才猰㺄的狰狞模样，确实差点儿吓死他。

　　"小生确实差点儿被吓死，你的模样实在是太可怕了。不过……"

　　元曜的话还没说完，花狸猫突然从绯桃树后奔出，抹泪跑了。

　　"元公子说玉鬼可怕，元公子讨厌玉鬼，好伤心，好伤心……"

　　"不过，还是谢谢你救了小生。"见花狸猫跑了，元曜急忙大声地解释道，"玉鬼公主误会了，小生没有讨厌你！"

　　"元公子讨厌玉鬼，实在太伤心了，太伤心了……"花狸猫完全不听元曜的话，已经一溜烟跑走了，眼泪洒了一地。

　　"唉！"元曜叹了一口气，觉得很头疼。玉鬼公主好像从来不会听完他的话，每次都会这么奇怪地跑走。

"嘻嘻。"白姬掩唇诡笑。

元曜问白姬："你笑什么？"

白姬笑道："轩之真是一个很奇特的人。"

"去！小生哪里奇特了？！"元曜不高兴地道。

白姬望着元曜，似笑非笑。

不远处，苏谅和离奴围着重伤的玉面狸。玉面狸躺在血泊中，奄奄一息，生死悬于一线。苏谅号啕大哭，离奴神色复杂。

玉面狸虚弱地对苏谅道："你……你哭什么？"

苏谅道："我伤心。"

玉面狸垂下眼帘："你伤什么心？"

苏谅道："你看起来伤得很重，所以我伤心。"

玉面狸道："我偷了你的脸，偷了你的身份，害你沦为奴隶。我这么坏，你为什么还要为我伤心？"

苏谅道："你的心肠不坏，你只是太调皮了。"

如果玉面狸真的邪恶狠毒，想要彻底取代苏谅，那么在森林里，苏谅就不可能活着。如果玉面狸真的邪恶狠毒，那么变成猫脸、无法说话的苏谅找来苏府时，玉面狸就不会只是捉住他、卖掉他了。玉面狸可以让他彻底消失，消除后患。如果玉面狸真的自私冷酷，刚才就不会在猰貐的攻击下，以身犯险，保护苏谅了。

自从把苏谅卖掉之后，玉面狸的心中偶尔也会涌起悲伤的情绪。玉面狸住在苏谅的房间里，躺在苏谅的床上，穿着苏谅的衣裳，扮演着苏谅的角色，每天呼朋聚友，仆从环绕，却感到深深的孤独。

玉面狸常常在深夜坐在铜镜前，对镜子中的苏谅说话："喂喂，人类，我扮演得很像你呢，他们都没认出来。"

铜镜中的苏谅也道："喂喂，人类，我扮演得很像你呢，他们都没认出来。"

玉面狸神色一黯，转眼间又换上了一张笑脸，模仿苏谅的语气道："嗯嗯，小苏，你演得很不错！"

"可是，我觉得表情还差一点儿火候。"

"那你就多练习一下表情吧。"

"我学不像你的笑容。我笑起来，干巴巴的，没有像春风一样明朗温柔的感觉。"

"你多笑一笑，就可以学会了。"

"好吧。"

"嗯。"

玉面狸对着铜镜，自己和自己说话，灯火下，玉面狸的影子非常孤单。

后来，玉面狸派人去打探苏谅的下落，仆人们顺着牙行提供的线索，追查到梁山乾陵，只得到苏谅生病暴毙的消息。

玉面狸听了消息，心仿佛在一瞬间空了。

玉面狸对着铜镜中的苏谅道："原来，你已经死了……"

铜镜里的苏谅保持沉默，没有回答玉面狸。

玉面狸也沉默了。

过了许久，玉面狸开口了："我没想到你会死……你是我遇见的最奇怪的人……我从来没有遇见过像你这样的人……"

铜镜里的苏谅泪流满面。

玉面狸伸手，想为铜镜里的苏谅擦去眼泪，但是，怎么擦，也擦不去苏谅的眼泪。

玉面狸道："对不起，我们一起活下去吧。"

铜镜里的苏谅微笑点头。

从此以后，玉面狸扮演苏谅越来越像，但这个苏谅再也不会笑了。

第九章　宽　恕

一阵风吹过，金色的秋草起伏如波浪。

玉面狸躺在血泊中，望着悲伤哭泣的苏谅，碧眸中溢出了血泪。

"我活了一千多年，遇见过很多人，却从来没有遇见过像你这样奇怪的人。他们都贪婪、自私、残忍、恶毒，太过信任人类、喜欢人类，结局总是很悲伤。"

玉面狸眼前浮现出一幕幕悲伤的往事，血色蔓延。

暴雪封山，冰天雪地，猎人因为无法出猎而挨饿，他养的一只狸猫每天在风雪中艰难跋涉，咬死藏在雪山深处的獐子、麋鹿，拖回家给猎人吃。

这一年的冬天格外寒冷，格外漫长，狸猫每天能够带回来的猎物越来越少，狸猫把猎物让给猎人吃，自己只吃一些草根和树皮。狸猫相信，春天很快就会到来，自己和猎人可以撑到春暖花开。可是，寒冬好像永远不会结束似的，暴风雪一直持续着。

在狸猫再也找不到食物时，猎人架起了一口锅，捉住了狸猫，要将狸猫熬成一锅猫汤充饥。他血红的眼睛里闪烁着饥饿、贪婪、残忍、恶毒的光。

最后，猎人死了。

猫妖将他熬成了一锅汤，度过了寒冷、漫长的冬季。

江南小城中，风景如画。狸猫住在一户殷实的人家中，是这户人家小姐的宠物，陪伴着小姐从一个垂髫女孩儿长成一名知书识礼的闺秀。他们是最好的朋友。

小姐到了婚配的年龄，她嫁给了一位风流的富家公子，狸猫也被小姐带去了夫家。

富家公子风流成性，姬妾成群，他时常冷落小姐，让小姐很伤心。姬妾之间争风吃醋，也常常让小姐以泪洗面。

小姐对狸猫道："如果，她们都死了就好了。"

狸猫为了让小姐不再伤心，就化作猫妖，去杀死了公子的姬妾们。

从此，公子只要一纳姬妾，姬妾就会离奇地死去。仆人们私下里议论，一定是大夫人——小姐在用邪术诅咒姬妾们。

公子也认为小姐是妖魅，有些害怕她，渐渐地疏远她、冷落她，甚至还想休了她。

小姐害怕被丈夫冷落抛弃，悄悄地请来法师，趁狸猫不备，将狸猫捉住。现出妖形的狸猫被用铁链绑在院子中，小姐向公子和众人澄清，是猫妖残杀了姬妾们，与她无关。

小姐为了证明自己的清白，亲手砍掉了猫妖的尾巴，因为据说猫妖的法力都在尾巴上。被砍掉尾巴的猫妖痛苦而凄厉地哀号，撕心裂肺。小姐的裙子上溅满了猫血，脸上露出自私、残忍、恶毒的狞笑。

最后，小姐死了。

猫妖剜出了她的心脏，吞进了肚子里，来填补自己心中的创口。

失去了尾巴的狸猫仍旧在人世间徘徊，经过很多地方，遇见了很多人。天真而残忍的孩子会捉它来踢打、折磨，以为玩乐。心术不正的法师会驯养它，驱使它偷东西、害人，以为其谋利。

狸猫从一个地方逃到另一个地方，从一个主人换了另一个主人。狸猫曾待在钩心斗角、尔虞我诈的宫廷，也曾待在人情冷暖、世态炎凉的市井；曾跟随过奸邪阴毒的佞臣，也曾跟随过杀人如麻的盗寇。每一个人都那么相似：自私、邪恶、无情、残忍、冷酷。

渐渐地，狸猫也学会了自私、邪恶、无情、残忍、冷酷，把饲养自己的人类当作寄生的"主人"，当"主人"要伤害自己时，狸猫就杀了他们。当"主人"没有了寄生的价值时，狸猫就离开他们。狸猫再也不会把人类当朋友，关心他们的死活，关心他们的心情。狸猫永远不会再把人类当朋友。

然而，在茫茫人海中，玉面狸遇见了苏谅。狸猫从来没有遇见过像他这样的人。玉面狸把他当寄生的"主人"，他却把玉面狸当朋友。他真诚地、友善地对待玉面狸，把玉面狸当最好的朋友。他病入膏肓的时候，没有为了自己，牺牲玉面狸，玉面狸反而因为怀疑而伤害了他。它伤害他之后，他还会因为它受伤而流泪。

玉面狸躺在血泊中，悲伤地望着苏谅，道："你能原谅我吗？"

苏谅伸手，抚摸玉面狸的头，道："你活下去，我就原谅你。"

玉面狸虚弱地闭上眼睛，道："你果然不原谅我。"

苏谅见玉面狸已经不行了，流泪哽咽："我原谅你……原谅你……"

玉面狸眼中闪过一抹温柔、幸福的光芒，闭上了眼睛。

离奴见玉面狸闭上眼睛了，急忙伸爪拍打玉面狸，喊道："喂喂，阿黍，你不要死啊！"

玉面狸倏然又睁开了眼睛，瞪向离奴，骂道："黑炭，你轻一点儿，我还没死！不过，好像越来越没有力气了，好累，好乏……"

离奴摇晃玉面狸，道："阿黍，你不能死。好不容易才见到你，你死了，爷的帽子怎么办？"

玉面狸竖起了耳朵，道："什么帽子？"

离奴抹泪，道："阿黍，当年你匆匆逃难去了，爷都来不及把生日礼物送给你。你喜欢帽子，这些年来，爷攒了很多顶漂亮的帽子，打算再遇见你时送给你。"

玉面狸望着离奴，道："黑炭，你居然还记得我喜欢帽子？我很高兴。老实说，你性格太差了，从小除了我之外，就没有朋友。恐怕，至今还是没有谁愿意和你做朋友吧？"

离奴闻言，不高兴了，飞奔而去，把元曜叼了过来。

"谁说爷性格太差，没有朋友？书呆子就是爷的朋友。我们朝夕相处，无话不谈，是非常投机的知音良友。"离奴瞪向元曜，露出獠牙，道："书呆子，你说是吧？"

元曜不敢反驳，颤声道："能和离奴老弟做知音良友，小生受宠若惊……"

玉面狸望着元曜，神色有些愧疚，道："上次，我恶意地打你，今天也差一点儿杀了你……对不起……"

元曜看见玉面狸奄奄一息，心中也有些悲伤，对玉面狸的讨厌情绪也消失了。他笑了笑，道："那些小事，小生没有放在心上。你要好起来，不然苏兄会很伤心，离奴老弟也会很伤心……"

"嗯。"玉面狸这么答应，却疲惫地闭上了眼睛。

"帽子，还是清明时烧给我吧。"玉面狸虚弱地道，声音几乎低得听不见。玉面狸最后睁眼望了一眼苏谅，眼神温柔而悲伤。

白姬远远地站着，金色的秋草在她的脚边起伏。她望着躺在血泊中的玉面狸，脸上没有任何表情。

生死无常，爱恨如梦，人与非人都在尘世中历劫，永无止境。生命从虚无而来，向虚无而去，唯剩"因果"散落在六道轮回中。

苏谅抚摸着玉面狸渐渐冰冷僵硬的身体，眼泪不断地从脸庞滑落。他起身走向白姬，站在她面前，道："缥缈阁，可以实现任何愿望，是吗？"

白姬点头。

"是。"

苏谅道："那么，我希望小苏活过来。"

白姬金眸灼灼，道："可以。但是，你必须种下'因'。"

"种下'因'？"

"有'因'才有'果'。玉面狸已经踏入了黄泉之地，你要玉面狸重回人间，必须种下'因'。"

"怎样种下'因'？"

白姬望着天边的浮云，道："玉面狸已经没有了生命。如果你愿意和玉面狸共用你的生命，玉面狸就能够活过来。不过，今后的岁月中，玉面狸如果受伤，你也会受伤，玉面狸如果死去，你也会死去。反之，也一样。几十年之后，等你衰老死亡的时候，玉面狸也会死。"

把自己的生命和一只猫妖的生命连在一起，是一件疯狂而愚蠢的事情。苏谅再喜欢玉面狸，恐怕也不会答应。只有傻瓜，才会答应种下这种"因"。

然而，苏谅就是傻瓜，他答应了。

"好。我愿意种下'因'，请让小苏活过来。"

白姬笑了，笑容虚无缥缈。

白姬伸出手，雪袖拂过草地。在风中摇曳的秋草之上，瞬间飞起无数只金色的蝴蝶，它们展翅盘旋，身姿飘逸，一半遮住了玉面狸的尸体，一半裹住了苏谅。

成千上万只蝴蝶聚集在一起，形成了两个金色的大茧。大茧停在草地中央，金光闪烁。蝴蝶的翅膀上发出柔和的光晕，撒下金色的磷粉，美丽而神秘。

风停了，树静了，时间仿佛冻结了。

周围十分寂静，元曜只能听见自己的心跳声。

离奴站在元曜身边，神色哀伤。

白姬站在草地上，身旁蝴蝶飞舞。她伸出手，一只蝴蝶停在她的指尖上。

白姬将蝴蝶移向唇边，轻轻地吹了一口气。

蝴蝶的羽翼上瞬间亮起了一团萤火般的光芒。

白姬扬手，蝴蝶振翅飞走了。

这只蝴蝶经过时，所有蝴蝶的羽翼上都亮起了光芒。蝴蝶环绕而成的大茧上荧光如织，闪烁着不可思议的光彩。

一阵风吹过，两个大茧上的光芒在最炽烈的那一瞬间消失不见了。

成千上万只蝴蝶纷纷展翅飞向四面八方，铺天盖地，蝶影如幻。

元曜下意识地用衣袖遮住头脸，以防被蝴蝶伤到。然而，蝴蝶本是幻影，它们穿过元曜的身体，消失无踪。

草地上，只剩苏谅和玉面狸双双昏迷不醒。

白姬走过去，伸手探向玉面狸的颈间，指尖上传来了生命的温暖。

离奴伸出舌头，舔舐玉面狸的颈间、胸口、腹部的伤处，破裂的伤口以肉眼可见的速度缓缓愈合。

离奴耷拉着耳朵，显得很伤心。

白姬拍了拍离奴的头，示意它不要难过。

离奴道："主人，离奴有一个秘密，要向您坦白。"

白姬笑了。

"每一个人都会有秘密。"

离奴道:"其实,离奴认识玉面狸,玉面狸是离奴儿时的玩伴。刚才在打斗时,离奴认出了玉面狸,故而不忍心伤下死手。玉面狸也认出了离奴。"

离奴没有想到自己和阿泰会在今天以这种方式重逢。一重逢,儿时玩伴就成了敌人;一重逢,差一点儿又是生离死别。

白姬道:"原来如此。"

怪不得,离奴在打斗时没有尽全力,处处让着玉面狸。

离奴又道:"主人,您能原谅阿泰吗?阿泰的恶作剧也许确实过分了一些,害您陷入困境中,但是,阿泰其实并不坏。"

白姬笑道:"宽恕是一种美德。"

离奴、元曜松了一口气。

元曜觉得,这条睚眦必报的龙妖今天也许是被苏谅感动了,才会不计较玉面狸犯下的过错。不过,不管怎样,宽容是一种美德。白姬如此宽容,是一件值得念佛的好事。

正当元曜感到欣慰的时候,白姬的笑容渐渐阴森了。

"可惜,我没有'宽恕'这种美德。我不原谅,也不宽恕。如果玉面狸死了,也就罢了。如今,玉面狸还活着,从变成我的模样到处招摇撞骗,给我树敌惹麻烦,到把缥缈阁弄得到处是木柴和松油,乌烟瘴气,还差点儿一把火烧掉,这一笔一笔的账,我得慢慢地、连本带利地和玉面狸算清楚。"

一阵风吹过,秋草起伏如波浪。

也许是深秋风寒的缘故,元曜和离奴打了一个寒战。

元曜望了一眼昏睡的玉面狸,叹了一口气。他就知道,就知道那条睚眦必报的龙妖是不可能有"宽恕"这种美德的。也许,玉面狸永远不醒来,才是一件幸运的事情。玉面狸醒来之后,等待它的将会是凄惨的命运。

第十章　尾　声

深秋的清晨,寒露凝霜。

元曜打开缥缈阁的大门,赫然发现门外放着一个纸包。

元曜往不远处的大柳树望去,只看到一截花狸猫的尾巴露在树干外。

元曜大声地道："是玉鬼公主吗？"

猫尾巴迅速缩回大柳树后，一只花狸猫飞快地跑了。

元曜知道追不上，也就不去追了。自从上次玉鬼公主跑掉之后，他就半个多月没见到玉鬼公主，也没在清晨收到玉鬼公主的礼物。他有些担心玉鬼的安危，但是白姬说东都和西京的妖鬼捆在一起也伤害不了玉鬼，他也就放心了一些。今日，玉鬼又出现了。

元曜拾起纸包，走进缥缈阁。他打开纸包，里面有一朵凌霄花，一撮猫毛，一颗佛珠。

元曜心中纳闷，不知道玉鬼公主送这三样东西是什么意思。

元曜百思不解，吃过早饭之后，把这三样东西拿给白姬看。

"白姬，这是玉鬼公主今早送来的，小生不明白是什么意思。"

白姬拿起猫毛、佛珠、凌霄花看了看，目光停在了包裹这三件东西的纸上。

白姬展开纸，发现上面有一行歪歪扭扭的小字，念道："为君厌弃，万念俱灰。青灯古佛，了此残生。"

两行字的落款处拍了一个猫爪印。

元曜张大了嘴，说不出话来。

白姬抚额，道："轩之，玉鬼公主因为你而出家为尼了。"

元曜吃惊："出家？！"

白姬道："是，出家。那佛珠代表佛门，猫毛代表青丝，玉鬼公主可能已经剃度了。"

"猫毛代表青丝？！小生不记得玉鬼公主有青丝。"

"有没有青丝不重要，重要的是玉鬼公主已经剃度了呀。"

"一只狸猫怎么剃度？！"

"呃，反正，玉鬼公主出家为尼，是轩之的责任。"

"小生根本不知道这到底是怎么一回事！对了，凌霄花是什么意思？"

白姬想了想，道："也许，代表长安南郊的凌霄庵？玉鬼公主是想告诉轩之，自己在凌霄庵出家？"

"玉鬼公主为什么要告诉小生自己在凌霄庵出家？"

"大概是想让轩之有空了去看看吧。"

"……"元曜浑身无力。他打算找一个时间去凌霄庵，向玉鬼公主解释，虽然，玉鬼公主也许听了一半又会跑掉。

元曜收起了佛珠、猫毛、凌霄花，开始拿着鸡毛掸子给货架掸灰。

白姬坐在柜台后玩狸猫面具。

一名鬈发碧眼的男子大步流星地走进缥缈阁，手中拿着几个大包袱。

元曜回头一看，来者原来是苏谅。

那日，玉面狸醒来之后，和苏谅抱头痛哭，冰释前嫌，重归于好。他们的命运从此联系在了一起。

苏谅要带玉面狸回苏府，白姬不放玉面狸走，要玉面狸弥补完自己犯下的过失之后，才能离开缥缈阁。玉面狸没有办法，只好一件一件地弥补自己犯下的错误。

玉面狸曾经扒下西市皮货店王三的一块皮，于是去给王三赔礼道歉，并送上了治伤的药。王三生性豁达，见玉面狸态度诚恳地道歉，也就原谅了玉面狸。

玉面狸在城外的树林里找到了张麻子，道歉说不该让张麻子和兄弟们去袭击元曜，并仍旧把大祠堂借给张麻子和它的兄弟们居住。张麻子也不计前嫌，和玉面狸重归于好。住在大祠堂中过冬的时候，张麻子只字不提抢走玉面狸帽子的事情，玉面狸也不好开口讨要帽子，只能将此事憋在心里郁闷。张麻子和兄弟们在长安住了一个冬天，第二年春暖花开的时候，还是回青州去了。临走之前，张麻子把抢走的玉面狸的帽子，都留在了大祠堂中。

玉面狸一个一个地去给它变成白姬的模样去骗婚的非人解释、道歉，消除误会。大多数非人宽宏大量，原谅了玉面狸。一部分非人粗犷暴躁，会打骂玉面狸泄愤，比如逃婚被捉上翠华山并被老狐王抽了二十皮鞭的栗，就抽了玉面狸二十皮鞭才解气。玉面狸自知理亏，咬牙忍耐。只可怜了苏谅，玉面狸挨鞭子，他也得跟着受皮肉之苦。

玉面狸去道歉的非人中，就数饿鬼道的鬼王最难缠。鬼王打定了主意要得到缥缈阁，不仅不听玉面狸的解释，还提出以缥缈阁为赌注，与白姬决斗。

白姬很生气，决斗之日的早上，她带着离奴去了饿鬼道。傍晚时，白姬和离奴高兴地回来了，白姬拿回了一张诡异的皮，离奴拿回了一把奇怪的铁叉。从此，鬼王再也不提想得到缥缈阁的事情了。

玉面狸还必须在缥缈阁中做苦力，以弥补恶作剧对白姬造成的精神伤害。白姬每天不停地使唤玉面狸，让玉面狸干各种杂活，从洒扫到跑腿，从劈柴到洗衣，一天到晚没有片刻歇息的时候。

元曜有些看不下去了，劝白姬道："俗话说，得饶人处且饶人。玉面狸老弟已经知道错了，也道歉了，你这么使唤，未免太过分了。"

白姬道："玉面狸本来要干三年的苦力，才能弥补对我的精神伤害，但是，我一向宽容大度，慈悲为怀，也看在轩之求情的分儿上，玉面狸干到明年开春，就可以离开缥缈阁了。"

苏谅闻言，请求白姬道："无论如何，请让小苏和我一起回苏府过年。"

白姬望了苏谅一眼，道："如果你常常来替玉面狸干活，今年大寒时节，你们就可以离开缥缈阁了。"

于是，苏谅也常常来缥缈阁帮玉面狸干活，供白姬使唤。

今天，白姬使唤苏谅去蚨羽居取她定做的过冬衣裳。

白姬问苏谅："冬衣取回来了吗？"

苏谅放下包袱，道："取回来了。朱掌柜说，请你试穿一下，有不合适的地方，再送去修改。"

白姬打开包袱，取出几件冬衣，抖开看了看。

"看上去倒还不错。"白姬笑道，拿着冬衣去楼上试穿了。

苏谅将两个包袱递给元曜，道："轩之，这是你的袍子。"

元曜奇道："小生没有定做袍子呀。"

元曜还穿着去年的旧袍子，他买的新袍子之前已经给还是乞丐的苏谅穿了。

苏谅笑道："这两件袍子，一件是我送给你的，另一件是小苏送给你的。"

元曜接过包袱，打开一看，一件新袍子和他之前给苏谅穿的那件一模一样，一件新袍子和他曾经在蚨羽居试穿的那件一模一样。

元曜笑了，道："苏兄和玉面狸老弟太客气了。"

苏谅也笑了："这是应该的。我送你的袍子代表谢意，小苏送你的袍子代表歉意。对了，小苏在哪里？"

元曜答道："在后院劈柴。"

后院中，一堆还没有劈的木柴边，一只黑猫和一只没有尾巴的猫并排坐着。

黑猫道："阿黍，你为什么不要爷送给你的帽子？"

玉面狸犹豫了一下，才道："黑炭，你真的要听原因吗？"

"当然要听。"

"嗯，那些帽子太丑了。黑炭，你的眼光太差了。"

离奴大怒，腾地化作猫兽，一爪将玉面狸撂倒，碧睛灼灼，口吐火焰。

"阿黍，你再说一遍？！"

玉面狸无奈地道："黑炭，你脾气还是这么差，难怪没有朋友。"

离奴愣了一下，玉面狸趁机溜了。

离奴追玉面狸，玉面狸奔到了大厅中。玉面狸见元曜和苏谅在说话，但是白姬不在，立刻化成了白姬的模样，站在柜台边。

离奴追来大厅，见"白姬"、元曜、苏谅都在，却不见了玉面狸，问道："主人、书呆子、苏公子，你们看见阿紊过来了吗？"

苏谅笑眯眯地望着离奴。

元曜干咳了一声，瞥了一眼"白姬"。

"白姬"拉长了脸，道："离奴，缥缈阁中这么多活儿要干，你还有心思闲晃偷懒？！先去把后院的木柴都劈了，再去把里间、厨房、回廊擦洗一遍，然后去长义坊送徐夫子定下的玉如意，再去安仁坊送陈国公定下的菩提香。你回来之后，也不许闲着，去城外马老太君家取之前说好的寒露和秋霜。不要一天到晚除了偷懒，就是吃鱼干。"

离奴闻言，道："主人，这些活不是都归阿紊干吗？"

"白姬"伸手，指向离奴，道："今天，你来干！"

"好吧。"离奴虽然不愿意，但不敢违逆白姬，只好答应了。

离奴乖乖地去后院劈柴了。

离奴走后，"白姬"哈哈大笑，元曜和苏谅也笑了。

苏谅笑道："小苏，你太调皮了。"

元曜笑道："也只有白姬的模样，才能够唬住离奴老弟。"

"白姬"以袖掩面，凑近元曜，道："轩之，我有话想告诉你。"

元曜笑道："什么话？"

"白姬"妩媚一笑，道："我喜欢轩之。我们之前有定亲的。"

虽然元曜明知"白姬"是假的，玉面狸也是在玩笑取乐，元曜的脸还是唰地红了。

玉面狸见状，拉住元曜的手，深情地望着他，模仿白姬的语气道："轩之，虽然我奸诈贪财、蛮横跋扈，没有一丁点儿仁慈之心，懒惰到一无是处，可恶到人神共愤，但是我是真心喜欢轩之的呀。"

白姬不知何时已经下楼来了，穿着新做好的冬衣，无声地飘到了玉面狸身后。

玉面狸浑然不觉，还在以白姬的神态、语气自贬，道："轩之一定经常腹诽我。我也知道我罪孽深重，罄竹难书，我总是欺负弱小、奴役别人，像我这样的龙妖真该被天雷劈死，真该被扒掉龙皮，抽掉龙筋，丢进火海里烧，丢进油锅里炸……"

玉面狸身后，白姬的脸渐渐地青了。

元曜见白姬脸色不善，赶紧道："玉面狸老弟，小生从未腹诽白姬，日月可鉴，天地可表。"

"喀喀……"苏谅对着玉面狸咳嗽，想提醒玉面狸看身后。

玉面狸浑然不觉，沉浸在白姬的角色中。

"轩之，虽然我恶毒刻薄、奸诈无良，但是请一定要和我成亲。"

元曜冷汗如雨。

苏谅拼命地朝玉面狸使眼色，让玉面狸看后面。

玉面狸一愣，转头向身后望去。

白姬静静地站着，金眸中闪过一抹刀锋般的寒光。

玉面狸腾地由"白姬"变回了一只无尾猫，哈哈一笑，就要开溜，道："后院还有一堆柴没有劈。"

白姬伸手，拎起玉面狸，笑眯眯地道："劈柴是小事，不急，先把成亲的大事定下来吧。"

玉面狸道："什么成亲的大事？"

白姬笑道："你和轩之的亲事呀。你刚才不是要和轩之成亲吗？"

元曜闻言，急忙分辩道："白姬，这件事情和小生无关。"

玉面狸嘿嘿一笑，道："刚才，我只是在开玩笑，你不要当真。无论是做人，还是做非人，都要有一点儿幽默感嘛。"

白姬盯着玉面狸，面罩寒霜。

"果然很幽默，太幽默了。"

一滴冷汗从玉面狸的额头滑落。

白姬对玉面狸道："从今天起，你每天只能睡一个时辰。干完了缥缈阁的杂活，你就去打扫朱雀大街，必须扫得一片落叶也没有。长安城中各大佛寺的佛座，也由你去擦，必须擦得一尘不染。"

玉面狸叫道："我一天怎么能够干完那么多活？！"

白姬笑了，指着缥缈阁外东南方的一棵大树，道："看见那棵大槐树没有？"

"看见了。"玉面狸道。

白姬阴森地道："干不完这些活，你就拿一条白绫把自己挂在那棵树上吧。"

玉面狸闻言，吞了一口唾沫，拿着扫帚出发去扫朱雀大街了。

苏谅见状，也拿了一把扫帚跟了上去，道："小苏，等等，我陪你去扫。"

白姬倚在柜台边，望着玉面狸、苏谅走远，撇了撇嘴，道："我只是开玩笑，它居然真的去了，真是没有幽默感。"

元曜打了一个寒战，道："好冷的幽默。"

白姬不高兴地道："轩之也没有幽默感。"

元曜道："太冷了。"

"砰！""砰砰——"离奴在后院中一边劈柴，一边哭："阿黍那家伙嫌弃爷的眼光差，居然嫌弃爷的眼光差？！劈死阿黍，劈死阿黍——"

朱雀大街上，苏谅和玉面狸在扫落叶，行人吃惊地望着他们，如同望着两个疯子。

苏谅苦着脸望着玉面狸，道："小苏，你变成谁不好，为什么要变成白姬的样子？"

"白姬"嘿嘿一笑，挥舞扫帚，道："这样看起来，不就是那条龙妖在扫街了吗？！自作孽，不可活，累死她！"

苏谅无奈，道："即使你变成白姬的模样，实际上也是我们在受累。白姬也许正坐在后院的回廊下舒服地喝茶吃点心呢。"

玉面狸叹了一口气，道："至少看起来，是那条可恶的龙妖在受累吧？"

"实际上，是我们在受累。"

玉面狸想了想，笑了："喂喂，人类，我突然觉得我们一起受累，好像也不是那么累。"

苏谅闻言，也笑了："嗯，那就一起打扫落叶吧。"

玉面狸和苏谅一起打扫落叶，十月的阳光温暖而明亮，一如他们的心情。

"人类，大寒的时候，我就自由了。"

"我们可以一起过年了。"

"嗯。以后，我们会一直一起过年吧？"

"有生之年，我们都会一起过年。"

"哈哈，太好了。"

"小苏，你能换一个模样吗？白姬说出这样的话，我觉得不寒而栗。"

"不要。我要一直用她的模样扫完朱雀大街，累死她。"

"小苏，你太调皮了。"

"哈哈哈哈——"

一阵风吹来，落叶翩跹，冬天快到了。

第二折

牡丹衣

第一章 品 茶

春雨淅淅沥沥地下着，润物无声。

曲江池碧绿如翠玉，非常美丽。从曲江池边的锦香亭望去，绵绵细雨中，姹紫嫣红无端地显出了几分凄艳。

元曜站在锦香亭中，怔怔地望着不远处的一棵梨树。

梨树上，花瓣堆雪，一群妖娆的半裸女子或坐在树上，或卧在花间，她们勾肩搭背，嘻嘻哈哈地笑闹，享受着春雨的滋润。

韦彦站在元曜旁边，见他在发呆，问道："轩之，你怎么了？"

元曜回过神来，道："那棵梨树上好热闹。"

韦彦循着元曜的目光望去，只看见一棵繁花盛开的梨树立在春雨中。

韦彦一展折扇，笑了。

"是啊，梨花开得挺热闹。"

元曜笑了笑，没有向韦彦描述树上的梨花妖精，因为即使他描述了，韦彦也不会看见。

今天，韦彦和元曜来曲江池边游玩踏青，不料突然下起了雨，两个人没有带雨伞，只好站在锦香亭避雨。

过了约莫半个时辰，春雨停了。

天空湛蓝如洗，白云仿佛一缕缕轻烟，青草、绿叶、花朵的颜色更加明艳了，上面还凝着晶莹剔透的雨珠。

韦彦、元曜沿着曲江走，一边赏景，一边谈笑。

然而，天公不作美，两个人走着走着，突然又下起了雨。两个人只好在郊野中飞奔，找地方避雨。

元曜眼尖，在蒙蒙烟雨中看见了一座庄院。

"丹阳，那里有一座庄院，我们去庄院里避雨。"

韦彦举目四望，疑惑地道："哪里有庄院？"

春雨越下越大，元曜也来不及回答，拉了韦彦，奔向庄院。

春水浸烟霞，竹桥落野花。一座庄院掩映在花木中，十分幽静雅致。庄院占地极广，从外面只能看见飞檐斗拱的一角。元曜、韦彦踏上大门口的石阶，两扇朱漆大门紧闭着，铜钉已锈迹斑斑。

元曜抬头望去，朱门上悬挂着一方木匾，木匾上的三个字由于年代久远，风吹日晒，已经斑驳到无法辨识了。

元曜还在辨识木匾上的字，韦彦已经开始敲门了。

不一会儿，一个管家模样的老人打开门，探出了头。他打量元曜、韦彦一眼，问道："两位公子有何贵干？"

韦彦一展折扇，道："我们想进去避雨。"

管家愣住。

元曜赶紧作了一揖，道："我们是来曲江池踏青的游人，因为突然下雨，又没带雨伞，不得不找一个地方避雨。如果能在贵地暂时避雨，那真是感激不尽。"

管家见元曜温和有礼，道："两位稍等，我进去向主人回话。不知道两位公子怎么称呼？"

元曜道："小生姓元，名曜，字轩之。"

韦彦道："我叫韦彦，字丹阳。你家主人是谁？"

管家道："韩国夫人。"

管家进去通报了。

元曜、韦彦在门口等待。

元曜道："原来，这庄院的主人是一位国夫人。丹阳，你认识这位韩国夫人吗？"

唐朝时，皇帝会册封有功官员的母亲和正妻。通常，一品官员的母亲、正妻为国夫人，三品以上官员的母亲、正妻为郡夫人，四品官员的母亲、正妻为郡君，五品官员的母亲、正妻为县君。此外，还有一些不是依赖丈夫、儿子的品级的特封，如武则天的母亲和姐妹，也都加封了国夫人。

韦彦道："不认识。每年册封的国夫人、郡夫人说多不多，说少也不少，我哪里能都认识？"

元曜、韦彦站了一会儿，管家才出来，道："夫人有请两位公子。夫人正在雅室中烹茶。她说两位公子此刻前来避雨，倒也凑巧，正好结茶缘，请两位公子去雅室品茶。"

元曜、韦彦道了一声"有劳了，多谢了"，就跟管家走进了庄院。

庄院中飞檐斗拱，重楼叠阁，一重院落连着一重院落，十分富丽气派。

庄院中的花园里、回廊下，种植着各种品种的牡丹花，洁如冰雪的是夜光白，碧如翠玉的是绿香球，金如皇冠的是姚黄，墨红如血的是黑花魁，赤如红霞的是珊瑚台……春风吹过，草叶摇动如流水，雨水落在牡丹花叶上，熠熠生光。

元曜不禁看痴了。

管家领元曜、韦彦走到回廊尽头，来到一间雅室外。他站在门外，垂首道："夫人，元公子和韦公子带到了。"

雅室内传来一个女声："有请。"

管家推开雅室的门，示意元曜、韦彦进去。

元曜、韦彦走进了雅室。

元曜刚一踏进雅室，就闻到了一股清新的茶香，沁人心脾。

雅室中的陈设极其简约典雅，只有一架写意山水画屏风，一幅王羲之的墨宝，一个摆放着竹简的书架，一个雕刻虬龙纹的香炉。

一名穿着素色衣裙的美妇跪坐在一张茶几边，正在烹茶。两名彩衣侍女跪坐在美妇身后，静穆如雕塑。

美妇梳着半翻髻，簪一支孔雀点翠金步摇。她五官很美，妆容也很精致，远远看去，仿佛正值韶龄的女子，但是，走近了，就会发现，她的眼角已有细纹，双鬓也略有霜雪。

元曜、韦彦行了一礼，道："见过夫人。"

韩国夫人笑了笑，示意元曜、韦彦坐下："两位公子请坐。我这僻陋的地方平常少有人至，今日两位公子能来，也是缘分。请坐下喝一杯茶。"

"多谢夫人。"元曜、韦彦坐下了。

茶案之上，摆放着红泥火炉、鹅毛小扇、茶盘、茶洗、水瓶、龙缸、竹筷、茶巾。茶壶之中，热气袅袅，香茶早已沏好。

韩国夫人伸出保养得极好的玉手，将茶壶中的香茶缓缓倒入三个荷叶形的素瓷杯中。两名侍女将两杯茶分别奉给元曜、韦彦。

素瓷茶杯质薄如纸，色洁胜玉，入手的感觉光滑如绸。

茶水呈浅碧色，清澈净透，隐约浸香。

元曜喝了一口茶，随着茶水滑入喉咙，但觉心旷神怡、通体舒泰。

元曜赞道："好茶。"

韦彦喝了一口香茶，也有春风拂面的感觉。他问道："这是什么茶？好香啊。"

韩国夫人笑道："这茶叫'夕鹤'，是扶桑王进献给天子的珍贵贡品。

泡茶的水是乾封元年的第一场春雨。"

元曜不禁咋舌：原来这茶和水都是很久远的东西。

茶烟袅袅，香气萦绕，元曜有些走神了。他不小心手上一滑，瓷杯掉落在地上，碎成了三片。

"欸？！"元曜大吃一惊，手足无措地向韩国夫人道歉，"啊，对不起……这个……这个……"

韦彦望着地上的碎片，笑道："轩之，你怎么这么不小心？茶具最讲究成套，少了一个杯子，这套茶具就毁了。"

韩国夫人见杯子碎了，倒也没有苛责元曜，只是眼神有些悲伤，道："这套荷叶杯是我女儿最喜欢的东西，可惜了。"

元曜非常抱歉，道："真是对不起，小生笨手笨脚的……小生……小生一定赔偿这套茶杯……"

韩国夫人道："算了。这荷叶杯是乾封元年越窑进贡的贡品，仅有一套。"

元曜拾起瓷杯碎片，道："那小生想办法把它粘起来。"

元曜记得前几天离奴不小心打碎了白姬心爱的秘色雀纹瓶，害怕被白姬责骂，马上就用法术将花瓶碎片粘了起来，花瓶完好如初。他回去央求离奴施法，一定也能复原这个荷叶杯。

韩国夫人笑了："破镜难圆，覆水难收，破碎了的杯子怎么可能粘好？"

元曜道："小生回去试一试。粘好了，再给夫人您送来。"

韩国夫人同意了。

元曜、韦彦和韩国夫人品茶闲谈。韩国夫人气度雍容，博学风雅，与她谈话令元曜、韦彦如沐春风。

韩国夫人说，她还有一个女儿，姿容天下无双，比牡丹花还要美丽。说到女儿，韩国夫人神色格外温柔，也变得格外健谈。韩国夫人本来要让女儿出来见一见元曜、韦彦，但是派去的侍女回话说："小姐心情不好，不想见人。"

元曜、韦彦有些尴尬。

韩国夫人宠溺地笑道："哎呀，她一向都是这样，真拿她没办法。"

元曜觉得，韩国夫人一定非常爱她的女儿。

雨停了，茶也喝完了，元曜和韦彦起身告辞。

韩国夫人也不挽留，只道："两位走好。"

元曜、韦彦道谢之后，离开了韩国夫人的庄院。

回城的路上，元曜因为打碎了茶杯，有些闷闷不乐。

"茶杯也不知道粘不粘得好，如果粘不好，小生拿什么赔给韩国夫人？"

韦彦一展折扇，笑道："粘不好茶杯，轩之就去韩国夫人家做仆役还债好啦。"

元曜生气地道："不要胡说，缥缈阁的债小生还没还完呢。"

韦彦以扇掩面，道："轩之真可怜……"

"唉！"元曜叹了一口气。

元曜和韦彦在善和坊分手，一个回缥缈阁，一个回韦府。

元曜回到缥缈阁时，已经是下午了。离奴愁眉苦脸地站在柜台后，闷闷地吃着香鱼干。

元曜问道："离奴老弟，白姬出去了吗？"

离奴没好气地道："主人去献福寺①听义净②禅师讲佛经去了。书呆子，你又偷了一天的懒。"

元曜想求离奴用法术帮他粘荷叶杯，也不反驳，笑着凑了过去，道："离奴老弟，小生有一件苦恼的事情想求你帮忙。"

离奴将一条香鱼干丢进嘴里，道："正好，爷也有一件烦闷的事情，想来想去，只有书呆子能帮忙。"

元曜笑道："这么巧？离奴老弟，你先说吧。只要小生能够帮忙，一定不推辞。"

离奴从柜台后翻出一个布包，将布包放在元曜面前，神色郁闷。

元曜打开包袱，看见了一堆瓷器碎片。

元曜在脑海中拼凑了一下碎片，赫然发现这是离奴前几天打碎之后，又用法术粘起来的秘色雀纹瓶。

元曜惊道："这个花瓶你不是用法术粘好了吗？怎么又碎了？！"

离奴愁道："破镜难圆，覆水难收，摔碎了的东西就是摔碎了，哪里可

---

① 献福寺，即荐福寺，位于长安城开化坊内，是唐代长安城中著名的寺院之一。

② 义净，中国唐代的名僧，旅行家，中国佛教四大译经家之一。他曾在献福寺翻译经书，并提议修建小雁塔。

能粘好？法术不过是一时的障眼法，法术一失效，花瓶还是碎的。这事瞒不长久，爷觉得还是早些跟主人坦白为妙。可是，这秘色雀纹瓶是主人很喜欢的东西，她一直没舍得卖出去。她知道花瓶碎了，一定会很生气，一定会罚爷几个月不许吃香鱼干。唉，好苦恼，好烦闷，爷想来想去，只有书呆子能帮爷了。"

元曜望着破碎的花瓶，心凉了半截；原来，法术只是障眼法，还会失效，看来，粘荷叶杯的事情不必指望离奴了。

元曜心不在焉地问道："离奴老弟想要小生怎么帮你？"

离奴笑道："很简单，爷去向主人坦白，就说是书呆子你摔碎了秘色雀纹瓶，怎么样？反正，你也不爱吃香鱼干，即使主人罚你几个月不许吃香鱼干，也没有什么关系。"

元曜闻言，生气地道："离奴老弟，如果白姬认为她心爱的秘色雀纹瓶是小生摔碎的，她不会罚小生几个月不许吃香鱼干，而是会把小生吊起来抽打几个月解气。总之，这件事小生爱莫能助，你不要指望小生替你顶罪，小生最多不告诉她花瓶已经碎了。"

离奴撇嘴，道："书呆子刚才不是说只要你能帮忙，你就一定不会推辞吗？"

元曜连连摆手，道："这件事小生不能帮忙，也不敢帮忙。"

离奴叹了一口气，更加愁眉苦脸了。

离奴问道："书呆子刚才有什么事要爷帮忙？"

元曜望着花瓶碎片，也叹了一口气，道："现在已经没有需要离奴老弟帮忙的事情了。"

"哦。"离奴应了一声，继续一边吃香鱼干，一边发愁。

元曜来到后院，也开始发愁。荷叶杯是没有办法粘好了，他怎么向韩国夫人交代？

傍晚时分，穿着男装的白姬回来了。白姬的心情很好，她看见元曜，一展水墨折扇，笑道："听义净禅师讲经，真是一种美妙的享受，轩之下次也可以去听一听。"

元曜道："小生没有慧根，听佛经会听得犯困睡着。"

白姬递给元曜一个纸包，道："义净禅师送了一些禅茶。轩之多喝禅茶，就会生慧根了。"

元曜还未答话，离奴已经抢过了话，道："书呆子资质愚钝，即使把禅茶当饭吃，也生不了慧根。离奴资质聪慧，即使不吃禅茶，只吃香鱼干，也有慧根。"

白姬表示赞同。

元曜听到茶，又想起了韩国夫人的荷叶杯，心中发愁，也懒得和白姬、离奴分辩。

春月如灯，满院飞花。

白姬、元曜、离奴坐在回廊下一边喝茶赏月，一边闲聊。

白姬问离奴道："我放在里间的秘色雀纹瓶怎么换成翡翠如意了？"

离奴冷汗涔涔，赶紧道："离奴把秘色雀纹瓶收进去了。离奴觉得，开春时节，讨一个'如意'的彩头，一年才能财源广进，'因果'不绝。主人要是不喜欢，离奴明天就把翡翠如意收进去，再把秘色雀纹瓶摆出来。"

白姬道："如意不要收进去，秘色雀纹瓶也要摆出来。春天百花盛开，秘色雀纹瓶可以用来插花，给缥缈阁增添一些生机和色彩。"

离奴心虚地道："好。"

元曜望着春月发愁，道："白姬，缥缈阁中有没有比较珍贵的茶具，价值可以抵得上乾封元年越窑进贡的贡品？"

白姬想了想，道："有。我记得，仓库里还有两套贞观年间的越窑青瓷茶具。轩之怎么突然问起了茶具？"

元曜叹了一口气，自责地道："小生今天又做了一件蠢事……"

白姬道："轩之不必自责，反正你经常做蠢事。"

元曜生气地道："小生哪里经常做蠢事了？！"

白姬道："我只是随口一说，轩之不要生气。今天，你做了什么蠢事？"

元曜苦着脸道："事情是这样的……"

元曜把今天和韦彦在韩国夫人的庄院避雨喝茶，打碎荷叶杯的事情说了一遍。因为答应离奴不说打碎秘色雀纹瓶的事情，元曜隐去了想求离奴用法术补杯子的一段，只说必须赔偿韩国夫人的茶具。

白姬听完元曜的叙述，饶有兴趣地笑了。

"韩国夫人？乾封三年？真有趣。"

元曜道："韩国夫人有什么有趣的？"

白姬神秘一笑，道："没什么。轩之打算另外赔偿韩国夫人一套茶具吗？"

元曜道："只能这样了。贞观年间的越窑贡品应该抵得上乾封年间的越窑贡品。不过，贡品只有皇室才能享有，白姬你是怎么弄来的？！"

白姬摸下巴，道："我怎么弄来的贡品，轩之就不必管了。轩之应该考虑的是，你有银子买吗？"

元曜没有银子，只好道："请白姬先赊给小生。小生以后每天一个人干两个人的杂活来偿还。"

白姬笑道："我太亏了。轩之太笨了，说是干两个人的活，实际上也只能干一个人的活。"

元曜苦着脸道："那你要小生怎么办？"

白姬想了想，道："轩之有两个选择。一、春日宜歌舞，轩之每晚在院子里跳一支舞给我和离奴解闷。二、春日宜禅寂，轩之每逢单日，陪我去献福寺听佛经。"

白姬话音刚落，元曜急忙道："小生陪你去听佛经。"

白姬满意地笑了："轩之经常去听佛经，一定会慢慢变得有慧根的。"

第二章　贺　兰

第二天，白姬从仓库里翻出一套贞观年间越窑进贡的千峰翠色瓷杯，交给元曜。元曜道谢之后，将茶具仔细包好，拿在手里，离开了缥缈阁。

白姬望着元曜离去的背影，嘴角露出了一抹诡笑。

寒水潺潺，杨柳依依。元曜来到曲江，循着昨天的记忆找到了韩国夫人的庄院。

元曜敲门，管家开门。元曜说明来意，管家进去通报之后，才领元曜进去。韩国夫人坐在雅室中等元曜，眼角有些泛红，似乎刚刚哭过。

元曜行了一礼，道："小生见过夫人。"

韩国夫人道："元公子不必客气，请坐。"

元曜坐下，将包袱放在地上，道："小生今日前来，是想向夫人道歉。昨日小生打碎的荷叶杯，恐怕已经无法再粘好了。小生万分抱歉。"

韩国夫人道："这没什么，元公子不必放在心上。"

元曜将包袱打开，对韩国夫人道："小生只能赔给夫人一套新茶具了。

请夫人收下。"

阳光之下，千峰翠色瓷杯流光隐隐，色泽莹润。

侍女将茶杯呈给韩国夫人，韩国夫人将茶杯拿在手中把玩时，突然有些吃惊，道："这套'千峰翠色'我在大明宫中见过，乃是皇家御用之物，不可能流落坊间，元公子是从哪里得到的？"

元曜挠头，说道："从一个叫……缥缈阁的地方……小生暂时栖身在缥缈阁做杂役。"

韩国夫人愣怔，道："天上琅嬛地，人间缥缈乡？"

元曜略有些吃惊，道："夫人也知道缥缈阁？"

韩国夫人沉默了一会儿，道："我找了很多年，都没有找到缥缈阁。"

元曜心中一紧，道："夫人……也有无法实现的愿望？"

韩国夫人握紧了茶杯，神色有些激动，"喃喃"道："我的愿望……我的愿望……我的愿望……"

韩国夫人"喃喃"重复着这四个字，却无法说出她的愿望究竟是什么。

过了许久，韩国夫人对元曜道："元公子，我带你去见一见我的女儿吧。"

元曜一愣，不知道韩国夫人为什么要带他去见她的女儿，但是，出于礼貌，他只能道："好。"

韩国夫人带元曜走出雅室，穿过种满牡丹花的庭院，来到了一座绣楼中。绣楼中香雾暖氤，十分华美，两名侍女跪坐在一方铜镜台前，给一株国色天香的牡丹修剪枝叶，还给牡丹披上了一块半透明的鲛绡。

元曜暗想，山庄中种满了牡丹，侍女们也如此细心地照料牡丹，想必小姐很喜欢牡丹。

侍女们看见韩国夫人，行了一礼，笑道："夫人，今天小姐的心情很好。"

韩国夫人笑了笑，走向铜镜前的牡丹，温柔地说道："敏儿，娘带来了一位元公子，他是从缥缈阁来的。"

元曜吃了一惊，小姐是牡丹花？！

韩国夫人指着牡丹花，对元曜笑道："元公子，这是我的女儿。"

元曜虽然心中奇怪，但也只能向牡丹花作了一揖，道："小生元曜，字轩之，见过小姐。"

一阵春风吹过，铜镜前的牡丹随风摇曳，婀娜多姿。

韩国夫人和牡丹花低语了几句，对元曜道："敏儿说，见到元公子，她很高兴。"

元曜冷汗直冒。他定睛向牡丹花望去，并没有看见他经常看见的花精妖魅。一朵牡丹花怎么会和韩国夫人说话？又怎么可能是韩国夫人的女儿？

元曜支吾道："嗯，小生得见小姐玉颜，也万分荣幸。"

韩国夫人又和牡丹低语了几句，抬头对元曜道："元公子，缥缈阁可以实现任何愿望吗？"

元曜挠头，道："按白姬的说法，缥缈阁可以实现任何愿望……"

韩国夫人沉默了一会儿，道："我的女儿丢了一件牡丹衣，你可以拜托白姬替她找回来吗？"

元曜问道："小姐的牡丹衣是什么样子的？"

韩国夫人望向窗外，陷入了回忆中，道："那是长安城中独一无二的一件牡丹衣，美丽绝伦，让百花黯然失色。"

元曜心中疑惑，问韩国夫人："小姐的牡丹衣丢在哪里了？"

韩国夫人眼神一黯，过了好久，才道："大明宫，太液池。"

元曜心中更疑惑了：小姐的牡丹衣怎么会丢在大明宫中的太液池？！

韩国夫人看出了元曜的疑惑，也不解释，只是道："我知道元公子心中有很多疑问，但恕我不能为元公子解惑。元公子回缥缈阁问白姬，她自会告诉你。元公子，请拜托白姬替我女儿找回牡丹衣。"

元曜也只能答应道："好，小生回去拜托她一下吧。"

坐了一会儿之后，元曜告辞了。韩国夫人没有挽留，只是笑道："元公子走好。请不要忘了拜托白姬找牡丹衣。"

元曜作了一揖，道："好，小生会记得。"

元曜回到缥缈阁时，已经下午了。大厅里没有人，里间也没有人，他不由得奇怪：白姬、离奴都不在吗？突然，他闻到了一阵茶香，还听到了一阵嘻嘻哈哈的笑声。

元曜循着茶香来到后院，但见春红飞絮，茶香袅袅，白姬、离奴、韦彦、南风正在热闹地吃茶[①]。八名服饰素雅的花妖分别围在三个高足小炉

---

① 根据陆羽《茶经》的记载，唐朝人吃饼茶时，一般会依照各自的口味，加入葱、姜、枣、橘皮、茱萸、薄荷等配料一起煮来吃。

边，有的在扇火，有的在掰茶饼，有的在调茶，有的在奉茶。

白姬让花妖把薄荷丢进自己的茶汤里，再加入橘皮和茱萸。

离奴不断地往自己的茶汤里丢香鱼干和小虾仁，花妖很不高兴，她受不了腥味，甩手不给离奴煮茶了。

韦彦醉茶了，倒在南风的腿上呼呼大睡。

南风斯文地吃着茶，一对上正在为他烹茶的花妖的眼神，就有些羞涩和局促。

白姬看见元曜，笑道："啊，轩之回来了。过来，一起吃禅茶吧。"

元曜笑着走过去，说道："小生正好渴了。今天好热闹啊，丹阳怎么也来了？"

韦彦睡着了，南风只好替主人回答。

"公子今天是来找元公子的，说有要紧的事情要告诉元公子，谁知来得不巧，元公子出门去了。白姬正在煮茶吃，就邀公子和我一起吃。公子早上没吃东西，加上茶煮得比较浓，他猛吃了两碗，结果醉了。"

元曜坐下，颇为纳罕："丹阳竟然醉茶？"

白姬笑道："义净禅师送的是今春的新茶，韦公子的茶煮得浓，他可不就醉茶了。"

花妖笑问元曜："元公子要吃什么口味的茶？"

元曜懒得等花妖重新烹茶，看了一眼白姬的茶，道："不用麻烦了，小生和白姬吃一样的茶好了。"

白姬笑道："我的茶，轩之恐怕吃不惯。"

元曜笑道："不就是加了茱萸和薄荷吗，有什么吃不惯的？"

花妖盛了一碗白姬吃的茶汤，奉给元曜。

元曜接过茶碗，喝了一口，立刻就喷了出来。

"好……好苦……白姬，你在茶里加了什么？"

白姬愉快地笑道："我在茶里加了很多黄连。"

元曜的眉头皱得像是两条蚯蚓，他说道："你在茶汤里加黄连干什么？太苦了。"

白姬捧茶，望着天上的浮云，道："苦，方能清心。"

元曜道："太苦了，反而闹心。"

离奴把浮满小鱼虾的茶汤端给元曜，笑道："书呆子，来喝爷的茶吧，一点儿也不苦，又鲜美又可口。"

元曜见茶汤里的小鱼还翻着肚皮，吓得念佛："阿弥陀佛，离奴老弟，这是吃禅茶，不是熬鱼汤！"

离奴不高兴地说道："爷这是在鱼中悟禅，这是禅的最高境界，书呆子你这种俗人是不会懂的。"

元曜不敢反驳。

南风对元曜笑道："元公子还是来喝我家公子的茶好了。"

元曜来到韦彦身边，南风盛了一碗加了红枣的茶汤给元曜："元公子请用。"

"多谢。"元曜接过碗，喝了一口。虽然茶汤浓了一些，但口味还算正常。

元曜摇晃醉倒的韦彦，道："丹阳，醒一醒，你有什么事要告诉小生？"

韦彦迷迷糊糊地睁开眼，又闭上了眼，含混地道："贺兰……贺兰……"

元曜感到很奇怪，又摇晃韦彦："什么贺兰？"

韦彦睁开眼睛，望着元曜，含混地道："贺兰……美人……轩之……美人……轩之，真美……"

元曜生气地道："你在胡说些什么？！"

韦彦突然一跃而起，高呼道："不羡黄金罍，不恋白玉杯，唯求人生一场醉！"

白姬、元曜、离奴、南风、花妖全都吓了一跳。

韦彦哈哈大笑三声，颓然倒地，口中流涎。

白姬掩唇笑道："哎呀，韦公子醉得真不轻。"

元曜擦汗："丹阳真是醉得不轻……"

南风有些不好意思，歉然道："公子这副模样，让白姬和元公子见笑了。"

白姬望了元曜一眼，笑道："轩之怎么回来得这么早？我刚才听韦公子说，韩国夫人很中意轩之，还要介绍女儿给轩之认识，她没有招轩之为女婿吗？"

元曜脸红了，说道："白姬，不要胡说，那韩国夫人的女儿是一株牡丹花……"

白姬："啊？牡丹花？"

离奴插嘴道："书呆子太丑了，配不上牡丹花，最多也只能娶一朵喇叭花。"

元曜生气地说道："去。"

白姬道："韩国夫人的女儿怎么可能是牡丹？"

元曜把在韩国夫人别院中的所见所闻，以及韩国夫人请他拜托白姬替韩国夫人的女儿找回牡丹衣的事情说了一遍。

白姬陷入了沉思。

元曜问白姬："这韩国夫人究竟是什么人？她的女儿为什么会是一株牡丹花？"

韦彦陷入昏迷中，"喃喃"道："轩之……贺兰……贺兰……"

白姬笑了笑，道："不告诉轩之。"

元曜道："不告诉小生算了。其实，白姬你也不知道韩国夫人是谁吧？"

韦彦"喃喃"道："贺兰……贺兰……"

白姬笑而不语，小书生的激将法宣告失败。

天上风起云涌，绯桃树落英缤纷，白姬喝了一口茶汤，自言自语："找回牡丹衣倒是不难，不过，站在帝国最高处的那个女人，恐怕会因此而寝食难安，惶恐难眠。"

元曜望着白姬诡异的笑，有些不寒而栗。

吃茶结束之后，南风替韦彦道了谢，然后拖着烂醉如泥的韦彦乘马车回韦府去了。

送韦彦和南风登上马车之后，元曜回到后院，离奴和花妖都不在了，白姬还捧着茶，望着天上的浮云。

元曜走过去，坐在白姬身边。

"白姬，缥缈阁究竟是为了什么而存在？"

白姬道："为了众生的'愿望'。"

元曜望着白姬，道："小生倒是觉得，缥缈阁是为了众生的'幸福'而存在。"

白姬微愣，道："为什么？"

元曜道："无论人，还是非人，心中有'愿望'，都是因为还不够幸福吧？他们来缥缈阁寻找'幸福'，你实现他们的'愿望'，让他们得到'幸福'。所以，缥缈阁是为了众生的'幸福'而存在。"

白姬望着元曜，道："轩之，'幸福'只是愿望的一种，缥缈阁从来不是为了'幸福'而存在。走进缥缈阁的人或者非人，不是为了实现'幸福'，只是为了实现'愿望'。"

元曜道："可是，实现了'愿望'，或多或少会觉得幸福吧？"

白姬喝了一口茶汤，因为太苦而皱眉。

"有时候，实现了'愿望'，反而会更加痛苦。"

元曜无法理解白姬的话，白姬也不解释，只道："轩之今晚会跟我一起去大明宫吧？"

元曜道："去太液池找牡丹衣吗？"

白姬点头，笑道："是啊。"

元曜有些担心，道："夜闯大明宫，如果被人抓住，会被诛九族吧？"

白姬掩唇笑道："不仅会被诛九族，还会被凌迟处死呢。"

元曜一头冷汗。

"轩之，去不去？"

元曜犹豫了一会儿，才下定决心，道："去。"

第三章　幻　衣

月白风清，花枝纷繁。

白姬、元曜准备去大明宫中找牡丹衣。白姬从大厅的《百马图》中召唤下了两匹膘肥体健的骏马，一匹银白色，一匹枣红色。骏马在月光下仰天嘶鸣，背上展开了两只巨大的翅膀，仿如飞鸟。

白姬、元曜跨上天马，直奔大明宫而去。

长安城陷入了黑甜的梦乡，十分静寂。

天马在月光下无声而行，银鬃纷飞，飒沓如流星。

天马来到长安城的东北方，飞过守卫森严的右银台门，来到大明宫中，停在一棵柳树下，履地无尘。

白姬、元曜翻身下马，借着月光望去，周围十分寂静，没有人迹。不过，不远处有一片严整的屋舍，虽然沉寂如死，但隐约有烛光。

元曜小声地问道："那是什么地方？"

白姬道："学士院。再往北去，就是翰林院了。这两处地方是天下文人士子们的梦想，所谓的'千钟粟'，所谓的'黄金屋'，也就是在这里了。轩之如果参加科考，也许也会在这两处地方做官吧。"

元曜摆手，说道："罢了，罢了，小生无才也无能，做不了高官，享不了荣华。"

白姬笑道："轩之还是很有才能的，只是太善良、太正直了，不适合待在这里。"

元曜望着白姬，有些感动。

"白姬，这还是你第一次夸赞小生。"

白姬拍了拍元曜的肩膀，道："我只是随口一说，安慰轩之而已，轩之不必当真。"

白姬、元曜闲聊了几句话的工夫，两匹天马突然化作了水墨画，墨线越来越浅，继而消失了。

元曜奇道："咦，这是怎么回事？"

白姬皱眉，说道："国师为了保护天后的安全，在大明宫中布下了防卫的结界。一入结界中，非人的法术就会失效。"

"恕小生孤陋寡闻，国师是谁？"

白姬望了东北方一眼，道："一个遇见了之后，一定要躲开的家伙。"

白姬、元曜经过明义殿、长安殿、仙居殿，来到了太液池边。一路上，白姬、元曜遇见了一队巡夜的御林军，一些疾步走过的太监、宫女，但是他们都对白姬、元曜视而不见。

如果说大明宫是一朵繁艳的牡丹花，那太液池则是牡丹花蕊所托的一粒绿珠，碧如翡翠，光彩夺目。

月光之下，太液池波光粼粼，飞烟袅袅，美丽得像是一场梦。远处的含凉殿中隐约飘出几缕丝竹之音，隔着水云听去，缥缈如风。

白姬指着太液池，道："轩之是和我一起去水底，还是在岸上等我？"

元曜怕水，说道："小生还是在岸上等你好了。"

白姬道："也好。"

月光如银，白姬轻提裙裾，走入太液池中。

元曜眼见池水吞没了白姬，心中有些忐忑。

风吹木叶，沙沙作响，元曜托腮坐在太液池边，望着水面，等待白姬上岸。

过了许久，银月已经偏西了，白姬还没有上来。

元曜等得有些困乏，眯了眼睛打盹儿。

一阵冷风吹来，元曜打了一个寒战，猛地睁开眼睛。

天上的星河倒映在太液池上，星光流动，水波浩渺。太液池水面突然荡漾起一层层涟漪，水波分开，一名身段窈窕的女子浮出了水面。

女子穿着一身烟霞色的美丽华裳，在水上凌波而舞、步月而歌。她的舞姿曼妙婀娜，举手投足间，轻如烟雾的披帛随风飞舞。她戴在手腕、脚踝上的九子铃随着她的舞步在静夜中发出空灵的声响。

元曜不禁看呆了。

女子踏着月光，缓缓走向元曜。她梳着飞天髻，两点蚕眉，朱唇绽樱，神态千娇百媚，顾盼生辉。

元曜的目光被女子穿着的华裳攫住，无法移开。

那是一件以蜀锦为材料的牡丹花纹长裙，远远看去，像是一川烟霞。近看，裙子上的牡丹或盛开，或半闭，色彩斑斓，栩栩如生。一阵风吹过，元曜甚至产生了裙子上的牡丹花正在迎风摇曳的错觉。

女子走向元曜，越走越近。元曜已经能够清楚地看见她两颊的面靥妆、浓密如扇的睫毛，甚至可以感到随风舞动的披帛拂在他手背上的冰凉触感。

女子怔怔地盯着元曜，幽幽地道："好痛苦……"

"欸？！"元曜吃惊。

女子幽幽地道："妾身死的时候，好痛苦……"

元曜头皮发麻，知道遇上皇宫中的女鬼了。他有些害怕，但又不敢逃跑，只好苦着脸道："俗话说，阴阳陌路，姑娘已经死了，你向小生诉苦也没有什么用。"

女鬼闻言，伤心地哭了起来。

元曜见了，心软了，劝道："姑娘不要伤心了，凡事想开一点儿。"

女鬼抬起头，梨花带雨。

"当年，妾身在世时，乃是帝王宠妃，蒙受帝王宠爱，荣耀无比。如今，妾身独居在阴冷的水底，凄凉孤苦，总是不由得想起死去时的痛苦。"

原来，这女鬼生前是帝王的妃嫔。元曜不由得肃然，垂下了头，不敢再多看女鬼。

"请娘娘不要多想，凡事宽心。"

女鬼望着元曜，眼波盈盈："公子，你觉得妾身美吗？"

女鬼花容月貌，风情万种，美丽得像是一朵盛开至极艳的牡丹。

元曜道："娘娘国色天香，仿若神仙妃子。"

女鬼妩媚一笑，挽住元曜的胳膊，道："公子既然不嫌弃妾身颜陋，那就跟妾身一起去池底吧。你我可以做一双游鱼，如神仙般快乐。"

元曜如遭电击，急忙推开女鬼，道："阴阳殊途，请娘娘自归池底，小生还要在此等人。"

女鬼不放元曜，道："妾身一人待在水底太寂寞了，望公子垂怜。"

元曜不肯去，道："小生还得等人，请娘娘自去。"

女鬼不放手，仍然拉扯元曜，婉言诱惑："公子若去池底，妾身愿意朝夕侍奉公子。"

元曜不为花言巧语所动，任由女鬼百般拉扯，他抱定了一棵柳树不撒手。

"小生怕水，且还要等人，请娘娘自去。"

女鬼生气了，突然变成了一副披头散发、七窍流血的可怕模样吓唬元曜，硬要拖元曜沉入水底。

元曜力气不如女鬼大，眼看就要被拖走，大明宫的东北方突然响起了一声仿如狮吼的幻音，太液池上荡漾起一圈圈涟漪。

女鬼倏地消失不见了，只留下灰旧的一物在原地。

一阵寒风吹过，元曜打了一个寒战，醒了过来。

月白风清，水波粼粼，元曜还坐在太液池边的石头上打盹儿，一切都静好如初。

元曜摸了摸头，难道刚才纠缠他的女鬼、惊走女鬼的狮吼都是幻觉？他抬起手时，衣袖滑落，手腕上有一圈青紫的瘀痕。

不，不是幻觉，这是刚才女鬼拉扯他时留下的。

元曜转头望向刚才半梦半醒之间他抱着不放的柳树，发现柳树旁边有一件灰旧的东西。

元曜走过去，拾起那件东西，发现这原来是一块破旧的、湿漉漉的布帛。他抖开布帛，又旧，又脏，又破，已经看不出什么东西了。

元曜正望着布帛疑惑，冷不丁有人拍了拍他的肩膀。

元曜吓得张口就要大叫。

那人手疾眼快，在元曜还没叫出声时，伸手捂住了他的嘴，轻声道："轩之，是我。"

元曜定睛望去，但见白姬站在他面前，一袭月下白披帛随风翻飞，翩跹如蝶。

元曜松了一口气，拍胸定魂，道："原来是白姬，吓死小生了。你找到牡丹衣了？"

白姬道："没有。轩之，先离开大明宫，我们被国师发现了。"

元曜吃了一惊，说道："国师？那要马上逃吗？"

"必须马上离开。"白姬说道。她看见了元曜手中的布帛，有些吃惊，伸手拿了过来："轩之，这东西是从哪里来的？"

元曜道："刚才，一位女鬼掉下的。"

"什么样的女鬼？"

"一个自称是宫里娘娘的女鬼。"

白姬笑了，拍了拍元曜的肩膀，道："轩之，走吧，我们已经找到牡丹衣了。"

"欸？！"元曜有些吃惊。

白姬也不解释，带着元曜离开了太液池。

白姬、元曜沿着原路出宫。白姬一言不发，匆匆而行，似乎有些心虚。

元曜第一次看见白姬这般模样，不由得有些奇怪，问道："白姬，你害怕国师？"

白姬闻言，不高兴了。

"我怎么会害怕国师？"

元曜说道："不害怕的话，你为什么这么慌张，还有些心虚的样子？"

白姬勉强笑道："我怎么会心虚？牡丹衣也拿到了，我不过是想赶快回缥缈阁睡觉罢了。"

说谎。元曜在心中想，有眼睛的人都看得出白姬心虚。他感到有些奇怪，即使国师是一个道行高深的人，白姬也不可能会这么心虚，仿佛她做了什么亏心事。

元曜问道："国师是什么人？"

白姬说道："国师叫光臧，是李淳风的弟子，住在大明宫东北方的大角观中，上通天文，下知地理，颇得天后的赏识和重用。"

"啊？！那他一定会降妖伏魔了？"

白姬说道："比起降妖伏魔，他倒是更加醉心于炼丹术，妄想长生不老。我来时掐算了，他应该在闭关炼丹，怎么突然就出关了？轩之，我们还是赶快离开吧。"

元曜又问道："刚才那一声狮吼，好像是从东北方传来的，那是国师在大角观中发出的吗？"

白姬道："那是小吼发出的。应该是光臧让小吼警告我们，他已经察觉我们了。"

"小吼又是谁？"元曜奇道。

说话之间，白姬、元曜已经走回了学士院附近。

夜色沉沉，在天马消失的柳树下，静静地站着一只浑身浴火的狮兽。

狮兽身形矫健，鬣毛飞扬，两只眼睛如同两盏火红的灯笼。

白姬叹了一口气，指着柳树下的金色狮兽，道："轩之，那就是小吼。"

元曜定睛望去，吃惊："一只狮子？！"

狮兽不高兴了，仰天咆哮了一声，雷霆震怒。

"我是狻猊^①，不是狮子！"

元曜两耳发疼，双腿发软，险些摔倒。

白姬扶了元曜一把，道："小吼，轩之胆小，你不要吓他。"

狻猊不高兴了，道："姑姑，说过多少次了，我现在是国师的护座灵兽，天后御封的太乙天策上将，你不要再叫我的小名了。我给自己起了一个新名字，叫狮火。怎么样，威风吧？"

白姬没听清，道："失火？"

元曜听清了，纠正白姬："是狮火。起这么一个名字，它还说它不是狮子。"

白姬说道："这个名字不吉利。"

狻猊生气了，说道："姑姑不必五十步笑百步，'祀人'这个名字也没吉利到哪里去。"

元曜低声念了两遍"祀人"，同意狻猊，道："确实不吉利，怪不得白姬你讨厌别人叫你祀人。"

白姬不高兴了，道："元曜，妖缘，轩之的名字也不见得有多吉利。"

元曜说道："不管怎样，'妖缘'也比'死人'好。"

白姬眼中闪过一道刀锋般的寒光，盯着元曜，笑道："轩之，你再说一遍。"

元曜急忙改口道："呃，元曜和祀人其实也差不多。"

狻猊说："比起祀人、元曜，还是狮火这个名字更吉利。"

"一点儿也不吉利！"白姬、元曜异口同声地表示反对。

白姬、元曜、狻猊为了名字的事情互相嘲笑争吵，似乎都忘记了自己本该做的事情。直到八名手持桃木剑的小道士飞奔而来，白姬才想起自己应该赶紧离去，狻猊也才想起自己是来抓捕白姬、元曜的。

---

① 狻猊，传说中的"龙生九子"之一，形如狮，喜烟好坐，形象一般出现在香炉上，随之吞云吐雾。

白姬拉了元曜想遁走，狻猊一跃而起，拦住了白姬，道："姑姑难得来大明宫一次，我奉国师之命，请姑姑去大角观喝茶观星。"

白姬心虚，笑道："都快天亮了，还观什么星？我得回缥缈阁了，改日再去大角观拜会国师。"

狻猊说道："国师说了，不观星可以，但你必须得退回骗走的他的七千两黄金。"

白姬笑道："都是三年前的旧事了，国师倒还记得这么清楚。不过，我用七粒'玄天长生丸'换国师的七千两黄金，明码实价，公平交易，怎么能说是骗？"

狻猊咆哮了一声，说道："你说吃了鸿钧老祖①炼的'玄天长生丸'，就可以长生，国师才花重金买下。谁知，国师吃了之后，长不长生还不知道，他的头发眉毛都掉光了，至今都没长出来。现在，国师每天都戴假发髻、画假眉毛，真是苦不堪言。你还说不是骗？"

元曜忍不住说道："如果这是实情的话，白姬你太坑人了。"

白姬瞪了元曜一眼，对狻猊笑道："国师一定是听差了，我当时没说'玄天长生丸'能长生，只说能延寿。至于掉头发、掉眉毛，这是鸿钧老祖炼出来的仙丹，国师要问责，也得去找鸿钧老祖。"

狻猊说道："鸿钧老祖已经不在天地之中了，国师上哪儿去找他？"

白姬："鸿钧老祖的仙丹不可能会让人掉头发、掉眉毛，国师一定是服用的金石丹药太多太杂了，才会掉头发、掉眉毛。你让国师少服一些丹药，也许头发和眉毛就长出来了。"

狻猊道："无论如何，你得退还国师的金子。"

白姬不肯，道："他都把玄天长生丸吃了，哪有退金子的道理？"

---

① 鸿钧老祖，众仙之祖，也称"鸿元老祖"，是明代小说《封神演义》中的人物。他是太上老君、元始天尊、通天教主的师父，有"先有鸿钧后有天"之说，也有一说鸿钧老祖就是盘古。

第四章 光 臧

白姬、元曜准备离去，八名小道士举剑围上来。白姬伸袖拂去，一阵风卷起，八名道士化作了八个纸人，飘落在地上。

狻猊见了，一跃而起，袭向白姬。

"姑姑，得罪了。如果让你离开，我没法向国师交代。"

白姬侧身避过狻猊的袭击，从衣袖中拿出一个绣球大小的玉香囊，顺势将玉香囊抛向大柳树。

玉香囊正好挂在柳树上，从镂空的缝隙中冒出许多香气袭人的烟雾。

狻猊看见烟雾，双眼放光。它忘记了白姬、元曜，飞奔到柳树下，静静地蹲坐着，仰头望着烟雾袅袅的玉香囊，十分沉醉。

白姬念了一句咒语，玉香囊中的烟雾更浓厚了。

狻猊心满意足地望着烟雾，入迷到不知今夕何夕。

元曜吃惊，道："这是怎么一回事？"

白姬低声道："小吼最喜欢烟雾，只要一看见烟雾，就什么都不管了。轩之，我们走吧。"

元曜苦着脸道："天马没了，我们能出宫吗？"

白姬低声念了一句咒语，之前消失的两匹墨画的天马从虚空中走出来，双翅伸展。

狻猊还蹲在柳树下，陶醉地望着树上的烟雾。

白姬、元曜跨上天马，离开了大明宫。

天马行空，寂静无声。

元曜问白姬："狻猊叫你姑姑，难道它是你的侄子？"

"是啊，小吼是我的九个侄子之一。"

"九个侄子？！小生还以为龙没有什么亲戚。"

白姬道："轩之此言差矣，龙的七亲八戚列出来写成书，那书比《论语》还要厚呢。"

"白姬，《论语》其实不厚。"

"闭嘴。"

突然，没有征兆的，夜空中有四道光闪过，东、西、南、北四个方位分别出现了一张光网，兜头向白姬、元曜罩来。

白姬反应奇快，在光网罩下的瞬间，化作一缕青烟溜了。

"轩之，我先走一步，你后面来。"

"哎？！"元曜没有反应过来，被光网束缚住，无法动弹。

一名道士骑着狻猊飞来，厉声道："龙妖休走！还本国师的金子来！"

狻猊仰天发出一声巨吼，震耳欲聋。

即使骑在天马上，元曜也吓得双腿发软，知道是国师光臧和狮火追来了，心中暗骂白姬狡诈，居然抛下他先逃了。

元曜举目向光臧望去。

这一望之下，元曜微微吃惊：他原以为国师应该是一位鹤发童颜、面色红润的威严长者，没想到却是一个胡子拉碴的落拓壮汉。

光臧穿着一身金紫色道袍，头插玉簪，足穿云靴。他显然来得很匆忙，眉毛没有来得及画，假发蓬乱地堆在头顶上，看上去没有一点儿仙风道骨、超尘脱俗的高人之相。

光臧匆忙赶来，施法擒拿白姬，谁知没有擒住白姬，只看见一个青衫书生被困在他的法术中，拉长了苦瓜脸望着他。

光臧一愣，问道："龙妖哪里去了？！"

元曜心中发苦，道："白姬先跑了。"

光臧打量了元曜一眼，道："你是什么人？"

元曜害怕被诛九族，不敢报上姓名，道："小生就是一个过路的，请国师大人高抬贵手，放小生离开。"

狻猊道："国师，这书生叫元曜，不是过路的，是跟着姑姑一起来的，没准是我姑父。"

光臧闻言，瞪大眼睛打量元曜，道："你是龙妖的夫婿？那正好，把你抓去炼仙丹，以解本国师的心头之恨。"

元曜心中发苦，对狻猊道："名字可以乱起，话可不能乱说。小生不是白姬的夫婿，她坑金子的事情，小生也不知情。国师请去找白姬解恨，不要拿小生撒气。"

光臧和狻猊不相信元曜的话，光臧伸出大手，将元曜拎到了狻猊背上，不管小书生挣扎喊冤，把他带回了大角观。

大角观位于大明宫东北方，比邻护国天王寺、玄元皇帝庙。大角观处在山丘之上，飞檐斗拱，殿阁瑰玮，四周隐约有祥云环绕。

璇玑楼。

四面轩窗大开，月光如银，清风徐徐。

一只巨大的青铜丹炉摆放在大厅正中央，丹炉下火焰如织，炉中青烟袅袅。四个小道士分别跪坐在四个方位添柴、扇火。

大厅东北角，一幅伏羲八卦图下，光臧、元曜盘腿坐在一张木案边，狻猊伏在两个人旁边。

光臧回到璇玑楼之后，就把假发髻取下了，他的光头反射着月光，锃亮。

小书生呆呆地盯着光臧的光头。

光臧生气地瞪眼，问道："书生，你看什么？"

元曜急忙垂下头，答道："没……没看什么……"

狻猊道："这书呆子在看国师你的光头。"

元曜赶紧分辩道："小生只是在看月光，没有看国师大人的光头。"

狻猊道："你明明在看国师的光头。"

"小生没有看国师的光头。"

"你在看光头。"

"小生没看光头。"

狻猊不依不饶："你就在看光头！"

在一声一声的"光头"中，光臧的脸色逐渐铁青，他大吼一声："都住口！"

元曜、狻猊吓得赶紧闭嘴。

光臧霍然起身，奔去了内室。不一会儿，他戴着一顶乌黑油亮的假发髻出来了，还画了两道卧蚕眉。

光臧重新在元曜对面坐下，怒声问道："你是什么人？和龙妖是什么关系？如实招来，否则把你丢进丹炉里去！"

元曜望了一眼火光熊熊的丹炉，十分害怕，只好招了。

"小生姓元，名曜，字轩之，本是襄州人氏，如今客居长安，流落西市，在缥缈阁中干一些杂活糊口。小生从不害人，也不干那些坑人钱财的事情。白姬干的坏事，与小生无关，小生全都不知情。请国师大人明鉴，放小生离开。"

光臧皱了一下画出来的卧蚕眉，道："今夜龙妖来大明宫干什么？"

元曜想脱身，只能招了。

"白姬受韩国夫人的拜托，来大明宫取她女儿的牡丹衣。"

光臧沉默了一会儿，才嘀咕道："龙妖真是闲得慌，都是二十多年前的事情了，还翻这桩旧案干什么？"

哎？！元曜不明白光臧的话，但也不想细问，只想赶快离开。他站起来想走："国师如果没有别的事情，小生就先告辞了。"

光臧伸出大手，将元曜按回原位，道："书生先别急。"

元曜只好坐下了，苦着脸问道："国师还有什么吩咐？"

光臧唤小道士拿来了十几个葫芦，依次从每个葫芦里倒出了不同的丹药，分别放在木案上。

元曜望着眼前一片花花绿绿的丹药，迷惑地道："国师大人，这是什么意思？"

光臧道："龙妖跑了，本国师的金子也没指望了。幸而，书生你留下了。这是本国师新炼出的丹药，还不知道功效。书生，你正好可以替贫道试丹药。"

元曜望着古怪的丹药，想到了光臧的秃头和秃眉，冷汗如雨。

"小生……小生只吃五谷杂粮，从不服食仙丹灵药，恐怕尝不出优劣，反而糟蹋了国师的心血。"

光臧淡淡地道："无妨。反正都是试验品，有些也许还有毒。"

元曜推托道："小生不习惯吃丹药。"

光臧紧逼道："吃着吃着，也就习惯了。"

元曜哭求道："国师大人请高抬贵手，放过小生。"

"那你替龙妖还本国师的金子。"

元曜苦着脸道："小生一共攒了六吊钱，改日给国师送来。"

"六吊钱？！龙妖欠的是八千两黄金！"

元曜疑惑地道："怎么变八千两了？之前不是说七千两吗？"

光臧盛怒，将假发髻揭下，大声道："多出的一千两，用来给本国师买假发髻和螺子黛①！"

元曜闭嘴了。

光臧逼迫元曜吃丹药，元曜说什么也不肯吃。光臧决定把小书生囚禁在璇玑楼，不给他食物，让他饿到只能吃丹药。

---

① 螺子黛，古代妇女画眉毛用的青黑色颜料，出产于波斯国。《隋遗录》中记载："绛仙善画长蛾眉……由是殿脚女争效为长蛾眉，司宫吏日给螺子黛五斛，号为蛾绿。螺子黛出波斯国，每颗直十金。"

元曜很伤心，很害怕，十分苦楚。

光臧连夜画了八张金符，让道童去紫宸殿呈给武后。

"去呈报天后，本国师夜观天象，妖云东来，遮星惑月，近日皇宫中恐怕将有妖邪作祟。请天后将八卦金符贴于寝殿八方，以避灾厄。"

道童领命去了。

日出东方，天色已亮。

狮火蹲在香炉边睡着了。

光臧在大厅西面的木架边整理各种丹药。

元曜坐在木案边，又累又饿，困顿不堪。

辰时，两名小道童为光臧端来了早饭，一碗清香的粳米粥，四碟精致美味的小菜。

光臧停止整理丹药，故意坐在元曜对面喝粥。

元曜肚子饿得咕咕直叫，见光臧喝粥，闻见粥的香味，垂涎欲滴。

"国师，小生也还没吃早饭……"

光臧瞪眼，道："你先把丹药吃了，本国师就给你盛粥喝。"

元曜道："小生空腹服药，一般会吐，恐怕浪费了国师的丹药。国师还是先让小生喝一碗粥吧。"

光臧想了想，让小道士给元曜盛了一碗粥。

元曜喝完了粥，却又死活不肯吃丹药了，气得光臧要打他。

光臧按倒元曜，硬要往他嘴里塞丹药时，一只黑猫从西南方的飞檐上跳下，轻灵地越过栏杆、轩窗，蹦进了璇玑楼的大厅。

黑猫道："牛鼻子，放开书呆子！"

光臧抬头，看见黑猫，愣了一愣，道："缥缈阁的猫妖？！你是怎么蹿进我大角观的？！"

元曜一见黑猫，不禁流泪。

"离奴老弟……"

离奴猫躯一震，跳上一个没有生火的大丹炉，傲慢地俯视光臧。

"区区大角观，有什么进不来的？只要爷乐意，太上老君的兜率宫爷都能去走一遭。牛鼻子见识浅，大惊小怪！"

两名道童见黑猫如此嚣张，十分生气，拂尘一扫，去打离奴。

"猫妖休要张狂！"

"畜生也敢在国师面前放肆？！"

黑猫纵身而起，躲过了两名道童的袭击，落在闭目睡觉的狻猊头上。

狻猊睁开眼睛，眼珠上转，正好和黑猫对视。

离奴对狻猊嘿嘿一笑，道："五公子好。"

狻猊大惊，一跃而起，道："国师，不好了！姑姑家的猫妖闯入大角观了！"

两名道童追上来打离奴，拂尘扫过，没有打到离奴，却狠狠地打中了跃起的狻猊。

狻猊大怒，一口火喷去，两名道童顿时被喷昏了过去。

离奴坐在狻猊头上，气定神闲。

光臧见状，伸手从衣袖中拿出两道飞符。

离奴见状，急忙道："牛鼻子别用符！爷是奉主人之命来还你金子的！"

光臧闻言，收了飞符，道："猫妖如果敢诓本国师，本国师就将你丢入丹炉中去！"

离奴从狻猊头上跳下，化身成一个清俊的黑衣少年，走到元曜面前，坐了下来。

元曜见了离奴，分外亲切，伸袖拭泪。

"离奴老弟……"

离奴瞪了一眼元曜，骂道："书呆子你哭什么？真没出息。"

元曜道："离奴老弟有所不知，国师逼迫小生吃这些也许会秃头、也许会死人的丹药，不吃的话，他就要饿死小生……"

离奴道："不就是丹药吗？爷替书呆子吃了。"

离奴将木案上的丹药一把一把地塞进嘴里，连水都不用，就这么囫囵吞下去。

元曜大惊，张大了嘴，结结巴巴地道："这些丹药……还是试验品……吃……吃下这么多……妖鬼也会……死……的吧？"

光臧也大惊，冲了过去，掐住离奴的脖子摇晃。

"臭猫妖，把本国师的仙丹吐出来！吐出来！本国师辛苦炼制的仙丹是给人吃了长生的，不是给妖鬼吃着玩儿的！"

离奴腾地又化作黑猫，溜出了光臧的钳制，一跃而起，跳上元曜的肩膀，伸舌舔唇："难吃死了，还没有香鱼干好吃。"

光臧大怒，又掏出一道飞符，要收拾离奴。

离奴见状，又赶紧道："牛鼻子且慢，我们先谈金子的事情。"

光臧闻言，又把飞符收了进去，忍住怒气道："好。你说。"

离奴道："主人说，光臧国师是一位世间奇人，上通天文，下知地理，更是精通玄门之术。而且，光臧国师也是一个大好人，心地善良，德高望重……"

光臧打断了离奴："不要废话！说金子的事！"

离奴干咳了一声，道："国师如果放了书呆子，主人愿意还你三千两黄金。"

光臧生气地道："三千两？龙妖贪财贪昏了头吧？她当时可骗走了本国师七千两黄金。"

离奴道："主人说，她当时确实只收了国师三千两黄金。"

光臧道："胡说！还有四千两呢？！"

离奴左右一望，低声道："那四千两在天后那里。其实，当时是天后和主人一起坑了国师的金子。那'玄天长生丸'根本就不是鸿钧老祖炼的仙丹，就是天后沐浴洁面用的'神仙玉女粉'。大家都说国师醉心丹术，为求长生，不惜金帛，天后和主人才开了这么一个玩笑。没想到，牛鼻子你果然上当了。"

"啊？！"光臧大惊，"此言当真？！"

离奴道："国师不相信的话，可以去问天后。当时，还是天后告诉你说主人有鸿钧老祖的'玄天长生丸'吧？如果主人真有'玄天长生丸'，天后早就买下了，还轮得到牛鼻子你吗？"

光臧一阵晕眩。他根本不敢去问武后，思前想后，有三分相信了离奴。他又想了想，觉得能讨回三千两黄金也不错，道："龙妖真的肯退还本国师的三千两黄金？"

离奴点头，道："只要国师放了书呆子，主人就把黄金送来。"

光臧想了想，道："为免夜长梦多，本国师还是自己去缥缈阁取好了。"

离奴道："也行。主人已经解除了八卦迷魂阵，国师和五公子不会再找不到缥缈阁了。"

光臧道："你去转告龙妖，本国师会去缥缈阁拜访她。"

离奴笑了："欢迎国师。"

谈话完毕，离奴带元曜离开了大角观，光臧派遣道童送他们从银汉门离开了大明宫。

望着一人一猫离去的背影，光臧喜忧参半。

"天后居然和龙妖沆瀣一气，坑了本国师，太让人生气了。不过，进了缥缈阁，就有办法长出头发和眉毛了。"

狻猊小声地嘀咕道："姑姑专程让离奴来找他，这书呆子不会真的是姑父吧？"

第五章 冠 宠

元曜、离奴回到缥缈阁时，白姬正坐在柜台后，拿一副龟甲算卦。她看见元曜平安回来，笑道："轩之，我刚才算了一卦，就知道你会平安无事。"

元曜还在因为白姬昨晚丢下他先逃了而生气，不冷不热地道了一句"多谢白姬记挂"，就去了后院梳洗。

"哎呀，轩之生气了。"白姬托腮望着元曜走进去的背影，叹了一口气。

离奴笑道："牛鼻子逼书呆子吃丹药，把他吓得要死，他肯定会生一会儿气的。"

白姬道："昨夜，如果我不先走，就带不回牡丹衣了。牡丹衣上怨气太重，光臧不会允许我将它带出大明宫。这一场'因果'，不知道会演变出怎样的结局。"

离奴道："这一场'因果'都是书呆子招来的，主人其实可以不管，免得到时候触怒了天后，又与光臧那个牛鼻子为敌。"

白姬沉默了一会儿，道："无论如何，已经走到这一步了，还是先把牡丹衣交给韩国夫人吧。"

元曜在生白姬的气，一整天只顾闷头干活，不理白姬。

上午，白姬笑道："轩之，休息一下，来喝禅茶吧。"

元曜生气地道："小生不渴。"

中午，白姬笑道："轩之，休息一下，来吃芙蓉饼吧。"

元曜生气地道："小生不饿。"

"轩之，你在生气吗？"

元曜生气地道："小生不生气。"

下午，白姬在大厅里大声喊道："轩之，韦公子来了，出来见韦公子！"

元曜在里间生气地道："小生不见。"

大厅中，韦彦很伤心："我究竟哪里得罪轩之了，他居然生气到不愿意见我？"

白姬安慰韦彦道："轩之经常生气，习惯就好了。"

元曜拿着鸡毛掸子飞奔出来，笑着解释："丹阳，刚才是一个误会。小生随口一答应，没有听清白姬在说什么。"

韦彦闻言，一展折扇，笑了："原来轩之是在生白姬的气，不是在生我的气。我就说我最近没有哪里对不起轩之嘛。"

白姬摇扇飘走，闷闷不乐。

"轩之果然在生我的气。"

元曜对着白姬的背影道："你把小生丢在危险的地方，害小生担惊受怕，小生怎能不生气？"

白姬的声音从里间传来："这次算是我不对。下次，无论遇上什么危险，我也不会再丢下轩之，可以了吧？"

元曜闻言，心中蓦地一暖，所有郁结的烦闷都随着"无论遇上什么危险，我也不会再丢下轩之"这一句承诺而烟消云散。

元曜觉得这样的心情十分奇怪，为了掩饰，大声道："还有下次？下次你一定也会丢下小生先逃跑吧？"

里间飘来白姬的叹息声，她道："唉！人在气头上，什么话也听不进去，等轩之气消了，我再解释好了。"

韦彦望着元曜，笑道："轩之生气的样子真好玩。"

元曜生气地道："哪里好玩了？！你来找小生有什么事？"

韦彦道："啊，我来找轩之，是有一件重要的事情要告诉你。昨天，我也是为这件事来的，但是醉茶了，没有来得及说。"

元曜道："什么重要的事情？"

韦彦神秘兮兮地道："你还记得前天踏青避雨时，邀请我们喝茶的韩国夫人吗？"

元曜道："记得啊，怎么了？"

韦彦神色古怪地道："我觉得韩国夫人有些古怪，回家之后就问了一下二娘，东都、西京的国夫人、郡夫人，她无不了如指掌。结果，我发现了奇怪的事情。这位韩国夫人是天后的姐姐，芳讳'顺'，嫁给了贺兰安石，生有一子一女。因为是天后的姐姐，韩国夫人能够自由地出入宫闱，和先帝的关系很亲密。她的女儿贺兰氏，也曾侍奉在先帝身边，非常受先帝的宠爱，被封为魏国夫人。"

"哎？！韩国夫人的女儿是先帝的妃子？"元曜有些吃惊，想起了太液池边穿着牡丹衣的女鬼。

韦彦道："喀喀，其实，韩国夫人和魏国夫人都算不上先帝的妃嫔，只能算是'情人'。而且，最重要的是，她们都已经死了二十多年了。轩之，我们俩一定是见鬼了！"

元曜更吃惊了："欸？韩国夫人和她的女儿都已经死了？！"

韦彦道："是啊。我调查了一下，韩国夫人死于乾封三年，魏国夫人死于乾封元年，我们一定是见鬼了！"

元曜心中发寒，问道："韩国夫人和魏国夫人是怎么死的？"

他想起太液池边的女鬼向他诉说她死得很痛苦，他觉得她虽然可怕，但也很可怜。

韦彦左右一望，压低了声音，道："韩国夫人是被天后逼迫，悬梁自尽。魏国夫人因为太受先帝宠爱，被天后毒死了。据说，魏国夫人一向自傲于美貌天下无双，对天后也不太恭敬。天后忌妒她的美貌，将她的尸体沉入太液池喂鱼。"

元曜倒抽一口凉气，道："天后竟这样对待自己的姐姐和外甥女。"

韦彦一展折扇，道："比起已故的王皇后、萧淑妃[①]，韩国夫人和魏国夫人的下场算好的了。轩之，女人都是很可怕的，你可千万不要被女人迷惑。"

元曜打了一个寒战。

韦彦担心地道："轩之，你说我们在曲江池边遇见的韩国夫人不会是鬼吧？"

元曜叹了一口气，道："不知道。不过，小生觉得韩国夫人很可怜。如果丹阳说的都是真的，她看着自己的妹妹杀死了自己的女儿，却又无能为力，一定非常伤心。两边都是骨肉至亲，她一定很悲伤、很难过。"

韦彦咋舌，道："宫廷之中，权势角逐，只有胜者和败者，哪里有什么

---

① 王皇后、萧淑妃，二人均为唐高宗李治的妃嫔，在与武则天的权势斗争中失势，被贬为庶人。《资治通鉴》中记载，武则天把王皇后、萧淑妃各打一百杖，直打得两个人血肉模糊，然后将两个人的手脚剁去，溺死在酒瓮中。

骨肉至亲？"

元曜道："丹阳此言差矣，人非草木，孰能无情？"

韦彦道："轩之太天真了。"

元曜和韦彦又说了一会儿话。韦彦认定韩国夫人是鬼魂，将从怀秀那里求来的两张开光的护符分给元曜一张，让他留着驱邪，才告辞离开。

元曜握着护符，心中很温暖。虽然白姬、韦非烟都说韦彦是一个极端自私、不会关心别人的人，但他觉得韦彦其实也是一个会关心人的好人。

韦彦离开之后，元曜为韩国夫人母女到底是人还是鬼的问题烦恼了一个下午，因为还在和白姬生气，他也不好去问白姬。

夕阳西下，又到了吃晚饭的时候，白姬、元曜、离奴坐在后院吃饭。

今天的菜式除了永远不变的鱼之外，还多了一大碗蒸得嫩黄的鸡蛋羹，上面点缀着三颗红樱桃。

白姬笑道："总是吃鱼，轩之想必也腻了，这是我亲手为轩之做的鸡蛋羹，算是给轩之赔罪，轩之不要再生气了。"

元曜吃惊，龙妖亲手为他做吃的？！看来，她确实是诚心向他道歉，他要不要原谅她？这鸡蛋羹看起来很好吃，他还是原谅了吧。

元曜心软了，道："小生哪有那么小气。"

白姬笑道："太好了，轩之终于不生气了。"

"白姬，你下次不许先逃跑了。"

白姬信誓旦旦："好，下次，我一定让轩之先逃跑。"

"罢了。如果遇见危险，还是一起逃跑吧。你让小生先跑，小生也跑不远。"

白姬笑道："嗯，下次我和轩之一起跑。"

元曜也笑了。

元曜和白姬冰释前嫌，重归于好。

离奴也很高兴，不断地催促元曜："书呆子，快尝尝鸡蛋羹！快尝尝！"

元曜挖了一银勺蛋羹，放入口中。

蛋羹入口即化，香嫩可口。

元曜不由得赞道："真好吃。没想到白姬的厨艺竟这么好。"

白姬以袖掩面，道："轩之谬赞了。其实，我只负责打碎鸡蛋，其他的都是离奴在做。"

离奴笑道："嘿嘿。"

元曜无言。

只是打碎鸡蛋，你怎么好意思说是亲手做的鸡蛋羹？！当然，这一句咆哮小书生不敢说出口，只能随着鸡蛋羹咽下喉咙。

离奴笑眯眯地望着元曜吃鸡蛋羹，十分满意："不枉爷一番心意，书呆子果然很爱吃。"

鸡蛋羹味道鲜美，不时还能吃到几片很有嚼劲、具有甘香的肉片。

元曜用筷子夹了一片肉，观察了一下，笑问离奴："离奴老弟，这是什么肉？好香啊。"

离奴笑道："算书呆子识货。这是玟珺送给爷的鼠肉干，都是去年腊月打死的肥老鼠，肉格外有滋味，爷一直藏在坛子里，舍不得拿出来吃。今天主人说要为书呆子做一道好菜，爷才把肉干拿出来做配料。嘿嘿，爷就知道书呆子爱吃。"

元曜一下子呆住了。

白姬本来挖了一勺鸡蛋羹准备尝尝，听了离奴的一席话，不动声色地改变了汤勺的路线，将鸡蛋羹送到了元曜的碗里，笑道："轩之多吃一些。"

元曜猛地站起身，脸色灰白。他喉咙里发出咕噜咕噜的声音，惨叫一声之后，一路飞奔去茅厕呕吐了。

离奴不解地道："咦？书呆子怎么了？"

白姬叹了一口气，愉快地道："唉！可怜的轩之。"

月色朦胧，浮云流动。

元曜躺在寝具上，刚睡着，就感到有人在戳他的脸，蓦地睁开了眼睛。

一名白衣女子跪坐在元曜的枕边，用手指戳他的脸。她的皮肤雪白，樱唇如血，半张脸露在月光下，半张脸藏在阴影中，乍一看去，十分骇人。

"啊！女鬼！"元曜大惊失色。

白姬不高兴了，道："哪里有女鬼？"

元曜这才认清女子原来是白姬，松了一口气，埋怨道："白姬，你晚上不睡觉，却跑来吓唬小生。"

白姬笑道："轩之，今夜月色很美，一起去夜游吧。"

元曜躺下，用被子蒙住脸，道："不去，小生要睡觉。"

白姬道："轩之必须去。"

元曜不解："为什么？"

白姬笑容诡异，道："因为，只有轩之才知道去见韩国夫人的路。"

元曜一掀被子，坐起身来："你要去见韩国夫人？"

"为免夜长梦多，今夜就把牡丹衣给韩国夫人送去。轩之去不去？"

元曜对韩国夫人、魏国夫人、牡丹衣疑惑重重，很想解开心中的疑团，急忙道："去，小生当然去。"

"那就走吧。"

"好。"

白姬、元曜乘着天马在长安城中踏月而行，由朱雀大街出了明德门，向曲江池而去。

路上，元曜问白姬："韩国夫人是天后死去的姐姐吗？"

白姬道："是。"

元曜又问道："小生在太液池边遇见的女鬼，是韩国夫人死去的女儿魏国夫人吗？"

白姬道："应该是。找到牡丹衣，都是轩之的功劳。轩之，你真是一个非常特别的人。"

元曜道："你其实是想说小生是一个总是会遇见妖鬼的人吧？"

白姬诡笑："嘻嘻。"

元曜望了一眼马背上的包袱，包袱中放着那块女鬼丢下的破旧布帛。

元曜道："小生还以为牡丹衣会很漂亮，没想到居然这么破旧。"

白姬道："在太液池底浸泡了二十多年，怎么可能美丽如昔？"

白姬这句没有主语的话，不知道是在说牡丹衣，还是在说魏国夫人。

元曜想起初见魏国夫人时看见的幻象，她那美丽娇艳的容颜和灿若云霞的牡丹衣相映生辉，是那般颠倒众生、倾国倾城。她生前风华绝代，可惜死后凄凉，如今牡丹衣已经破旧腐朽，她在太液池底恐怕也只剩一副白骨了吧？

美丽的女子在如花的韶年香消玉殒，真是一件让人悲伤叹惋的事情。

元曜有些悲伤，觉得魏国夫人很可怜。

"白姬，天后为什么一定要杀死魏国夫人呢？"

白姬道："如果有一块美味的点心摆在眼前，我和轩之都很想吃，但是这块点心只能给一个人吃，轩之会怎么做？"

元曜想了想，道："让给白姬吃吧，小生去吃别的点心，天下好吃的点心太多了，何必和白姬抢？"

白姬笑了："可惜，天后不是轩之。"

"欸？！"元曜一头雾水，道，"天后和小生有什么关系？白姬，你还没有回答小生天后为什么一定要杀死魏国夫人呢。"

白姬想了想，又道："如果我和轩之被关在一间屋子里，我们两个人中只有一个人能够活着走出去，不是我杀了轩之，就是轩之杀了我，轩之会怎么做？"

元曜想了想，道："小生自杀好了。"

白姬不解："为什么？在这种情况下，轩之不是应该努力自保，尽全力杀了我吗？"

元曜苦着脸道："没用的，你是妖，小生打不过你。"

"那如果是轩之和韦公子呢？"

"也没有用，丹阳从小习武，小生也打不过他。"

"那如果是轩之和一只蟑螂呢？"

元曜生气地道："谁会那么无聊，把小生和一只蟑螂放在一间屋子里拼生死？！"

"呃，当我没说好了。"

元曜叹了一口气，道："小生好像有些明白了，白姬的意思是天后和魏国夫人在同一间屋子里，都想吃同一块美味的点心，并且在那样的情况下，她们只有一个人能够活着？"

白姬道："轩之很有悟性。"

元曜："世事真复杂。不过，小生还是觉得天后的做法有违仁慈、有违仁义，是不对的。"

白姬笑道："幸好轩之只有一个。"

元曜不解："为什么？"

白姬道："如果世人都和轩之一样，我就收不到'因果'了。"

曲江池边，月色迷蒙，马蹄踏花香。

元曜循着记忆中的路线行去，在经过了一片缥缈的白雾之后，看见了韩国夫人的庄院。迷蒙的月色中，庄院只剩下黑白二色，如同一幅水墨画。

朱门碧瓦都失去了颜色，这是因为月光吗？元曜有些奇怪，抬头望向悬挂在大门上的牌匾，发现之前模糊不清的字迹也能够看清了，上面书着：贺兰府。

元曜走上前去敲门，老管家开了门。元曜说明了他与白姬来送牡丹衣，老管家进去通报之后，才来领二人去。

"夫人在花园中相候。"

白姬、元曜走进贺兰府。

一路行去，元曜发现山庄中的碧瓦朱柱、绿窗紫门都变成了灰白色，看上去仿如腐朽的坟墓。

不过，月光下，庭院中的牡丹还是姹紫嫣红，灿若云霞。夜风吹过，落英纷飞。

韩国夫人穿着一身素衣，孤零零地站在花海中，看见白姬、元曜走近了，笑着对身边的一株牡丹道："敏儿，快看，白姬为你送牡丹衣来了。"

老管家无声地退下了。

元曜望了一眼娇艳的牡丹花，又望了一眼韩国夫人，欲言又止。

白姬微笑着望着韩国夫人。

韩国夫人笑道："劳白姬和元公子深夜前来，十分感激。本该我去缥缈阁拜访，但无奈缘浅，只闻缥缈阁之名，却始终不能找到。"

白姬笑道："缘之一字，从来难解，走进缥缈阁是缘，走不进缥缈阁，但是'愿望'能够传入缥缈阁，也是缘。夫人要找的牡丹衣，我已经替您拿来了，您看是不是这一件？"

白姬从元曜手中拿过包袱，递给韩国夫人。

韩国夫人接过包袱，满怀欣喜地打开，但是看见破旧的布帛，她的脸上露出失望之色："不是，这不是我女儿的牡丹衣，这只是一块丑陋的破布，怎么会是牡丹衣？"

白姬的红唇勾起一抹笑容，但眼神中毫无笑意，她的声音缥缈如风。

"哦？那您想要的牡丹衣是怎样的呢？"

韩国夫人抬头，望着天边的弦月，回忆道："那件牡丹衣和我的女儿一样美丽耀眼。牡丹象征富贵和祥瑞，牡丹衣是益州刺史献给皇后的珍品，敏儿非常喜欢，圣上宠爱敏儿，就将牡丹衣赐给了敏儿。结果，皇后发怒了。不久，敏儿离开了大明宫。再后来，我也离开了。"

韩国夫人说话时，元曜看见她的口中、鼻中、耳中、身上不断地逸出细蛇一般的黑烟，黑烟缓缓地流泻到地上。

韩国夫人浑然不觉，但被黑烟触碰到的牡丹花迅速枯萎凋零，落下黑色的花瓣。

没来由地，元曜觉得心底发寒。

白姬的眼眸变成了金色，她的声音缥缈如夜风。

"夫人，您真的想要回忆中的那件牡丹衣吗？"

"当然。"韩国夫人道。她的话一出口，从她身上散逸出来的黑烟更浓了。

"现在的牡丹衣——这块破旧的布帛，您不想要吗？"

韩国夫人皱眉，道："我说过了，这块破布不是牡丹衣。"

白姬扬唇一笑，道："明白了。"

白姬走过去，拿起破旧腐朽的布帛，挥手将它抖开，平摊在牡丹花上。

月光之下，牡丹之上，破旧的布帛灰暗无光，十分丑陋。

白姬道："夫人，您爱您的女儿吗？"

韩国夫人道："我爱我的女儿胜过爱世上的一切。"

随着这一句话说出口，韩国夫人的七窍中逸出更浓厚的黑雾，她身边的牡丹花迅速地枯萎腐朽。黑雾如同一条一条的细蛇，飞速爬向花海之上的布帛，仿佛汲取了某种养分，灰暗的布帛上流溢出七彩光华。

元曜吃惊地望着布帛。布帛渐渐恢复了原先的色彩与花纹，也渐渐浮现出了衣裳的形状。

白姬问韩国夫人道："您还记得您的女儿是怎么离开大明宫的吗？"

韩国夫人蓦地睁大了眼睛，神色有些可怕，她"喃喃"道："我永远也忘不了……"

韩国夫人身上逸出更浓厚的黑雾，牡丹花大片大片地枯萎、凋零，牡丹衣却越来越光华熠熠、灿若云霞。

白姬靠近韩国夫人，在她耳边以缥缈如风的声音道："夫人，您真正的愿望是什么？"

韩国夫人的脸瞬间变得扭曲，她的身体被毒蛇一般的黑雾紧紧缠绕，她狠狠地道："恨……恨……我好恨……"

庭院中的牡丹花全部枯萎，凋零如灰。

月光下，整座庄院只剩下黑白二色，静死如坟墓。

韩国夫人身上蔓延出的黑雾全部化作黑蛇，爬上了牡丹衣。牡丹衣越来越美丽，色如云锦，灿若云霞，透出几缕凄艳蚀骨的绝色。

"我……好恨……好恨……"韩国夫人的身体抖如筛糠，她的眼珠上开始弥漫血丝，她的嘴唇鲜红得仿佛正在滴血，脸色却惨白如灰。

元曜看得心惊，觉得韩国夫人好像立刻就要化作厉鬼，向人索命。

白姬伸出食指，食指指腹贴在韩国夫人的唇上。

"嘘，您的愿望都在牡丹衣上了。看，多鲜艳美丽的牡丹衣，真像是浸满了鲜血和毒汁呀。"

韩国夫人转头望向牡丹衣，她的眼眸中映出一片鲜艳的红色。她疾步走过去，拿起牡丹衣，紧紧地攥在手上。

韩国夫人神色癫狂，像是在哭，又像是在笑："呜呜……牡丹衣……哈哈，牡丹衣……呜呜……哈哈……"

元曜觉得毛骨悚然。

韩国夫人抖开牡丹衣，将其披在自己身上，在原地转了一圈，对身边的牡丹花道："敏儿，这件牡丹衣真美啊！"

庭院中已经没有牡丹花了，韩国夫人却浑然不觉，站在一地荒芜中，一边和虚空说话，一边陶醉于牡丹衣的幻象之中。

白姬对元曜道："轩之，牡丹衣已经送给韩国夫人了，我们走吧。"

元曜道："好。"

元曜话音刚落，他身处的庭院突然消失了，韩国夫人也消失了。

月光下，白姬和元曜站在一片荒地上，四周碧草萋萋、白雾迷茫。

"哎？！"元曜微微吃惊，问道，"我们这是在哪里？韩国夫人和她的庄院呢？"

白姬道："我们在曲江池边。"

韩国夫人和她的庄院如同三更幽梦草上霜，消失不见了。

元曜道："小生真是一头雾水。"

白姬伸手，用衣袖擦元曜的额头和头发。

元曜不解地道："你在干什么？"

白姬笑道："替轩之擦雾水。"

"去。"元曜生气地道。

白姬道："轩之，今晚月色很好，先不回城了，稍微绕一点儿远路，去找玄武讨一杯酒喝。"

玄武是一只住在曲江池边的乌龟，活了一万多年。

元曜笑道："好啊。"

第六章　女　娲

白姬、元曜步行于荒野中，去找玄武喝酒。

元曜还在纠结韩国夫人的事情，忍不住问白姬："韩国夫人为什么总是对着牡丹花叫女儿？魏国夫人的鬼魂不是在太液池吗？"

白姬道："因为她愿意把牡丹花当女儿，不愿意把魏国夫人当女儿，就像她只愿意要自己回忆里的牡丹衣，而不愿意要真正的牡丹衣一样。”

“韩国夫人为什么不愿意要真正的牡丹衣？”

“因为牡丹衣已经太破旧丑陋了吧。”

“韩国夫人为什么不愿意把魏国夫人当女儿？”

“因为，她不愿意。”

“为什么她不愿意？”元曜奇怪地道，从韩国夫人的言行举止来看，她应该很爱她的女儿，那她为什么反而不愿意把魏国夫人当女儿？

“因为人心很幽微、复杂。”

“韩国夫人说她好恨……她恨的是谁？”

白姬道：“我也很好奇她恨的人是谁。”

元曜担心地道：“丹阳说，韩国夫人、魏国夫人皆是因为天后而死，韩国夫人恨的人不会是天后吧？”

白姬神秘一笑：“也许是，也许不是。”

元曜担心地道：“如果她跑去大明宫中作祟，惊吓天后，那可就不妙了。”

“有了从太液池中取来的牡丹衣，她确实可以去大明宫了。轩之，也许有好戏看了。”白姬愉快地道。

元曜道：“光臧国师很厉害，如果韩国夫人在大明宫中作祟，他会把她捉去炼丹吧？”

白姬笑道：“最近几个月，光臧会离开大明宫，去远游。”

元曜道：“谁说的？小生不觉得光臧国师有去远游的打算。”

白姬道：“我说的。他会阻碍我得到‘因果’，所以我决定让他去远游。”

元曜笑道：“小生可不觉得光臧国师会听你的安排。”

白姬神秘一笑：“他会听的。”

说话间，白姬、元曜已经走到了曲江池边。

云水潋潋，碧草萋萋，曲江边笼罩着七彩祥光。七彩祥光之中，有一名十分美丽的女子。女子的身材修长而丰满，她的额头上、脖子上、手腕上都戴着兽骨、象牙、贝壳穿成的饰品。她的长发在草地上逶迤拖曳，如同一匹光滑的黑缎。她的上身围了一张兽皮，她的下半身是一条蛇尾，盘在草地上。

元曜先看见蛇尾女人，轻声对白姬道：“白姬，有人。不，是非人。”

白姬拂开碧草，向女子望去。

蛇尾女人坐在水边用泥土捏小人。她已经捏了十几个巴掌大小的泥人了，有男有女，有老有少。她拿起一个泥人放在唇边，吹了一口气，小泥人就动了起来，它们嘻嘻哈哈地笑，在岸边跑来跑去。蛇尾女人似乎不满意，卷起蛇尾，将泥人们拍扁了。

蛇尾女人不断地捏泥人，不断地吹气，让泥人动起来，然后又用蛇尾拍扁它们。她饶有兴趣地重复着捏泥人、给泥人吹气、拍扁泥人的动作，似乎乐在其中。

白姬、元曜站在草丛中，远远地望着蛇尾女人。

元曜小声地问白姬："这位非人是蛇妖吗？"

白姬摇头："不是。"

"那她是谁？"

"算起来，她应该是轩之的'母亲'。"

元曜十分孝顺，顿时生气了，大声道："白姬，不许拿小生的娘亲开玩笑！"

白姬正要解释，蛇尾女人已听见动静，转过了脸。月光下，她的长发泛着孔雀蓝的光泽。她看见白姬，笑了："小祀人？！"

白姬走向蛇尾女人，笑道："女娲娘娘，请把'小'字去掉。"

女娲娘娘？！元曜吃了一惊，这个蛇尾女人是女娲？！那位上古传说中抟土造人、炼石补天的始祖母神？！

女娲抓了一把土，将士捏成一条龙的模样。女娲吹了一口气，小泥龙在空中摆尾，活了过来，绕着女娲游来游去。

女娲点了一下小泥龙的犄角，感叹道："从前，在东海之上，不周山下，天天看着我捏泥人的小祀人是多么天真可爱的一条小龙啊。"

天真可爱？！元曜顿生冷汗。他偷眼望向白姬，发现白姬的嘴角正在抽搐。

白姬笑道："请女娲娘娘不要扭曲记忆，乱发感慨。"

女娲道："唉，小祀人越来越不可爱了。小祀人怎么也会来到昆仑丘[①]？你不是应该在人间道收集'因果'吗？"

---

① 昆仑丘，即昆仑山，古人认为昆仑丘是天帝在下界的都邑。《山海经·西山经》："西南四百里，曰昆仑之丘。是实惟帝之下都，神陆吾司之。"

白姬抚额，道："这里是中土长安。女娲娘娘，您又迷路了。"

"啊？这里不是昆仑丘？"女娲睁大了眼睛，拖着蛇尾绕来绕去，暴躁地自言自语，"我居然又迷路了！怎么会又迷路了？！怪不得等了三天三夜还等不到伏羲，原来这里不是昆仑丘！啊，伏羲那家伙一定先去苍梧渊找火焰鸟了！不行！火焰鸟是我的，不能让他抢了先！"

"小祀人，再会了。"女娲拖着蛇尾匆匆向东方而去。

白姬笑眯眯地挥手："再会。"

元曜望着女娲走远，感叹道："想不到智慧如女娲大神也会迷路，希望她能够赶上伏羲大神。"

白姬道："她一定赶不上。"

元曜不解："为什么？"

白姬掩唇笑道："她向东方而去，而通往昆仑丘和苍梧渊的结界都在西方。嘻嘻，不管过了多少年，女娲娘娘还是分不清东南西北。"

"啊？！"元曜一惊，随即道："你明知道女娲娘娘走错了，为什么不提醒她一声？！"

白姬诡笑："嘻嘻，谁叫她不把'小'字去掉。"

元曜无语。

女娲只剩下一点儿影子了，元曜急忙拔腿追去，大声道："女娲娘娘，您走错方向了，昆仑丘和苍梧渊在西方！"

可是，急性子的女娲早已一溜烟消失了，完全没有听见元曜好心的提醒。

白姬、元曜站在曲江边，一个神色愉快，一个愁眉苦脸。

女娲走后，曲江边只留下一地散碎的泥土。那是被女娲拍碎的泥人留下的。非常奇异，这些泥土呈五色，看上去十分美丽。

白姬道："轩之，把衣服脱掉。"

元曜脸一红，道："你要小生脱衣服干什么？"

白姬捧起一抔五色土，道："五色土可是世间难寻的宝物，我们用轩之的衣服把五色土包回去。"

元曜不肯，道："春夜风寒，小生脱了衣服会着凉的，还是回去拿了行头，或者去找玄武借一个篮子，再回来装五色土吧。"

白姬闻言，开始脱披帛，准备打包五色土。

"等回去拿行头再来，五色土就被别人拿走了。"

元曜见白姬脱衣，吓了一跳。虽然白姬是非人，他也觉得于礼不合，急忙脱了外衣递过去，道："唉，还是用小生的衣服好了。"

白姬接过衣服，笑道："轩之真是善解人意。"

"阿嚏！"元曜打了一个喷嚏，生气地瞪着白姬。

白姬、元曜蹲在草地中，把女娲留下的五色土一捧一捧地放在外衣上。五色土在月光下发出柔和的光晕。

女娲走得匆忙，没有来得及拍扁她捏的小泥龙。小泥龙绕着白姬、元曜转圈，摇头摆尾。

白姬觉得小泥龙碍眼，伸手捉住它，按在地上，准备拍扁。

元曜阻止道："且慢。白姬，把这条小泥龙留给小生吧。"

白姬道："轩之留它干什么？天一亮，它就会变成五色土。"

元曜望着小泥龙，道："小生觉得它很可爱。"

白姬松开了手，道："轩之喜欢，那就留着吧。不过，轩之不要太喜欢它，因为天亮之后，它就会化为泥土。一定会离别，如果太喜欢，离别时就会很悲伤。"

白姬的语气有些悲伤，元曜也莫名地感到悲伤。

小泥龙飞向元曜，绕着他转圈。

元曜伸手，逗小泥龙玩。

"白姬，这条小泥龙是女娲娘娘按照你小时候的模样捏出来的吗？"

白姬扭头，不承认："一点儿也不像。"

元曜笑道："小生倒是觉得挺像，它的眼神和你的一模一样，犄角也和你变成龙时的犄角一模一样。"

白姬闻言，伸手去抓小泥龙，又要拍扁它。

元曜急忙将小泥龙护在怀里，不让白姬抢走。

白姬只好作罢，包好五色土，生气地飘走了。

"一点儿也不像！完全不像！"

元曜更确信小泥龙的模样很像白姬小时候了。

他望着小泥龙，忍不住笑了。

白姬得到五色土，改变了主意，不再去拜访玄武，而是回缥缈阁。

元曜猜测，这条奸诈的龙妖是担心玄武向她要五色土，所以才急着回去。毕竟五色土是在曲江池边拿的，而曲江池是玄武的私地。

白姬、元曜回到缥缈阁时，已经三更天了。

白姬、元曜各自去睡了。

元曜躺在枕头上，望着飞来飞去的小泥龙，嘴角浮起一缕笑容。可是，一想到天亮之后，小泥龙就会化为尘土，他又觉得十分伤感。

元曜渐渐地沉入梦乡，一梦香甜。

第二天，元曜醒来时，天色已经大亮了。

元曜起身四顾，小泥龙已经不见了，他的枕边有一堆五色碎土。

元曜有些伤感，心中一片空茫。

离别，让人无端伤怀。

元曜将五色土包好，放在枕头下。

洗漱完毕，元曜打开了缥缈阁的大门。

今日，又有谁来买"愿望"？

阳光明媚，缥缈阁浸泡在温柔的琥珀色中，元曜的心情也如琥珀色的阳光一般宁静。白姬还在睡觉，离奴倒是已经起床了，但是既不在后院，也不在厨房，不知道去了哪里。

元曜肚子饿了，但是离奴不见踪影，没人做早饭。他只能忍耐饥饿，捧了一本《论语》摇头晃脑地读：

"子曰：君子食无求饱，居无求安，敏于事而慎于言，就有道而正焉，可谓好学也已。"

"子曰：见贤思齐焉，见不贤而内自省也。"

元曜刚念了几句，一只黑猫从货架下的阴影中探出头，骂道："死书呆子，别再曰了，吵死了！"

元曜低头一看，奇道："离奴老弟，你怎么躲在货架下面？"

缥缈阁中阳光明媚，离奴却似乎很害怕阳光，眯了眼睛，缩回脑袋，道："不知道为什么，爷今天不太舒服，看见阳光，眼睛就疼，脑袋也昏昏沉沉的，没有精神，只想睡觉。爷在货架下面眯一会儿，书呆子别吵。"

元曜丢下书本，来到货架边，蹲下来，关切地道："离奴老弟，你是不是生病了？要不要小生去请一个大夫来？"

离奴伸爪挠耳，道："爷体魄强壮，怎么可能生病？这点儿小恙，爷根本不放在眼里，躺一躺就好了。今天爷做不了饭了，书呆子你去集市买一些吃的回来吧。"

元曜道："好。那离奴老弟先休息，小生这就去集市。"

离奴有气无力地道："有劳书呆子了。"

"离奴老弟不必客气，好好休养。"

元曜收拾好，准备出门。

离奴又从货架下探出头，有气无力地道："书呆子，别忘了给爷买两斤香鱼干。"

"好。"元曜应道。

"用书呆子的月钱买，爷的月钱已经花光了。"

"离奴老弟，这个月小生已经用月钱给你买了三次鱼干了。"元曜生气地道。

离奴大声地抱怨道："书呆子没有同情心，圣贤书都白读了，竟和一只生病的猫计较几枚铜板。"

元曜无奈，道："好了，好了，小生给你买香鱼干，不过，下不为例。"

"嗯，这还差不多。"黑猫将双眼眯成了月牙儿，满意地道。

元曜苦着脸去集市了。

离奴一整天都病恹恹的，有气无力，怕见光，贪睡。

白姬摸了摸黑猫的头，又翻开黑猫的眼皮看了看黑猫的眼珠，问道："离奴，你是不是吃了什么奇怪的妖鬼了？"

离奴摇头，道："没有。主人，你是了解离奴的，离奴爱干净，也挑食，太肮脏、太恶心的妖鬼都不屑入口。"

白姬让离奴伸出舌头，它的舌头居然是碧绿色的。

白姬道："离奴，你这是中毒了。"

仿佛被一道惊雷劈中，离奴哀号道："中毒？！主人，你一定是弄错了吧？！离奴最近没有吃奇怪的妖鬼啊！"

元曜一惊之下，想起了什么，道："离奴老弟，中毒的原因会不会是你在大角观吃的那一大堆丹药？"

离奴闻言，一下子怔住了。

白姬摇扇，道："光臧炼的丹药，比妖鬼还追魂夺命。大家都说光臧炼的丹药不是'长生丹'，而是'往生丹'，一吃就死，死了就往生。离奴，你不会真的吃了他炼的丹药吧？"

两滴清泪滑落黑猫的眼角，黑猫眼泪汪汪地道："当时头脑一热，就吃了。主人，离奴不会死吧？"

白姬摇头，道："不知道，光臧炼的丹药比人心更神秘莫测。"

离奴号啕大哭，道："主人，离奴不要死！如果玳瑁、阿黍、臭狐狸知道我居然是头脑一热，吃丹药毒死了，一定会笑掉大牙。"

白姬抚摸离奴的头，安慰道："也不一定会死。"

元曜想起了光臧的光头，道："对，也许只是掉毛、秃头。"

离奴哭得更大声了，道："那还不如死了算了。"

114

白姬、元曜安慰了离奴几句，就各自散了。

离奴愁眉苦脸、唉声叹气，悔不该一时头脑发热，吃了光臧的丹药。

月明星稀，春花盛放。

白姬、元曜坐在后院赏月，离奴泡在水桶里，已经睡着了，只留一颗猫脑袋在外面。傍晚时分，也许是毒性发作，离奴突然觉得浑身像着火一般灼烫，难以忍耐。白姬不敢再给离奴乱吃药，只能让它含一块冰玉，泡在水桶里降温。

元曜担心地道："白姬，离奴老弟不会有事吧？"

白姬道："不知道。唉，可怜的离奴。"

突然，夜空中传来一声狮吼，仿佛远在天边，又似乎近在眼前。

白姬笑了，道："哎呀，国师来了。"

白姬、元曜留下熟睡的离奴，离开了后院。

白姬去里间等候，让元曜去开门迎接光臧。

元曜走到大门边，打开大门，光臧和狮火果然站在外面。

光臧一身紫黑色道袍，发髻乌黑，今天他画的是火焰眉，整个人看上去精神了不少。狮火戴了一个八宝璎珞项圈，鬃毛飞舞，威武而神气。

见元曜开门，狮火叫了一声："姑父好。"

元曜脸一红，窘道："不要乱叫。"

光臧干咳一声，朗声道："龙妖在吗？"

元曜笑道："白姬在里间等候国师。"

光臧、元曜、狮火来到里间。

牡丹屏风后，一盏烛灯边，白姬笑眯眯地坐着，她的身边放着三个大木箱。

光臧看见白姬，冷哼一声，道："龙妖倒是把缥缈阁藏得隐秘，害本国师找了三年。"

白姬笑道："哪里有藏？缥缈阁永远都在这里，只是国师不肯纡尊降贵，前来闲坐罢了。"

光臧冷哼一声，在白姬对面坐下："今夜，本国师来讨被你骗去的金子。"

白姬笑道："旧事就别提了，该还给国师的，我早就为国师准备好了。"

白姬伸手，依次打开三个木箱，箱子里装满了黄金，金光灿烂。

白姬笑道："这些全是国师的了。"

白姬还得干脆利落，毫不拖泥带水，这让光臧有些难以置信，他一挑火焰眉，道："龙妖没有耍诈？"

元曜也难以置信，觉得一定有诈。打死他，他都不相信这条奸诈的龙妖会把吞进去的金子再吐出来。

白姬叹了一口气，以袖掩面，道："其实，当时以'神仙玉女粉'蒙骗国师，害得国师秃头、掉眉，我也深感愧悔，这三年来我日夜难以安枕。轩之常说，不义之财勿取，我也深觉这句话有理。如今，把国师的钱财还给国师，我也能安心了。我本不敢奢求国师原谅，但还是希望国师看在我诚心道歉的分上，原谅我曾经的过失。"

白姬声情并茂，还流下了两滴眼泪。

元曜见了，脑海中浮现出四个字：一定有诈！

元曜猜想聪明的光臧一定不会相信白姬，但也许是三箱黄金太过耀眼，不仅晃花了光臧的眼睛，还晃花了他的头脑，他居然相信了："知错能改，善莫大焉。看你态度诚恳，又归还了黄金，本国师乃是大度之人，就原谅你了。"

白姬擦去眼泪，嘴角勾起一抹诡笑。

"国师真是一个宽宏大量的人。"

元曜觉得不对劲，想提醒光臧不要放松警惕，免得又被白姬蒙骗了。

元曜刚要开口，白姬仿佛察觉了，道："轩之，去替国师沏一壶好茶来。"

"啊，好。"元曜只好去沏茶，心中非常不安。

第七章　子　虚

元曜沏好茶，将茶端来里间时，发现气氛已经变得十分融洽了。白姬和光臧一扫之前的敌对态度，仿佛多年未见的好友，谈笑风生，十分投机。

元曜心中更不安了。这条龙妖一定心怀鬼胎。

白姬、光臧之间的青玉案上，放着一只光泽莹润梦幻的秘色雀纹瓶，瓶身上有山水绘图在云雾中若隐若现。

元曜定睛望去，发现这正是离奴打碎了却又用法术粘好的那一个。虽然花瓶现在看起来完好无缺，但其实已经碎了。

光臧问白姬道："生发的灵药真的在花瓶上？"

白姬笑道："千真万确，我绝不会欺骗国师。花瓶上的山叫子虚山，子虚山深处有一口乌有泉，乌有泉边有一株水月镜花，将水月镜花捣出汁，涂在头上，可以生发。"

光臧喝了一口茶，有些犹豫，道："一入子虚山中，恐怕就是几个月，本国师暂时不能离开大明宫。"

白姬以团扇掩面，道："明日，我为国师去大明宫向天后呈言，说国师不辞辛劳，去异界为天后采摘永葆青春的草药。天后闻言，一定会被国师的忠心感动，不会责怪国师离开。"

光臧心动了，但还是有些犹豫和顾虑。

白姬金眸灼灼，以虚无缥缈的声音道："子虚山的入口一百年一开，国师错过了今夜，就要再等一百年了。"

光臧挠头，左右为难。

"书呆子，水又热了，快来替爷换冷水——"离奴在后院喊道。

元曜只好离开里间，去后院替离奴换水。

元曜来到桃树下，从水桶里捞起黑猫，将水桶里的热水倒掉，又打了一桶冰凉的井水，再将黑猫泡进去。

离奴浸泡在冷水中，舒服地眯上了眼睛，挥爪。

"好了，下去吧，书呆子。"

元曜生气地道："小生不是你的奴仆！"

元曜再回到里间时，光臧、狮火已经不见了。

白姬独坐在烛火下，望着秘色雀纹瓶，嘴角挂着一抹诡笑。

元曜问道："光臧国师和狮火呢？他们已经回去了吗？"

白姬伸手，指着花瓶上的两个芝麻大小的黑点，笑道："国师和小吼在这里。"

元曜凑近一看，那两个在山水中的小黑点依稀能够看出是一个人和一只兽的轮廓。

元曜吃惊，道："他们怎么会在花瓶上？！"

"国师想长出头发、眉毛，我就告诉他这个花瓶上有一座子虚山，子虚山深处有一口乌有泉，乌有泉边有一株水月镜花，将水月镜花捣出汁，涂在头上，可以生发，国师就带着狮火去花瓶上了。"

"啊？！"元曜盯着花瓶，张大了嘴巴。

白姬起身，关上了三口装着黄金的木箱子，神色愉快。

117

"作为去往花瓶上的报酬，金子还是我的。"

元曜盯着花瓶上的两个小黑点，发现他们竟在极其缓慢地移动。

"白姬，花瓶上真的有子虚山、乌有泉和能够生发的水月镜花？"

白姬抚摸着木箱子，漫不经心地道："子虚乌有的事情，谁知道呢。"

元曜叹了一口气，道："你果然又欺骗了国师。"

"嘻嘻。"白姬诡笑。

元曜望着花瓶，担忧地道："国师和狮火在花瓶上不会有事吧？"

白姬用手指摩挲花瓶上的纹路，漫不经心地道："另一个世界的事情，谁知道呢。"

元曜有些生气，道："白姬，如果光臧国师和狮火因为你的欺骗而遇见危险，有个三长两短，你就不会觉得良心难安、夜难安枕吗？"

白姬笑了："我没有心，怎么会良心难安呢？"

元曜道："光臧国师不计前嫌，相信了你，原谅了你，你欺骗他是不对的，更何况还有狮火，狮火可是你的侄子。"

白姬笑了："光臧相信我，只是因为他被三箱黄金晃花了眼睛，心中生出了贪念，一时丧失了理智和判断力。"

"那狮火呢？狮火没有贪恋，你怎么忍心坑狮火？！"

白姬以袖掩面，流下了两滴眼泪。

"轩之，从另一个角度来看，我这是为小吼好，在磨砺试炼它。花瓶上的世界越是危险遍布、妖魔肆虐，对小吼来说就越好，小吼可以在和妖魔的战斗中提升自己，早日成为一只顶天立地、天下无敌的狻猊。"

元曜冒出冷汗，想要继续争辩，但被白姬的歪理邪说堵得说不出话来。

白姬抚摸花瓶，笑道："轩之放心，我刚才是开玩笑，花瓶中的世界并没有什么危险。时候到了，我就让国师和小吼平安回来。我只是需要他们离开一段时间，不妨碍我的'因果'。"

想起秘色雀纹瓶其实已经碎了，元曜心中有些不安。他想问如果花瓶碎了，国师和狮火会怎么样，但是他又答应了离奴不对白姬透露它打碎花瓶的事情，一时间不好开口。

元曜踌躇了一会儿，还是开口了。

"白姬，如果花瓶碎了，国师和狮火会怎样？"

白姬抬头望向元曜，金眸灼灼："如果花瓶碎了，国师和小吼就危险了。"

"啊？！"元曜大惊，急忙问道，"怎样危险？"

白姬神色严肃，道："一花一世界，一叶一如来，世界本有无数个。花瓶碎了，花瓶中的世界就会扭曲变形，以及会和不同的世界发生交叉和重叠，光臧和小吼会迷失在无限延伸的镜像世界中，走不出来。"

元曜的脑袋嗡一下，蒙了。

"小生听不懂……你能说得浅显一些吗？"

白姬道："简单来说，花瓶如果碎了，光臧和小吼就永远回不来了。"

随着白姬话音落下，秘色雀纹瓶哗啦一声，碎作了几块。离奴的幻术到极限了，花瓶恢复了破碎的模样。

白姬张大了嘴，元曜也张大了嘴，里间坟墓一般死寂。

"书呆子，水又热了，快来替爷换水——"离奴的呼喊声从后院传来。

元曜回过神来，神色紧张。

白姬回过神来，脸色苍白。

白姬盯着花瓶碎片，道："我猜，这不会是轩之干的吧？"

元曜叹了一口气，道："你猜对了。这是离奴老弟打碎的，都碎了好几天了，离奴老弟一直用法术粘着，没敢对你说。"

"书呆子，水又热了，快来替爷换水——换水——"离奴的喊声再次从后院传来。

元曜苦笑。

白姬冷笑。

月光下，桃花纷飞，一只湿漉漉的黑猫被粗绳绑住，吊在桃树上，左右晃荡。

黑猫在夜风中瑟瑟发抖，哭道："呜呜，主人，离奴知错了，离奴再也不敢打碎东西了……"

里间，烛光下，白姬坐在青玉案边，身边放着一大堆竹简和羊皮卷。这是她刚从仓库中翻出来的记录上古法术的古籍，她想从中找出粘合花瓶、让光臧和狮火从另一个世界回来的办法。

白姬在灯火下一卷一卷地翻看古籍，神色严肃。

元曜不认识竹简和羊皮卷上奇异的文字和图案，帮不上什么忙，只好坐在一边，托腮望着白姬。

时间飞逝，弦月西斜，元曜困得哈欠连连，白姬仍在认真而快速地浏览古籍。元曜见了，心中有些欣慰——她真心地在关心光臧和狮火的安危。其实，她也是一个善良的好人。

白姬瞥见元曜在打哈欠，道："轩之困了的话，就先去睡吧。"

元曜擦了擦眼睛，坐直了身体。

"小生不困。"

白姬继续埋头看书。

元曜随手拿了一卷羊皮看，上面的西域文字他完全看不懂，但他觉得这样陪伴白姬是一件很愉快的事情。

"主人，离奴知错了，再也不敢打碎东西了……"后院隐隐传来离奴的哀求声。

元曜心软了，向白姬求情："离奴老弟也知错了，又还在生病，这都吊了两个时辰了，还是放它下来吧。"

白姬道："吊到天亮。无规矩不成方圆，无严惩不足以长记性，我罚离奴不只是因为离奴打碎花瓶，更因为离奴不诚实，打碎了花瓶，却不告诉我。因为离奴的隐瞒，光臧和小吼如今生死未卜，无法回来。唉，光臧如果回不来了，我无法向天后交代。小吼如果回不来了，囚牛、睚眦、狴犴这三个急性子的家伙会来拆了缥缈阁。轩之，一想到这些，我就苦恼。"

你不打欺骗光臧国师和狮火去花瓶上的鬼主意，哪有这些苦恼？！离奴老弟固然不对，但害得光臧国师和狮火回不来的罪魁祸首还是你自己！元曜在心中想，但他在嘴里只敢这么说："事已至此，惩罚离奴老弟也没有用，苦恼也无益，不如放了离奴老弟，静下心来，大家一起想办法。"

"主人，离奴知错了，放了离奴吧……"离奴又在后院苦苦哀求。

"白姬，饶了离奴老弟吧，离奴老弟还在生病呢。"

"唉！"白姬叹了一口气，揉额头，"吵死了！轩之去放了离奴吧。"

"好。"元曜高兴地跑去后院。

白姬在烛火下坐了一夜，翻阅各种书卷，目不交睫，不曾合眼。离奴被放下来之后，感激涕零，向白姬道了歉，打算陪白姬一起找救回光臧和狮火的方法。但是，因为还中着毒，浑身发烫，离奴陪坐了一会儿，就又溜去后院泡井水了。

元曜陪白姬坐了一整晚，白姬让他去睡觉，他坚持不去。

天快亮的时候，元曜坚持不住了，趴在牡丹屏风边睡着了。

天色大亮时，元曜醒了过来，伸了一个懒腰，发现身上盖了一条柔软的薄毯。难怪，他睡着时不仅不冷，连梦里都觉得很温暖。他记得昨晚睡着时，身上并没有毛毯，这是谁在他睡着之后替他盖上的？

元曜左右一望，发现白姬还坐在青玉案边，埋首于古卷中，显然彻夜未眠。

白姬向元曜望来，对上元曜迷惑的眼睛，又快速地埋下了头。

毛毯是白姬怕他着凉，替他盖上的吧？元曜心中一暖，觉得窗外透入的阳光也格外明媚。

元曜坐起身，想问白姬有没有找到让光臧和狮火回来的方法。

"白姬，你……"

谁知，元曜刚开口，白姬却大声地道："我没有替轩之盖毛毯！毯子是风吹过去的！"

一阵晨风吹过，里间陷入了沉默。

过了一会儿，元曜才开口道："小生……没有问毛毯的事情……"

"呃。"白姬沉默。

元曜稍稍沉默，道："嗯，不过，还是谢谢你替小生盖上毛毯。"

白姬大声地道："我说了，毛毯是风吹过去的！风吹过去的！"

元曜擦汗，道："那谢谢风。"

白姬埋头继续看古卷。

元曜开心地笑了。虽然白姬奸诈贪财，有时候形迹诡异，但她果然也是一个温柔的、会关心别人的好人。

白姬彻夜未眠，挂了两个黑眼圈。她翻遍了古卷，也没有找到让光臧和狮火回来的方法，一气之下，扔了古卷，在里间走来，走过去，走过去，走过来。

元曜来到后院梳洗，发现离奴正坐在井边哭。他劝道："离奴老弟，你不必再为打碎花瓶的事情伤心了，白姬已经原谅你了。"

离奴回过头，泪如雨下。

"爷不是为了花瓶的事情伤心，书呆子，爷掉了一地的猫毛。"

"哎？！"元曜定睛望向草地上，草丛中确实有很多黑色的猫毛。

元曜再仔细打量离奴，发现它身上的猫毛似乎稀疏了一些。

"呃。"元曜讷讷，不知道该说什么。

离奴害怕地问道："书呆子，爷会不会变得全身光溜溜的，和牛鼻子的头一样？"

"呃，这事儿……"元曜支吾道。一想起离奴掉光猫毛之后的样子，元曜就忍不住想哈哈大笑，但他又不敢笑，一来惧怕离奴发猫威，二来嘲笑他人不厚道，只能拼命地憋着，脸色通红。

离奴望着元曜，奇道："书呆子，你的脸怎么和虾一样红？"

"哈哈哈哈——"终于，元曜还是忍不住捧腹大笑。

"原来，你在嘲笑爷？！"离奴忘了伤心，一跃而起，挠了小书生两爪子，气呼呼地去厨房了。

元曜捧着火辣辣的脸，泪流满面。

离奴今天虽然掉了不少毛，但精神好了许多，浑身也不发烫了。离奴在厨房生了火，熬了一锅鱼肉粥。因为离奴正在掉毛，鱼肉粥里漂了一层猫毛。

白姬见了那粥，借故在早饭前出门了。

"我得去一趟大明宫，就不吃早饭了。"

白姬溜了，元曜跑不掉，只好捧着一碗粥喝。

元曜勉强喝了三口粥，推说已经饱了，准备放下碗。离奴不干，逼迫元曜喝完一整碗粥。元曜很痛苦，但也没有办法，只能哭丧着脸喝完一碗猫毛粥。

上午清闲无事，元曜坐在柜台后读《论语》。离奴在后院唉声叹气，为自己掉了许多猫毛而悲伤。

中午时分，白姬回来了，戴了一张笑脸弥勒佛的面具，看上去很滑稽。

"轩之，我回来了。"白姬飘到元曜对面道。

元曜抬头，笑道："这弥勒面具很好玩。"

"我从西市的杂货摊上买的。"

"你怎么会买笑脸弥勒佛的面具？"元曜有些好奇，以白姬的喜好，她只会买狰狞的恶鬼面具，或者凶恶的昆仑奴面具。

"我会愁眉苦脸一段时间，但我又不想让轩之看见我愁眉苦脸的样子。"弥勒佛笑脸面具之下，白姬道。

元曜冷汗："你不会打算一直戴着这个面具吧？"

"轩之答对了。""弥勒佛"笑道。

元曜嘴角抽搐。

过了半晌，元曜又问道："白姬，你去大明宫干什么了？"

"弥勒佛"笑道："去告诉天后，说光臧去异界的山中采仙草了。不过，这件事情隐瞒不了多久，天后很精明，如果光臧已经不在人世了，她很快就会知道。现在，我只能祈祷，让神明保佑光臧和小吼平安无事。"

元曜叹了一口气。光臧和狮火阴错阳差地陷入险境，生死不知，也无法回来，这真是叫人忧心。

"白姬，这一次，你要的'因果'是什么？"

"弥勒佛"笑道："'因果'种在韩国夫人的心中，我怎么知道它是什么？只能等待'果'成熟，才知道它是什么了。"

"你有办法让国师和狮火回来吗？"

"没有。所以，我要愁眉苦脸一段时间。""弥勒佛"笑道。

元曜无语。

离奴听见白姬回来了，一溜烟跑了过来，哭道："主人，离奴掉了好多猫毛。这可怎么办？"

白姬蹲下，摸了摸黑猫的头，道："没关系，反正快夏天了，没有毛，更凉快。"

离奴想了想，哭得更厉害了。

"虽然夏天是凉快了，但是冬天会更冷。"

"弥勒佛"笑道："这也是没有办法的事情。"

离奴含泪跑了。

不一会儿，后院传来离奴惊天动地的号啕大哭声。

元曜堵了耳朵，埋怨白姬。

"你就不能安慰一下离奴老弟，说离奴老弟的毛会长出来吗？"

白姬飘入里间，道："我安慰离奴，谁安慰我呢？啊啊，不知道为什么，听见离奴的哭声，我心情就好了许多。"

元曜大声道："请不要把快乐建立在别人的痛苦之上！"

白姬坐在里间翻了一下午的古卷，难得地少言寡语。因为弥勒佛的笑脸面具遮挡着，元曜看不清她的表情。

离奴哭了一下午，自怨自艾，无心做饭。元曜只好去西市买了两斤饆饠、半斤香鱼干，当三人的晚饭。

弦月东升，桃瓣纷飞，白姬戴着弥勒佛面具站在后院，静静地望着天边渐渐染上一抹红晕的弦月。

弥勒佛笑脸之下，白姬"喃喃"道："啊，'因果的'开始了。"

第八章　马　球

仲春时节，正是洛阳牡丹花盛开的时候，按照往年的惯例，武后会移驾去洛阳的上阳宫小住，参加各种牡丹花会，一直住到夏天才回长安。可是，今年因为妖鬼作祟，洛阳之行无法成行。

大明宫是大唐帝国权力的中心，权势场有如修罗道，行走其中，必定铺血尸为路，筑白骨为阶，一路走下去，左边辉煌，右边苍凉。大明宫中妖鬼伏聚，冤魂徘徊，常常发生妖鬼作祟的事情。

这一次，在大明宫中作祟的妖鬼是韩国夫人。

每天夜里，韩国夫人出现时，会有一大片黑色的牡丹花盛开，灰烬般的颜色仿如死亡的颜色，妖异而狰狞。

黑牡丹怒放如地狱之火，在武后居住的紫宸殿外肆虐，缠绕着台阶、廊柱、瓦檐。在随风摇曳的黑色花火中，韩国夫人桀桀地狂笑。

但是，一旦进入殿中，牡丹花立刻化作飞灰，烟消云散。光臧的八道金符结成了一道无形的屏障，保护着紫宸殿。

韩国夫人无法进入紫宸殿，只能绕着宫殿打转。她幽幽地道："妹妹，你出来，姐姐很想见你。"

"姨妈，毒药好苦，太液池底好冷……"韩国夫人穿的牡丹衣上传来怨恨的声音。

一连数夜，武后在紫宸殿中闭门不出。

韩国夫人慑于光臧的金符，无法进去，夜夜在外面徘徊，天亮才隐去。

武后惊惧交加，难以安枕。

宫人们也陷入了恐慌。

武后派遣金吾卫在紫宸殿外守夜，金甲武士十步一岗，佩刀横剑，彻夜守护。黑色的牡丹花倒是没有了，但人们还是能够听见韩国夫人阴冷而哀怨的呼唤声。

武后又找来光臧的两名弟子驱鬼避邪，黑色的牡丹花中汨汨地流出鲜血，撕心裂肺的鬼泣声响彻了大明宫。最后，两名小道士昏死在花丛中。韩国夫人还是夜夜来紫宸殿外徘徊，哀怨地哭泣。

韩国夫人夜夜徘徊，哀怨地呼唤武后的小名，诉说着过往的事情。所幸，有光臧的金符阻挡，她进不了紫宸殿。

武后寝食难安，日渐憔悴，害怕韩国夫人向她索命，一入夜就不敢离开紫宸殿半步。

下过两场春雨之后，光臧的金符被淋湿，脱落了一张。

这一夜，午夜梦回时，武后看见韩国夫人坐在她的床头，阴冷地笑着，用尖利的指甲划她的眼睛："妹妹，我替你画眉。"

"啊——"武后大叫一声，用力掷出枕头。

韩国夫人消失了。

武后的左耳边留下了一道划伤，鲜血淋漓。

听见武后的惊叫声，宫人们从外殿匆匆进来。

宫人们看见武后受伤，跪伏了一地，磕头请罪："奴婢该死。"

武后披头散发地站在大殿中，怒声道："都半个月了，光臧怎么还不回来？！"

两名穿着蓝金袍子的道士走上前，战战兢兢地道："禀天后，师尊自从去了缥缈阁之后，就全无消息，我等也很着急，却找不到去缥缈阁的路。"

武后蛾眉微蹙，拭去耳边的血迹，道："第二张金符也快掉了吧？"

两名道士俯首道："因为下雨，快掉了。"

"很好。"武后冷冷地道，"金符掉了，你们的脑袋也一起掉。如果想活得长一些，就好好地保护金符。"

两名道士冷汗如雨，俯首道："是。"

武后屏退了一众宫人，让他们去外殿守候，只留下了一名眉飞入鬓的男装女官。

武后坐在铜镜前，女官走上前，跪在地上，用一方白绢擦去武后耳边的血痕。她的动作轻柔如风，眼神痛惜，仿佛这一道伤口不是在武后的耳边，而是在她的心口。

"婉儿，只差一点儿，哀家今夜就失去了眼睛。"武后道。

上官婉儿垂首道："如果天后失去了眼睛，婉儿就把自己的眼睛剜给天后。"

武后笑了："如果哀家失去了眼睛，你就是哀家的眼睛。"

上官婉儿道："天后，国师的金符不是长久之计，依婉儿之见，天后的安全最重要，国师不在大明宫，则当以重金悬赏道行高深的玄门奇人入宫驱除恶鬼，灭之、杀之、除之。"

"灭之、杀之、除之……"武后叹了一口气，也许是烛火射出的光芒太过温柔，她冰冷无情的黑色瞳仁中竟流露出一抹惋伤，"即使化作了恶鬼，她也还是哀家的同胞姐姐啊。"

上官婉儿道："可是，韩国夫人充满怨戾之气，要置您于死地。依婉儿之见，应当诛之。"

武后抬头望向窗外的血月，道："即使要诛杀，也须国师动手。有些事情，哀家不想传出大明宫。"

上官婉儿垂首道："明日一早，婉儿就去缥缈阁，找寻国师。"

夜空中繁星点点，浮云变幻万千。

武后望着夜空，道："看天象，明天会是一个大晴天，适合打马球。"

上官婉儿不明白武后的意思。

武后道："明天，你去缥缈阁召白龙入宫打马球。"

"天后，依婉儿之见，当务之急，找寻国师比打马球更重要。"

"婉儿，你虽然冰雪聪明，但太忠直，容易轻信他人。白龙善诡，她的话哪有一句是真的？她如果存心隐瞒，你从她的口中掏不出光臧的真正去向。所以，哀家来问她。"武后神色莫测，冷笑道，"而且，这件事情，比起光臧，哀家更需要她。"

"是。"上官婉儿垂首道。

西市，缥缈阁。

阳光明媚，春风和煦。

元曜坐在柜台后面数铜板。今天发月钱，不知道是因为白姬戴着弥勒佛面具遮挡了视线，还是因为她心急如焚，心不在焉，她少给了元曜八枚开元通宝。

元曜想去找白姬讨要少给的月钱，但是白姬最近心情不好，暴躁易怒，他不太敢去。

事实证明，元曜不去打扰白姬是对的。

离奴跑进里间，道："主人，这个月您少给了离奴五文钱。"

白姬从堆积如山的古卷后抬起头，弥勒佛面具笑脸灿烂，面具下的眼神却寒如刀锋。

一阵风吹来，离奴不寒而栗，猫毛直竖。

一盏茶时间之后，黑猫被一根粗绳吊在了后院的绯桃树下，泪流满面地哭求道："主人，离奴错了，离奴再也不敢要月钱了……"

元曜擦了擦额头上的汗水，决定沉默是金，就当花八文钱买一条小命了。

这半个月以来，光臧和狮火迷失在异界中，没有消息，不知生死。牡丹衣的事情也没有后续。元曜问白姬，白姬只说牡丹衣的"因果"已经开始，等"果"成熟，自见分晓。

这一次，阴错阳差的一把火玩得太大了，以至烧伤了白姬自己。白姬对着破碎的秘色雀纹瓶，心急如焚。她日夜埋首于各种玄门古卷中，找寻解救光臧和狮火的方法。虽然她戴着笑脸弥勒佛的面具，元曜也看得出她十分烦忧。

元曜也很担心光臧和狮火的安危，但是束手无策，只能祈祷他们平安无事。

离奴掉了几天的猫毛之后，渐渐地复原了，也没有中毒的迹象了。离奴依旧和以往一样活蹦乱跳，也和以往一样有事没事就爱使唤小书生，欺负小书生。当离奴盛气凌人、喋喋不休地训斥元曜的时候，小书生真希望离奴继续中毒，安静地躺着。

元曜正坐在柜台后发呆，一名客人走进了缥缈阁。

元曜抬头望去，那是一名清贵俊雅的男子，他穿着一身松烟色窄袖胡服，领口和袖口绣着金色云纹，腰上悬着一枚碧绿的玉佩。他的容颜十分俊秀，眉飞入鬓，灵眸绝朗，丹凤眼中带着一股睥睨凡庸的清傲之气。

最近，缥缈阁中一片混乱，也没有什么客人上门，元曜一时没有反应过来，只呆呆地望着这名客人。这男子真是风度翩翩，长得比丹阳好看，也比张昌宗好看。

来客开口，打断了元曜的遐想。

"龙祀人在不在？"

元曜愣了一下，才反应过来龙祀人就是白姬，起身笑道："白姬在里面，这位兄台找白姬有什么事？"

来客没有理会元曜，径自走进了里间。

元曜觉得不妥，急忙去阻拦。

"兄台不要乱闯，请等小生去通报。"

来客已经走进了里间，转过了屏风，他的脚步声惊动了白姬。

白姬从古卷中抬起头，弥勒佛笑容灿烂。

来客吓了一跳，打量白姬："你戴着面具干什么？"

来客突然闯入，白姬并不吃惊，也不生气，笑道："戴弥勒佛面具，可以体味一下弥勒佛开怀大笑、无忧无虑的心情。"

来客讽笑道："我还以为，你这是做了亏心事，无颜见人。"

"上官大人说笑了。"白姬摘了弥勒佛面具，笑眯眯地道。

元曜已经很久没有看见白姬的脸了，本来十分担心她，但看见她面具下的容颜并没有憔悴，也不见愁闷，仍旧是容光焕发、笑容狡诈，也就放下了心。

上官婉儿在白姬对面坐下，开门见山地道："光臧国师去哪里了？"

白姬笑道："国师去异界仙山中为天后采仙草了。"

上官婉儿盯着白姬，道："国师已经去了数日，怎么不仅踪迹全无，甚至连音信也全无？"

白姬不动声色地笑道："山中方一日，人间已千年。虽然我们在长安城中已经过了数日，但国师那里说不定才过了一盏茶的时间。国师法力高深，又有小吼跟着，上官大人还担心他出事吗？"

上官婉儿冷哼一声，道："我担心的是国师已经横尸缥缈阁了。"

"上官大人又说笑了。"白姬笑道。为了掩饰心虚，她对元曜道："轩之，去沏一壶茶来。上官大人不仅是贵客，更是娇客，沏最好的蒙顶茶。"

娇客？！这上官大人看上去明明是男子，白姬怎么称他为娇客？元曜感到奇怪，但还是应道："好。"

上官婉儿阻止道："茶就免了，我不是来喝茶的。龙祀人，天后请你入宫。"

白姬抬眸，道："入宫干什么？"

"打马球。"

白姬笑了。

上官婉儿挑眉："你笑什么？"

白姬红唇勾起一抹诡笑，道："我还以为，天后请我入宫赏牡丹花。"

上官婉儿神色微凛，道："你知道宫中发生的事情？"

白姬笑道："长安城中，很少有我不知道的事情。"

上官婉儿起身，道："马车在巷口，现在就走吧。"

白姬起身，道："好，不过，我要带轩之一起去。"

上官婉儿皱眉，道："谁是轩之？"

白姬指着元曜，道："他。"

上官婉儿扫了元曜一眼，转身走了。

"天后没说不许你带人，随你高兴。"

白姬对元曜笑道："轩之，今天天气不错，一起去皇宫里打马球吧。"

元曜苦着脸道："小生不会打马球，还是不去了吧。"

白姬笑道："不会打马球，去皇宫里长一长见识也好呀，轩之难道不想一睹天后的风采吗？"

元曜突然变得有些忸怩，吞吞吐吐地道："其实，比起天后，小生倒是更想见一见上官昭容。听说上官昭容侍奉在天后身边，不离天后左右。小生……小生去皇宫，能够见到她吗？"

白姬恍然大悟，拊掌道："原来，轩之喜欢上官昭容！"

元曜脸红了，道："不要胡说！上官昭容代朝廷品评天下诗文，小生曾经读过她的诗作，惊才绝艳，叹为天人，一直非常倾慕她的才华。除此之外，再无其他。天下文人士子，谁不仰慕上官昭容的才华？"

上官婉儿是上官仪的孙女，自幼才思敏捷，诗词出众。在权势斗争中，上官仪被武后诛杀，上官婉儿与母亲郑氏因为舅舅太常少卿郑休远的保全而得以幸免，被发配在掖庭中。上官婉儿十四岁时，因为文采出众而被武后重用，为武后掌管诏命，参与政事，渐渐地成为武后的得力助手。中宗即位，上官婉儿被册封为昭容，代朝廷评品天下诗文，称量天下文士。武则天称帝之后，上官婉儿继续被武则天重用，掌管宫中制诰，掌管朝廷诗文，后人称她为"巾帼首相"。

白姬眼珠一转，笑道："在轩之的想象中，上官昭容应该是怎样的一个人？"

元曜想了想，笑道："在小生的想象中，上官昭容应该是一位温柔淑雅、出口成诗、脸上带着春风般和煦的微笑的女子。"

砰的一声，上官婉儿一脚踹开里间的门，脸罩寒霜地走了进来。

元曜吓了一跳。

上官婉儿不耐烦地道："马车已经准备好了，你们还在磨蹭什么？"

白姬笑道："就来。劳上官大人走几步，去后院把吊在桃树上的黑猫放下来，让它看店。"

上官婉儿冷哼一声，疾步去了。

白姬拍了拍元曜的肩膀，道："想象和现实总是有差距的。"

"哎？！"元曜不明白白姬在说什么。

白姬也不解释，带着元曜和上官婉儿一起坐马车去大明宫了。

不久之后，当元曜知道他一直默默仰慕着的上官昭容就是这名冷傲寡言的男装女子时，他感到头脑中某个温柔微笑的女子形象轰然破碎。幻梦破灭了，有几缕浮云从他的眼前飘过。

一切当视作浮云。白姬的话在元曜的耳边响起，一遍又一遍。

大明宫。

中和殿的南边是皇家马球场，球场十分宽广，场上绿草如茵，场外旌旗飞扬。

马球又名"击鞠"，参与游戏的人分作两队，骑在马背上，手持球杆，共同追逐一个球，以把球击入对方的球门为胜。马球在唐朝风靡一时，是宫廷贵族们非常热衷的游戏。

春阳明媚，云淡风轻，球场上有两支马球队正在驰骋竞技。骑士们戴着头盔，足蹬马靴，手执初月形球杖，一手控马，一手挥杖击球，在球场上激烈地追逐着。

武后坐在凤幡之下，一边喝茶，一边居高临下地观赏马球竞技。上官婉儿侍立在武后身边，神色冷肃。

武后虽然已经年过半百，但是保养得宜，看上去不会超过三十岁。她穿着一袭暗金色龙凤交织的华服，头戴巍峨的金冠，腰扣九龙玉带，霸气天成，不怒自威。

元曜偷偷地打量武后，发现她的五官和韩国夫人的有几分相似，但是韩国夫人的眉眼比较柔媚温顺，而武后的眉眼更加凌厉霸道。

白姬走上前，垂首道："白姬参见天后，愿天后仙福永享、寿与天齐。"

两边金吾卫丛立，元曜紧张得说不出话来，只能随着白姬胡乱拜了一拜。

武后抬手："免礼。赐座。"

"谢天后。"白姬、元曜在武后右下方的宾客位上坐下。

武后和白姬说了几句无关紧要的闲话，气氛融洽。

元曜紧张地坐着，一个果子突然砸在他的头上，疼得他哎哟一声。他侧头一看，约莫五米远处，一身华服的太平公主正笑着望着他，她的手里还抓着另一个果子。

"妖缘……"从太平公主的口型中，元曜看出了这两个字。

元曜十分生气，但是又不敢发作。他这一侧头，还在另一张桌案边看见了张昌宗。张昌宗一身干净利落的胡服，足踏马靴，他的旁边坐着一个比他高半个头的美男子，元曜猜测，那应该是他的哥哥张易之。

张昌宗看见元曜，立刻展开扇子遮住了脸，仿佛多看元曜一眼，他就会变丑。

元曜不去理会太平公主，也不理会张昌宗，转头望向马球场，看激烈的球赛。

从在座的人的小声谈话中，元曜弄清了马球场上两支队伍的来历：左臂上扎着红袖巾的是李氏亲王的队伍，带队的人是鲁王李灵夔；左臂上扎着紫袖巾的是武氏一族的队伍，带队的人是武三思。因为武后在上，在座的人大多在为紫巾队伍加油助威，红巾队伍气势很低迷。

元曜觉得有些不忿，但也不敢言语，只能默默地看着。

武后喝了一口茶，心思显然不在马球上。她望了一眼白姬，轻声道："白龙，光臧还要多久才能回来？"

"这……可说不准。"白姬笑道。

武后道："最近，宫里发生了一些怪事，你听说了吗？"

"韩国夫人作祟？"白姬笑道。

"哦？你知道？"武后挑眉。

"当然知道。因为韩国夫人作祟，是我造成的。"白姬笑道。

武后大怒，将茶杯摔在地上。

"啪"的一声之后，观球的众人安静下来，目光齐刷刷地投向武后。他们离凤幡比较远，又在全神贯注地观看马球，不清楚发生了什么事。

元曜见武后震怒，暗暗叫苦。他在心中埋怨白姬说话大胆，即使韩国夫人作祟真的是因为白姬，她也不该当着武后的面说出来。他又担心白姬突然遁了，留下他一个人给武后泄愤，急忙拉住了白姬的衣袖。

白姬笑着望着武后，黑眸仿如深不见底的幽潭。她唇角的笑意带着一种妖异的魅惑，让人心在"愿望"的迷宫中迷失，不得出路。

武后神色莫测，脸上阴晴不定。众人没有弄清楚状况，一时不敢作声。

沉默了须臾之后，武后突然笑了，道："刚才那一球太精彩了，看得人入迷，失手打碎了茶盏。哈哈——"

"哈哈——"

"哈哈——"

众人也一起笑了起来，纷纷附和。

"刚才那一球确实精彩。"

"鲁王差一点儿摔下马，还是武将军的球技精湛。"

紧绷的气氛缓和下来，大家又把注意力放在马球上去了。

"呼——"元曜松了一口气。

武后望了一眼白姬，道："你居然敢承认帮助妖鬼作祟，谋害哀家的性命？"

白姬道："天后睿智无双，早已猜到事情的来龙去脉，我如果不承认，反而不够'坦诚'。"

之前，光臧进言说他夜观天象，有妖气东来，并呈给武后八张金符，以防万一。然后，发生了韩国夫人作祟的事情。与此同时，光臧却因为去了缥缈阁，失去了踪迹。武后是一个聪明人，从蛛丝马迹中不难猜出白姬与韩国夫人作祟有关。

白姬明白在聪明人面前做戏，只怕弄巧成拙，不如坦诚承认。

武后道："你应该知道，与哀家作对者，不管是人，还是非人，不管是天龙，还是地龙，哀家都会将他送入地狱，令其万劫不复。"

元曜冷汗如雨。

白姬的眼眸变作了金色，灼灼慑人。

"吾之名，已为汝知晓。汝有生之年，与吾有契。吾堕地狱，汝必同往。汝堕地狱，吾必同行。"

武后冷冷地道："难为你还记得契约，那你为何要助妖鬼作祟，谋害哀家的性命？"

白姬的眼眸恢复了黑色，她淡淡地道："收集'因果'，是我存在于人世中唯一的意义。我只是在收集'因果'，并非谋害天后，更不曾违约。韩国夫人的愿望是我将要获得的'因果'，我不会放弃。"

武后的表情变得有些可怕，她道："她的愿望？！她恨哀家逼死了她，她恨哀家杀死了她的女儿，她的愿望是要哀家死！你实现她的愿望，难道不是谋害哀家？！昨晚，差一点儿，哀家就瞎了。"

因为太过恐惧愤怒，武后声音颤抖不已。

白姬叹了一口气，道："她说，她的愿望是牡丹衣。"

武后勃然大怒，道："不要跟哀家提牡丹衣！哀家命令你，立刻把她赶走！让她消失！彻底地消失！"

乾封元年，益州刺史进献牡丹衣给武皇后。魏国夫人贺兰氏十分喜欢牡丹衣，请求高宗将牡丹衣赐给自己。高宗宠爱贺兰氏，当着武后的面将牡丹衣赐给了贺兰氏。武后虽然没有出言反对，但是牡丹衣上的艳丽花纹化作了她心中的忌妒与愤怒之火，这把火将亲情燃烧殆尽。贺兰氏因为得到了牡丹衣而感到满足时，完全没有料到华衣将会变成她的寿衣。

白姬道："事情起于牡丹衣，也必将终于牡丹衣。'因'已经种下，'果'将成熟。"

武后打断白姬道："对哀家来说，'因'和'果'都不重要。"

白姬道："可是，对我来说，'因'和'果'很重要，它们是我存在的唯一意义。而且，韩国夫人的'因'和'果'，对天后来说也很重要。"

武后道："哀家并不觉得她的'因'和'果'有多重要。"

"血浓于水，无论如何，韩国夫人也是您的姐姐，您难道不想知道她内心真正的愿望吗？您真的忍心在她死后，再一次无情地让她消失吗？至少，在她消失之前，听一听她真正的愿望吧。"

武后仿如被雷击中，愣了一下，"喃喃"地道："她……她……真正的愿望……血浓于水……姐姐……"

"姐姐……姐姐……"武后"喃喃"地念道。

武后抬头望向湛蓝如洗的天空，阳光那么明媚，那么温暖，让她突然想起了一些很遥远的往事。

武后的童年岁月在利州度过。小时候，因为母亲比较严厉，也不能经常照顾她，她最喜欢的人是姐姐，和她最亲密的人也是姐姐。

春天，她和姐姐一起在庄院中奔跑，比谁的纸鸢放得更高。夏夜，她们一起躺在回廊下数星星，诉说美好的心愿。秋天，她们一起在树下等凉风，听蝉鸣。冬天，她们一起看雪落，一起在新年到来时穿上新衣放爆竹。

她的点心被弄掉了，脏了，她伤心哭泣时，姐姐会把自己的点心让给她吃。她生病了，姐姐会为她担心，连最爱的庙会也不去逛了，守在她的枕边陪着她，照顾她。

那时候，她们无忧无虑，天真而快乐。那时候的幸福琐碎而温暖，像一件妥帖的旧衣。

无论怎样，她也是姐姐，一起度过了美好的童年时光的姐姐。

武后沉默了一会儿，垂下了眼帘。

"她想要什么？只要不是哀家的性命，哀家什么都可以给她。"

白姬抬眸，望向武后，发现她的侧脸上有泪水滑落，唇角的笑意更深了。

"我也不知道会结出怎样的'果'。不过，照现在的情形看来，要得到韩国夫人的'果'，您可能必须'死'。"

武后吃惊地望向白姬。

白姬也望着武后。

武后和白姬相互对视，久久无言。

元曜和上官婉儿有些紧张，他们看不出武后和白姬的眼神到底在传达什么信息。

最后，武后开口了。

"好吧，看在她是哀家的姐姐的分上，哀家就'死'一次。"

上官婉儿大吃一惊。

元曜一头雾水。

白姬笑了："我是商人，不会没有报酬地帮人做事。'死'一次，五千两黄金。"

元曜冷汗涔涔。

武后却道："可以。"

元曜吃惊。

武后又道："需要几天时间？光臧的金符掉了一张，已经挡不住妖邪了。"

"不出意外，您明晚就可以'死'了。"白姬笑道。

"哼。"武后道。

在白姬和武后的哑谜中，事情定下来了。

元曜、上官婉儿一头雾水，却也不敢多问。

下午举行了四场马球赛：两场男子赛，一场女子赛，一场混合赛。白姬、上官婉儿、太平公主都下场了，元曜吃惊地发现龙妖的马球居然打得还不错。后来，武后和上官婉儿有事先退场了，留下大家继续玩。

在白姬的怂恿下，元曜也下场玩了一次不是比赛的散打，但他第一次打马球，动作笨拙，总打不到球。

武三思嘲笑元曜，见武后不在场，没有顾忌，假意失手，用球棍恶意地敲元曜的头。

元曜的额头上肿起了一个包。

白姬很生气。

第四场比赛，仍是武三思带着武氏一族的队伍和李灵夔带领的李氏亲王队伍上场竞技。不知道为什么，武承嗣的球杖仿佛中了邪，总是敲在武三思的头上，把武三思打得满场跑。众人忍俊不禁，太平公主捧腹大笑。

武三思气得脸发绿，武承嗣不明所以，只能苦着脸向堂弟道歉。因为武承嗣是堂兄，武三思也不好多说什么。

元曜猜测这一定是白姬干的。他偷眼向白姬望去，发现白姬笑得很欢快，像是一个恶作剧得逞的小孩子。

元曜也笑了。有时候，他觉得这条龙妖真的很像小孩子。

傍晚，白姬、元曜离开大明宫。出宫时，他们路过太液池，元曜仿佛听见风中有女子在低声哭泣，哭声如丝如缕，不绝于耳。

"白姬，好像有谁在哭……"

"那是风声。"白姬道。

"可是……"元曜侧耳倾听，觉得那不像是风声。

"快走吧，轩之。"白姬头也不回地走了。

一阵凉风吹来，元曜打了一个寒战，见白姬已经走远，不敢多停留，疾步跟上。

元曜走得太匆忙，路边的一丛灌木探出的枝丫钩住了他的衣袖，他用力一扯，掉落了一物——白绢包裹的小泥龙粉碎之后化作的五色土。

元曜没有察觉，径自去了。

夕阳之下，太液池中缓缓伸出一只骷髅手，悄无声息地将包裹的五色土拿走了。

第九章　泥　俑

白姬、元曜回到缥缈阁，离奴已经做好了晚饭。

吃过晚饭之后，白姬让离奴在回廊中点上三盏灯，又让元曜去打一桶井水来。白姬拿出一坛五色土，笑道："轩之，离奴，我们来捏泥人玩。"

元曜、离奴高兴地答应了。

白姬、元曜、离奴兴高采烈地用井水和五色土捏东西玩。

白姬用五色土捏了一个女人，她捏得很仔细，女人的五官、体形、衣饰与一个人分毫不差。元曜一眼就认出那是武后。

白姬捏武后干什么？元曜十分疑惑，但是白姬神色凝重，他也不敢开口询问。

元曜照着离奴的模样捏了一只猫，不过捏得不太好，两只猫耳朵一大一小，还不对称。

离奴惦记白姬少给的五文钱，捏了五枚开元通宝，虽然是泥的，离奴也很开心。

离奴望了一眼元曜捏的东西，问道："书呆子，你捏的是什么？"

元曜望着泥像上一大一小还不对称的猫耳朵，怕被离奴嘲笑，遮掩道："兔子。"

离奴不相信："胡说！你当爷没见过兔子吗？！这明明是一只长得很丑的猫！"

元曜不敢说这是照着离奴的模样捏的，哈哈一笑，道："这是小生照着玉面狸的样子捏的。"

离奴道："书呆子的手艺还不错，不过，阿黍比这只丑猫要稍微好看一点儿。"

白姬笑着提醒道："离奴，轩之捏的是碧眼黑猫。"

元曜脸色微变。

离奴如梦初醒，生气地骂道："书呆子的手艺真差！爷哪有这么丑？！"

元曜不敢反驳。

"嘻嘻。"白姬掩唇诡笑。

月上中天时，白姬完成了武后的泥像。泥像长约一尺，仿如真人的缩小版，惟妙惟肖。

白姬放下泥像，伸了一个懒腰，道："啊啊，终于捏好了。"

元曜问道："你捏天后的泥像干什么？"

白姬笑道："让天后'死'一次。"

元曜一惊，想要细问，但是白姬已经拿着泥像，打着哈欠走了。

"我先去睡了。离奴，你收拾一下，五色土必须放在坛子里，贴上封条，以免失了灵气。"

"是，主人。"离奴道。

元曜问道："白姬，光藏国师和狮火怎么样了？他们能够回来吗？"

白姬停住脚步，回头道："我也不知道他们能不能回来，只能希望他们吉人天相。事有轻重缓急，如今，还是先把牡丹衣的事情解决了。"

"啊，嗯。"元曜道。

白姬打了一个哈欠，飘走了。

元曜担心光藏和狮火，临睡前在秘色雀纹瓶的碎片前合掌祈祷。

"光藏国师、狮火，希望你们平安无事，早日回来。"

元曜脱下外衣，准备睡觉时，才忽然发现放在衣袖中的白绢包裹的五色土不见了。

咦，五色土哪里去了？元曜挑燃灯盏，在缥缈阁中四处寻找了一番，没有找到。

元曜闷闷不乐地躺下，辗转反侧，难以成眠。不过，随着时间流逝，他还是睡了过去。

恍惚中，元曜行走在一片白雾里，好像是要去找五色土。不知道走了多久，等周围的白雾散尽，他发现自己置身在大明宫中，太液池畔。

一名身姿婀娜的女子坐在湖边的石头上，仰头望月。

元曜定睛望去，发现这是上次要拖他去湖底的魏国夫人。

今夜，魏国夫人没有穿牡丹衣，只穿了一袭薄薄的单衣。她的脸色十分苍白，衬托得一点樱唇艳红似血。

元曜拔腿想逃，但是魏国夫人已经侧过了头，定定地望着他。

见魏国夫人盯着他，元曜只好作了一揖。

"小生见过魏国夫人。"

魏国夫人望着元曜，红唇微启："妾身知道公子一定会来。"

"哎？！"元曜吃惊。她为什么知道他会来？难道，她在等他？她还想把他拖至水底吗？

魏国夫人似乎看穿了元曜的心思，道："公子不必惊慌，妾身不会再伤害你了。"说话间，她拿出一物，道，"公子是来找它的，对吗？"

元曜借着月光一看，那正是他弄丢的五色土。

元曜点头，道："原来是夫人拾到了，请夫人将此物还给小生。"

"它对公子来说很重要吗？"魏国夫人问道。

元曜点头，道："是。"

手绢是之前去井底海市时，白姬绣了送给他的，虽然上面绣的图案都跑了，但他还是很珍惜这条手绢。五色碎土让他想起小泥龙，他试图通过小泥龙想象白姬小时候的模样。这两件东西对他来说，都十分重要。

魏国夫人突然发怒了，恨然道："丢了重要的东西，你也知道来寻找，可是你夺走了妾身最重要的东西。"

元曜一头雾水，道："小生从未夺走夫人您重要的东西……"

魏国夫人咬牙切齿，道："牡丹衣，你夺走了妾身的牡丹衣！"

"呃，这……"元曜一时语塞。虽然牡丹衣是魏国夫人自己丢下的，但元曜和白姬不经她的允许就拿走了，这确实也算是"夺"走。

元曜理亏，只好解释道："其实，事情是这样的。您的母亲韩国夫人拜托白姬，说她希望得到牡丹衣，白姬和小生就来到太液池……"

魏国夫人的脸色瞬间变了。

元曜知道韩国夫人在大明宫作祟，而魏国夫人也在大明宫，难道她们没有相见吗？

"难道，您没有见过韩国夫人吗？您的牡丹衣在她那里。"

魏国夫人道："妾身见过她，也见过牡丹衣。不过，她见不到妾身。"

元曜挠了挠头，问出了一个困扰他已久的问题。

"小生有一个疑问——韩国夫人的女儿不是您吗？她为什么把一株牡丹

花当女儿？"

魏国夫人幽幽地盯着元曜，道："你想知道答案吗？"

元曜点头。

"妾身带你去看看吧。"魏国夫人站起身，向南飘去。

元曜疾步跟上。

一路行去，元曜在白雾中看见了许多亦真亦幻的鬼影。被砍掉双腿、浑身棍棒痕迹的宫女在地上蠕蠕爬动；披头散发、脸色惨白的年轻女子抱着婴儿尸体踽踽独行；七窍流血的宦官沉默地疾步飞走，仿佛还在急着替主子去办事。

元曜汗毛倒竖，与一群宫中冤鬼擦肩而过。

魏国夫人沉默地走在前面，仿佛没有看见周围的鬼影，或者是已经习惯了——她自己本来就是其中之一。

元曜觉得胸口发闷，十分难受。

魏国夫人的目的地是紫宸殿。

月光下，紫宸殿外，盛开着一片诡异的黑色牡丹花海，犹如灰烬般的黑色绝望而压抑。

魏国夫人停在牡丹花海前，元曜也跟着停步。

一片牡丹花瓣随风飞扬，飘落在元曜手上，迅速化作蚀骨的毒液，疼得他皱起了眉头。

不远处，韩国夫人站在牡丹花丛中，披着华艳的牡丹衣，手中拿着一朵黑色牡丹。她用温柔的声音对手中的黑牡丹道："敏儿，今晚就杀死她吗？"

黑牡丹中传来魏国夫人的声音："母亲，杀死她吧。我好恨，好恨……好痛苦……"

"可是，走不进紫宸殿呀。"

"好恨，好恨，一定要杀了她！"黑牡丹道。

元曜大吃一惊，转头望向身边的魏国夫人。魏国夫人安静地站着，并没有说话。那么，韩国夫人在和谁说话？

魏国夫人似乎明白元曜心中的疑惑，垂下头，道："她在自言自语。她口中的'女儿'只是她一厢情愿的幻影，'女儿'的话语其实是她心中的欲望。"

元曜张大了嘴，道："为什么会这样？"

魏国夫人嘲弄地一笑，道："因为，她一直就是这样。"

魏国夫人走向韩国夫人，黑色的牡丹花与她的身体接触，立刻化作蚀骨的毒液，腐蚀她的肌肤。魏国夫人痛苦地皱眉，但还是坚定地朝韩国夫人走去。

魏国夫人在韩国夫人身边徘徊，在她耳边呼唤："母亲，母亲……"

韩国夫人沉溺在自己的仇恨情绪中，与黑牡丹"喃喃"低语，完全无视魏国夫人。

魏国夫人叹了一口气，悄无声息地飘走了。

元曜急忙跟上。

魏国夫人回到太液池边，坐在石头上掩面哭泣。

元曜远远地站着，心中疑问重重，但也不敢唐突发问。他觉得韩国夫人和魏国夫人母女都十分诡异。

过了许久，见天色不早了，元曜开口道："请夫人将手绢和五色土还给小生。"

魏国夫人抬起头，道："可以。"

元曜刚松了一口气，魏国夫人接着道："不过，公子必须拿牡丹衣来交换。"

"啊？！可是……"元曜心中发苦，牡丹衣已经给韩国夫人了，他怎么要得回来？

魏国夫人道："牡丹衣之于妾身，就如同五色土之于公子，公子应该能够体会失去重要东西的心情。"

"可是……"元曜还想说什么，但是魏国夫人盈盈一拜，消失了。

一阵夜风吹来，元曜冷得一个激灵，醒了过来。

星光微蓝，透窗而入，元曜正躺在缥缈阁中，四周十分安静。

原来，这只是一场梦。

元曜擦去额上的冷汗，翻身坐起，想喝一杯茶。

星光之下，他看见摆在地上的鞋子湿漉漉的，鞋底还沾着泥土。

临睡之前，鞋底都还十分干净，怎么现在沾了这么多湿泥？难道，刚才的一切不是梦，他确实去了大明宫，见到了韩国夫人和魏国夫人？！

元曜一头雾水，想了想，决定明天早上去问白姬这到底是怎么一回事。他喝了一杯凉茶压惊之后，又躺下睡了，一夜无梦。

第二天上午，元曜把夜游大明宫，遇见韩国夫人、魏国夫人的事情告诉了白姬。

白姬叹了一口气，道："轩之，你还真是容易失魂落魄呀。不过，幸好回来了。魂魄夜游，天明未归的话，我就得替你招魂了。"

元曜道："魂魄夜游？这么说，小生昨晚不是做梦？"

"不是。"白姬道。

元曜若有所思。

白姬望着元曜，黝黑的眼眸中映出小书生沉思的侧脸。她笑了："我知道轩之在想什么。"

元曜回过神来，道："哎？"

白姬笑了，道："轩之在想美丽的魏国夫人。"

白姬故意把"美丽的"三个字加重了读音。

元曜居然没有脸红，也没有反驳。

"小生在想，魏国夫人生前究竟是怎样的一个人？还有韩国夫人，她生前又是怎样的一个人？她们生前过得幸福，还是不幸？小生很想知道逝去的真实，尽管'真实'的结局注定残酷、悲伤。"

白姬想了想，道："那我们一起去看一看'真实'吧。"

元曜微愣，道："欸？怎么看？"

"轩之在韩国夫人的庄院中打碎的荷叶杯还在吗？"

元曜想了想，道："还在，小生将荷叶杯放在柜台底下。"

"去拿来。"

"好。"

元曜去柜台边，翻出了荷叶杯的碎片，拿到了里间，放在白姬面前的青玉案上。

白姬伸出手，拈起一块杯子碎片，口中"喃喃"念了一句什么。

荷叶杯碎片上闪过一道碧色光芒。

白姬将碧光闪烁的碎片放下，示意元曜。

"轩之，手伸过来，它会告诉你'真实'。"

元曜伸出手，用食指按住碎片。

手指触碰到碎片的瞬间，他眼前幻象丛生。

元曜吓了一跳，急忙缩回了手。

白姬云淡风轻地道："不要害怕，那些幻象只是这个荷叶杯经历的'真实'。"

元曜又伸出手，用手指触碰荷叶杯的碎片，他的眼前出现了一幕令人诧异的景象。

一间宽敞的宫室中，魏国夫人坐在铜镜前，年轻而貌美，浑身散发着耀眼的魅力。她伸出纤纤玉手，拿起螺子黛，开始描眉。

不一会儿，韩国夫人走了进来，走到魏国夫人身边坐下，取了木案上的荷叶杯，倒了一杯茶，喝了下去："好渴。"

魏国夫人问道："母亲从哪里来？"

韩国夫人道："皇后那里。"

"姨妈说什么了？"

韩国夫人笑道："对我将你接入皇宫陪伴圣上的事情，她还是十分不满。不过，圣上喜欢你，她也就不再说什么了，只是让我叮嘱你，尽心服侍圣上，让他高兴。"

魏国夫人也笑了，艳如春花。

韩国夫人靠近魏国夫人，捧起她的脸，笑道："敏儿，我早就说过，你这如同牡丹花一般耀眼的美丽不该被淹埋于市井，应该绽放在大明宫中，让帝国最尊贵的男子欣赏。"

"母亲……"魏国夫人垂下了头。

荷叶杯的碎片失去了光芒，眼前的幻象骤然消失了。

白姬和元曜对坐在青玉案边，面面相觑。

"嗯，这一块没了。"白姬摊手，道。她又拿起另一块荷叶杯碎片，"喃喃"念了一句咒语，荷叶杯的碎片随着咒语散发出绿色荧光。

白姬将碎片放在青玉案上，元曜伸出食指，触碰碎片。

白姬和元曜透过荷叶杯的记忆，追溯已经逝去的真实。

在幻象中，元曜又看见了那间宽敞的宫室，宫室的装饰已经华丽了许多。宫室的地上堆满了金银珠宝、绫罗绸缎，这些都是帝王的赏赐。

魏国夫人盛装冶容，坐在窗边喝茶，捧着荷叶杯，望着天空发呆。

韩国夫人站在满地珍宝中，哈哈大笑。

"敏儿，你如此年轻，如此美丽，还应该拥有更多的金银珠宝、绫罗绸缎，它们会让你散发出更耀眼的光芒。"

魏国夫人回过头，疲惫地道："母亲，再向圣上提出任性的要求，恐怕会让他生厌。"

韩国夫人完全没有听见魏国夫人的话，贪婪地道："敏儿，你是皇宫中最美丽的牡丹花，你不仅应该拥有财富，还应该拥有与你的宠眷相称的名号和权力。"

魏国夫人挑起蛾眉，道："名号……和权力……"

韩国夫人笑了，道："对。名号和权力。你可以成为圣上的妃嫔。"

魏国夫人摇头，道："这……这不太可能。姨妈不会同意。"

韩国夫人在魏国夫人耳边道："只要圣上同意就行了。皇后已经老了，如同暮春的花，已近凋残，不再美丽，不再有魅力。她日夜忙于处理政事，半个月都难与圣上见一次面，早已失去了圣上的宠眷。你年轻，且美貌，将来还有很长的路要走，甚至有可能走到她的位置。"

魏国夫人还是摇头，道："圣上……圣上是一个非常温柔仁慈的好人，非常疼爱敏儿，但是这件事情……恐怕……不行……"

韩国夫人道："不试试，怎么知道不行呢？"

荷叶杯的碎片失去了光泽，幻象又消失了。

元曜道："哎，为什么又没了？"

白姬拿起另一块小碎片，道："因为是碎片，所以'记忆'都不完整，时间也很凌乱。不过，看'真实'的碎片，也很有意思。"

元曜道："那继续看吧。"

"嗯。"白姬道。

兰烛高烧，华殿香绕，波斯乐师跪坐在珍珠帘后奏乐，魏国夫人穿着一身金红色华裳在火色绒毯上翩翩起舞。

唐高宗李治坐在罗汉床上，愉快地欣赏歌舞。他是一个文雅而瘦削的中年男子，脸上带着病态的苍白。他不时地端起荷叶杯，缓缓地啜饮清茶。因为眼疾发作，太医叮嘱不可以饮酒，他只能喝清茶。

李治本来身体就虚弱，这两年越发病得厉害，他将一切政事都交给武皇后打理，自己寄情乐舞，悠闲养病。

魏国夫人舞姿婀娜，身段曼妙，十分迷人。

李治陶醉地欣赏着她美丽的舞姿，嘴角泛起宠溺的微笑。

不知道为什么，魏国夫人跳了一半，就停下不跳了。

悠扬的乐声仍在继续，李治奇怪地道："美人儿，怎么不跳了？"

魏国夫人闷闷不乐地走到李治身边，道："妾身没有好看的舞衣，所以很伤心，不想跳了。"

李治笑道："你想要怎样的舞衣？明天朕就让绣女给你做。"

魏国夫人道："妾身想要益州刺史进献的牡丹衣。"

李治脸色微变，笑道："不要胡闹。牡丹衣是进献给皇后的。"

魏国夫人嘟嘴，娇声道："可是，皇后并不喜欢牡丹衣，还说了一句'颜色太繁艳，太扎眼了'。"

李治笑道："即使她不喜欢，牡丹衣也是她的。"

魏国夫人掩面哭泣，道："皇后不喜欢牡丹衣，您却将其留给她；妾身喜欢牡丹衣，您却不肯将其赐给妾身。您心里根本就没有妾身，您平时说的与妾身比翼连枝、长相厮守的甜言蜜语都是云烟。"

李治见魏国夫人哭得梨花带雨，心中怜惜，哄道："明天，朕让绣女做十件，不，一百件漂亮的舞衣给你。"

"不，妾身就要牡丹衣。妾身和牡丹衣有缘，一眼看见它，就十分喜欢，求圣上将牡丹衣赐给妾身。"魏国夫人不依不饶。

李治头疼，道："益州刺史说了牡丹衣是进献给皇后的，朕如果赐给你，宫人们难免闲言碎语，皇后也会不高兴。"

魏国夫人哭得更伤心了，道："闲言碎语？妾身一个未出阁的女儿家，被封为'国夫人'，待在皇宫中，哪里还少听了闲言碎语？当初，圣上答应要册封妾身为妃嫔，但是皇后不同意，妾身就只能冠了'魏国夫人'这么一个不伦不类的封号，尴尬地待在皇宫中，受宫人们指点非议。虽然能够与圣上这般儒雅圣明、温柔深情的人朝夕相处、喜乐与共，妾身也不在乎别人怎么说，可是，现在，妾身只是想讨要一件皇后不喜欢的衣裳，圣上就这般犹豫推阻，实在是让妾身心寒。圣上既然不爱妾身了，就请圣上赐妾身一条白绫，让妾身死了算了。"

李治本来就因为"魏国夫人"这一封号而对贺兰氏心存愧疚，闻言更心软了，哄道："好了，不要伤心了，明日，朕就将牡丹衣赐给你。"

"圣上说话算数？万一，皇后又不答应……"

"朕才是皇上，朕说赐给你，就会赐给你。"

魏国夫人破涕为笑，娇声道："谢圣上。"

李治伸臂，将魏国夫人拥入怀中。

红烛下，乐声中，李治和魏国夫人相拥诉说着情话，爱意炽热如火，满室生春。

第十章 血 月

缥缈阁中，白姬和元曜相对坐着，手指放在荷叶杯碎片上。

元曜红着脸缩回了手指。

白姬抬起头，道："轩之怎么了？后面还有呀。"

元曜红着脸道："子曰，非礼勿视。"

白姬也缩回了手，道："算了，看下一块吧。"

荷叶杯的碎片只剩下最小的一块了。

白姬伸出手，触碰这指头大小的碎片。她刚触碰上碎片，就立刻缩了手，见元曜也伸手过来，道："轩之最好不要看。"

元曜好奇，道："为什么？"

"为了我的耳朵。"白姬道。

"欸？！"元曜一头雾水。

元曜刚触上碎片，就看见了恐怖的一幕。

魏国夫人身穿牡丹衣，倒在一间宫室的中央，周围散落着糕点。她已经七窍流血，五官扭曲而狰狞。

"啊——啊啊——"元曜吓得大叫起来。

白姬明智，早已捂住了耳朵。

"白姬，这……这……"元曜结结巴巴地道。

"这是魏国夫人的死状，荷叶杯最后的回忆。"白姬道。

"谁？谁杀死了魏国夫人？难道是……？"

白姬打断元曜，道："谁杀死了魏国夫人并不重要。至少，如今，魏国夫人自己已经没有对这件事情耿耿于怀了。"

元曜愣了一会儿，才道："也是，魏国夫人的心愿是找回牡丹衣。白姬，你能把牡丹衣从韩国夫人那里讨要回来，还给魏国夫人吗？她实在是太可怜了。"

白姬摇头，道："不行。那样做，会破坏我的'因果'。"

元曜有些生气，道："你真是铁石心肠，完全没有仁善之心。"

白姬笑道："对我来说，'仁善'完全不重要，重要的是'因果'。"

元曜道："没有'仁善'之心，收集再多的'因果'，你也成不了佛。"

白姬脸色一变，面无表情地望着元曜，黝黑的眼眸冰冷而幽暗。那样的眼神，空洞得不属于人类。那样的眼眸没有色彩，没有温度，没有感情，仿佛一片荒芜死寂的冰原，让人堕入深渊，不寒而栗。

元曜被白姬森冷黝黑的眼眸盯着，没来由地恐惧、战栗。

白姬伸出手，将手放在元曜的胸口上，以虚无缥缈的声音道："轩之有一颗'仁善'之心吧？如果我把轩之的心剜出来，吃下去，那我也有一颗仁善之心了，那样，我就能成佛了。"

元曜额上沁出冷汗，想说什么，但是一股无形的压力逼得他开不了口。

白姬眼神阴森，右手上的皮肤渐渐生出龙鳞，指甲渐渐长长，刀锋般的指甲似乎立刻就要剜出元曜的心脏。

"吃了轩之的心，我就能成佛了。"白姬伸出舌头，舔舐红唇，阴森地笑道。

在龙爪透心的那一刹那"啊啊——不要吃小生——"元曜惨叫一声，吓得昏倒在地上，不省人事。

离奴听见元曜的惨叫声，从厨房飞奔到里间。

元曜倒在地上，一动不动。

白姬似笑非笑地站在一边，右手还保持着龙爪的形态。

离奴问道："主人，书……书呆子怎么了？他还活着吧？"

白姬绕着元曜走了一圈，笑道："他没事，只是吓晕了，我跟他开一个玩笑罢了。"

离奴松了一口气，跑过去把元曜翻过来，小书生口吐白沫，脸色煞白。

"主人，您怎么把他吓成这样了？"

白姬撇嘴，不高兴地道："谁叫他说我收集再多的'因果'，也成不了佛。"

离奴拍了拍元曜的脸，担忧道："万一，把他吓傻了怎么办？"

白姬欣赏着自己线条优美的龙爪，道："反正，轩之也不聪明。"

拍不醒元曜，离奴叹了一口气，怕元曜着凉，去取了一条毯子，盖在元曜身上。

白姬见了，笑道："离奴，原来你很关心轩之。"

"没有的事！"离奴急忙反驳。

离奴有些不好意思，化成一只黑猫，跑了："厨房还在煮鱼汤，离奴先去了。"

白姬坐在青玉案边，托腮望着元曜。她把玩着荷叶杯的碎片，"喃喃"道："仁善之心啊，轩之这个傻瓜。"

元曜醒来时，已经是吃晚饭的时候了。他一看见白姬，就吓得抱头鼠窜。白姬、离奴逮住小书生，白姬向元曜解释她只是开玩笑，小书生十分生气。

白姬诚恳地向元曜道歉，并保证以后再也不吓唬他了，元曜才不再生气了。

"白姬，以后请不要随意吓唬小生。"

"嗯。以后，轩之再说我成不了佛，我就直接吃了轩之。"白姬笑道。

"你又在吓唬小生。"元曜生气地道。

"嘻嘻。"白姬诡笑。

月出，血红。

白姬穿着一袭俊鹘衔花纹样的白色男装，静静地站在廊檐下，舒袍广袖，风姿如仙。元曜站在白姬身边，捧着一个木匣，木匣中放着五色土捏成的武后泥像。白姬今晚打算去大明宫中收韩国夫人的"果"，元曜随她前往。

白姬望着天上的血月，道："今晚是血月呢。"

"什么是血月？"元曜好奇。

白姬一展水墨折扇，道："血月，乃是亡灵之月，充满怨气的亡灵在人间徘徊，散发心中的怨恨，月亮也因为吸收了怨气而变成血红色。人在血月之夜出门，脚不能沾地，否则会有灾厄。"

"脚不能沾地？那我们怎么去大明宫？"元曜挠头。难道，他们要乘风飞去吗？

白姬道："黄昏时，我已经约好了火轮鬼车，火轮鬼车会来接我们。"

"火轮鬼车？"

"喏，来了。"白姬一合折扇，遥指夜空中的某处。

元曜抬头望去，只见两团火焰出现在夜空中，流星般滑过。两团火焰渐渐接近，越来越大，落在缥缈阁的后院中。

原来，那是一架双轮车。

车身雕刻着地狱诸鬼的图案，十分诡异华丽，布幡飞舞，流苏飘摇。两团火焰是鬼车的左、右两轮。拉车的是一个浑身漆黑的鬼，青面獠牙，身高八尺，浑身肌肉虬结，看上去凶狠残暴。

"白姬，请上车吧。"车鬼眦目道。

白姬走到车前。

车鬼蹲下，伸出巨掌。

白姬踩着车鬼的手掌，上了车。

元曜也走了过去，车鬼面目凶恶，他吓得双腿发抖，根本不敢踩车鬼的手。但是，不踩又上不了鬼车，元曜心中犯难。

车鬼用牛目一样巨大的眼睛瞪着元曜。

元曜惊惶。

车鬼突然挺直了身板，伸出巨臂，一把抓住元曜的衣领，将他拎起，放进了车内。

"呃，谢谢。"元曜道。

"不客气。"车鬼声如惊雷。

"车鬼，在子时前抵达大明宫。"白姬道。

"好。"车鬼道。

一阵风卷过，车鬼拉着火轮鬼车离开地面，奔驰在夜空中。

血月下，夜空中，不知道从哪里跑来几只身材矮小、戴着高帽子的鬼，有的吹着短笛，有的敲着皮鼓，围着火轮鬼车跑。这些鬼吹奏着欢快却空寂的曲子，晃晃荡荡地和鬼车一起行向大明宫。

诡异的血月，缥缈的流云，燃烧的鬼车，空灵的鬼曲，一切仿如梦幻般不真实。元曜的嘴巴不由得张大了，合不拢："白姬，这……这太神奇了呀！"

白姬笑道："坐火轮鬼车夜行，总是很有意思。啊，我喜欢这首欢快的曲子，以前好像没有听过。"

元曜道："仔细听，这首曲子很幽冷。"

"毕竟，是鬼吹奏的呀，轩之不能太过苛求。"

"也是。"元曜笑道。

元曜乘坐鬼车，踏月行歌，完全没有看见今夜长安城的街道上，无数无法去往彼岸的亡灵破土而出，在街衢中游走、徘徊。亡灵们或者凄厉哭号，或者互相撕咬，发泄着积郁心中的怨恨。

今晚在街上夜行的人，注定将成为百鬼的食粮，被撕成碎片，吞入鬼腹，连月也被染成了血色。

子时差一刻，火轮鬼车停在了离九仙门有一段距离的地方，奏乐也停止了。

车鬼回过头，对白姬道："大明宫有结界，没法靠近，只能到这里了。"

"嗯。"白姬点头。

白姬踩着车鬼的手下车，遥遥望向大明宫。

元曜鼓足了勇气，还是不敢踩车鬼的手。

车鬼伸手，把元曜拎下了车。

白姬从衣袖中拿出一块金子，递给车鬼。

"有劳了，今天的曲子很不错。"

车鬼大声道："今天是新曲子，要两块金子。"

白姬拿出三块金子，递给车鬼。

"多出的一块，算打赏吧。"

"多谢。"车鬼瞪眼道。

车鬼拉着火轮车走了，妖鬼们也跟着火轮车走了。

原来，车鬼载人居然要收钱财。元曜在心中咋舌。

白姬走向九仙门，元曜急忙跟上。

"白姬，你今天倒是出奇地慷慨呀。"元曜道。

白姬道："啊，今夜乘坐火轮鬼车，半路少了很多麻烦，又听了很好听的曲子，心情愉快，慷慨一些也是应该的。"

元曜叹道："小生真希望你在发月钱的时候心情也愉快一些。"

白姬一展折扇，笑道："轩之不必有所期待。我心情再愉快，也不会给你涨工钱的。"

"呃。"元曜被噎住了。

真希望老天爷落下一个天雷劈中这条吝啬、狡诈、贪财的龙妖！哎，不对，天龙应该是不怕雷劈的吧？！元曜一边在心中诅咒白姬，一边纠结苦恼。

九仙门外，除了守卫的金吾卫，还站着一身男装的上官婉儿。她似乎等得有些不耐烦了，俊脸上罩满寒霜，见白姬和元曜从黑暗中浮现身形，她脸上的寒霜才融化了一些。

白姬笑道："路上有些延误，来晚了一些，劳上官大人久等了。"

"哼。"上官婉儿冷哼一声，以示自己的不满。

上官婉儿领白姬、元曜走进大明宫，向紫宸殿而去。

月红如血，夜云缥缈，两名提着橘色宫灯的侍女在前面照路，上官婉儿、白姬、元曜随行，五个人的影子拖曳在地上，细长而诡异。

五人路过太液池。

太液池边，十分凄寂，风声低沉如呜咽。

白姬突然回头，对着黑沉沉的水面诡异一笑，无声地翕动红唇，似乎说了一句什么。一阵夜风吹过，湖畔的木叶沙沙作响，似乎在回应白姬。

元曜暗暗心惊：白姬在干什么？

紫宸殿，灯火通明，里三层外三层地围着披坚执锐的金吾卫。

"哟，这阵仗可真吓人。"白姬一展折扇，笑道。

上官婉儿道："今天下午，第二道金符也掉了。为了天后的安全，只能让金吾卫彻夜守着了。"

"这样的阵仗一夜两夜倒也无妨，常年这样，可就难堵长安城中的悠悠众口了。"白姬笑道。

"这就是让你来解决这件事情的原因。今晚，你就把事情解决了。"上官婉儿没好气地道。

"看在五千两黄金的分上，我会努力的。如果上官大人肯给一些额外的赏赐，我会更努力的。"白姬笑道。

"休想。"上官婉儿冷冷地道，快步走向殿内。

白姬望着上官婉儿的背影，摊手："她真没有幽默感。"

元曜生出冷汗，道："是你的幽默太冷了。"

"轩之也没有幽默感。"白姬不高兴地飘进了殿内。

"唉，好冷。"元曜叹气。

紫宸殿内，地板上、镜台上、床榻边，到处都点满了烛火，照得殿内仿如白昼，一点儿阴影也没有。因为烛火点多了，殿内的空气十分燥热，元曜行走其中，热得汗水不断地滑落额头。

内殿中除了武后之外，没有半个人，宫人们都在外殿守候。武后多疑，在她觉得惶惶不安时，绝不会让任何人靠近她。

武后站在大殿中央最明亮的地方，只穿着一件入寝时穿的金色鸾鸟纹单衣，梳着半翻髻，发丝有些凌乱。她的表情十分惶惶，心中的不安都写在了脸上。

听见脚步声，武后回头，看见上官婉儿、白姬、元曜，紧蹙的蛾眉舒展开来。

白姬、元曜见礼之后，武后退到铜镜边坐下，疲惫地道："白龙，让她消失。"

白姬笑了："我想，天后'死'去，她就会消失了。"

"一切随你，我累了。"武后道。

白姬道："那么，撤走所有的金吾卫，撕掉光臧国师的金符，弄灭不必要的烛火，遣走多余的宫人。"

"不行，这么做，太危险了。"上官婉儿反驳道。

武后道："听她的，照她说的做。"

"是。"上官婉儿只好应下。

金吾卫全都撤走了，光臧的符咒也都被撕掉了，灯火熄灭到只剩下一盏，宫人们也都被遣回各自的住处去睡觉了。

紫宸殿变得黑暗而安静，像是一只沉睡的兽。

白姬拿出武后的泥像，向武后讨了一根头发，将头发绑在泥像的脖子上，又让武后对着泥像的嘴吹了一口气。

武后皱着眉头照做了。

白姬对武后笑道："好了。现在，泥像就是天后了，您和上官大人可以离开紫宸殿了。剩下的事情，交给我和轩之就行了。"

武后闻言，眼神中流露出一丝哀伤，她不打算离开，道："哀家希望，能够看着你解决这件事。"

元曜猜想，武后大概还想见一见韩国夫人吧。毕竟，她们是姐妹。

白姬道："您留下，也许会有危险。"

武后不动声色地道："事成之后，赏赐再加一千两黄金。"

"天后请务必留下，我一定确保您的安全。胆敢伤害天后者，我一定一口将它吞下。"白姬大声道。

元曜、上官婉儿无语。

武后满意地点头。

白姬将武后的泥像放在床榻上，为泥像盖上薄被。

一个晃眼间，元曜好像看见武后正在安睡。

白姬伸手拿起桌上的朱砂笔，龙飞凤舞地在六曲鲛绡屏风的左右两边分别写下一串咒语。

白姬道："请天后、上官大人站在屏风后，无论外面发生什么事情，都不要出来，也不要发出声音。"

武后、上官婉儿走到屏风后面，静静地站着。

白姬将烛台上的三支蜡烛吹熄了一支，殿内变得昏暗而寂静。

白姬倏地化作一条手臂粗细的白龙，悠悠地飘向房梁。

元曜傻傻地站在大殿中央，等白龙盘踞在房梁的阴影中，藏好了身形之后，他才蓦地反应过来，生气地道："白姬，小生怎么办？"

白龙探出头，道："啊，一时没注意，漏了轩之。嗯，轩之也去屏风后面。"

"大胆！一介平民，又是男子，怎么可以与天后同立于屏风后？！"上官婉儿道。

元曜也很窘迫，觉得不妥。

武后却道："无妨。白龙特意带来的人，必有过人之处，也许是一位道法高深之人。"

元曜更窘了。

白姬顺着武后的话胡诌道："天后慧眼，轩之虽然看着呆傻，其实在玄门道术上造诣很高，比光臧国师还要厉害，乃是深藏不露的高人。"

武后信了几分，请元曜去屏风后，并对他刮目相看。

元曜不敢多解释，只窘得恨不能爬上房梁去掐死白姬。

白龙盘在房梁上，武后、上官婉儿、元曜站在屏风后，时间一分一秒地过去，夜风吹过宫殿，沁骨地凉。

元曜站在武后身边，紧张得要命，连呼吸也不敢太大声。他偶尔一抬头，还会对上上官婉儿戒备和敌意的眼神。

元曜心中忐忑，度秒如年。

武后怔怔地望着屏风的画面，陷入了她自己的思绪中，既没有察觉元曜的忐忑，也没有在意上官婉儿的警戒。

武后、元曜、上官婉儿各怀心思地站着，烛台的灯火一闪一闪，明明灭灭。

不知道过了多久，一阵寒凉入骨的夜风吹入，卷来了黑色的牡丹花瓣。

元曜眼见黑色的花瓣从屏风底部的缝隙中飘入，落在他的脚边，心中发怵。

鲛绡屏风很薄，透过屏风隐隐可以看见大殿中的情景。

一团黑影走进了大殿，一边走，一边凄厉地道："妹妹，你在哪里？我好恨……好恨……"

韩国夫人来了。

武后、元曜、上官婉儿屏住了呼吸，安静地观望。

韩国夫人四处徘徊，寻找武后。一个晃眼间，她看见武后闭目躺在床榻上。她走向床榻，心中涌起强烈的恨意，双目渐渐变得赤红如血。

"我好恨……好恨……"韩国夫人走过去，用手扼住武后的脖子。

武后睁开眼睛，恐惧地挣扎。

韩国夫人愤怒更甚，张开口，咬向武后的脖子，撕裂了血肉。鲜血从武后的脖子上汩汩流出，染红了床榻。

韩国夫人化身为厉鬼，一口一口地撕扯武后的肉，怨恨地道："好恨……好恨……"

武后奄奄一息，躺在床上抽搐。

韩国夫人满脸鲜血，神色狰狞地望着武后，似哭似笑。

"哈哈，终于杀死她了呀——"

韩国夫人发髻上的黑牡丹中传出了魏国夫人的声音："嘻嘻，杀死她了，杀死她了。"

"杀死她了……可是，还是好恨……"韩国夫人的眼眶中涌出了血泪，血泪滑落脸庞，她"喃喃"道，"为什么还是好恨……好恨……我恨的到底是谁呢？是谁呢？"

黑牡丹没有回答韩国夫人的问题，它的颜色更深、更诡异了。

韩国夫人将武后的头从脖子上扯下，鲜血四溅。

鲛绡屏风离床榻不远，上面也溅了一片刺目的猩红。

元曜、武后、上官婉儿吓得牙齿打战，脸色煞白。

元曜心念电转，满头冷汗。韩国夫人的恨意也太深了吧？她杀死的虽然是泥人，但这情形也还是吓死人了。如果泥人是武后，那后果真是不堪设想。

韩国夫人已经杀死"武后"，达成了愿望，为什么她还没有离开的意思？白姬到底在干什么？怎么还不现身？

韩国夫人抱着武后的头颅，与她涣散的瞳孔对视，迷惑地道："我恨的，到底是谁呢？是谁呢？"

韩国夫人站起来，抱着武后的头颅走来走去，神色疯狂，梦呓般地道："我好恨……好恨……"

她猛一抬头，看见了铜镜里自己的容颜，刹那间，幡然醒悟，指着铜镜里的自己，道："啊，我恨的人……是她……是她……"

韩国夫人把武后的头颅抛开，奔向铜镜。

头颅凌空画出一道弧线，正好砸在屏风后面元曜的肩膀上。元曜下意识地伸出手，正好接住了头颅。他把头颅抱在胸前，呆呆地站着。

武后低下头，正好与元曜手上的头颅对视。

猛然与自己血淋淋的头颅对视，武后无法保持冷静，惊惧地大声叫了起来："啊——啊啊——"

元曜这才反应过来自己抱着什么东西，低头一看，吓得扔掉了头颅。虽然元曜抱的是泥人的头颅，但是白姬的幻术太过逼真，这头颅的大小、触感都如同真的一样。

元曜扔掉头颅之后，手上还沾着鲜血。他吓得跳了起来，仓皇之间，在屏风上擦血迹，因为动作太猛烈，推倒了屏风。

"砰！"屏风倒地，发出巨大的响声。

铜镜前的韩国夫人猛然回头，看见了武后、元曜、上官婉儿。

屏风倒下的瞬间，一切幻术消失了。

床榻上，武后的尸体恢复了泥人的本来面目，地上掉落的头颅也变成了泥塑，床榻上、屏风上、元曜手上的血迹都化作了泥灰。

元曜松了一口气的同时，又吓得肝胆俱裂。韩国夫人双目通红，表情狰狞地过来了："恨……好恨……被骗了……杀死……都杀死……"

武后、上官婉儿脸色煞白，元曜也心中恐惧，急忙往武后身后躲。

武后见元曜躲闪，道："你是高人，怎么反而往哀家身后躲？"

元曜心中发苦，又窘迫，又害怕，道："小生……"

上官婉儿反应过来，不由分说地抓住元曜，一把将他推向了韩国夫人，道："既然是高人，就去降妖捉鬼！"

眼看，元曜就要与韩国夫人撞在一起。

第十一章　迷　宫

千钧一发之际，韩国夫人侧身避开了元曜，她的目标是武后。

韩国夫人扑向武后，神色愤怒，恶狠狠地道："杀了你……我好恨……"

情急之下，上官婉儿拿起桌上的绿如意，向韩国夫人掷去。

韩国夫人身形一闪，避开了。

地上的牡丹花瓣瞬间汇聚在一起，化作一条黑色的锁链，沿着上官婉儿的双脚爬上，缠住了她，让她动弹不得。

上官婉儿用力挣扎，锁链越勒越紧，她痛苦得皱起了眉头。

武后见韩国夫人袭来，吓得仓皇而退，喊道："来人啊——快来人啊——"

然而，卫兵、宫人都奉命离开了，没有人听见她的传唤声。白姬也不知道去哪里了，房梁上毫无动静。

武后急忙逃到床榻边，从软垫下拿出一柄镶着宝石的胡刀。

武后抽出胡刀，刀光森寒如水。

武后用胡刀指着韩国夫人，强压下心中的恐惧，道："你……你究竟要什么？"

韩国夫人并不畏惧刀，向武后靠近，刀锋穿过她的身体，仿如刺中虚空。她已非人，怎么会畏惧刀枪？

武后一惊，松开了手，胡刀掉在地上。

韩国夫人的眼眸赤红如血，充满了怨恨，她狞笑道："妹妹，你真是一个蛇蝎心肠的女人，逼死了我们母女……我好恨，我要杀死你……"

武后眼神一黯，道："哀家给过你们机会，让你带女儿离开皇宫，回封地去过平静的生活，可是，你还是固执地留下了。我没有办法，也没有选择。"

韩国夫人十分愤怒，道："我为什么要带敏儿离开？好不容易，她才得到圣上的宠爱。好不容易，我们才能住在华美的皇宫中，享受世人羡慕的尊荣。我们为什么要离开繁华富饶的长安，回穷乡僻壤的封地过清苦日子？你忌妒敏儿，忌妒她年轻美丽，忌妒圣上宠爱她，害怕她会取代你成为皇后。"

武后道："她取代哀家，那是不可能的事情。"

"你死了，就有可能了。"韩国夫人扑向武后，掐住武后的脖子，疯狂地道，"我恨你……恨你……"

武后无法呼吸，拼命挣扎，但是没有韩国夫人力气大，她的脸渐渐涨得通红。

上官婉儿见武后遇到危险，十分焦急，使劲试图挣脱牡丹锁链的束缚，但是细嫩的皮肤被锁链勒出了血痕，人却还是无法动弹。

上官婉儿抬头望向房梁，吼道："白龙，你还藏在上面干什么？还不下来救天后！"

房梁上面没有丝毫动静，白姬好像……不在。

"白姬大概是跑了吧？"瘫坐在一边的元曜小声地嘀咕。他就知道这条龙妖靠不住。

眼见武后的脸渐渐泛青，人就要被韩国夫人扼死，上官婉儿浑身瘫软，心急如焚。

元曜暗暗自责，都是他不好，如果之前他不和韦彦去踏青，也就不会误入韩国夫人的鬼宅，更不会牵扯上牡丹衣、魏国夫人，闹成今日这般局面。

眼见武后就要被扼死，元曜深吸一口气，麥着胆子冲向韩国夫人，伸手拉住了她，要和她讲道理："夫人住手，请听小生一言。"

韩国夫人挥袖，元曜被一股巨大的力量冲击，弹飞了去，撞在铜镜台上。镜台上的胭脂、首饰撒了一地。

元曜疼得眼泪涌出，但还是又爬起来，扑向韩国夫人，道："夫人，请住手，杀了天后，也不能让您和魏国夫人复活，更不可能让时光倒流，回到从前。消弭仇恨的方法不是杀戮和报复，而是放下和宽恕。您……您回头看一眼，您最爱的女儿魏国夫人，她就在您身边，一直在您身边。"

韩国夫人闻言，神色微变，手蓦地松开了。

武后喘过了气，连连咳嗽。

韩国夫人回头四望，没有看见魏国夫人。她大怒，瞪向元曜，道："你骗我，敏儿在哪里？"

元曜刚才只是随口一说，目的是让韩国夫人松开扼住武后的手。见韩国夫人真要找魏国夫人，他赔笑道："魏国夫人可能在太液池边，小生这就去叫她来。"

元曜拔腿想逃，但是转瞬之间，韩国夫人已经伸手扣住了他的肩膀，愤怒地想将小书生撕成碎片。

韩国夫人的指甲嵌进了肉中，小书生又疼又害怕，号道："救命——白姬，救命啊——"

就在这时，一道白光闪过黑暗的房梁，一条手臂粗细的白龙浮现出身形。白龙在宫殿上空盘旋了一圈，化作一名舒袍广袖、风姿如仙的白衣人。

白衣人走向韩国夫人，俊美的脸上带着一抹似有若无的笑意，金色的眼眸中透着一股摄人心魄的魅惑，让人不敢直视。

那一瞬间，韩国夫人恍惚了一下，迷失在了一座虚幻的迷宫中。

韩国夫人松开了元曜，望着白衣人，"喃喃"道："缥缈阁，白……"

白姬伸出食指，按在韩国夫人的唇上，制止她叫自己的名字："嘘——"

韩国夫人眼神迷离，望着白姬，道："愿望……我的愿望……请实现我的愿望……"

白姬笑道："您的愿望，是什么？"

韩国夫人道："牡丹衣，我要得到牡丹衣。"

白姬道："牡丹衣已经穿在您身上了。"

韩国夫人低头一看，看见了自己身上灿如云霞的华衣，才想起她已经得到了牡丹衣。她想了想，伸手指向武后，道："杀死她，是我的愿望。"

白姬抬手，地上的胡刀飞起，凌空划下。

胡刀割破了武后的脖子，鲜血四溅。

武后惊恐地望着白姬，怒道："你……你……"

武后话未说完，就已经倒在了血泊中，不再动弹。

上官婉儿和元曜错愕地望着眼前发生的一切，呆若木鸡。

"她死了。"白姬对韩国夫人道。

韩国夫人睁大了眼睛，然后突然哈哈大笑起来，笑得眼泪都出来了。她对白姬道："接下来，我要拥有和我女儿一样的青春和美貌。"

白姬笑了，金眸灼灼。

"世界上，不可能有两个魏国夫人。"

"那就杀掉我的女儿。"韩国夫人疯狂地道。

白姬笑了："可以。"

韩国夫人的容颜渐渐变得年轻美丽，她变成了魏国夫人的模样，姿容绝色，青春逼人，与牡丹衣相映生辉，散发着耀眼的光芒。

韩国夫人望着铜镜中自己的容颜，满意地笑了。

"您还有什么愿望？"白姬在韩国夫人的耳边道，声音缥缈如梦。

"皇后……我要成为皇后……"韩国夫人狞笑道。

"可以。"白姬笑容诡异。她伸出手，拂过韩国夫人的眉心。

韩国夫人眼前一阵恍惚，陷入了一座与现实互为镜像的迷宫中。

在镜的另一面，在另一个大明宫中，她拥有青春和美丽。她在宫闱斗争中取代了魏国夫人，得到了帝王的无上宠爱。在权势倾轧中，她杀死了自己的妹妹，杀死了阻碍她的一切人，成为皇后。

须臾，她真切地经历了半生的光阴，生老病死、喜怒哀惧。

在镜像的世界中，她成为大唐帝国最尊贵的女人，得到了她想要的一切，实现了她在原本世界中无法实现的欲望。

然而，她突然发现，她还是不能满足，想要更多。就像饕餮无法餍足地吞食一切一样，她也无法餍足地涌起了更多的欲望，永无满足之日。

"啊——啊啊——"韩国夫人掉入了迷宫中，陷入了魔障里。她痛苦地抓住头发，仰天长啸。

欲望，好多欲望，无尽的欲望。

"您还有什么愿望？"白姬的声音缥缈如风。

白姬的话语，仿如一条条毒蛇钻入了韩国夫人的耳朵里，让她痛苦得不断地抓扯自己的头发。

"母亲……"一个哀切的声音从天边传来，打破了迷宫的困局，拨开了重重迷雾。

韩国夫人蓦然抬头，看见了眼前的现实。

大殿冷寂，灯火幽微。

夜风掀帘，屏风倒塌。

韩国夫人四下望去。大梦初醒，她仍然身在紫宸殿中，时间是与白姬对视的那一刹那。

武后还好好地跌坐在地上，大口大口地喘气。

上官婉儿被牡丹幻化的铁链束缚着，正在使劲挣扎。

元曜瘫坐在倒塌的屏风边，惊恐地望着韩国夫人。

白姬静静地站在韩国夫人面前，金色的眼眸迷离。

韩国夫人蓦然醒悟，在她与白姬对视的那一刹那她就已经堕入了一个虚幻的迷宫中。刚才，她经历的一切都是幻境，真实的幻境。

武后没有死，她没有拥有魏国夫人的青春与美丽，也没有成为大唐的皇后，但是她已经体会到了欲望达成之后的心情。一个欲望实现之后，还会有更多的欲望浮现，永无止境的欲望，永无止境的贪婪。她不但无法克制自己的欲望，反而不惜伤害别人，也要让欲望无限制地蔓延，直至吞噬一切。

如果不是那一声呼唤，她根本无法从迷宫中回来，只会永远困在幻境的迷宫中，不得出路。

白姬望着韩国夫人，似笑非笑。她的表情仿如菩萨一般慈悲，又如同魔鬼一样邪恶。

韩国夫人又是一阵恍惚。

然而，"母亲——""母亲——"的呼唤，再一次将韩国夫人唤醒。

韩国夫人循着声音望去，却什么也看不见。

"谁？谁在叫我？好像是敏儿的声音……"韩国夫人迷茫地道。

"母亲——母亲——我在这儿——"魏国夫人殷切的呼唤声盘旋在韩国夫人耳际，女儿就在她身边，她却看不见。

白姬念了一句佛经："人我是须弥，邪心是海水，烦恼是波浪，毒害是恶龙，虚妄是鬼神，尘劳是鱼鳖，贪嗔是地狱，痴愚是畜生。"

韩国夫人瑟瑟发抖，感到全身上下火烧一般灼痛，五脏六腑仿佛被地狱业火煎烤，整个人仿佛从刀山上滚落，又跌入了荆棘中，痛不欲生，苦不堪言。

武后、元曜、上官婉儿望着韩国夫人，脸色因为恐惧而变得煞白。

"母亲——母亲——"魏国夫人悲伤地呼唤道。

韩国夫人睁开眼，这一次她看见了魏国夫人。魏国夫人只穿着一袭单衣，身形伶俜。她的脸色十分苍白，一点朱唇红得瘆人。

韩国夫人想起刚才在幻境中，她竟然为了达成自己的欲望而想要杀死魏国夫人，不由得连连后退，退到了镜台边。

魏国夫人追到了韩国夫人身边，哀声呼唤："母亲……"

韩国夫人望着魏国夫人，怜爱地道："敏儿，我最爱的女儿。"

韩国夫人遥指武后，道："我正要杀死她，为你复仇。"

魏国夫人摇头，道："母亲，不……"

武后站起身，走向韩国夫人、魏国夫人，脸色平静。

元曜吃了一惊，担心武后遭遇危险，想要阻止武后过去，但是武后已经过去了。

武后走到韩国夫人面前，悲伤地道："姐姐，也许现在说已经晚了，但是，妹妹还是想说一句，对不起……"

韩国夫人被这一声"姐姐"触动，眼神闪烁了一下，但她还是伸手想扼住武后的脖子。

魏国夫人拉住了韩国夫人的手，摇头："不，母亲。"

"她害死了你，你为什么阻止我杀她？"韩国夫人问道。

魏国夫人道："我恨的人，不是她。"

"你恨的人是谁？"韩国夫人问道。

魏国夫人指着铜镜，道："我恨的人，是她。母亲如果想替女儿复仇，那就杀了她。"

韩国夫人侧头，望向铜镜。

在铜镜中，韩国夫人看见了自己的模样。镜子中的她浑身被火烧得焦黑，五脏六腑裸露在体外，双眼赤红如血，面容因为怨恨而变得扭曲丑陋。没有止境的贪念和极度的自私让一个人变成了恶鬼。

"啊——啊啊——"韩国夫人吓得抱住了头，不承认那是她，"镜子里的人是谁？是恶鬼吗？好丑陋的恶鬼！"

魏国夫人流下了眼泪，道："没错，那是恶鬼，是害死您和我的恶鬼。我恨她，您也应该恨她。"

韩国夫人心中闪过了一幕幕往事。

一直有一个恶鬼盘踞在她的心中，在她面临选择时，恶鬼在她耳边蛊惑她，让她一步一步地走向末路。

恶鬼诱惑她离开丈夫，来到长安。

恶鬼诱惑她入宫。

恶鬼诱惑她为了财富与权势，将年幼的女儿也卷入了云谲波诡的宫闱中。

恶鬼诱惑她产生除掉自己的妹妹、登上大明宫最高处的念头。

恶鬼诱惑她忌妒自己的女儿。

恶鬼诱惑她在贪婪的旋涡中越陷越深，不能自拔，甚至，在妹妹给了她一条生路时，她还执迷不悟地沉沦下去，拿自己和女儿的性命去赌博。

一子行错，满盘皆输。她输掉了自己和女儿的性命，葬送了自己，也葬送了女儿短暂的青春和幸福。

这一切，都是恶鬼的错。

没错，都是恶鬼的错！

韩国夫人恶狠狠地瞪着铜镜中的恶鬼，铜镜中的恶鬼也恶狠狠地瞪着她。她纵身扑向铜镜，仿如一滴水掉进湖面，进入铜镜中，与镜中的自己厮打。

韩国夫人咬住恶鬼的脖子，撕扯它的血肉。恶鬼也咬住韩国夫人的脖子，撕扯她的血肉。韩国夫人与恶鬼在铜镜中互相厮杀吞食，直到双方都血肉模糊，白骨森森。最后，他们都奄奄一息，不再动弹了。

贪欲让韩国夫人化作恶鬼，吞食了自己。

武后望着铜镜，牙齿咯咯打战。

魏国夫人望着铜镜，掩面哭泣。

白姬伸出手指，在铜镜上点了一下，一块破旧的布帛从铜镜中飞出，落在了地上。

白姬拾起牡丹衣，牡丹衣上面染了一些鲜血。

"哗啦——"铜镜碎了。

随着铜镜碎裂，散落一地的黑色牡丹花瓣如烟尘般消散、飞逝。

上官婉儿身上的铁链也化作飞花，随风消失。

上官婉儿获得自由之后，担心魏国夫人会伤害武后，不顾自己的伤痛，飞奔到武后身边，保护在武后身前。

武后并不畏惧魏国夫人，示意上官婉儿退下："无妨。"

武后对魏国夫人道："你，不恨哀家？"

魏国夫人流下了血泪，望着武后，咬牙切齿："我恨，非常恨。"

武后道："那你为什么要阻止你母亲杀死哀家？"

魏国夫人道："我只是不想做没有意义的事情，也不想母亲陷入魔障中，永远无法解脱，永远痛苦。"

武后看了一眼破碎的铜镜，又看了一眼魏国夫人，流下了眼泪。不知道这眼泪代表悲伤还是悔恨，或者两者都有。

魏国夫人向白姬伸出手，道："请将牡丹衣还给妾身。"

白姬望了一眼手中的牡丹衣，道："贪婪和仇恨束缚着您的母亲，让她徘徊人世，无法往生，最终化作了恶鬼，自食自灭。同样，牡丹衣也束缚着您。如果我把牡丹衣给您，您就永远无法往生，只能徘徊在人世间，忍受孤独和寂寞。不如放下牡丹衣，放下执念，去往六道轮回。"

魏国夫人摇头："妾身哪里都不去，妾身要穿着牡丹衣，守在太液池边等待一个人，一个妾身最爱的人。"

"您要等谁？"白姬有些好奇。

魏国夫人望了武后一眼，没有说这个人是谁。她道："那时，妾身与他约好，得到牡丹衣之后，就穿上牡丹衣为他跳一支柘枝舞。谁知，妾身在含凉殿等待他时，误食了有毒的糕点，与他错过了。妾身很爱他，他是一个那么好的人。虽然妾身已经死了，但妾身还是想穿着牡丹衣一直等下去，等到他来，为他跳一支柘枝舞。"

武后明白魏国夫人说的是谁，但她没有生气，反而发出了一声几不可闻的叹息。

白姬将牡丹衣递给魏国夫人，道："既然，这是你的愿望……"

魏国夫人伸手接过牡丹衣。破旧的布帛在接触到她的手的刹那变成了一件色彩鲜艳的华裳。

魏国夫人抖开灿如云霞的牡丹衣，衣摆扬起如风帆，一个优美的转身之后，她将牡丹衣穿在了身上。

牡丹衣与魏国夫人相映生辉，美丽得让人惊叹。

魏国夫人对白姬盈盈一拜，转身离开了紫宸殿。

武后望着魏国夫人离开的背影，表情复杂，道："真是一个傻孩子。"

第十二章　回　归

血月西沉，已经是下半夜。

武后召来宫女收拾寝殿的残局，不知道出于什么心思，留下了铜镜的碎片。

因为天色太晚了，今夜又不宜夜行，白姬和元曜留宿在大明宫中，打算明日再回缥缈阁。

之前元曜挺身保护武后，武后十分感激他。

问清了元曜的名字，武后赞道："这名字很好，日明为曜，气宇轩昂。"

元曜很高兴，终于有人称赞他的名字了。

武后拨了殿室给白姬和元曜留宿。

白姬、元曜告辞下去，两名宫女挑着兰灯为他们引路。白姬和元曜在路上分别，各自去休息。

宫女带元曜来到宫室，就退下了。

元曜十分疲倦，脱掉衣服，准备躺下。今夜惊险连连，实在是吓得他神经衰弱。

元曜脱衣服时，才发现右肩受伤了。好像是他阻止韩国夫人袭击武后时，被韩国夫人抓伤了。因为伤口不怎么疼痛，他也没在意。

伤口应该……不要紧吧？明天回缥缈阁之后，涂一些外伤药也就没事了吧？元曜看着渗出乌紫色血迹的伤口，有些惊恐，但还是这么安慰自己。

"轩之。"白姬的声音传来。

元曜回头看去，白姬从门外进来，匆匆走向他。

元曜笑道："你怎么来了？"

白姬没有说话，神色有些紧张，把元曜拉到灯火下，扒开他的衣服，借着灯光望向他肩膀上的伤痕。

"还好。"白姬松了一口气，低下头，将嘴唇触向元曜的肩膀，吮吸他的伤处，并用舌头将唾液涂满他的伤口。

元曜如遭电击，满面通红。他只觉得麻木的右肩一下子有了疼痛的感觉，白姬的唇温暖而湿润，她的唾液有着奇异的清凉感，缓解了他的疼痛。

在元曜的伤处涂满唾沫之后，白姬抬起头，推开了元曜，她的嘴角沾了一缕污血。

元曜呆若木鸡，满脸通红，完全不明白发生了什么事。他侧头一看，伤口处的血迹已经由乌紫色变成了鲜红色，而且伤口也由麻木恢复了疼痛。

白姬擦去嘴角的血迹，道："刚躺下，才想起轩之受伤了。被韩国夫人抓伤的地方会沾染尸毒，如果放着不管，尸毒会蔓延到全身，重则死掉，轻则瘫痪。龙涎可以解尸毒，现在已经没事了。明天、后天再涂上一些龙涎，伤就会好了。"

元曜心中感激，原来白姬在替他治伤。不过，古语云，男女授受不亲，白姬这么做未免有违圣人的教诲。但是，她特意匆匆赶来为他治伤，又让他很感动。白姬虽然奸诈，爱捉弄人，但其实也是一个心地善良会关心别人的好人。

元曜道："嗯，谢谢……"

白姬拍了拍元曜的左肩，笑道："轩之不必客气，龙涎的钱，我会从你的工钱里扣的。"

元曜嘴角抽搐，拉长了苦瓜脸，道："这……小生受伤，是为了保护天后，也是为了你的因果。"

"那就只收一半的钱。"白姬打了一个哈欠。

"你还是让小生去死好了。"元曜生气地道。

"轩之不可轻言生死，你还要继续干活还债呀。啊，太晚了，我先去睡了。"白姬挥了挥手，离开了。

元曜生了一会儿气，也躺下睡了。

在梦里，元曜来到了太液池边。

魏国夫人穿着牡丹衣坐在水畔望月。她守着一份执念，等待着一个永远也不可能到来的人。

魏国夫人看见元曜，笑了："元公子，你怎么又来了？"

"欸？小生也不知道。"元曜挠头，也很迷惑自己怎么又到了太液池边。

魏国夫人拿出包着五色土的白绢，将其递给元曜："这个，还给你。"

元曜走过去，接过，道："多谢夫人。"

魏国夫人道："妾身真羡慕元公子，可以待在喜欢的人身边，每天都看着她。"

"欸？"元曜不明白魏国夫人的话：她在说什么？

元曜道："夫人要一直在此等候先帝吗？"

李治已经死了，魂魄也许早已转世，魏国夫人根本等不到她想等的人。

魏国夫人点头，道："妾身会一直等下去，一直等到牡丹衣腐烂成灰烬，妾身的思念再无依凭时，或许就会去往生了。"

元曜有些同情魏国夫人，但又不知道该说什么，只好道："大明宫的夜色很美，夫人等待的时光也不会太无趣。"

"如果妾身闷了，就去缥缈阁唤元公子来聊天。"魏国夫人笑道。

元曜冷汗顿生。他有些害怕被鬼缠上，但是又同情魏国夫人，不忍心拒绝她，只好道："如果小生能来，一定来陪夫人闲坐。"

"元公子真善良。"魏国夫人叹道。

"如果注定等不到，却还一直等下去，不悔吗？"元曜问魏国夫人。

"如果注定会分离，却还心生爱恋，不悔吗？"魏国夫人问元曜。

"欸？！"元曜不明白魏国夫人的话。

魏国夫人也不解释，更不点透元曜的迷惑，和元曜聊起了自己的一生，元曜听得唏嘘不已。魏国夫人希望元曜在她每年的忌日为她烧一首诗，元曜答应了。

东方泛起鱼肚白时，魏国夫人和元曜告别，走入了湖底。

第一声鸡鸣响起时，元曜也失去了知觉。

第二天，元曜睡到日上三竿才醒来，白绢和五色土放在他的枕边。他想起魏国夫人，叹了一口气。她的守候和思念是那么孤寂凄凉，注定无果。但是，她不愿意放弃这份执念，别人也没有办法劝她，只能等待时间来结束一切。

元曜担心白姬已经先离开大明宫了，急忙起床梳洗，谁知一打听，伺候他梳洗的宫女说白姬还睡着没起床。元曜才松了一口气，同时感叹这条龙妖太能睡了。

中午时分，武后在偏殿中赐宴，白姬、元曜正装参加。

武后按照约定赏赐了白姬，又问元曜："你要什么？你舍身救了哀家，只要你提出，无论封官赐爵、美人珍宝，哀家都满足你。"

白姬在元曜耳边笑着轻声道："轩之原本就是为了功名来到长安，可以趁机谋一个官职，顺便再讨一个漂亮的官家小姐做妻子。"

"去。"元曜白了白姬一眼。

元曜想了想，道："多谢天后圣恩，小生什么都不要。"

白姬撇嘴："轩之真笨。"

武后赞道："果然是高人，无欲则刚。"

上官婉儿嘀咕道："什么高人，明明是一个懦弱书生。"

元曜苦笑。

宴罢，白姬、元曜带着赏赐离开了大明宫，乘马车回缥缈阁。

马车中，白姬望着几箱金子，眉开眼笑："既狄'因果'，又得黄金，真是美啊。今天的阳光都格外灿烂。"

元曜伸手掀开车帘，望了一眼外面，道："今天是阴天，没有阳光。"

白姬笑道："只要心中有阳光，阴天也是晴朗的。对了，轩之为什么不要天后的赏赐？封官晋爵、光耀门楣不是每一个读书人的梦想吗？你只要说一句话，就可以实现梦想了。"

元曜道："小生去做官，缥缈阁就会缺人手了，离奴老弟也一定会不高兴，小生还是留在缥缈阁干活好了。"

元曜舍不得白姬，舍不得离奴，舍不得在缥缈阁中邂逅的人与非人。比起做官，他更愿意留在缥缈阁继续与白姬夜游，和离奴吵闹，继续邂逅各种各样的人和非人，经历各种各样的欲望，收获各种各样的因果。

也许，将来的某一天，他会突然看不见缥缈阁，看不见白姬、离奴，但那时他还有回忆，可以珍惜地守候着这些美丽或不美丽的回忆，度过他在人世的岁月。

白姬认真地道："其实，轩之如果离开了缥缈阁，我也会感到很寂寞。"

元曜道："那是因为你没有可以捉弄和使唤的人了吧？"

"嘻嘻。"白姬诡笑。

元曜道："牡丹衣的事情算是解决了，但光藏国师和狮火怎么办？他们还在花瓶中呢。"

白姬抚额，道："一想起这件事，我就觉得天气也变得阴沉沉的了。"

元曜也叹了一口气。

白姬、元曜陷入了沉默的气氛中。

马车在巷口停下，白姬、元曜走下来，让赶车的宫人等待片刻。两个人走向缥缈阁，打算叫离奴来搬箱子。

白姬、元曜刚走近缥缈阁，就看见离奴在大门口走过来走过去，看样子似乎有为难的事情。

白姬问道："离奴，怎么站在大门口？"

离奴看见白姬，飞奔过来，道："主人，您可算回来了。"

"出了什么事？"白姬见离奴神色异常，问道。

离奴脸上一半愁苦、一半高兴，道："千言万语，不知从何说起。简而言之，有四件事，两件好事，两件坏事，主人您要先听哪一件？"

白姬道："第一件好事是……？"

"牛鼻子和五公子毫发无损地回来了。"离奴喜道。

元曜松了一口气，笑道："太好了！他们怎么回来的？"

离奴道："昨晚，离奴闲来无事，就把秘色雀纹瓶的碎片用五色土粘了起来。今天中午，离奴熬鱼汤时，牛鼻子和五公子从煮鱼汤的瓦罐里冒出来了！"

元曜咋舌，道："这是什么缘故？"

离奴道："也许是五色土的灵气在某一瞬间打开了异界之门，但是秘色雀纹瓶碎了，牛鼻子和五公子就只能通过瓦罐回来了。"

元曜笑道："不管怎么说，回来了就好。"

离奴也笑道："他们毫发无损，主人，您不能再罚离奴了。"

白姬却没有笑，问道："第一件坏事是……？"

离奴换了一张哭脸，道："因为从瓦罐里出来，浸了一身鲫鱼汤，牛鼻子和五公子不听离奴的苦劝，执意用主人您的紫檀木浴桶洗澡。现在，他们正泡在浴桶里呢。"

白姬的脸色腾地黑了。

元曜冷汗直冒。

紫檀木浴桶是白姬的心爱之物，是用来自天竺的"一寸檀木一寸金"的小叶紫檀木做的，木中透着异香，非常珍贵。白姬非常喜欢这个浴桶，有时候化作一条白龙能在浴桶中浸泡一整天。在缥缈阁中，紫檀木浴桶是白姬的禁脔，元曜和离奴都不能碰。

元曜担心白姬一怒之下，冲进去吃掉光臧和狮火，急忙对离奴道："离奴老弟，赶紧说第二件好事。"

离奴道："牛鼻子的头发长出来了。"

"欸？！"元曜和白姬不约而同地惊叹。

离奴道："是这样的。听五公子说，因为花瓶碎了，五公子和牛鼻子被困在子虚山中，不得脱身。他们堕入幻境，不知年岁。日升月沉，春夏秋冬，按人世的时间来算，他们在山中已经过了一千年，但是不老也不死。而外面，才过了不到一个月。这大概就是'人间才一日，瓶中已百年'吧。因为熬了一千年，牛鼻子的头发也长出来了，但是眉毛没长。据五公子说，牛鼻子也不想长生了，每天都郁郁寡欢、寻死觅活。幸好，今天他们终于回来了。"

元曜咋舌。他不禁有些同情光臧，如果换成是他被困在一座山中一千年，见不到人，孤独伶仃，估计也会抑郁得无法活下去。

白姬问道："那第二件坏事是什么？"

离奴苦着脸道："牛鼻子说您欺骗他，扬言要把您抓住封印进法器中。"

白姬咬住嘴唇，默默地走进了缥缈阁。

元曜和离奴也跟了进去。

元曜站在柜台边，隐约可以听见后院中传来哗啦哗啦的水声，还有光臧的笑声、狻猊的吼声。

元曜偷眼向白姬望去，她的脸又黑了。

白姬刀锋般的目光扫向离奴，离奴赶紧苦着脸解释道："牛鼻子、五公子逼着离奴把紫檀木浴桶搬去后院，还给他们烧水沐浴。牛鼻子的道符有多厉害，主人您也知道，离奴不敢不从。他们还用了您沐浴时用的花瓣、羊乳、香粉，还燃了两把货架上最贵的醍醐香……"

白姬的脸色更黑了，她站起身就要冲进后院去。

元曜大惊，急忙拉住白姬，劝道："白姬，请冷静。光臧国师和狮火正在沐浴，你这样冲进去成何体统？且等他们沐浴完毕，再理论。"

白姬深深地吸了一口气，忍耐着坐下了。

"轩之言之有理。"

白姬坐在柜台后喝茶，元曜和离奴去巷子外搬箱子。

过了一炷香的时间，元曜和离奴已经把马车上的几口箱子搬进了缥缈阁，也打发走了马车，白姬的一壶清茶也喝完了，光臧和狮火还没洗完澡，他们不仅在后院肆意笑闹，还呼唤离奴进去添热水。

离奴苦着脸望向白姬，道："主人，看这架势，他们恐怕得洗一个下午。"

白姬的脸又黑了。

元曜只好笑道："小生和离奴老弟一起进去添水，顺便告诉他们你回来了，催促他们快一些洗完。"

白姬拉住元曜，叮嘱道："轩之记得查看浴桶有无损坏……"

元曜无语，原来她只惦记着浴桶。

"好。"元曜答应着和离奴一起去了。

白姬坐在柜台后，默默沉思。

不一会儿，一只半湿的黑猫飞奔出来，道："主人，不好了！书呆子还没说话，就被牛鼻子和五公子拉进了浴桶里，他们要他一起洗澡呢。"

白姬蓦地站起身，冲向后院，但是走到半路，想起什么，又站住了。

"唉，算了，还是耐心等待。毕竟，之前理亏在先，现在就忍让一下。退一步海阔天空，如果真的激怒了光臧，以后也会有麻烦。"

黑猫一边舔湿了的爪子，一边问道："主人，您打算怎么打发牛鼻子？牛鼻子这一次是真的发怒了，恐怕不好打发。"

白姬缓缓道："再把他弄进另一个花瓶里关着……"

黑猫吓了一跳。

白姬接着道："是不可能的。所以，还是道歉吧，然后再赔偿他一些黄金。"

黑猫挠头，道："如果牛鼻子不要黄金，执意要把您封印进法器里呢？"

白姬举袖抹泪，道："那我就只能与离奴生死相隔了。我走了以后，你要好好地照顾自己，不要再贪吃香鱼干，吃坏肚子。"

黑猫闻言，也流泪了，义愤填膺地道："主人放心，如果牛鼻子捉走了主人，即使对付不了他，离奴也一定天天去大角观叫唤，扰得他寝食难安。"

白姬拍了拍黑猫的头，道："离奴忠心耿耿，我很感动。"

离奴抹泪，道："主人……"

"离奴……"

一龙一猫相对流泪，仿佛分别在即。

后院中不时传来哗啦的水声，光臧、猣狿的嬉闹声，元曜的挣扎声。

突然，"哗啦——""砰咚——"一声闷响之后，光臧、狮火、元曜都大声地道："哎呀，坏了，坏了！"

白姬微愣："发生了什么事？"

离奴道："离奴去看看。"

黑猫飞奔去后院窥探，不一会儿，离奴回来了，欲言又止。

"主人……这个……浴桶倒了，摔成了两半。"

白姬的脸色唰地黑了，她怒不可遏地化作一条白龙，旋风般卷向了后院。黑猫想要阻拦，但是已经来不及了。

黑猫抖了一下毛上的水，坐在地上叹气道："唉，主人真的发怒了，牛鼻子和五公子要倒霉了……"

不一会儿，后院爆发了一阵噼里啪啦和"白姬，救命——""龙妖，你来得正好，本国师——""姑姑，我错了——"的混乱声音。但是，一声震耳欲聋的龙啸和"啊啊——""啊——"两声之后，世界清净了。

黑猫起身，走向后院。

碧草萋萋，绯桃盛开，放在草地上的紫檀木浴桶碎作两半，热水泼了一地。光臧的道袍、拂尘、鞋子、袜子乱放在地上，但是人已经不见了，猣狿也不见了。元曜全身湿透，抱着头坐在地上瑟瑟发抖。

黑猫抬头，一条威风凛凛的白龙在缥缈阁上空盘旋，不时发出愤怒的龙吟。

黑猫问元曜道："书呆子，发生了什么事情？牛鼻子和五公子去哪儿了？"

元曜抱着头哭道："白姬旋风般卷来，一道白光闪过之后，他们就都不见了，八成是让白姬给吃掉了！太可怕了！太可怕了！你快去叫白姬把他们吐出来啊，也许还活着也说不定——"

黑猫抖了抖胡子，望向狂啸的白龙，咽了一口唾沫，道："如果真被主人吃下去了，吐出来也只剩两堆骨头了。"

元曜心中发苦，泪流满面。

白龙在空中盘旋了两圈，才施施然飘下来，又化作了舒袍广袖的白衣人，气定神闲。

白姬站在一片狼藉的后院中，道："啊哈哈，世界终于清净了。"

元曜心中发苦，道："白姬，你把光臧国师和狮火给吃了吗？"

白姬撇嘴，道："我才不会吃那么难吃的东西。我施了一个小法术，把他们送去另一个地方了。"

元曜松了一口气，问道："什么地方？"

白姬望了一眼碎裂的紫檀木浴桶，咬牙切齿地道："一个能让他们接着沐浴的好地方。"

离奴问道："难道主人将他们丢去海里了？"

白姬阴森一笑，没有回答。

离奴、元曜虽然好奇，但也不敢细问。

白姬道："离奴，你把后院收拾干净。轩之，去拿一些朱砂到我房里来，我必须重新做一个结界，让光臧找不到缥缈阁。"

离奴应道："是。"

元曜打了一个喷嚏，道："好。"

离奴又问道："主人，这坏了的紫檀木浴桶怎么办？"

"劈了当柴烧吧。"白姬头也不回地走了。

离奴收拾后院，元曜去换了一身干净衣服。

换衣服时，元曜看见右肩上的伤口有些乌黑，心中害怕，想去找白姬讨一些龙涎抹上，但是想起昨晚白姬替他涂抹龙涎时的情形，又觉得男女有别，于礼不合。

元曜光着肩膀在大厅中徘徊，不知道该不该去找白姬抹龙涎。

黑猫恰好经过，看见元曜肩上的伤口，吓了一跳，道："哎哟，书呆子，你让厉鬼给抓了？坏了，这伤口上有尸毒啊！"

元曜刚要开口，黑猫不由分说地蹿上了小书生的肩膀，露出獠牙，一口咬下去，鲜血四溅。

"啊啊——痛死了——"元曜流泪惨叫。

黑猫低头一看，笑了："还好，血是红的。能感到疼痛，也是好事。我爹说，被厉鬼抓伤，会沾上尸毒，一定要先咬出红色的血，然后再抹上猫涎。"

黑猫说着，"呸——呸——"吐了两口唾沫在猫爪上，"啪——啪——"几爪子将猫涎抹在了元曜的伤口上。

元曜疼得流泪，觉得右肩都快被离奴咬断了，想叫离奴住手。

"离奴老弟，请住……"

"哈哈，举手之劳，不用感谢爷。"黑猫打断了元曜的话，笑着跳下地，干活去了。

元曜呆呆地站在大厅中，迎风流泪。

第十三章　尾　声

时光如梭，转眼又过了十天。

白姬做了新结界，以防光臧和狮火闯来闹事。元曜丝毫没有感觉到缥缈阁和以往有什么不同，他想大概这结界只对光臧和狮火有用吧。

元曜很想知道之前白姬把光臧和狮火弄到哪里去继续沐浴了，但是他一问起，白姬只是嘻嘻地笑。

离奴把光臧留下的道袍、靴子、玉冠、拂尘拿去当了三吊钱，分给元曜一吊。元曜觉得拿了钱有违君子之风，但是不拿又怕离奴生气，就把这一吊钱偷偷地施舍给路上遇见的乞丐了。

白姬心情不好，为了牡丹衣，她先后损失了一套千峰翠色瓷杯、一只秘色雀纹瓶、一个紫檀木浴桶、半盒醍醐香。

元曜安慰白姬说，武后赐了六千两黄金，怎么也够买茶具、花瓶、浴桶、醍醐香了。

白姬还是闷闷不乐，每天穿着男装去献福寺听义净禅师讲经解闷。元曜按照约定每逢单日陪她去听，不过也是在打瞌睡，经文完全没有听进去。

这一天，元曜想起正是魏国夫人的忌日，就坐在青玉案边，铺开一张纸，研了一些墨，打算写一首祭诗烧给她。

正是仲春，阳光明媚，屏风上的牡丹花繁艳而美丽。

元曜想起魏国夫人的一生，心有所感，提笔一挥而就。

元曜写完最后一个字时，韦彦走了进来。

韦彦笑道："原来轩之在里面，我还以为今天缥缈阁没人。"

元曜道："怎么会没人？白姬在楼上睡觉，离奴老弟去集市买鱼了。"

韦彦在元曜对面坐下，抢过了元曜刚写的诗，笑道："哟，轩之在写诗，我瞧瞧。"

元曜脸色一变，想抢回来，但是没有韦彦动作灵活。

韦彦念道：

"龙阁凤殿玉铃廊，火莲妖娆修罗场。

绿鬟冷沾三月露，红腰香浸九宫霜。

夜夜痴吟牡丹词，岁岁看花泪千行。

独立西风又一年，多情总被无情伤。"

韦彦脸色微变，哗啦一声撕了这张纸，揉成一团。

元曜大惊。

韦彦肃容道："轩之，'龙阁''凤殿''修罗场'这类的宫闱之词岂能乱写？幸好是我看见了，万一被别有用心之徒看见，告你一状，你就有牢狱之灾了。以后，万万不可再写了。"

元曜心中发苦：这是写给魏国夫人的祭诗，纵观魏国夫人的一生，怎能少得了宫闱内容？再说，这诗待会儿就会被拿去烧掉了，哪里会让别人看见？不过，他也不好解释，只能道："丹阳教训得是，小生以后不写了。"

韦彦道："说起宫闱，最近宫里闹出了一个大笑话。"

"什么笑话？"元曜好奇。

韦彦笑道："事情和大角观的光臧国师有关……"

十天前的下午，武后处理完一些政事之后，准备去仙居殿沐浴。

武后刚摆驾到仙居殿，几名先入温泉做准备的宫女就尖叫着跑了出来：

"啊啊——有妖怪——"

"好可怕——"

宫女跪在武后面前哭诉道："禀天后，一名披头散发、全身赤裸的男子和一只金色的狮兽从天而降，正泡在温泉里。"

武后震怒，让金吾卫去捉男子和狮兽。

金吾卫得令，蜂拥入仙居殿。但是，金吾卫尚未进去，一只喷火的狮兽疯狂地冲出重重包围，驮着用手遮着脸的男子一溜烟冲去大角观了。

男子吼道："笨蛋！不要直接回大角观啊！会被人发现身份，先出宫绕一圈再偷偷地回呀！"

狮兽道："反正要回大角观，出去绕一圈多麻烦。"

上官婉儿醒悟过来，道："天后，是光臧国师，他回来了……"

武后道："听声音倒是像，但这人长着头发……"

狮兽拐了一个弯，驮着光臧飞驰出宫了。

金吾卫要去追赶，被武后拦住了。

"罢了，随他去吧，反正最后也会回大角观。"

远处的半空中，再一次传来光臧的怒吼："笨蛋！不要去人来人往的朱雀大街啊，本国师还光着身子呢！"

上官婉儿一头冷汗，道："天后，国师似乎越来越靠不住了……"

武后笑了，道："大智若愚，乃是高人之智慧。放眼大唐，没有比他更忠心可靠、能为哀家所用的术士了。"

元曜听韦彦说完，吃惊地张大了嘴。

原来，白姬说的把光臧和狮火送去可以继续沐浴的好地方竟然是仙居殿。这条龙妖也太坑人了。万一当时武后正在沐浴，光臧只怕当场会被处死吧？

元曜问韦彦道："光臧国师没被天后处罚吧？"

韦彦道："国师爱面子，不承认骑着狮兽从仙居殿逃跑的男子是自己，他说自己是光头，而那人长着头发，绝不可能是自己。天后也没有深究。国师献给天后三株驻颜的瑞草，天后很高兴，夸奖了他的忠心。"

元曜迷惑地道："国师的头发……"

韦彦神秘微笑，道："我从大角观的一个小道士口中听说，国师自己剃了头发，扮作光头。为了保持光头，不惹人怀疑，头发稍微长出，他就得含泪剃掉。"

"熬了一千年，好不容易才长出头发，可还是要扮光头……"元曜十分同情光臧。他又有些担心，白姬连番捉弄光臧，不知道光臧会不会惦记着找白姬报仇雪恨。

元曜去沏了一壶茶，和韦彦闲聊。

快到正午时，白姬飘下来了，见了韦彦，笑道："韦公子又来买宝物？"

韦彦笑道："今天不买。我府上的牡丹花开了，我打算下午带轩之去饮酒赏花。"

白姬打了一个哈欠，道："今天轩之不外借，下午他要和我去献福寺听义净禅师讲经。"

元曜不想和白姬去听经，想和韦彦去饮酒赏花，但是又不敢多言。

白姬瞥见元曜郁闷的表情，眼珠一转，笑道："但是，如果韦公子买下货架上的醒醐香，轩之下午可以跟你去贵府送香。"

韦彦苦着脸道："多少银子？"

"十两。那可是一大盒。"白姬笑道。

"明明被光藏国师用去了两把。"元曜以蚊子般细小的声音嘀咕道。

韦彦一展折扇，道："十两银子？倒是比上次买便宜一些。"

白姬笑道："不是十两银子，是十两金子。"

韦彦嘴角抽搐，道："你还是去抢吧。"

白姬笑道："韦公子又说笑了。"

最后，韦彦和白姬还价到五两金子，才带走了元曜。

元曜、韦彦离去，白姬坐在青玉案边。她看见了韦彦丢开的纸团，探身拾起它，展开，抚平，拼凑，才发现是元曜写给魏国夫人的祭诗。

白姬笑了："轩之真是一个傻瓜。不过，这诗写得还不错。"

白姬拿了一个香炉，来到后院，对着大明宫的方向，将祭诗在香炉中烧了。

火焰燃尽，纸灰化作一串红色的牡丹花瓣，飞向了大明宫。

白姬站在碧草之中，望着飞花远去，"喃喃"道："一世风月虚花悟，三生菩提般若梵。希望，她能够勘破幻象，放弃执念，去往她应该去的地方吧。"

一阵风吹过，碧草飘摇，飞花远逝，不可追寻。

第三折　桃核墨

第一章 清 秋

长安秋风起，满城落叶稀。

元曜走在西市中，心中考虑着路线的问题。他出门的目的有三个：一是去蚨羽居取白姬定做的绸缎披帛；二是去集市给离奴买香鱼干；三是去瑞蓉斋买喝茶时吃的点心。另外，他还想自己去西市南边的小摊上看看最近又流传了什么新的坊间手抄读本。

元曜在脑子里盘算怎样才能以最短的路线最省时间地办完这四件事。

因为在想事情，走路心不在焉，元曜在路过一家胡人开的酒肆时，与从酒肆中走出来的一名男子迎头撞上。

元曜正要跌倒，那男子反应很快，伸手拉住了他。

"兄台，当心。"

借着男子的搀扶，元曜才立定身形，没有跌倒。

元曜很不好意思，抬头向男子望去，男子也刚抬头望他，两个人不约而同地咦了一声。

男子笑了，喜道："轩之！"

元曜也笑了："摩诘！"

这名男子元曜认识，他姓王，名维，字摩诘。元曜的母亲王氏和王维的父亲王处廉是同宗姐弟，元曜和王维是表兄弟。

幼年时，王维曾在元曜家中住过一段时间，两个人同上私塾，十分亲密。后来，王维跟随父亲王处廉迁往蒲州，两个人就只有书信往来。没多久，王处廉去世了，王维和弟弟们跟随母亲崔氏度日。

再后来，元曜的父亲元段章去世，元曜家道中落，两个人的书信往来就少了。元母去世，王维不远千里，到襄州吊唁。

王维在元家住了数日，见元曜家计艰难，想让他跟去蒲州王家。元曜不想麻烦舅母和表兄，决定留在老家守丧，同时温书备考。王维也不勉强，自己回去了，但他不时托人捎来钱财资助元曜度日。

元曜在家守丧时，给王维写了一封信，说准备去长安赶考。王维回信说，他也可能会去长安。两个人约定将来在长安相会。谁知，元曜来到长安没有赶考，反倒卖了身，天天在缥缈阁和一龙、一猫，以及千妖百鬼混日子。

王维道："这么巧，竟和轩之不期而遇。"

他乡遇故人，元曜也很高兴。

"摩诘，你何时来长安的？"

王维道："来了一年了，但不常在，有时候会和朋友天南海北四处游走。轩之现在落脚何处？功名之事又如何了？"

元曜感慨地道："此事说来话长。"

王维拉了元曜又走回酒肆，笑道："说来话长，那就慢慢说。来，来，你我多年未见，进去喝一杯，细述别情。"

元曜推辞不过王维的热情邀请，随他走进了酒肆，两个人找了一个安静的角落，坐下喝酒叙旧。

白肤碧目的胡姬走过来送酒，见元曜是生客，向他抛了一个媚眼，元曜红了脸不敢看她。

王维不由得笑了："轩之的性子还是和小时候一样害羞。"

元曜也笑了，道："多年未见，舅母和几位表弟可好？"

王维细述了家中的近况。元曜这才知道，王维的几个兄弟都和母亲崔氏待在蒲州老家，王维一人漂泊长安，定居在长安南郊的一处别院中。这几日，因为一个友人开诗会，王维来城中酬答，住在朋友府上。今天他闲来无事，独自来西市闲逛，恰好遇上了元曜。

王维问起元曜的近况，元曜不好细说，只答自知才疏学浅，功名无望，没有去参加科考，现在在西市一家古玩斋里帮忙记账。

王维知道元曜家贫，以为他是没有旅资才沦落到当店铺的账房糊口，顿时流下了眼泪，道："轩之，你我乃是有血缘之亲的表兄弟，为兄虽然只虚长你一个月，但也是兄长，断不能眼看你受苦。你去把账房之职辞了，跟为兄去别院同住，生计之事你不需要发愁，且安心温书备考。"

元曜挠头。他很感激王维的好意，但是并不想离开缥缈阁，不知道怎么解释和推辞。

王维见了，道："轩之如果不方便亲口向掌柜辞职，为兄可以去替你说。轩之所在的古玩斋叫什么名字？"

"缥缈阁。"元曜道。

"没听说过。在什么地方？"王维问道。

"在西市中，有一棵大槐树的巷子里。"元曜老实地回答道。其实，无缘之人，走进巷子里也未必能够看见缥缈阁。

王维道："好。改天我去拜访，与掌柜的细说。"

元曜只好道："也好。"

元曜觉得王维不一定走得进缥缈阁。他拙于言辞，不知道怎么拒绝王维，只能暂时如此敷衍。他打算回去请教舌绽莲花的白姬，找好了说辞，再得体地修书一封送去王维的别院婉拒。

元曜和王维天南海北地闲聊了一通，不知不觉已经日头偏西。见时候不早了，王维、元曜离开了酒肆，互相作别。王维回朋友的府邸，元曜去办事。

元曜见天色已晚，料想继续去办事，恐怕无法在街鼓响起之前赶回缥缈阁，于是，空着手回去了。他叹了一口气，今天他什么事也没办成，白姬和离奴一定会很生气。

缥缈阁。

白姬沏了一壶茶，等元曜买点心回来。她等到茶都凉了，点心也没来。

离奴生了一炉火，准备烤香鱼干吃。离奴等到炉火都熄了，元曜还没买回香鱼干。

离奴不高兴地骂道："书呆子一定又跑去哪里偷懒了。"

白姬把茶壶放在火炉上，重新点燃炉火，道："也许是遇上什么人了，今天看不到披帛，吃不到点心和鱼干了。"

离奴道："主人，厨房还有一些生栗子。"

"那就一边喝茶，一边吃烤栗子吧。"白姬笑道。

离奴赞成道："好。"

元曜回到缥缈阁时，白姬和离奴正坐在火炉边喝热茶，吃烤栗子。

见元曜两手空空地回来，离奴撇嘴道："书呆子果然偷懒去了，什么都没带回来。"

元曜挠挠头，有些不好意思。

白姬笑道："也不是什么都没带回来，轩之还带着一样东西呢。"

离奴、元曜同时好奇地道："什么东西？"

白姬笑道："人呀。轩之总算没把自己弄丢，带着自己回来了。"

离奴嘿嘿笑了。

元曜生气，道："小生怎么会把自己弄丢？小生只是在路上遇见一位许久不见的表哥，就和他多说了两句话。"

元曜把在街上遇见王维，以及自己和他过去的情谊说了一遍，然后道："今天没办成的事情，小生明天去办，一定不耽误。"

白姬叹了一口气，幽怨地望着元曜，道："轩之的表哥真多，随便出去走一圈都能遇上一个，我就没有那么多表哥。"

离奴也叹了一口气，幽怨地望着元曜，道："离奴一个表哥也没有。"

元曜无奈，道："有多少个表哥，又不是自己能够决定的事情。"

秋草飞萤，月圆如盘。

缥缈阁后院的屋檐下，白姬、元曜、离奴席地而坐，一边喝酒，一边赏月。

素瓷杯中的清酒上浮起一片月光，白姬将月光饮入喉，愉快地笑了。

元曜捧着酒杯，望着夜月和浮云，心中十分静谧。他侧头望向白姬，她的眸子中映着月光，嘴角浮着笑意。

元曜顺着白姬的目光望去，看见了古井边的桃树。桃树上结了不少又大又红的桃子，硕果累累，煞是好看。

白姬笑道："离奴，想吃桃子吗？"

黑猫道："想。"

白姬笑道："可是，谁去摘呢？"

黑猫伸爪指元曜，道："书呆子。"

元曜不高兴地道："离奴老弟，谁想吃，谁去摘。"

黑猫露出尖利的牙齿，道："爷想吃，书呆子去摘。"

元曜害怕离奴咬他，只好放下酒杯，去摘桃子。

元曜走到桃树下，借着月光抬头望去。他看见三个又红又大的桃子长在一处枝丫上，就踮脚去摘。可是，他的手始终够不着枝丫，他有些着急。

突然，元曜的耳边响起一阵银铃般的笑声，桃树枝中伸出一只纤纤玉手，将长着三个大桃子的枝丫摘下，递给元曜。

元曜接过枝丫，红着脸道："多谢阿绯姑娘。"

阿绯是桃树精，笑容甜美。他长得十分娇媚，又喜欢穿艳丽的女装，以至元曜一直以为他是女子。

不远处，白姬和离奴望着元曜红着脸和从树叶中探身而出的妖娆精魅对视。

离奴迷惑地道："主人，书呆子看见阿绯那家伙为什么要脸红？"

白姬笑眯眯地道："因为轩之太害羞了。离奴，不许告诉轩之阿绯是男子。"

"为什么？"离奴不解地问道。

白姬笑道："因为，轩之害羞的样子很好看呀。"

黑猫揉了揉眼睛，望向呆头呆脑、满脸通红的小书生。离奴怀疑主人的审美有问题，因为离奴完全不觉得小书生害羞的样子好看。比起小书生害羞的模样，离奴更喜欢看小书生拉长了苦瓜脸的模样。

元曜高兴地拿来三个桃子，将桃子放在盛酒瓶的托盘上。

"阿绯姑娘心肠太好了，这是她帮小生摘下的。"小书生笑道。

"嘻嘻，看来轩之很喜欢阿绯呀，他也一定很喜欢轩之。"白姬笑道。

"不要胡说！阿绯姑娘听见了，会误会的。"元曜的脸红了。

"嘻嘻。"白姬诡笑。

离奴挑出最大的一个桃子，将其放在白姬面前。离奴看准剩下的两个桃子中比较大的那一个，一口咬下去，牙齿拔不出来了。

"喵喵——喵——"离奴急得直叫唤。

白姬抱起离奴，元曜抓住桃子，两个人用力一拔，黑猫和桃子才分开。

白姬放下离奴，笑道："离奴，吃桃子还是化作人形比较方便。"

黑猫下地，腾地化作一个清俊的黑衣少年。

黑衣少年嘿嘿一笑，不好意思地挠头，道："离奴太着急，一时忘了。"

元曜把桃子递给离奴，道："给，离奴老弟。"

"多谢书呆子。"离奴笑着伸手接过桃子，咬了一口，满口香甜。

白姬、元曜也拿起桃子，吃了起来。

香甜多汁的桃子入口，在舌尖融化，元曜顿时觉得连月色都格外美丽了。

元曜感慨道："真好吃，传说中王母娘娘的蟠桃也不过如此吧。"

离奴道："西王母的桃子不好吃，上次主人去瑶池参加宴会时给离奴带了一个回来，又酸又苦。"

白姬咬了一口桃子，道："那是因为回来的路上耽误了一些时日，蟠桃已经被放坏了。其实，蟠桃还是很美味的，毕竟三千年才结一次果实呢。"

元曜张大了嘴巴。

离奴道："主人，下次去瑶池，您也带离奴去吃蟠桃吧。"

白姬道："西王母讨厌猫，你去了，就回不来了。"

离奴道："主人，哪一天趁西王母不在，您带离奴去瑶池吃蟠桃吧。"

白姬道："啊，那样的话，我们就都回不来了。"

离奴失望，生气地咬了一口桃子，道："离奴讨厌西王母！"

元曜道："白姬，世间真有瑶池、天宫、玉皇大帝、王母娘娘吗？"

白姬道："当然有呀。"

元曜抬头望天，张大了嘴巴。

白姬笑道："人与非人都是众生，仙人也是非人的一种。仙人们也常常来人间走动，和人类邂逅。"

元曜道："仙人为什么要来人间和人类邂逅？"

"因为，有缘吧。"白姬笑道。

元曜因为白姬这句话而陷入了沉思。缘之一字，实在复杂难解，但又简单得不需要任何解释，就像他邂逅白姬，又邂逅缥缈阁一样。

白姬望着手中的桃子，似乎想起了什么，道："轩之可曾听说过汉武帝和西王母邂逅的故事？"

元曜回过神来，道："小生听过。晋代张华的《博物志》上有记载，某一年七月七日夜里，西王母乘坐紫云车驾临承华殿，与汉武帝相会。她送给汉武帝七枚蟠桃。白姬，这是真的吗？"

白姬没有回答元曜，笑了笑："汉武帝将七枚蟠桃的桃核保留了下来，想在未央宫中种出蟠桃树。可是，人间种不出蟠桃树，桃核始终没有发芽。"

元曜道："汉武陛下一定很失望。"

"他非常失望，以至着七枚桃核走进了缥缈阁。"

"啊，汉武陛下来过缥缈阁？"元曜又张大了嘴巴，问白姬道，"你实现了他的愿望？"

白姬望着古井边的桃树，陷入了遥远的回忆，道："他真正的愿望不是种出蟠桃树，而是想再见西王母一面。他以为在未央宫种出了蟠桃，西王母就会再来见他。我实现了他的愿望，让他再一次见到了西王母。他的'果'并不美好，也不浪漫。他第一次见到西王母时，还是三十多岁的壮年男子，而他再一次见到西王母时，已经是耄耋老人。几十年的岁月流逝，西王母的模样丝毫没变，她仍然青春美丽，仪态万千，他却已经白发苍苍，身形佝偻。"

元曜插言问道："白姬，蟠桃难道不能让人长生吗？汉武陛下吃了西王母给他的蟠桃……"

白姬摇头，道："蟠桃可以延寿，但是不能使人长生。"

白姬饮了一口浸着月光的清酒，继续道："那一夜，他放声大哭，把桃核一枚一枚地吞入腹中，想恢复盛年的模样，可惜，没有效果。西王母望了他一眼，叹了一口气，就乘云离开了。"

白姬望着夜空的圆月，眼角的泪痣红如滴血。她犹记得，西王母走后，风烛残年的帝王哭了一整夜，十分伤心。那一次，她知道了并不是实现了愿望就能让人快乐，有时候人类的愿望实现了，他们反而更悲伤、更绝望。

元曜闻言，不由得心中悲伤：凡人与仙人的邂逅，注定只能是短暂的，转瞬即逝。即使是人间的帝王，也逃不了时间的桎梏，无法长生不老。

"白姬，后来呢？"元曜追问道。

白姬道："汉武帝和西王母的故事没有后来了。但是，桃核倒还有一些小故事。"

"啊，说来听听。"元曜好奇地追问。

第二章　桃　核

白姬饮下一口清酒，缓缓地道："汉武帝吞下了三枚桃核，带回未央宫两枚，留给我两枚。这是他实现愿望的代价。这两枚桃核一直留在缥缈阁中。时光飞逝，一眨眼，又到了晋代。有一天，一个和轩之一样喜欢写诗的士人走进了缥缈阁，请求我实现他一个愿望。"

"他有什么愿望？"元曜问道。

"这位客人说，他年轻的时候，有一次去山中郊游，冒冒失失地闯进了一处开满桃花的美妙之乡。他在桃源乡中留了一段时间，十分快乐。后来，他回到了人间，却仍然对桃源乡念念不忘。可是，无论他回去寻找几次，都找不到走进桃源乡的路。他很悲伤，一直痴恋着桃源之乡，想在有生之年再去一次。"

白姬停下了叙述，抬头望向绯桃树，陷入了沉思。

元曜凝视着白姬的侧脸，问道："你实现这个客人的愿望了吗？"

白姬回过神来，转头与元曜对视，道："轩之，人世间没有桃源乡，那位客人所见的桃源乡，只是他自己的幻想。他走进了自己的幻想，并沉沦其中，不能自拔。我没有办法替他找到根本不存在于世间的地方，于是拒绝了他。但是，他看见货架上的两枚桃核，说桃核上有和桃源乡一样的气息，让我把两枚桃核卖给他。于是，我把桃核给他了。"

元曜奇道："桃核中有桃源乡？"

白姬笑了，道："怎么会？大概是因为蟠桃核有仙灵之气，他循着这股仙灵之气又邂逅了自己心中的桃源乡。后来，这位客人远离繁华，去田园隐居了。他一直把桃核带在身边。据说，他一生困苦，但是内心很充实快乐。他去世之后，我去他住的地方取回桃核。两枚桃核已经烂了，我觉得可惜，在路过一个制墨的村庄时，就让制墨师将桃核磨碎成粉，和松烟、鱼皮胶、丁香、珍珠一起做成了一方墨。"

元曜张大了嘴巴，道："汉武陛下的桃核变成墨了？小生想看一看这块墨，可以吗？"

"可以。"白姬道，"不过，今天天色晚了，明天我去仓库把桃核墨拿出来给轩之看吧。"

"好。"元曜点头。他想了想，又问道："白姬，蘸桃核墨的墨汁来写字，字迹会不会特别飘逸，带着一股仙灵之气？"

白姬笑道："不知道。不过，轩之的字又呆又笨，正好可以试一试。"

元曜反驳道："小生的字哪里呆笨了？连丹阳都夸小生的字写得好。"

白姬打了一个哈欠，道："他不夸轩之写的字好，轩之怎么会签卖身契呢？"

元曜又反驳道："上官昭容看了小生写的诗，也夸小生的字好看。"

白姬站起身，伸了一个懒腰，道："那是因为轩之的诗写得太差了，不入上官昭容的法眼，她念着轩之的舍命救了天后，不好让轩之太难堪，就只好夸字了。"

元曜受了打击，呆若木鸡。

"啊，已经很晚了，我先去睡了。"白姬飘去睡觉了。

元曜被打击得很伤心，对着月亮长吁短叹。

离奴见了，安慰元曜道："书呆子，不要难过了，爷就觉得你写的字挺好看，像香鱼干一样好看。"

元曜拉长了苦瓜脸，更伤心了，道："离奴老弟，你大字都不认识一个，何苦也来消遣小生？"

"不识字就不能品鉴书法的好坏了吗？书呆子写的字又丑又笨又难呆

板！"黑猫生气地吼了一句，跑了。

"唉！"元曜伤心地叹了一口气，决心从明天开始刻苦练字。

第二天，一大早就淅淅沥沥地下起了雨，空气中透着一股寒气。

吃过早饭之后，白姬从仓库中翻出了桃核墨。她把桃核墨放在货架上，道："在阳光下放几天，去一去灰泥浊气。"

元曜定睛望去，那是一方巴掌大小的墨，如黑缎子一般骏黑，雕作半个桃核的形状，上面还布满了桃核的纹路。元曜凑近一闻，墨香中似乎还有一股桃子的清香。

元曜道："这就是桃核墨？看着倒挺普通。"

白姬笑而不语。

元曜取了一把竹伞，打算去办昨天没有办成的事情。他衣裳单薄，出门时正遇一阵冷风卷来，不由得打了一个寒战。

"等一等，轩之。"元曜正要踏入雨中，白姬叫住了他。

元曜站住，道："怎么了？"

"你等等。"白姬说了一句，上楼去了。

不一会儿，白姬拿来一件白色孔雀纹披风，走到元曜身边，为他披上，替他系紧。

"今天天气冷，轩之不要着凉了。"白姬笑道。

披风十分暖和，驱散了秋雨的寒凉，元曜的心中涌起一阵暖意。

"谢谢。"元曜很感动，但是看了看披风，不得不道："可是，可是这件披风是女子穿的样式和花纹呀。"

白姬笑道："能够御寒就已经很好了，轩之不能太挑剔款式。"

元曜只好披着白姬的披风出门了。他想，下雨天，大街上的路人不会太多，应该没人会注意到他。

元曜去蚨羽居取了披帛，又去买了点心和香鱼干，提着一个大包袱回缥缈阁。他庆幸路上的行人不多，也没有人注意他的披风。

元曜回到缥缈阁时，已经是正午时分了，他在屋檐下收了伞，走进去。

柜台边，离奴捧着一本书，聚精会神地凝视着，看见元曜回来了，冷哼一声，又把视线移回了书上。

元曜有些惊讶：今天太阳从西边出来了，离奴居然在看书？它又不识字，能够看懂吗？

元曜走到柜台边，把包袱放下，道："离奴老弟，你的香鱼干买回来了。"

离奴道："爷在看书。"

元曜瞥了一眼离奴捧的书，是自己常看的《论语》，不过，离奴拿倒了。

元曜的嘴角抽搐了一下，他没有点破离奴，只是嗯了一声。

离奴道："从今天起，爷也是读书人了。"

元曜看了一眼离奴拿倒的书，想说什么，但终是忍住了。

元曜打开包袱，将鱼干、点心、披帛依次取出。离奴看见香鱼干，立刻抛下《论语》，凑了过来。

元曜隐约听见里间传来白姬和谁的说话声，好奇地问离奴："咦？有客人？"

离奴将一条鱼干放进嘴里，含混地道："哦，看书看忘了。书呆子，你的王家表哥来看你了。主人在陪他说话，你赶快进去吧。"

"欸？！"元曜大惊，顾不上整理东西，急忙奔去里间。

元曜匆匆走进里间，透过薄薄的金菊屏风，看见了一名身穿烟绿色长衫的男子与白姬对坐说话。

男子的身形清瘦而挺拔，仿如空山中的一株劲竹。从身影来看，此人应该是王维。

元曜赶紧走过去，叫了一声："摩诘？"

男子回过头。他长着一双细长的丹凤眼，眼神明亮。他看见元曜，笑了："轩之。"

"摩诘，你怎么走进缥缈阁的？"元曜微微吃惊，王维怎么走进来了？一般人看不见缥缈阁，更走不进缥缈阁。通常，能够走进缥缈阁的人，会成为白姬的"因果"。

王维道："今天下雨，闲来无事，想起了轩之，就找来了。没想到，繁闹的西市之中竟然藏着这么一家静雅的古玩斋。"

白姬喝了一口茶，望着王维，眼神深邃，笑而不语。

元曜来到王维身边，席地而坐。

王维盯着元曜的披风，道："轩之，你这披风……"

元曜大窘，急忙解释："这是白姬借给小生暂穿的，不是小生的。"

王维流下了眼泪，道："轩之竟然连披风也没有，只能穿女子的，太可怜了。轩之，你一定受了很多苦。"

元曜急忙道："不是这样，小生的披风和冬衣放在一起，还没有收拾出来，所以暂时先穿了白姬的，小生没有受苦。"

王维不相信，更伤心了。

元曜苦恼。

元曜没有告诉王维自己卖身为奴的事情，一来沦为奴仆并不光彩，二来王维古道热肠，以他的性格，知道元曜沦为奴仆，他一定会倾尽资财甚至筹钱替元曜还债。虽然他们是表兄弟，元曜也不想王维替他背上一笔巨大的债务。

白姬笑道："轩之，王公子刚才说，你打算辞去账房的职务，离开缥缈阁？"

王维道："轩之，你是世家子弟，又是读书人，流落市井之中未免委屈，还是跟我一起走吧。"

王维以为元曜只是寄人篱下，替人做账房，不知道他卖身为奴了。白姬也没有点破元曜小小的谎言。

元曜偷眼望向白姬，她的眼神森寒如刀。

小书生打了一个寒战，急忙道："没有的事。小生不想离开，也没有受委屈，小生会继续努力干活。"

白姬满意地笑了，道："王公子，看来，轩之并不打算离开。我是菩萨心肠的人，向来待人宽厚，绝不会苛待轩之，请不必为他担心。等他必须离开的时候，我自然会让他走。"

菩萨心肠？待人宽厚？这条总是克扣工钱的小气龙妖怎么好意思说？！元曜在心中嘀咕，嘴里却道："摩诘不必为小生担心，小生在此过得很好。"

王维见元曜不想离开，也就打消了带他走的念头，只说如今既然彼此都客居长安，以后一定要常常往来。

元曜笑着答应了。

雨越下越大，王维不方便离开，就留在缥缈阁和元曜喝茶说话。白姬趁机向王维推荐各种宝物，王维对金玉珍宝不感兴趣，拉了元曜要去后院屋檐下听雨写诗。

白姬笑道："既然要写诗，就用这一方桃核墨吧。"

白姬走到货架边，取下桃核墨，递给王维，道："这一方桃核墨有仙灵之气，可以助诗兴。"

王维将桃核墨拿在手中看了看，又放在鼻端嗅了嗅，道："仙灵之气未必有，但是清香是有的。"

在王维接过桃核墨时，元曜好像听见桃核墨中传来一声悠长的叹息。

他心中一惊，再侧耳细听，却什么声音也没有了。

大概是幻觉吧。元曜心想。

"是一方好墨，多谢了。"王维对白姬道。

"不客气。"白姬笑了，眼神幽深。

王维和元曜来到后院，坐在屋檐下听雨，地上散放着笔、墨、纸、砚。

离奴端来了茶和点心，两盏阳羡茶中冒着氤氲的水汽，旁边放着一碟玉露团、一碟贵妃红。

王维和元曜一边听雨，一边喝茶。

王维用瓷杯取了几滴雨水，倾入砚台中，研开了桃核墨。墨色黑如鸦羽，隐隐透出一股奇异的清芬。

元曜翕动鼻翼，嗅着墨香。虽然已是秋天，他却仿佛看到了桃花在虚空中缓缓绽放。

元曜以为这只是他的幻觉，但王维似乎也看见了，道："啊，好像周围有桃花盛放。"

元曜笑道："说不定，我们现在正置身在开满桃花的桃源乡。"

王维拊掌，道："昔日五柳先生写《桃花源记》，我心中甚是向往。五柳先生超然物外，恬淡随性，人生如果能够得到如他一般的知己，也不枉活一世了。轩之，就以'桃源乡'为题，我们来写诗。"

元曜道："好。"

王维沉吟片刻，提笔拟了一句："渔舟逐水爱山春，两岸桃花夹古津。"

白纸浸着桃核墨，字迹熠熠发光。

王维怔怔地望着自己写的字，陷入了冥想。

元曜望着从屋檐下滴落的雨，想起了陶渊明笔下的桃源乡，心中甚是向往，但想起白姬说桃源乡并不存在，心中又有些悲伤。

元曜思索片刻，提笔写道："空谷无人花自芳，水清云淡碧天长。不闻武陵山外事，乱世风烟自采桑。"

元曜写完，放下笔，向王维望去。王维还在苦思冥想，他的神色有些异样，仿佛陷入了某种魔怔中。

"桃源乡……轩之，我要去寻找桃源乡……"

"欸？！"元曜吃惊。

王维放下笔，兴奋地道："我要去寻找桃源乡。从刚才起，这个念头就萦绕在我的脑中了。"

元曜道："世人都有追寻桃源之心，可是能去哪儿寻找呢？"

王维抬眸望向秋雨，又陷入了沉思。

元曜拿过王维写诗的纸，低声念道："渔舟逐水爱山春，两岸桃花夹古津。"

王维道："还没写完。现在没有灵感，无以为继，待我回去之后把它写完。"

"虽然没有写完，但这一句很美，小生仿佛看见了桃源乡。"元曜笑道。

"桃源乡啊……"王维又陷入了沉思。

秋雨停时，王维告辞离开，想带走桃核墨，对白姬道："这一方桃核墨我想买下，多少银子？"

元曜以为白姬会狮子大开口，漫天要价，没想到白姬只是笑道："王公子既然是轩之的表兄，我就不收银子了。这方桃核墨送给你，它与你有缘，你且珍惜。"

王维笑道："如此，多谢了。我在郊外有一处别院，风景秀美，过些时日就是重阳了，白姬姑娘和轩之可以一起来我的庄院赏秋，饮菊花酒，吃重阳糕。"

白姬笑着答应了。

元曜送王维到巷口，两个人才分开。

送走王维，元曜回到缥缈阁，看见白姬倚在柜台边，手里拿着王维写下的零落诗句："渔舟逐水爱山春，两岸桃花夹古津。有趣，很有趣。"

元曜不解，问道："什么有趣？"

白姬抬头，才发现元曜已经回来了，把写着诗句的纸放下，笑道："告诉轩之，就无趣了。"

元曜不高兴了，道："你这是什么话？"

白姬笑而不语，又从柜台上拿起另一张纸，道："这是轩之写的诗吧？"

"你觉得小生写得如何？"元曜笑着问道。他觉得自己写得还不错。

白姬低头仔细地看了两遍，才道："字倒是写得不错。"

只夸字写得不错，那就是说诗写得很差了。

元曜受到打击，垂头丧气地去后院了。

元曜离开之后，白姬又开口道："诗也写得不错，'乱世烽烟自采桑'这一句很有意境呢。"

说完，白姬才抬起头来，但是元曜已经不在了。

白姬环顾四周，奇怪地道："咦？轩之呢？！"

第三章　摩　诘

时光如梭，转眼过了五天。时节近重阳，长安城中尽染金菊之色。

这一天，秋高气爽，阳光灿烂。元曜见天气晴好，想去郊外看王维，就找白姬告假，道："小生想去拜访摩诘，请一天假，明天回来。"

白姬道："可以。轩之记得在山中摘一些茱萸回来，我要做辟邪的香囊。"

茱萸，又名辟邪翁，每逢重阳节，佩戴茱萸辟邪是一种习俗。

"非人也辟邪？"元曜吃惊。

白姬以袖掩面，嘻嘻笑道："入乡随俗。"

离奴也道："书呆子，记得摘一些菊花回来。"

元曜道："离奴老弟可是要做菊花糕，酿菊花酒？"

离奴摇头，道："不，爷要做菊花鱼。"

菊花鱼一定很难吃。元曜在心中想。

元曜收拾了一下，就出发了。

元曜出了城门，顺路搭了一位卖木料的壮汉的马车来到了蓝田山麓，王维的别院就在山中。到了岔路口，元曜道了谢，和壮汉分别了。

碧云天，黄草地，丹枫如火，清溪潺潺。元曜沿着王维告诉他的方向走，但是山郊野陌，他也找不准路。他在田陌上询问一个骑在水牛上的牧童，牧童恰好认识王维，好心地给元曜指了路。

元曜来到王维的别院时，已经是未时过半。

别院掩映在山水之中，并非豪华的朱门大院，而是约有七八间房舍的雅致草堂。草堂前面种着垂柳，后面种着修竹，竹篱下开满了或金色或红色的菊花，窗台上爬满了藤萝薜荔。

庭院中，一个白发老仆和一名书童正摊开书本晾晒。今天阳光明媚，正好可以晒书，以防书本被蠹虫蛀蚀。

元曜认识这名老仆人，他正是王家的老家仆，跟着主人姓，名唤王贵。想来，大概是王老夫人不放心儿子独自漂泊长安，派了王贵跟着服侍。那名绿衣书童元曜不认识，猜想大概是王维在长安新买的仆人。

元曜隔着竹篱唤了一声："贵伯。"

王贵回头，看见元曜，脸上绽开了笑意，道："元少郎君？！"

王贵放下书本，走过来，高兴地道："前几天郎君回来，说在城里偶遇了元家少郎君，老朽还不信，没想到，竟是真的。"

元曜笑道："能够偶遇摩诘，小生也没有想到。"

王贵打量了元曜几眼，感慨道："几年未见元少郎君，您倒是长得高壮了一些，越发像当年的元姑爷了。"

元曜听见王贵说起过世的父亲，心中有些怅然。

王贵笑道："元少郎君远道而来，快进来坐。"

"嗯。"元曜笑了笑，绕过竹篱，走进了院子。

王贵把元曜迎进院子，又问候了几句寒暖近况，元曜一一做了回答。

一阵风吹过，篱笆下的菊花丛荡漾起一层层金色的波浪。

元曜问道："贵伯，摩诘在家吗？"

王贵叹了一口气，老脸上挂了愁容，道："郎君在午睡。朱墨，去叫郎君起来，说元少郎君前来拜访。"

那名正在晒书的绿衣书童答应了一声，放下手中的书，就要去叫王维。

元曜道："且慢。小生也没有急事，不用特意去吵醒摩诘，小生就在院子里晒晒太阳，且等他睡醒了再说吧。"

王贵道："也好。反正，元少郎君也不是外人。朱墨，去给元少郎君沏茶来。"

"是。"朱墨应了一声，去沏茶了。

元曜在院子中的石凳上坐下，喝着朱墨沏来的阳羡茶，晒着秋天的暖阳，觉得十分舒服。王贵和朱墨继续晒书，王贵偶尔抬头和元曜说一两句闲话。

喝了半盏茶时，元曜晃眼间看见一名男子站在篱笆旁的菊花丛边。元曜抬眸望去，那男子三十余岁，头戴青黑色幞头，身穿皂色广袖长袍。他眉目端方，脸上带着温和的笑容，给人一种很舒服的感觉。

这人是谁？他什么时候来到院子里了？难道是庄客或者邻人？元曜心中疑惑，但见男子朝他笑，也就回了一个笑容。

因为闲坐无聊，元曜想去和男子搭话，放下茶杯站起身。可是，就在他一低头错眼间，站在菊花边的男子不见了。

欸？！元曜怔怔地望着空荡荡的篱笆，菊花在风中摇曳。

"元少郎君，你怎么了？"王贵发现元曜的异状，问道。

元曜回过神来，道："没事。可能小生眼花了，刚才好像看见篱笆那边站着一个穿皂衣的男子。"

王贵脸色倏地变了，道："元少郎君，你也看见了？！"

朱墨脸色也变了，道："啊！鬼，鬼又出现了！"

看见王贵、朱墨的反应，元曜奇道："哎？什么？"

王贵放下手中的书，走到元曜跟前，望了一眼菊花丛，欲言又止。最后，他还是开口了，道："元少郎君看见的……恐怕是鬼……"

"鬼？！"元曜吓了一跳。

王贵苦着脸道："这鬼是这几天才出现的，好像还是一个读书人。他一般深夜出现，一出现就和郎君在书房里谈书论道，天亮才离去。白天偶尔能在柳树下、菊花边看见他，但一眨眼又不见了。"

朱墨也苦着脸道："这鬼自称姓陶，我听公子叫他五柳先生。公子很喜欢他，把他视作知己。虽说这鬼看上去没有恶意，谈吐也十分得体，但终归让人觉得害怕。"

王贵也道："人鬼殊途，相交不是好事。一想起郎君和鬼来往，老朽就觉得愧对把郎君交给老朽照顾的老夫人。老朽劝郎君不要和鬼交往，郎君却责怪老朽侮辱他的朋友，还要老朽不要干涉他。老朽只是一个仆人，也不能多说什么。元少郎君，你去劝一劝郎君，让他不要再和鬼来往了。"

"姓陶……五柳先生……"元曜又一次张大了嘴，王维遇见陶渊明的鬼魂了？！刚才，站在菊花丛边的男子是陶渊明？

就在元曜吃惊、王贵叹气的时候，王维午睡醒来，穿着一身宽松的长袍走了出来。他打了一个哈欠，伸了一个懒腰，吟道："渔舟逐水爱山春，两岸桃花夹古津。坐看红树不知远，行尽青溪不见人。"

元曜笑道："几日不见，摩诘又得了两句桃源诗。"

王维这才看见元曜，有些意外，也有些高兴，道："轩之，你怎么来了？朱墨，有客来了，你怎么不叫醒我？"

元曜笑道："小生也没有急事，所以没让朱墨去吵醒摩诘。"

元曜来访，王维十分高兴，拉了元曜去书房，道："轩之来得正好，我有几首新诗正想找人指点。"

元曜笑道："指点不敢当，小生愿拜读一二。"

王维带元曜来到了他的书房。这是一间简单雅致的房间，门朝院落，光线明亮。一方胡桃木桌案上放着笔、墨、纸、砚，墨正是桃核墨。书房的墙壁上挂着一幅淡雅的山水画，两幅书法字帖，靠墙的书架上堆着一些竹简和书册。轩窗下放着一个莲花形状的青铜香炉，香炉中逸出一缕缕清雅的水沉香。

王维和元曜席地而坐，王维翻出最近新写的几首诗给元曜品评。

元曜读了，夸赞了几句。

元曜问王维道："摩诘，桃花源那首诗写得怎么样了？"

王维摇头，道："还未写完。"

元曜又问道："听说，摩诘最近在和一位鬼友交往？"

王维笑了，兴奋地道："没错。轩之猜猜他是谁。"

元曜道："听说，摩诘叫他五柳先生。他不会是写《桃花源记》的陶渊明吧？"

王维神秘一笑，道："轩之猜对了，这位鬼兄就是陶渊明。他晚上会来，我将他介绍给轩之认识。"

"他真是五柳先生的鬼魂？"元曜吃惊。

王维道："千真万确。"

"摩诘，你是怎么遇见他的？"

王维拿起桌案上的桃核墨，道："陶先生栖身在这一方桃核墨中。我第一次见到他是在前天晚上，我坐在这里磨桃核墨，准备写桃花源的诗。我脑中想着桃花源，口里念着五柳先生，他就出现了。陶先生高洁端方，学识渊博，是世间难寻的良师益友。我与他一见如故，彼此十分投缘。"

元曜道："能够得到一位知音，即使是非人，也是幸事。"

今天无法回城，元曜就留宿在王维的别院中。

弦月升起，灯火如豆，山野的晚上有些寒冷，王维和元曜生了一炉火，坐在书房中温酒闲谈。

元曜捧着一杯温酒，心中有感，吟了一首诗："夜闻更漏缺，风送芦花雪。寒浸八尺琴，樽浮半轮月。"

"这一首诗很应景，应当写下来。"王维笑道。他在砚台中滴入清水，磨开了桃核墨。

随着一阵墨香弥散开来，元曜白天看见的皂衣男子——陶渊明在黑暗中渐渐浮现出身形。

元曜有些惊讶，目不转睛地盯着陶渊明。

王维高兴地道："陶先生，您来了。"

陶渊明露出一个温和的笑容，作了一揖，道："又来叨扰了。"

"哪里的话。"王维笑道，向陶渊明介绍元曜，道，"这位是我的表弟，姓元，名曜，字轩之。"

元曜赶紧起身，作了一揖，道："陶先生。"

陶渊明也作了一揖，笑道："白天，我们已经见过了。"

王维给陶渊明也斟了一杯酒，三人围炉而坐，秉烛夜谈。

因为元曜在，陶渊明一开始有些拘谨，但是几句话下来，与元曜混熟了之后，就变得十分健谈。三人联诗作对，切磋书中的学问，畅谈各地的风土人情，气氛十分融洽。

从小受母亲崔氏的影响，王维与佛家结下不解之缘，心性淡泊，喜爱清净，但因为身为家中长子，不得不出门求取功名，出入仕途。

王维在长安与达官显贵相交，游走在名利场中，虽然也有朋友，但是终归难以与人脾性相投，心心相印。从小，王维就很喜欢陶渊明的诗，也很崇拜陶渊明，如今机缘巧合，他与陶渊明成了朋友。他们倾盖如故，非常投缘。

这一次邂逅、这一段友情为王维羁旅长安的寂寞生活涂上了一抹温暖的色彩，也让他孤独的灵魂找到了某种寄托。

陶渊明对王维也有着一种难以言喻的奇妙情愫。他本来已经不属于人世，只剩一缕残念游荡在虚空中，却被王维吸引，与王维结缘。他们有着相似的灵魂和思想，所以十分投机，成为知音。

陶渊明和王维相视一笑，不用一句话，便能了解彼此的心情。

元曜喝了一口温酒，看了一眼纸上零乱的诗句，笑道："摩诘还是没有写完桃源乡的诗呀。"

陶渊明哈哈大笑，道："摩诘欠诗，应当罚酒。"

王维苦恼地道："我从未见过桃源乡，所以无法动笔。陶先生，您能带我去桃源乡一游吗？"

笑容从陶渊明的脸上消失，他叹了一口气，沉默了。

元曜和王维面面相觑，气氛一下子陷入了沉闷。

过了许久，陶渊明才开口，道："其实，我从未去过桃源乡。"

王维奇道："那先生笔下的桃源乡……"

陶渊明悲伤浅笑，道："我死了之后才知道，那只是一场虚妄的梦。世界上根本没有桃源乡。"

王维微愣，继而道："不，世间有桃源乡，我将去寻找它。"

灯火下，王维神色坚定，眼神明亮。

陶渊明望着王维，笑了："如果摩诘找到了，记得带我去看你的桃源乡。"

"好。"王维答应。

"一言为定。"陶渊明道。

不知道为什么，元曜在这一瞬间有些触动，也许世间真有桃源乡，因为王维相信有，而陶渊明相信王维。

二更时分，砚台里的墨汁用完时，陶渊明消失了。

王维和元曜同榻而眠，一夜无话。

第二天，元曜在王维家待到中午，就准备回城了。

王维道："重阳时，轩之可以和白姬姑娘一起来此赏菊饮酒。"

元曜答应了。

王贵悄悄地问元曜道："元少郎君可曾劝郎君不要与鬼来往？"

元曜道："贵伯不必担心，陶先生没有恶意，乃是饱学之士、端方君子，摩诘和他来往，正好可以增长学识、修磨品性。"

王贵欲哭无泪，道："元少郎君，你也被鬼蛊惑了。"

元曜找王贵讨了一个竹篮，在王维的篱笆下采了一些菊花，又摸去他家的后山上采了一些野生的茱萸。吃过午饭之后，元曜提着竹篮告辞回去了。

元曜回到缥缈阁时，已经是敲下街鼓的时候了。

元曜走进缥缈阁，大厅里、里间中都没有人，但是后院传来一阵吵闹喧哗声。

元曜心中纳闷儿，飞奔到后院，但见白姬坐在回廊下，托腮望着古井边，耳朵里塞着一团青草。

古井边，水桶翻倒，一个蒸笼散落在地上。离奴双手叉腰，唾沫横飞地和六个人吵架。那六个人三男三女，均穿着墨青色的衣服，愤怒地围着离奴，七嘴八舌地说着什么。因为声音太嘈杂，元曜听不清他们在吵什么，心中很奇怪。

"白姬，发生什么事了？离奴老弟在和谁吵架？"

白姬没有反应。

"白姬……"元曜又叫了一声。

白姬还是没有反应。

元曜伸手，在白姬眼前晃动了一下。

白姬吓了一跳，转过头来的同时，从耳朵里取出青草团，笑道："原来是轩之回来了，吓我一跳。"

元曜道："你把耳朵堵着干什么？"

白姬笑道："那边太吵了。"

元曜放下竹篮，在白姬身边坐下，问道："发生什么事了？离奴老弟在和谁吵架？"

白姬道："是这样的。今天上午，韦公子给轩之送来了六只大螃蟹，轩之不在，我就替轩之收下了。离奴打算把螃蟹蒸了做晚饭，但是螃蟹不答应，从蒸笼里爬出来，和离奴吵了起来，双方已经吵了大半个时辰了。"

元曜张大了嘴巴，吃惊地望着古井边。他这才看清楚，六名墨青色衣裙的男女都没有手，从衣袖中探出两个大钳子。

螃蟹精们挥舞着大钳子围着离奴吵，离奴毫无惧色，叉腰回吵，双方唾沫横飞，沸反盈天。

元曜道："这不太像是离奴老弟的处事风格。"

元曜认为，以离奴平时的蛮横性子，离奴会直接把螃蟹拍晕了，放进蒸笼里，不会有耐心和螃蟹吵架。

白姬叹了一口气，道："离奴说自己现在是读书之猫，不能用暴力解决问题，要以理服人、以德服人。"

元曜噎住。

白姬又用青草堵住了耳朵。

元曜听不下去了，走过去劝道："离奴老弟，不要再吵了，几位螃蟹大仙也请安静，都是一场误会。"

螃蟹们哭道："没有误会，这只黑猫想把我们蒸熟吃了！"

离奴道："螃蟹难吃死了，爷才不稀罕吃，不过是想蒸给书呆子吃罢了。"

元曜道："多谢离奴老弟的好意。不过，还是算了吧，请不要再吵了。我们不吃螃蟹了。"

螃蟹们道："不吃的话，就把我们放到河里去。"

元曜道："可以。不过，今天天色已晚，不方便出行，等明天一早，小生就把几位大仙带去河边放生，绝无虚言。"

螃蟹们面面相觑，相信了元曜，不再和离奴争吵，化作六只青蟹爬进了水桶中。

元曜松了一口气。

离奴撇嘴道："书呆子没有螃蟹吃了。其实，爷可以说服螃蟹去蒸笼里的。"

元曜道："小生已经看见螃蟹的人形了，还怎么吃得下？人与非人都是众生，还是把螃蟹放生了吧。"

离奴撇嘴道:"书呆子真傻。"

秋夜风清,天悬星河,月光在寂静的庭院中铺下了一片银白色。

白姬、元曜、离奴坐在廊檐下,地上点了两盏秋灯。白姬在做针线活,用元曜带回来的茱萸缝制辟邪香囊。

元曜在灯下挑彩线,剪流苏。

离奴一边将菊花铺在藤条编织的筐箩中晒月光,一边问道:"主人,书呆子,这菊花看着挺好,离奴今年也来做一次菊花糕。"

白姬道:"菊花糕还是请十三郎来做吧,十三郎做的口味更正宗。"

元曜道:"离奴老弟做的菊花糕,总有一股鱼腥味。"

离奴喵了一声,道:"书呆子,不许挑三拣四!主人,不要叫那只狐狸来,请再给离奴一次机会,离奴也能做出口味正宗的菊花糕。"

白姬笑道:"好吧,离奴加油。"

黑猫充满干劲地点头,道:"嗯。"

闲坐无事,元曜把在王维家中遇见陶渊明的事情告诉了白姬。

白姬听了,只是笑了笑,没有说话。

元曜问道:"陶先生的鬼魂为什么会栖息在桃核墨中?这是怎么一回事?"

白姬一边做针线,一边道:"因为,我之前对轩之说的,在晋代时从缥缈阁中买走蟠桃核的文人,就是陶渊明呀。他生前对桃源乡有执念,但一生没有实现愿望,死后一丝残念就留在了桃核墨上,没有离去。王公子和陶渊明有缘,所以在几百年后的今天,和他邂逅了。"

"这是好事,还是坏事?"元曜问道。虽然陶渊明没有恶意,但是正如王贵所言,人鬼殊途,不宜结交。元曜有些担心,不希望王维受到伤害。

白姬摇头,道:"不知道。我只能等待'因果',无法预测'因果'。"

元曜脸上露出了担心的神色。

白姬见了,笑道:"时光不能倒流,'因果'已经被种下,并会顺势而生,无法遏止。轩之担心也无益,不如放宽心怀,一切顺其自然。轩之采的茱萸还有剩余,我多缝一个辟邪香囊送给王公子,保他平安。"

"嗯,有劳白姬了。"元曜道。

白姬打算缝五个辟邪香囊,一个月白色的她自己佩戴,一个孔雀紫的送给元曜,一个黑色的给离奴,一个天青色的给王维,还有一个粉红色的绣山猫的香囊。

元曜问道:"这个粉红色的香囊是送给谁的?"

白姬笑道："玉鬼公主。之前，承蒙玉鬼替我找了许多东西，帮了我大忙，我都没有向玉鬼说谢谢。如今重阳节，送一个香囊给玉鬼作为谢礼。"

元曜道："玉鬼公主呀，很久没有来缥缈阁了。"

白姬笑道："因为轩之一直没有向玉鬼公主解释，玉鬼公主还误会轩之讨厌自己，所以不来缥缈阁了。等我把香囊做好，轩之将香囊送去给玉鬼公主，顺便向玉鬼公主解释。"

元曜道："好。"

第四章 凌 霄

白姬做好茱萸香囊，已经是三天以后。长安城中，重阳节的气氛更浓了。

这一天早上，看天气还不错，白姬让元曜去给王维、玉鬼公主送香囊。玉鬼公主修行的凌霄庵也在蓝田山麓中，和王维的别院相隔不远，元曜打算一起去。

吃早饭时，白姬有些心神不宁，道："轩之，我这几天总是梦见有不好的东西在接近长安。"

"什么东西？"元曜奇道。

白姬忧心忡忡，道："不清楚。我隐隐感到是凶恶的、让人战栗的非人。"

元曜不以为意地道："长安城中已经有很多恐怖的、让人胆寒的妖鬼了，再来几个凶恶的、让人战栗的非人也没什么。"

白姬不高兴了，道："原来，在轩之心中，我是恐怖的、让人胆寒的妖鬼！"

说完，白姬拂袖而去。

"小生没有说你呀。"元曜急忙解释。

坐在元曜对面喝鱼粥的离奴听了，不高兴了，道："不是说主人，那就是说离奴了。原来，在书呆子心中，爷是恐怖的、让人胆寒的妖鬼！"

说完，离奴也生气地跑了。

"小生没说你们呀，这真是……什么跟什么嘛！"元曜坐在空荡荡的桌案边，独自喝粥，苦闷无言。

上午，元曜准备去蓝田山麓。他提了一个竹篮，竹篮里装着两个香囊，两份重阳糕，一份给王维，一份给玉鬼公主。

白姬道："轩之替我向王公子、玉鬼公主问好。"

"好。"元曜答应了。

白姬想了想，又道："路上小心，早些回来。"

元曜点头，道："嗯。"

元曜出城，顺路搭了一个农夫的驴车来到蓝田山麓。他见和农夫分开的地方离凌霄庵比较近，就打算先去给玉鬼公主送香囊和重阳糕。

凌霄庵坐落在半山腰，规模不大，一共只有十几个尼姑在修行。凌霄庵中除了供奉弥勒佛、观音大士，还供奉着西王母。据说，凌霄庵中的菩萨十分灵验，因此香火很旺盛。

元曜踏着石阶上山时，不时与三三两两的善男信女擦肩而过，他们有的来上香拜佛，有的来踏秋游玩。

之前，玉鬼公主因为一场误会，以为元曜讨厌自己，于是在凌霄庵出家修行了。元曜本想找时间来向玉鬼公主解释，但是一直因为别的事情耽误着，没能成行。

元曜走进凌霄庵，不知道怎样才能找到玉鬼公主。他看见一个胖尼姑在打扫佛塔下的落叶，就走过去作了一揖，道："请问师父，贵庵中可有一位俗名'玉鬼'的师父？玉鬼今年才出家修行。"

胖尼姑一愣，疑惑且戒备地望着元曜。

元曜自觉唐突，赶紧解释道："请不要误会，小生并非歹人。这位玉鬼是小生的妹妹，因逢重阳节，小生来看看玉鬼。"

胖尼姑这才摇头道："没有这个人。本庵中的小辈弟子都是'清'字辈，没有'玉'字辈。"

"哎？"元曜疑惑。玉鬼公主不在凌霄庵，还是剃度之后换了名字？

元曜正要细问时，一个瘦尼姑跑了出来，怀中抱着一只花狸猫。

瘦尼姑对胖尼姑道："清惠，快把小玉藏起来！它又跑去师父的禅房里乱翻经书了，师父很生气，要责打它呢。"

元曜看见瘦尼姑抱着的花狸猫，张大了嘴，道："玉……鬼公主？！"

花狸猫看见元曜，突然一跃而起，从瘦尼姑的怀里跳下地，一溜烟跑出了凌霄庵。

元曜急忙追去，道："玉鬼公主！等等小生！"

胖尼姑和瘦尼姑站在原地，面面相觑，不明白发生了什么事。

花狸猫跑出凌霄庵，来到树林里，元曜追到了树林里。花狸猫藏在一棵大榕树后，露出一双眼睛，远远地望着元曜，十分羞涩。

"元……元公子？"

元曜停在榕树前，因为奔跑而上气不接下气，答道："正是……小……小生……"

花狸猫缩回了头，过了一会儿，才又探出头来，原本蓬乱的猫毛顺滑了许多，大眼睛十分明亮。花狸猫羞怯地道："元公子来凌霄庵做什么？"

元曜答道："快到重阳节了，小生来看看玉鬼公主，顺便给公主送茱萸香囊和重阳糕。之前的事情是一场误会，小生从未讨厌玉鬼公主，还得多谢公主从玉面狸的爪下救了小生一命。"

花狸猫一下子愣住。

元曜奇怪，道："玉鬼公主，你怎么了？"

花狸猫突然一跃而起，化作一只猛虎大小的猞猁，身姿矫健，威风凛凛。

猞猁仰天狂吼一声，兴奋地狂奔而去，一边奔跑，一边嚎叫道："哈哈，太高兴了！太高兴了！元公子没有讨厌玉鬼，还给玉鬼送来了茱萸香囊和重阳糕！哈哈哈哈——"

猞猁一吼，回声荡漾，森林中鸟兽皆惊。

元曜更是吓得双腿发抖，牙齿打战。

猞猁以狂奔来表达心中的高兴和激动，奔过之处，不时地惊起一群飞鸟，吓跑几只野兽。

元曜站在原地，遥遥望着远处鸟兽飞逃，心中发苦，道："玉鬼公主，香囊和重阳糕你还没有拿呢……"

他就知道，玉鬼公主是不会听完他的话的。元曜叹了一口气，等了一会儿，不见猞猁回来，就把重阳糕和香囊放在大榕树旁，下山去王维家了。

元曜来到王维的别院时，已经是下午了。

山掩草居，黄花满径，王维坐在院子中饮酒写诗，神色十分愉快。见元曜来访，他十分高兴，起身相迎，道："轩之，我正想起你，你就来了。"

元曜随王维在石桌边坐下，道："小生也一直记挂着摩诘。过些日子就是重阳了，小生来给摩诘送一些重阳糕。"

王维道："轩之怎么一个人？白姬姑娘没有一起来吗？"

元曜道："白姬最近卖出了一幅古画，有些事情缠身，不方便离开缥缈阁。不过，她说重阳节时一定会抽空来郊外登高踏秋，到时候再来叨扰摩诘。对了，白姬做了一个茱萸香囊，让小生送来给摩诘，说是辟邪保平安之物，请摩诘佩戴在身上。"

王维接过茱萸香囊，笑道："有劳白姬姑娘费心了，请轩之替我表达感谢之意。"

元曜看见王维在写诗，伸手拿过了他面前的纸，上面写着一些零散的句子："遥看一处攒云树，近入千家散花竹。""月明松下房栊静，日出云中鸡犬喧。"

元曜笑道："还是桃源诗？"

王维点头，道："最近常和陶先生促膝长谈，心有所悟。"

"陶先生还常来吗？"

"他每晚都会来。"王维道，又叹了一口气，"如果，他能永远都在就好了。"

"什么意思？"

王维有些悲伤，道："我对先生十分倾慕，希望能够永远与他相交。我问他是否会一直都在，他说他不会一直存在，等桃核墨用完之后，他就会消失。"

元曜道："桃核墨用完，陶先生就没有栖灵之所了。"

王维道："对。所以，我现在很珍惜地使用桃核墨，一想到先生迟早会离去，我就觉得悲伤。无论如何，我希望在他离去之前，能够找到桃源乡，让他去看一看。"

"摩诘的心意很好，可是，上哪里才能找到桃源乡呢？"

王维叹了一口气，沉默不语。

天色已晚，元曜无法赶回缥缈阁，就留宿在别院中。

淡月黄昏，凉风初起。

书房中燃起了一点灯火，王维、元曜坐在木案边，地上有一炉火、几坛菊花酒。王维在砚台中研开了桃核墨，陶渊明又出现了，还是一身广袖舒袍，清雅端方。

元曜和陶渊明见过礼，三人围坐在炉火边闲谈。

王维珍惜地收起剩余的桃核墨，将墨用锦帕细心地包好，放在一个木盒中。

陶渊明见此，笑道："摩诘不必过分珍爱此墨，我已非人，迟早会与你分别。"

王维道："我希望分别的时日能够迟一些。"

陶渊明拍桌大笑："生何欢，死何惧，来何匆，去何遽。早知道摩诘如此多愁善感，恐惧别离，我就不告诉你我会在桃核墨用完时离去了。"

王维道："先生豁达，我却难以放下。我希望先生能够伴我更久一些，待我找到桃源乡给先生看。"

陶渊明苦笑："其实，我已经对桃源乡不抱任何期待了。"

元曜劝道："陶先生不必太悲观，或许苍天怜眷，摩诘能够找到桃源乡。"

王维笑道："如果找到了，我们三个就一起去桃源乡中喝酒。"

陶渊明拍着一坛菊花酒，笑道："此时就有好酒，暂且把此处当桃源乡，一醉方休。"

"哈哈，好！"元曜、王维高兴地应道。

元曜、王维、陶渊明在灯下喝菊花酒，谈笑风生，不觉到了半夜。因为酒喝得比较多，元曜有些内急，起身如厕。

元曜走到院子中，夜风吹得他清醒了一些。

上弦月如同一把美人梳，悬挂在远山之上，带着妖异的青晕。

元曜从茅房出来，觉得夜风有些冷，裹紧了衣服，想赶快回炉火边继续喝酒。

元曜不经意间侧头，猛然看见南山顶一块凸出的岩石上站着一只巨大的野兽。

野兽临风而立，背后是一轮青色的上弦月。

元曜借着月光远远望去，那野兽约有猛虎大小，鬣毛迎风飞扬，尾巴约有一丈长。

元曜心中咯噔一下，疑惑且害怕。难道这山中有虎豹？它会不会下山袭击人？

元曜揉了揉眼睛，再次向野兽望去。

一轮青色的上弦月下，南山顶上凸出的岩石上空荡荡的，什么也没有。

这是怎么回事？是他眼花了，还是野兽跑了？元曜一头雾水，想了想，为谨慎起见，走到篱笆边，把大门上的门闩插紧了。其实，如果野兽真要进别院，关紧了大门也没什么用，因为别院周围的篱笆并不高，也不甚结实。

元曜插紧门闩，转身回房。冷不丁，篱笆的阴影中蹿出一个黑影，拦住了他的去路。

元曜吓得一激灵，就要放声大叫，那人开口了，却是王贵。

"元少郎君，是老朽。"

元曜松了一口气，拍胸定魂，道："贵伯，你不是早已经歇下了吗？深更半夜不声不响地蹿出来，吓死小生了。"

王贵叹了一口气，愁眉苦脸，道："一想到郎君和鬼在隔壁对饮，老朽就睡不着啊，睡不着。"

元曜道："贵伯且放宽心，陶先生虽然是鬼魂，但不会害人。"

王贵愁道："他若是害人的厉鬼，倒也还好，请一个道士来收了便是。坏就坏在他是一个不害人的善鬼，却又害了郎君。"

元曜奇道："陶先生哪里害摩诘了？"

王贵流下了两行老泪，道："自从郎君和鬼结交，就仿佛走火入魔了一般，白天神思恍惚，每天只念着、盼着夜晚到来，与鬼彻夜饮酒作诗，还把经济文章抛下，去找什么桃源乡。郎君来长安是求取功名的，之前好不容易和几位达官显贵结交，他们也颇为赏识郎君的才学，要引荐他入仕途。如今，郎君只闲守在别院中与鬼厮混，不去城中结交应酬贵人们，还称病拒绝了贵人们约他一起结社聚会的邀请。老朽虽然不懂圣贤学问，但人情世故还是懂的，郎君这么做会让之前为出仕所做的一切努力付诸东流。看着郎君如今的样子，老朽就觉得愧见老夫人，更愧见九泉之下的老爷。"

见王贵伤心，元曜劝道："贵伯不必太烦忧，小生去劝一劝摩诘，让他在与陶先生相交的同时也不耽误正事就是了。摩诘可能是因为与陶先生相处的日子不会太长，所以格外珍惜这一段友谊，全心投入，一时间无暇顾及其他。"

王贵愁道："可是，郎君把贵人们都得罪了，只怕入仕无门了。"

元曜道："摩诘既有文采，又有治世之才，他的光芒难以掩盖，他绝不会缺少赏识他的伯乐。"

王贵擦干眼泪，笑了。

"听了元少郎君一席话，老朽放心多了。"

元曜笑道："贵伯本就不该自扰。时候不早了，且去歇息吧。"

"好，老朽先去一趟茅房，就去睡了。"王贵道。

元曜问道："贵伯，这山中是不是有虎豹之类的野兽走动？"

王贵摇头，道："之前没有，不过，最近几天，老朽倒是看见了一只老虎的影子，但是，并没有听见附近的农人说有虎豹伤人的事情。"

"小生刚才也看见了一只野兽站在山上。"

王贵道："没关系的，它应该不敢下山来袭人。"

"嗯。"元曜应道。

元曜和王贵分开，王贵去如厕，元曜回书房。

元曜、王维、陶渊明饮酒到二更天，三人都有一些醉了，胡乱倒在床榻上睡了。

元曜睡得迷迷糊糊，突然听见一声震耳欲聋的猛兽吼声，一下子惊醒过来。

书房中一片黑暗，陶渊明已经消失了，王维在元曜脚边睡得正熟。

"嗷呜——""嗷——"远山之中，野兽凄厉地咆哮，一声比一声恐怖，仿佛两只野兽正在互相撕咬、对战。

元曜十分害怕，爬到窗户边向外望去。

一轮妖异的青月挂在天边，远山如被墨笔晕染，一层浓，一层淡，风吹木叶，沙沙作响。

元曜没有瞧见什么，但那吓人的野兽吼叫声还在此起彼伏。

元曜十分害怕，摸到床边，推叫王维："摩诘，醒一醒——"

王维喝醉了，睡得很死，没有反应。

元曜只好作罢。他想出门去隔壁叫醒王贵、朱墨，但是又不敢开门出去。山中的野兽嘶鸣声大概持续了半个时辰，也就消失了。

元曜渐渐困了，在提心吊胆之中睡了过去。

一夜无事。

第五章　服　常

第二天，阳光明媚，山色如画，田陌中一派宁静的耕作景象。

元曜起床，问王维、王贵、朱墨昨夜可有听见兽鸣声，他们都说没有听见任何声音。于是，元曜怀疑昨晚听见的野兽嘶鸣声只是自己的幻觉。

吃过早饭之后，元曜见王维神思恍惚地站在柳树下，就走过去，问道：

"摩诘在想什么？"

王维摇头，道："没什么。"

"摩诘今天不去城中酬答吗？"

王维摇头，道："不去。我想在家看看古书，也许书中记载了桃源乡在哪里。"

元曜道："除了和陶先生相处，摩诘也该去城中酬答正事。"

王维漫不经心地道："等我找到了桃源乡再说吧。"

元曜又劝了两句，看王维不想听，也就不说话了。

巳时过半，元曜告辞离开了。因为离奴打算做菊花糕、酿菊花酒，元曜又摘了一些菊花放在竹篮里带回去。

元曜提着竹篮走在山野小路上，心中想着王维和陶渊明之间的因缘，不由得十分感慨。他打算去凌霄庵看玉鬼公主拿走重阳糕和茱萸香囊没有，就绕入山林中，走小路过去。

秋高气爽，落叶纷飞，元曜踏着山路上的落叶，觉得周围有些不对劲。山林里太安静了，连鸟鸣声、虫鸣声都没有，只有风吹过树叶的沙沙声。

这也太安静了吧？

元曜疑惑，瞥向左边的草丛。

风吹草低，现出一只红点颏的尸体。

元曜走过去，发现红点颏的死状十分凄惨，它的肚皮似乎被野兽撕烂了，脏腑四散。他赶紧念了一句佛号，为这只可怜的红点颏超度。

离红点颏大约二十步远的地方，有一只猿猴尸体。鬼使神差地，元曜又走了过去，猿猴的尸体也很凄惨。

元曜大骇，举目四望，不远处的一棵橡树下躺着一只松鼠的尸体。元曜走过去，松鼠已经僵硬了，他又看到十几步远的地方倒着一只巨大的猞猁。

从猞猁的背影和毛色上，元曜认出了它，惊呼道："玉鬼公主——"

顾不得害怕，元曜奔到猞猁身前。猞猁一动不动地僵卧在血泊中，一道伤口从胸口延伸到腹部。粉红色的茱萸香囊破裂，茱萸撒了一地。

元曜以为猞猁已死，顿时悲从中来，哭道："玉鬼公主，重阳糕还没吃，你怎么就死了啊——"

听到元曜的悲鸣声，猞猁睁开了无神的双眼，虚弱道："元……元公子……"

元曜擦干眼泪，高兴地道："玉鬼公主，你……你还活着……"

猞猁虚弱地望着元曜，艰难地张开嘴，道："太可怕了，快离开——"

"发生了什么事？什么可怕？"元曜好奇地问道。究竟发生了什么事？怎么会死这么多动物？连战神一般勇猛的玉鬼公主都倒在了血泊中？

元曜依稀想起昨晚听见的兽吼声中，有几声像是猞猁的吼叫。

猞猁摇摇头，道："我不知道……那是什么东西……非常凶恶，浑身戾气……"

元曜对奄奄一息的猞猁道："先别说了，你伤得太重了，小生带你去缥缈阁，白姬一定有办法治好你。"

猞猁闻言，脸颊上浮现出两片酡红。猞猁倏然变小，化作一只花狸猫的模样，用明亮的大眼睛望着元曜，羞涩地道："元公子……可以抱玉鬼去缥缈阁吗？"

元曜见玉鬼伤口很深，不敢抱玉鬼走，怕弄裂了伤口。他把竹篮放在地上，将猞猁轻轻地放入铺满菊花的竹篮中。

"小生还是提着公主回缥缈阁吧。"

"元公子嫌弃玉鬼，不肯抱玉鬼。"花狸猫哭道。玉鬼想跑掉，但是受了重伤，跑不了，就把头埋进菊花里哭。

这一次，元曜可以从容地解释了。

"小生是怕公主的伤裂开，危及生命。"

花狸猫的哭声渐渐地小了，头埋在菊花中一动不动。

元曜不知道玉鬼听见解释没有，扒开菊花，低头望去，但见玉鬼已经虚弱得闭上了眼睛，伤口上流出的鲜血已经染红了金黄的菊花。

元曜吓了一跳，担心玉鬼的伤势，赶紧折回去，退出树林，走回正路上，加快了脚步赶回缥缈阁。

元曜回到缥缈阁时，已经下午了。虽然中途搭了一位药材商人的运货车到西市，他只走了一小段路，但还是累得满身大汗。

缥缈阁的大厅中没有人，白姬和离奴都在后院。白姬躺在美人榻上晒太阳，离奴在水井边摆弄坛坛罐罐，准备酿菊花酒。

"白姬，不好了！快救救玉鬼公主！"元曜慌慌张张地奔到后院，对白姬道。

白姬坐起身，向元曜望去，她的目光停留在竹篮中的玉鬼身上。

元曜急忙走过去，把竹篮递给白姬。

白姬扒开菊花，看见了玉鬼重伤的模样，惊骇道："轩之，发生什么事了？"

元曜把昨天晚上看见奇怪的野兽，听见野兽嚎叫，以及今天在回缥缈阁的路上发现玉鬼公主的事情告诉了白姬。

白姬抚摸玉鬼的颈部，脸色微变，道："当务之急，先救它。"

离奴在元曜说话时，已经凑了过来，瞧了瞧玉鬼，道："玉鬼公主都已经死了啊，主人怎么救？"

元曜脸色煞白。

白姬瞪了离奴一眼，离奴讪讪，不说话了。

"轩之别急，有办法的。"白姬低头想了想，道，"有了。轩之，我们去找服常树。"

元曜问道："什么服常树？"

白姬道："一棵可以救玉鬼公主性命的神树。"

白姬走向桃树边，唤桃树精的名字："阿绯——"

阿绯从树叶中探出身，俯身至白姬身边。

白姬对阿绯说了一句什么，阿绯缩回身去，不一会儿，又探出身来，手里拿着三个桃子。白姬点点头，接过了桃子，阿绯又缩回树中去了。

"主人，离奴也去吗？"离奴问道。

"离奴留下看店。"白姬将三个桃子递给元曜，走向回廊，道，"我去准备一些东西，轩之先休息一下，我们马上就出发。"

"好。"元曜答应。他赶路太累，口也很渴，就去喝了一杯凉水，坐下稍作歇息。

离奴在厨房打了一个小包袱，将包袱拿给元曜，道："书呆子，这是给你的点心，拿着路上饿了吃。"

元曜道："离奴老弟，小生和白姬不是去郊游，而是去找服常树救命。"

离奴道："服常树在蓝田山深处，要走好久。"

元曜接过包袱，顺便将三个桃子放入其中，道："也好，且当晚饭，多谢离奴老弟。"

离奴挠挠头，既不走开，也不说话。

元曜道："离奴老弟还有什么事吗？"

离奴挠头，道："有一件事，爷不知道怎么开口对你说。"

"离奴老弟直言无妨。"

离奴望着天空，道："爷一边熬鱼汤，一边看书，不小心把你的《论语》掉进灶中，《论语》被火烧了。"

元曜如遭雷击，道："那本《论语》中有家父的亲笔批注，小生非常珍视，你……你……"

离奴做了亏心事，挠头不语。

元曜气得浑身发抖，但看见躺在竹篮中奄奄一息的玉鬼，勉强忍住了愤怒，道："也罢，等小生回来，再和你理论。"

离奴嗯哼了一声，学读书人一样，对元曜作了一揖，以作赔礼。

离奴的礼貌将元曜吓了一跳，离奴看了两天《论语》，真的成了知书识礼的读书之猫了？！

这时，白姬走出来，对元曜道："轩之，我们走。"

白姬一袭长裙，两袖清风，什么都没拿。

元曜好奇："白姬，你准备什么东西去了？"

白姬神秘一笑，道："到时候轩之就知道了。桃子拿了吗？"

元曜指了指包袱，道："拿了。"

白姬从大厅墙壁上的《百马图》上唤出两匹健马，和元曜一人一骑，骑马出城。

两个人一路向南疾驰，元曜的骑术不佳，他怕本已受重伤的玉鬼公主被颠簸至死，就把竹篮交给了白姬。白姬骑术高超，即使一手拿着竹篮，也马蹄飒沓，平稳疾驰。玉鬼在竹篮里安静地睡着，无知无觉。

白姬、元曜进入了蓝田山麓，白姬勒马转出大路，抄小路去往群山深处。

近黄昏时，白姬、元曜驻马在一处树木葱茏的山谷前。

白姬一跃下马，道："轩之，现在得步行了。"

元曜翻身下马。他又累又饿，但仍然坚持着，道："好。"

宁静的山谷前，两匹画马在草地上吃草，白姬和元曜带着玉鬼走向山谷中。

太阳已经下山，另一个世界缓缓醒来。

山谷中清溪潺潺，树木遮天，白姬带元曜扒开苍藤木叶，穿过一处处狭窄的山缝，每穿过一次山缝，元曜就觉得仿佛从一个世界踏入了另一个世界。空寂的山林中偶尔有不知名的鸟的叫声突然响起，十分吓人。

不知道走了多久，当挤过第七个山缝时，元曜看见了一片空阔的草地。这是两座山围成的一处凹地，侧头可见天边眉月，抬头可见星斗如棋。

一棵参天巨树生长在草地中间，枝繁叶茂，亭亭如盖。

大树约有百米之高，树干有十人合抱粗，枝叶非常繁茂，郁郁葱葱。仔细看去，每一片树叶上都发出莹莹光芒，让整棵树看上去温润如玉，十分美丽。

白姬、元曜走向大树。

"白姬，这是什么树？它长得这么繁茂，一定活了不少年头。"

"这是服常树，从上古时起，它就在这儿了。"

服常树旁边约三十步远的地方，有一个大坑，不知道是什么。

白姬把竹篮放在服常树下，独自走向树后。

元曜呆呆地站在服常树下。他看见树干上有一层青色的霜状物，像是青苔，但散发着荧光。

元曜好奇，伸手去触碰青霜。

突然，服常树上出现一只倒吊着的猴子，猴子长着三个头，它的三张脸一起望向元曜，神色凶恶："把爪子拿开！"

元曜惊骇后退，道："妈呀！猴子长了三个头！还会说话！"

三头猴生气，扑上来掐元曜，道："吾乃服常树上的三头人①，不是猴子！"

元曜挣扎道："救命——"

白姬从树后出来，看见元曜被三头人掐着脖子，急忙拉三头人，笑道："神人请息怒。"

三头人一见白姬，倒是放开了元曜，三个头一起露出愤怒的表情，扑向白姬。

"你这条骗子龙，两百年前骗走了吾的琅玕树，还敢跑来服常树下？！"

白姬笑着躲闪，道："神人不要发怒，有话好说。"

三头人愤怒地道："没什么好说的，还吾琅玕树！"

白姬赔笑道："神人息怒，我这次特意来还您琅玕树。"

三头人闻言，停止追打白姬。

白姬来到服常树旁边的大坑边，从衣袖中拿出一个小木盒，打开小木盒，里面是一株三寸长、两寸宽的珊瑚树。

白姬把珊瑚树取出来，插在大坑旁的泥土中，然后退开。

小小的珊瑚树迅速长大，从手指高到一人高，再从一人高到十米高，珊瑚枝伸展散开，如一把撑开的巨伞，珊瑚枝上面缀满了珠玉，宝光璀璨，

---

① 《山海经·海内西经》："服常树，其上有三头人，伺琅玕树。"

熠熠生辉。

白姬对三头人笑道："瞧，这不是您的琅玕树吗？"

三头人看着琅玕树，六只眼里一起发出光芒，欢呼着奔向琅玕树，围着琅玕树拍手跳舞："树中琅玕，鸟中凤凰；日出之耀，月出之光。树归来兮，树归来兮——"

元曜望着华美耀眼的琅玕树，吃惊得张大了嘴巴。

趁着三头人沉醉在琅玕树归来的喜悦中，白姬悄悄地退到服常树下，提着装着玉鬼的竹篮绕到树后。服常树的根部有一个树洞，大约一尺见方，洞中莹莹有光。

白姬将玉鬼轻轻地抱起，放进树洞中。树灵汇聚光芒，光流水般温柔地裹着受伤的猞猁。

玉鬼倏然睁开了眼睛，看见笑盈盈的白姬，棕色的瞳中露出了一抹感激之色。

白姬摸了摸玉鬼的头，笑道："好好睡一觉，醒了就没事了。"

玉鬼点点头，闭上了眼睛。

白姬从树后走出来，三头人还在琅玕树下欢呼跳舞，元曜还在张大嘴巴看着琅玕树。

白姬走向元曜，笑道："轩之，我饿了，吃晚饭吧。"

元曜这才回过神来，苦着脸道："吃什么晚饭，先救玉鬼公主吧。咦，玉鬼公主呢？！"

白姬在元曜耳边道："玉鬼公主在服常树中，服常树是上古神树，树灵之气可以为玉鬼疗伤续命，使玉鬼恢复生命力。"

"玉鬼公主在树中？"元曜大声道。

白姬将食指放在唇上，道："嘘——小声点儿，不要让三头人听见。三头人不许任何人碰服常树，如果发现玉鬼公主，会把玉鬼公主扔走。"

元曜急忙噤声。

三头人还在琅玕树边疯魔状跳舞，没有察觉这边的情况。

"轩之，吃晚饭吧。"白姬拉元曜在草地上坐下。

"好。"元曜也饿了。

元曜解下包袱，将包袱放在草地上，打开。包袱里装着三个桃子和离奴准备的点心。离奴准备了三样点心，一样是香鱼干，一样是炸鱼块，一样是鼠肉条，此外还有四个中间夹了一条小鱼的白馒头。

元曜的脸瞬间黑了，他道："这些都是离奴老弟自己喜欢吃的东西……"

白姬拿了一个馒头，咬了一口，道："轩之不要太挑剔，离奴肯把自己喜欢的东西分给轩之，证明离奴很喜欢你呀。"

元曜望着鼠肉干，胃中一阵翻涌。他吃不下这些东西，伸手要去拿桃子吃，白姬先他一步拿走了桃子，道："这桃子不给轩之吃。"

元曜觉得白姬很小气，赌气道："不给小生吃算了。"

白姬诡笑，眼神幽深。

元曜肚子很饿，只好将就着啃白馒头，吃炸鱼块。

三头人在琅玕树下闹腾累了，准备回服常树休息。

白姬见了，大声招呼道："神人过来一起吃点心吧。"

三头人中间的那颗头冷哼一声，不理会白姬，但看见白姬、元曜吃得欢快，左右两边的头流下了口水，背叛了中间的头，控制着身体走向了白姬、元曜，中间的头只好妥协。

三头人来到元曜身边坐下，元曜递给三头人一个馒头。三头人摇头，表示不要，眼睛盯着白姬手边的三个大桃子。

白姬把桃子递给三头人，道："神人请用。"

三头人的三颗头一起摇动，如三只拨浪鼓。

左边的头道："不能吃这条骗子龙给的东西。"

右边的头道："她一定又想骗走我们的东西。"

中间的头道："坚决不吃。"

白姬放下桃子，道："那轩之给吧。"

元曜觉得三头人有趣，就拿了桃子递给三头人，笑道："给。放心吃吧。这桃子清甜可口，很好吃。"

三头人望着元曜，左边的头道："这书生眼神真诚，没有欺骗。"

中间的头道："这书生声音坦荡，没有欺骗。"

右边的头道："这书生气息纯净，没有欺骗。"

说完，三头人接过桃子，一颗头吃一个桃子，飞快地吃完了。三头人刚吃下桃子，就脑袋发晕，眼珠乱转。

白姬笑眯眯地望着三头人，道："倒。"

三头人扑通一声，四脚朝天地倒在草地上。

元曜吓了一跳，道："三头兄，你怎么了？"

白姬笑道："吃了桃子，晕倒了。"

元曜挠头，道："吃了桃子，怎么会晕倒？"

白姬道："我让阿绯在桃子里做了一点儿手脚，三头人吃了桃子，要睡几个时辰。"

元曜明白了，道："你心怀鬼胎，怪不得三头兄会提防你。"

"可是，是轩之把桃子给三头人的呀。"

元曜觉得愧对三头人，自责的同时，埋怨白姬道："你害小生陷入不义之地。"

白姬道："轩之不必自责，如果三头人不睡着，玉鬼公主就不能得救。"

"唉。"元曜叹了一口气。如果三头人不睡着，一定会赶走在服常树中疗伤的玉鬼公主。白姬的做法虽然不磊落，但也并非没有道理，不过欺骗三头人总是不对的，明天等三头人醒了，他一定要向三头人赔礼道歉。

白姬、元曜吃饱之后，并排躺在草地上，望着繁星点点的夜空。三头人昏死在他们脚边，三颗脑袋都在梦中磨牙、流口水。

星空寂寥而辽阔，山谷幽静而神秘，服常树、琅玕树瑰玮而壮观，元曜的心情十分复杂，他觉得造化是如此神奇、如此伟大，人类是如此平凡、如此渺小。他转头望向白姬，白姬正怔怔地望着夜空，不知道在想什么，眼角的泪痣红如鲜血。

"白姬，你在想什么？"元曜忍不住问道。她难道也在想宇宙的浩瀚，造化的神奇？还是在想他们能够在茫茫人海中邂逅，并肩躺在这个神秘的山谷中，是一场怎样美丽的奇迹？

白姬转头望向元曜，道："我在想是什么妖兽伤了玉鬼公主。"

"哦，等玉鬼公主醒了，就能知道了。"

"轩之，做人要勇于探索问题的真相。"白姬金眸灼灼。

元曜心中发苦，道："你不会是想……？"

白姬倏然坐起身，化作一条巨大的白龙。

"轩之，我们去探索真相。"

元曜把头埋进草丛里装死，道："小生不去，太危险了，谁知道那是一个什么吓死人的妖兽，连那么勇猛的玉鬼公主都……放开小生，放开小生……"

不顾元曜的挣扎，白龙用龙爪拎起小书生的腰带，将他抛到了龙背上。白龙仰天长啸一声，惊云动月，乘风而起，飞出了山谷。

元曜趴在龙背上，抱住了龙颈，泪流满面。

白龙飞向夜空，在云中游走，俯瞰蓝田山麓。金色的龙目所视之处，只见骏黑如鸦羽的山林、平滑如墨玉的田地。

"轩之，你昨晚看见妖兽是在哪里？"

元曜耳边夜风呼啸，不敢睁开眼睛，死死地抱住白龙的脖子，颤声道："在摩诘家南边的山上。"

"那我们下去。"白龙在云中游走，寻找村庄。

感觉白龙在往下飞，元曜才敢睁开眼睛。一阵疾风卷过，有细沙眯住了他的眼睛。他十分难受，不得不腾出右手揉眼。

恰在这时，白龙飞至村庄上空，俯冲而下。

元曜单手没抱稳龙颈，一个倒栽葱从白龙身上坠下。

"啊，小生掉了——"

"轩之！"白龙大惊，急忙加速去追小书生。

白龙伸了两次爪，都没有捞住下坠的小书生。

"啊啊啊——"小书生笔直地坠下，凄惨的叫声响彻夜空。

第六章　梼　杌

王维的庄院，书房里。

灯火如莲，王维和陶渊明都在。

王维提笔伏案，在写一些什么，不时停笔思索片刻，地上已经散落了不少纸张。

陶渊明坐在窗边拨弄古琴，星光倾泻在他的头发上、衣袖上，勾勒出他的轮廓，让他显得有些不真实。

王维以手托腮，望着砚台边的桃核墨。

桃核墨已经只剩一半了，这意味着他和陶渊明相处的时间已经不多。桃源诗还没有写完，桃源乡也没有找到，陶渊明为他寂寞的羁旅生涯带来了一段温暖而快乐的时光，他却无法回报陶渊明，只能让陶渊明带着空白的记忆离去。

王维转头望向陶渊明，心有千千结。

陶渊明停止拨琴，望向王维，道："怎么了？"

王维欲言又止。

陶渊明似乎明白王维的心情，笑道："摩诘又在闷闷不乐了。"

王维道："我舍不得先生离去。即使先生要离去，我也希望先生带着桃源乡的记忆离去。"

陶渊明笑而不语。

他已经得到了一个知音、一段很美的回忆，这些足以和桃源乡媲美。

王维将地上散落的纸张拾起，吟诵上面凌乱的诗句："遥看一处攒云树，近入千家散花竹。""月明松下房栊静，日出云中鸡犬喧。""当时只记入山深，青溪几度到云林。"

陶渊明打断王维，道："摩诘，重阳节那天，我们一起去登高望远，如何？"

王维笑着答应："好啊。"

陶渊明高兴地笑了，感慨道："我觉得我寄魂于桃核墨，在人间徘徊两百多年，似乎就是为了等待和摩诘一起去登高望远。"

"哈哈。"王维也笑了。不过，他的心中有些悲伤。

就在这时，院子里传来王贵和朱墨的声音。王贵在破口大骂，又好像在扔什么东西，砰的一声。朱墨也在大声地叫唤，好像在驱赶什么。

王维起身，出门去看发生了什么事，陶渊明也跟了出去。

王维来到院子里，借着月光望去，见王贵和朱墨都穿着单衣，赤着脚站在地上。

王贵左手叉腰，右手挥舞着一把扫帚，对着篱笆外的黑暗破口大骂。

朱墨站在王贵旁边，手里拿着一根木棍，双腿发抖，牙齿打战。

篱笆被什么撞倒了一块，那里有一把锄头，不知道是王贵还是朱墨扔过去的。

王维见此情景，问道："可是有窃贼？"

王贵回头，道："不是窃贼，是老虎。不知道从哪里来了一只山虎，最近总在庄院附近游荡，老朽就知道它要作怪，时刻警惕着。果不其然，今晚它来了。"

"老……老虎？"王维的脸色变了。

王贵拍了拍瘦骨嶙峋的胸膛，道："郎君不必担心，老虎已经被老朽一扫帚打跑了。不是老朽自夸，老朽年轻的时候也习过武艺，使力能扛鼎，运气能飞檐，一只老虎不在话下。"

王维顿生冷汗，转头问朱墨："贵伯今天又喝酒了吧？"

朱墨脸色苍白地点头，小声地道："他说心中烦忧，晚饭后喝了大半坛烧酒。不过，他刚才真的一扫帚把那只像老虎的妖怪打跑了。"

王维吃惊道："像老虎的妖怪？！"

朱墨点头，牙齿打战，道："它的毛比老虎长，牙齿像刀锋，长着一张可怕的脸，不知道是什么妖怪……"

王贵老眼昏花，认定了那是老虎。

"明明就是一只老虎，哪里来的什么妖怪？"

朱墨肯定地道："不是老虎，是妖怪。"

王贵挥舞扫帚，豪气干云地道："不管是妖怪，还是老虎，它要是敢再来，老朽就再给它一扫帚。"

王维叹了一口气，不理会喝醉了的王贵，愁道："如果它再来，可怎么办？去找村人帮忙，半路上又恐怕遇袭，这可怎么办是好？"

朱墨也想不出办法，愁眉不展。

一直站在王维身边的陶渊明道："无论是老虎，还是妖怪，都应该怕火，可以去把厨房里的柴火搬来，在院子里生上一堆篝火，坐在火边等天亮。"

王维听了，眼前一亮，立刻吩咐朱墨去办。

朱墨应声而去。

王贵虽然不情愿，但也只好放下扫帚，去搬柴火。

扫帚上沾了一些黑色的香灰，在黑暗中散发着紫色的磷光。

南山之上，峭壁之巅，一只青色的妖兽静静地站着，长长的鬣毛随风飞舞。它外形像老虎，长着狰狞的脸，眼眸是青色的，眼神阴邪而暴戾。

妖兽远远地望着山脚下的某一处庄院，那里生着一堆篝火，隐隐可见三个人围火而坐。它很想靠近，但青目中映出的一道暗紫色的磷光，让它瑟缩着后退了一步。

妖兽烦躁地用爪刨地，仰天发出吼的声音。它开始发狂，身形逐渐变大，嘴巴横向咧开，巨头几乎一分为二，獠牙交错，犹如刀锋。

妖兽的咆哮声响彻群山，原本充满细微声音的山林和田野瞬间变得死寂一片。

然而，这时，天上响起了"啊啊啊——"的惨叫声。

妖兽还没来得及抬头，一团黑影从天而降，正好掉在它的背上，然后滚落开去，摔下悬崖，掉在了三米以下的一块凸出的巨石上。

妖兽受到巨大的冲击，在地上翻滚了一圈。

那人因为先掉在妖兽柔软的身体上，再摔到地上，没有被摔死。他坐在悬崖下面的巨石上叫唤："哎哟，摔死小生了——"

一条白龙从天而降，停在半空中，注视着绝壁之上的青色妖兽，金色的眼眸灼灼如火。

白龙看见妖兽，倒吸了一口凉气，对下面巨石上的小书生道："轩之，原来是梼杌^①！"

元曜没有看见梼杌，也没有听清白龙的话，揉着肩膀，生气地道："不要再提桃了，小生现在一听见'桃'字，就想生气……"

梼杌原本咧开獠牙，准备跳下去一口吞了元曜。但是，白龙出现之后，它停住了脚步，用妖异的青眸与白龙对视，眼中流露出残暴的杀意。

"嗞——"白龙倒吸了一口凉气，转身想逃走，但是看见坐在岩石上的小书生，又停住了。

"嗷——"梼杌怒吼一声，腾空扑向白龙，张开獠牙森森的血盆大口，向龙颈咬去。

元曜这才看见梼杌，大惊，道："白姬，小心怪兽——"

白龙仰头甩尾，避过了梼杌的袭击，口中发出一声震天裂云的巨吼。

梼杌受惊，后退了三步。

白龙看准时机，一个俯冲飞到元曜身边，伸爪抓住了他的腰，带着他一起飞身遁走了。

梼杌乘云而起，紧追不舍。

白龙在前面逃，梼杌在后面追。

白龙一边飞，一边苦恼地道："梼杌……怎么会是梼杌……这下可糟糕了……"

元曜因为白龙飞得太快而头晕，道："小生快……不行了……白姬，不要再你追我赶了，停下和梼杌讲一讲道理，我们和它无冤无仇，它不一定会……"

白龙打断元曜，道："如果能够讲道理，它就不叫梼杌了。梼杌是上古四凶之一，无论人与非人，见之必死。它杀戮并非因为仇怨或者猎食，仅仅是出于乐趣。"

白姬话未说完，梼杌张开血盆大口，喷出青色的妖火。

---

① 梼杌（táo wù），上古传说中的一种猛兽，"四大凶兽"之一，是鲧死后的怨气所化。"四大凶兽"为饕餮、混沌、穷奇和梼杌。

妖火如同一条巨鞭，卷向白龙。

白龙大惊，蜷曲身体，双爪捧住小书生，将他护在怀中。

妖火灼烧在白龙身上，龙鳞瞬间化成了焦黑色，一块一块地脱落，筋肉尽现。

"嗷——"白龙吃痛，发出一声暴怒的巨吼。

有着白龙的翼护，元曜都能感觉到一阵灼浪，觉得如果不是白龙替他挡住妖火，他一定已经被烧成灰烬了。

夜风中，元曜嗅到一股皮肉焦燔的味道，心中紧张：白龙不会被梼杌喷出的妖火烤熟了吧？

"白姬，你还……好吧？"

白龙有气无力地道："还差一点儿，就被烤熟了。"

"如果不是小生，你可以躲开的。"元曜流泪，心中十分痛苦，恨自己无能为力。

白龙安慰元曜道："轩之不必自责，我躲得开妖火，也躲不开攻击。"

梼杌在白龙避火之时，已经逼至白龙身后。

白龙无法，只好转身迎战。

青月之下，夜云之中，一只梼杌、一条天龙对峙着，一个青睛如轮，鬣毛飞扬，一个金眸如火，须鬣戟张。

厮杀，一触即发。

元曜看见这架势，鼓足了勇气，道："白姬，你把小生丢向梼杌吧。它吃小生可能要费一点儿时间，你趁机逃走。记得每年的今日给小生烧几沓纸钱，算是月钱了。"

梼杌一跃而起，张口咬向白龙，鬣毛飞扬如戟。

白龙道："好，我一定给轩之多烧一些纸钱。"

白龙用力将元曜抛向云层之上，小书生腾空而起，吓得几乎昏厥，道："你怎么往上丢啊？！小生怕高啊啊啊——"

白龙腾出双爪，与扑来的梼杌相互撕咬。

"嗷——"

"嗷——"

白龙与梼杌的咆哮声在云天之上炸开，其中还夹杂着小书生"啊啊啊——"的哀号声。

元曜上升到与青月齐高的地方之后，开始下坠。

元曜坠落到白龙与梼杌相互撕咬的高度时，脸上溅了冰冷的蓝色液体。

他心中紧张——那是龙血。

元曜想看清白姬怎么样了，但是下坠的速度太快了，白龙和梼杌纠缠在一起的场景在他眼前一闪即没，消失不见。

元曜飞快地下坠，耳边狂风呼啸，两袖灌满了风，身体很快就会落地。

在接近死亡的瞬间，元曜因为担忧而忘了恐惧。白姬不会有事吧？她为什么要和梼杌战斗？那么可怕的梼杌，白姬一定没有胜算。白姬如果逃走，说不定还有一线生机。

元曜的身边已经出现树林了，他离地面只有十几米，下一瞬间就会摔成肉泥。

元曜闭上了眼睛，脑中浮现的最后一个念头是：希望白姬平安无事。

元曜闭着眼睛等了许久，好像没有着地的迹象，反而有一股力量托着他缓缓上升。

元曜睁开眼睛，一颗龙头映入眼帘，金眸灼灼，犄角弯曲。白龙在最后关头飞来，用龙尾托住了小书生，没让他摔死。

白龙松了一口气，道："还好，及时赶上了。"

元曜惊喜，道："小生居然还活着……"

白龙金眸灼灼，道："别想死，你还得干活还债。"

元曜冷汗涔涔。

"白姬，梼杌呢？"

白龙将元曜抛向后背，飞向夜空，向山谷而去。

"我用锁云术困住了它，但困不了多久，我们赶快走。"

元曜回头望去。

青月之下，一团白云形成了一座牢笼，困住了一只张狂而暴戾的梼杌。梼杌不断地咆哮着、挣扎着，似乎就要破笼而出。

元曜抱着龙颈，发现白龙身上伤痕累累，脱落了许多鳞甲，血肉模糊。

元曜心中悲伤，泪流满面。

"哟！轩之能不哭吗？"白龙大声道。

"咦，你怎么知道小生在哭？"元曜好奇。

"你的眼泪滴在我的伤口上了，疼死了。"白龙生气地道。

"嗯。"元曜赶紧擦干了眼泪。

白龙回眸望了一眼元曜，陷入了沉默。

元曜看着白龙身上的伤痕，心中有千言万语，但不知道怎么开口。

飞到山谷上空时，沉默了许久的白龙和元曜突然不约而同地道：

"对不起，轩之。"

"对不起，白姬。"

"欸？"两个人都吃了一惊。

白龙奇道："轩之为什么道歉？"

元曜道："都是因为小生，你才会受这么重的伤。"

白龙沉默了一会儿，道："其实，是我不该强行带轩之去冒险。我总是忘了轩之是人类，不是非人。人类的生命十分脆弱，十分短暂，我不该强迫轩之，害轩之险些丧命。"

元曜心中涌起一阵温暖，并不怪白姬带他冒险。他很喜欢和她一起夜游，一起冒险，一起经历各种不可思议的事情，邂逅各种各样的非人，体味不同的浮世因果。

元曜道："白姬不必自责，小生没有怪你。和白姬一起冒险的日子，将会成为小生短暂而脆弱的生命中最快乐的时光、最珍贵的回忆。"

白龙金眸温柔，道："轩之真是一个特别的人类。"

白龙降落，已经能够看见服常树和琅玕树了。

元曜问道："白姬，你刚才为什么道歉？"

白龙金眸灼灼，道："我有道歉吗？轩之听错了。"

"你刚才说了'对不起'呀。"

"轩之听错了。"

"呃，你明明说了'对不起'……"

"我说，一切都是轩之的错！"

元曜继续争辩，道："你……"

"错的都是轩之！"白龙吼道。

元曜还要争辩，白龙已经降落到了山谷，一个摆尾，将小书生丢在服常树边的草丛中。

山谷中十分静谧，服常树、琅玕树在月光下熠熠生辉，玉鬼公主沉睡在树洞中，三头人晕死在草地上。

白龙化作人形，走向服常树。经过一场激烈的战斗，她发髻凌乱，衣衫褴褛，蓝色的龙血从伤口涌出，随着她的脚步一路滴落。

白姬走到服常树下，伸手拔掉发簪，漆黑的长发倾泻而下。她脱掉了破败如絮的衣裙，赤身站在大树前，浑身散发出莹润的光泽。她的颈上、手臂上、背脊上伤痕累累，筋肉尽现，皮肤上还有烧焦的痕迹。

元曜急忙侧头，但他的目光被白姬身上的伤吸引，心中震惊、难过。

元曜颤声道："白姬，你身上的伤……疼吗？"

"无妨，很快就不疼了。"白姬道。她伸手从服常树的树干上蘸取青苔一样的积霜，涂抹在伤口上。青霜浸入伤口，裂开的地方缓缓愈合，烧焦的地方又恢复了滑嫩的肌肤。

元曜张大了嘴，道："这青霜好神奇。"

"这是服常树的灵气所聚。"白姬笑道。

她将青霜涂满身上的伤口，但是背后涂不到，就叫元曜帮忙："轩之，过来帮我涂后背。"

"呃。"元曜脸红了，踌躇道，"孟子曰，男女授受不亲，礼也。你这副样子，小生走过去，不大合适。"

白姬撇嘴，道："孟轲也说过，嫂溺，援之以手者，权也。"

元曜挠头，道："可是，白姬你又不是小生的嫂子，也没掉进水里啊。"

白姬叹了一口气，道："我今天终于知道轩之上辈子是怎么死的了。"

元曜疑惑道："小生上辈子是怎么死的？"

"不懂变通，笨死的。"白姬道。

"呃。"元曜语塞。

白姬倏然化作一条手臂粗细的龙，金眸灼灼。

"这样，轩之总可以帮忙了吧？"

元曜点头，走到白龙身边。

白龙背上的黑色伤痕如同裂开的地面，涌出蓝色的龙血。

元曜心中十分悲伤——伤口一定很疼。他用手蘸上青霜，小心翼翼地将其涂抹在龙背上。青霜轻柔而清凉，浸透肌肤，如水流动。

白龙舒服地伸了一个懒腰，眯起了眼睛，道："佛曰，凡所有相，皆是虚妄。无论是龙身，还是女体，都是幻象，都是虚妄。轩之什么时候悟了，也就能够入佛门了。"

元曜道："小生才不想当和尚。"

白龙伸爪，敲了敲元曜的头，叹了一口气，道："痴子不可教也。"

元曜生气地道："请不要随意敲小生的头！"

白龙飞走，绕过服常树一圈，再出现在元曜面前时，又化作了一名白衣女子。

元曜吃惊，望了一眼地上散落的破衣，又望了一眼衣衫整齐的白姬，奇道："哎，你从哪里找来的衣裳？小生没见你带替换的衣物啊！"

白姬掩唇而笑，眨眼："衣裳也是幻象之一，其实我什么也没穿呀！"

元曜大窘，急忙侧头。

白姬伸手将元曜的头扭回来，笑道："开玩笑而已，轩之不必当真。对天龙来说，龙鳞就是衣裳。"

元曜瞪着白姬，吼道："请不要随意拿小生开玩笑！"

白姬堵住了耳朵，笑道："玩笑也是幻象。"

夜已经深了，白姬、元曜并排躺在服常树下休息，玉鬼公主在树洞中陷入了沉睡，三头人在草地上昏迷不醒。

虽然已是深秋时节，但是山谷中十分温暖，睡在草地上也不寒冷。白姬说梼杌无法进入这个山谷，元曜也放心了一些，但还是睡不着。

元曜睁着眼睛望着服常树碧莹莹的枝叶，脑海中盘桓着梼杌可怕的模样，心中忧郁。

也许是太累了，白姬一躺下就睡着了。她一睡着就化成了一条小龙。小龙翕动鼻翼，发出轻微的鼾声。

元曜望着小白龙，在心中默数白龙翕动鼻翼的次数，也渐渐陷入了梦乡。

第七章　王　母

鸟语花香，阳光明媚。

元曜醒了过来，睁开眼睛，顿时吓了一跳。白姬的睡脸近在咫尺，长睫如扇，吐气如兰。

呃，白姬怎么变成人形了？元曜红了脸，一个翻身避开了白姬的脸。

元曜翻身之后，又对上了另一张陌生女子的脸。女子十七八岁，穿着兽纹长裙，长发编成许多小辫子，光洁的额头上有一个月牙形的宝石额饰。

女子长着一张鹅蛋脸，高高的鼻梁，樱桃般红嫩的嘴唇，十分美丽可爱。她眨巴着明亮的眼睛望着元曜，嘴角挂着笑容。

啊啊，这女子是谁？！为什么躺在他旁边？！元曜震惊，女子以为是自己的幻觉，揉了揉眼睛，再次定睛望去。

女子没有消失，还是与他并肩躺着，笑吟吟地望着他。

元曜惊骇，心中害怕，鬼使神差般，默默地又翻了一个身，把脸朝向了白姬，不去看女子。

白姬又变成了小白龙，小龙睡得正熟，嘴巴一张一合。

元曜伸手，戳了戳白龙的头，想叫醒白姬。

白龙翻过身去，把头埋进爪子里，继续熟睡。

元曜没办法，只好继续躺着。

一定是幻觉吧？！元曜躺了一会儿，又翻过身去，打算确认一下。

元曜翻过身，他身后的陌生女子不见了，一只花狸猫蜷缩在草地上，睁着大眼睛望着他。

玉鬼公主？！元曜大惊，张大了嘴。

这时，一片黑影突然出现在元曜上方。

元曜斜眸一看，睡醒的三头人正从他的头顶上方探出身，愤怒地俯视着他。

"啊啊——"元曜吓了一跳，一跃而起。

"砰！"元曜和三头人头碰头，疼得元曜眼冒金星、晕头转向。

花狸猫大怒，纵身而起，化作猞猁扑向三头人，吼道："不许撞元公子！"

猞猁恶狠狠地扑倒三头人，要咬三头人的脖子。

三头人看见双目通红的猞猁，吓得六眼翻白，昏死过去。

元曜急忙爬起，拉住猞猁。

"玉鬼公主请住手，是小生不小心撞上了神人，和神人无关。"

白姬被声音吵醒，睁开一只龙眼，看见猞猁和三头人，才睁开了两只眼。

"神人醒了，玉鬼公主也醒了啊。"白龙化作人形，坐起身来，伸了一个懒腰。

猞猁看见白姬，收敛了狂态，走到白姬面前，礼貌地道："救命之恩，玉鬼感激不尽。大恩不言谢，白姬日后如有用到玉鬼的地方，玉鬼一定赴汤蹈火，万死不辞。"

白姬笑道："玉鬼公主客气了。其实，多亏了轩之，如果不是他发现你，我也无法救你。"

猞猁用血红的双眸望着元曜，獠牙森寒，道："玉鬼打算以身相许，报答元公子。"

元曜闻言，心中一惊一寒，晕了过去。

猞猁奇道："咦，元公子怎么晕了？"

白姬以袖掩唇，笑道："轩之他太高兴了。"

猞猁咆哮一声，大声道："玉鬼也很高兴！"

白姬对猞猁道："公主怎么会受那么重的伤，是谁伤了你？"

猞猁脸色大变，眼中露出一丝恐惧，道："是梼杌……"

那一晚，因为收了元曜的礼物，玉鬼打算去感谢他，循着元曜的气息，来到了王维的别院附近。

山林中，飞禽走兽纷纷逃窜。原来，一只青色的梼杌在林中袭击野兽。梼杌杀死野兽并非为了果腹，而是为了发泄杀意，在杀戮中寻找快感。

稀里糊涂之中，玉鬼正好与梼杌迎面遇上。梼杌散发的杀气引发了猞猁的杀意，猞猁妖化，与梼杌打斗起来。

回忆起当时的战况，猞猁因为恐惧而浑身发抖，颤声道："梼杌杀不死……我明明咬掉了它的头，可是它的头又飞上了身体……太可怕了……"

玉鬼公主虽然骁勇，但也不能对抗杀不死的怪物。

白姬道："梼杌是鲧的魂魄所化，怨念极大，无法杀死。如今不是乱世，不知道凶兽为何会出现在人间……"

猞猁道："我重伤倒卧时，听一只松鼠在临死前说，梼杌徘徊在一户人家附近已经几天了，是为了蟠桃核而来。"

白姬微愕，道："蟠桃核？梼杌要蟠桃核做什么？"

猞猁还未答话，昏死过去的三头人突然睁开六目，三张嘴一起道："吾知道梼杌为什么要蟠桃核。"

白姬、玉鬼一起向三头人望去，三头人受惊，又闭目装晕。

白姬走到三头人身边，笑眯眯地道："神人知道什么，不妨直说。"

三头人闭着眼睛，摇头："不说。"

白姬对玉鬼使了一个眼色，玉鬼会意，纵身扑向三头人。

三头人急忙起身逃跑，跑得太急，狠狠地踩了一下元曜的头。

小书生"哎哟"一声，疼醒过来。

"你又踩元公子？！"猞猁大怒，纵身扑上。

三头人被猞猁扑倒，奋力挣扎。

猞猁狂吼一声，作势要咬掉三头人的头。

三头人大骇，急忙道："啊啊，吾说——吾有三头六眼，太乙山中发生的事情，没有吾不知道的。

"上古时期，梼杌因为去偷西王母的蟠桃，被西王母杀死，尸体葬在太乙山中。

"最近，人间有蟠桃的气息，梼杌因此复活了，要来吃蟠桃核。"

白姬明白了，道："上古太乙山，就是这一片山岭。王维手中的桃核墨，引来了梼杌的怨灵。"

元曜醒过来，正好听见三头人的话语，心中大惊，道："摩诘不会出事吧？"

猰㺄见元曜醒了过来，心中羞涩，一跃而起，奔到了琅玕树后面。一会儿之后，玉鬼公主再探出头来时，已经变成了一只花狸猫。

三头人逃开了猰㺄魔爪，游鱼般灵活地逃走，想潜回服常树上。

白姬手疾眼快，随手拾起一根藤蔓卷去，藤蔓蛇一般地缠住了三头人的足踝，倏地越过树枝，将三头人倒吊在树上。

元曜望着不断挣扎的三头人，苦着脸道："白姬，你又想干什么？"

白姬笑道："我还有话想和神人说，不想让神人跑了。"

三头人眼珠乱转，道："龙妖，你想问什么？"

白姬眼神微凛，道："有什么办法，可以杀死梼杌？"

三头人不回答，闭目装死。

白姬见状，道："不说？那就算了。琅玕树我带走了。"

白姬走向琅玕树，口中"喃喃"念咒，流光溢彩的大树渐渐变小。

三头人的六只眼睛一起睁开，三张嘴一起道："住手！不要动琅玕树！"

白姬停止了念咒，望向三头人，再一次问道："有什么办法，可以杀死梼杌？"

三头人道："天枢弓，日、月、星三箭。

"当年，西王母就是用天枢弓和日、月、星三箭杀死了梼杌。

"梼杌如果中了三箭，必定死去。"

白姬陷入了沉思，"喃喃"道："天枢弓，日、月、星三箭……"

三头人惦记着琅玕树，挣扎着想下地，道："龙妖，快放吾下去！"

白姬回过神来，不理三头人，也不放他，还打算把琅玕树缩小带走。三头人见状，一个头哭天抢地，一个头破口大骂，一个头苦苦哀求。

元曜看不下去了，对白姬道："古语云，言而有信，是为君子。你已经答应三头兄留下琅玕树了，不能食言。"

白姬掩唇道："轩之，我是非人，不是君子。"

元曜语塞，继而道："不管怎样，食言是不对的，你不能带走琅玕树。"

221

花狸猫从服常树后探出头，小声地支持元曜："元公子说得对。"

"嗯。"白姬想了想，道，"既然玉鬼公主这么说了，琅玕树我留下。不过，琅玕树的价钱必须从轩之的工钱里扣除。"

"呃，为什么要从小生的工钱里扣？！"元曜吼道。

白姬笑道："因为，我总不能让玉鬼公主付钱呀。"

花狸猫羞涩地道："玉鬼流落在外，一贫如洗，身边没有钱财，不过，等改天玉鬼去官衙或富商家打劫一次，就会有钱了。"

元曜闻言，心中大惊，急忙道："请公主不要去做不义之事，伤害无辜的人。白姬，琅玕树的价钱就从小生的月钱里扣吧。"

白姬笑道："本来就应该这样。"

花狸猫心中一暖，流泪道："元公子对玉鬼一往情深，玉鬼真感动……"

元曜想解释他只是不希望猰㺄去做伤害他人的不义之事，并没有对它一往情深，道："没有，小生只是……"

白姬伸手捂住了元曜的嘴，把他拖走。

"轩之，我们去拿竹篮。"

花狸猫望着小书生被拖走的身影，大声吼道："玉鬼也对元公子一往情深！"

然后，花狸猫羞涩地一溜烟跑了。

"啊哈？！"白姬笑了，道，"轩之，看样子，你可以做猰㺄族的驸马了呀。"

元曜心中发苦，说不出话来。

白姬、元曜收拾了竹篮、包袱，准备离开山谷。

白姬留下琅玕树，元曜放下三头人，并向三头人道了歉。三头人一个头痴痴地望着琅玕树，一个头低声地诅咒白姬，一个头原谅了元曜。

玉鬼不知道跑到哪里去了，也许是回凌霄庵了。元曜担心它半路上遇见梼杌，两只猛兽又打起来。白姬说玉鬼不会那么傻，再遇见梼杌肯定会避开，不必担心。元曜也就放心了。

白姬、元曜离开时，三头人在服常树上道："龙妖！"

白姬回头，道："什么？"

三头人道："凶兽出世，天地必乱，一定要除掉梼杌，否则，人界必定陷入水火之中。"

白姬金眸灼灼，道："这是您的'愿望'吗？"

三头人严肃地道："这不只是吾的愿望，也是这片山林中所有生灵的愿望。"

白姬笑了，道："明白了。神人请放心，即使拼却轩之一死，我也一定会除掉梼杌。"

"嗯。"三头人安心地笑了。

白姬、元曜走出山谷。

"白姬，你去除掉梼杌，为什么是拼却小生一死？！"

"我随口一说，轩之不必当真。"

"生死攸关，小生必须认真弄清楚。"

"啊，轩之，快看，天上有飞鸟。"

"请不要转移话题。"

"啊，轩之，地上有蚂蚁。"

"白姬！"

白姬、元曜一边吵闹，一边离开了山谷。他们走到谷口时，两匹画马还在溪边吃草。

白姬、元曜跨上健马，驰向官道。

"白姬，我们现在去哪里？"

白姬想了想，道："去王公子家。梼杌想得到桃核墨，现在王公子一定十分危险。"

元曜一听，急道："那我们马上去，小生带路。"

"嗯，先去王公子家见机行事，再想办法弄到天枢弓，日、月、星三箭。"

元曜纵马引路，白姬策马跟随，向王维的别院驰去。

第八章　天　枢

秋风骤起，黄花满地。

元曜、白姬来到别院时，王维正坐在院子中叹气，满面愁容。院子里有一堆燃成灰烬的篝火，篱笆也倒下了一段，王贵和朱墨正在用竹子补篱笆。

王贵听见马蹄声，抬头一望，道："郎君，元少郎君来了。"

王维回头，看见元曜、白姬，起身相迎。

"轩之，白姬姑娘，你们怎么来了？"

元曜刚要开口说梼杌的事，白姬已抢先道："我和轩之来郊外踏秋，顺路前来拜访。今日天色已经不早，不知道能否在贵庄院借宿一晚？"

王维笑道："白姬姑娘芳驾亲至，草堂蓬荜生辉，只是，有些不凑巧，昨晚出了一些事情，你和轩之留在这里怕有危险。"

王维述说了昨晚妖兽来袭，被王贵打跑的事。

白姬笑道："我就是为它而来。"

王维惊讶，道："什么？"

白姬道："此事说来话长，我想先见一见陶先生。"

王维道："这和先生有什么关系？"

白姬肃容道："这攸关陶先生的存亡，也攸关您的生死。"

王维急忙请白姬、元曜来到书房。

白姬、元曜坐下之后，王维小心翼翼地拿出桃核墨，桃核墨还剩一半。王维在砚台中滴入清水，磨开了墨锭。

白姬翕动鼻翼，道："这墨有一股灵气，梼杌大概就是循着这股灵气而来。"

随着墨锭化开，陶渊明在虚空中显出了身形。

陶渊明作了一揖，道："白姬别来无恙？"

白姬笑道："一切安好，只是，最近因为陶先生而遇到了一些麻烦。"

白姬对王维、陶渊明说了梼杌的事。

王维大为惊恐，道："如果梼杌吃掉桃核墨，先生就会消失了。"

陶渊明却安之若素，道："如果命中有此一劫，也无可奈何。早走几日，晚走几日，也没什么区别。摩诘，为免连累你，就请白姬姑娘将桃核墨带回缥缈阁吧。"

"不！无论如何，我不想离开先生。"王维摇头，断然拒绝，将剩下的一半桃核墨紧紧地攥在手中，仿佛那是一件最珍贵的至宝。

白姬也道："我不会带走桃核墨。从缥缈阁卖出的东西，再拿回去，就失去了意义。"

"那请将桃核墨丢入山中。"陶渊明望着白姬，恳求道。他明白梼杌有多危险，不希望王维受到牵连。他也明白王维不会丢掉桃核墨，所以恳求白姬。

白姬摇头，道："那样做，也失去了意义。"

"那该怎样做？"陶渊明问道。

"不知道。"白姬摇头。

因为无计可施，书房中陷入了沉默。王维望着陶渊明，陶渊明望着白姬，白姬望着桃核墨。元曜低头望着桌案上的白纸，白纸上写着零散的诗句。

书房中寂静无声，窗户边的香炉中不时逸出一缕缕水沉香的烟雾。

王贵进来奉茶，看见一屋子沉默的人，不由得一愣。他放下三盏茶，低声对王维道："邻村的几名猎人已经到了，朱墨正在招呼他们，郎君是不是也过去打一声招呼？"

王维还未说话，白姬道："梼杌不是普通猎人能够对付的凶兽，王公子请叫他们回去，免得伤及无辜。"

陶渊明也点头，道："切不可牵连他人，否则，我心难安。"

王维也同意了，起身随王贵出去，打发猎人。

临走时，王维没有忘记将桃核墨包好，放入怀中。

"从现在起，桃核墨我会随身携带，寸步不离。"

陶渊明大惊，道："摩诘，你这是自陷于危险中。"

王维道："我不怕梼杌，只怕先生离去。"

"你……唉！"陶渊明重重地叹了一口气。

王维去应酬猎人们。他向前来帮助他的猎人们道了谢，并让王贵给了每人几吊钱，打发他们离去。猎人们过意不去，就在别院附近布置了几处捕兽夹以防不测，才告辞离去。

书房中，白姬毫不见外地倚在软榻上，一边喝香茶，一边和陶渊明隔案对弈。陶渊明心事重重，明显没有认真下棋。

元曜观棋的同时，也心中发愁，道："白姬，这可怎么办呢？"

白姬落下一枚白子，封杀了一片黑子，道："只能走一步看一步了。"

陶渊明随手落黑子，反而围杀了一大片白子。

陶渊明见白姬面露愠色，道："啊，随手一卜，不知怎么就杀了一片子，白姬不要见怪。"

白姬揉额，道："我最讨厌下棋了。"

元曜道："白姬，即使讨厌下棋，这盘棋你也要输了。"

白姬道："闭嘴。"

秋月如钩，荒苔满地。

吃过晚饭之后，白姬、元曜、王维、陶渊明在书房中闷坐，担心梼杌来袭。闷坐无聊，白姬提议道："反正闲坐也无聊，不如去庭院中赏月。"

元曜苦着脸道："哪里有心思赏月，万一梼杌来了怎么办？"

白姬笑道："梼杌如果要来，即使不赏月，它也会来。"

陶渊明赞同，道："正是。秋景甚美，不如去赏月，放松心情。"

王维也同意了，取下墙上悬挂的宝剑，佩戴在身上。

院子中燃着一堆篝火，王贵、朱墨坐在火边加柴火。见主人和客人们出来赏月，朱墨去取来了一张厚毛毯，铺在篝火边。

白姬、元曜、王维、陶渊明围坐在毛毯上。朱墨又去取来几坛菊花酒，拿来一些糕点，供主人和客人赏月。

夜云如丝，四周的山林中黢黑一片，没有鸟叫声和虫鸣声，安静得诡异。夜风起时，山林里会传来风吹木叶的沙沙声。

元曜打开一坛菊花酒，准备倒入各人的酒杯中。

"菊花酒味淡，用杯子喝不过瘾，用坛喝才够味。"白姬不等元曜倒酒，已经拍开了一坛酒的封泥，仰头将酒灌入喉中。

酒液顺着白姬的唇角滑落，她随手用衣袖擦去酒液，哈哈大笑："好喝。"

陶渊明竖拇指，笑赞道："白姬姑娘海量。"

王维也笑道："这是村民自己酿的菊花酒，虽然味淡，但后劲足。"

元曜吼道："白姬，请不要如此粗暴地饮酒！"

白姬笑道："轩之，'豪饮'也是一种雅趣，何来'粗暴'之说？"

元曜还要理论，白姬已经拿起酒坛给他灌酒。小书生没有白姬力气大，被灌了几口酒，呛得咳嗽连连，手舞足蹈。

王维、陶渊明哈哈大笑。

王贵、朱墨也掩口，暗暗发笑。

不知什么时候，白姬的手中多了一支短笛，她笑道："有酒有笛，只差轩之一支舞了。轩之，跳一支舞助兴吧。"

元曜生气地道："小生不会跳舞！"

白姬也不勉强元曜，笑道："那让火焰代替轩之跳舞吧。"

白姬吹响短笛，篝火倏地燃得更旺了。火焰飘摇，渐渐形成一个舞女的形状。火焰舞女离开篝火，踏着短笛的旋律在院子中跳舞，身姿窈窕，火裙飞扬。

王维、元曜、王贵、朱墨张大了嘴，吃惊地望着翩翩起舞的火女。

火女步步生莲，随着笛曲一个转折，一化为二，二化为四，四化为八。八名火女先是围着白姬、王维、元曜一行人跳舞，随后移步到旁边的柳树下。

火女们围着柳树舞动，在笛声停下时，倏然钻入了地下，在火女消失的地面上只留下八个八卦图①的"离"②卦符号。

庭院寂静，篝火熊熊。

王维问白姬道："这是什么法术？好神奇。"

白姬笑道："驭火术。记住，如果遇见危险，就去柳树下，可以暂时避灾。"

元曜问道："白姬，梼杌今晚会不会来？"

白姬回眸，望向虚空中的某一处黑暗，道："它，已经来了。"

"嗷——"梼杌一声巨吼，从虚空中踏风而来。它已经是妖化状态，鬃毛飞扬，眼珠在黑夜里诡碧吓人，利齿在月光下寒光如刀。

梼杌嗅到蟠桃核的仙灵之气，急迫地冲下庭院。

妖风大作，飞沙走石，布置在别院周围的捕兽夹"咯嗒咯嗒——"启动，但连梼杌的一根毛发也没碰到。

梼杌踏入庭院的那一瞬间，王贵手持木棍迎上，朝梼杌击去。他已经握着木棍准备了许久，看见主人和客人对待梼杌如魔神，心中暗暗不屑，因为昨晚他用扫帚就轻易地打走了梼杌。他打算今晚再露神威，打走梼杌，让大家对他刮目相看。

然而，这一次，王贵的木棍尚未打中梼杌，就已经被凶兽散发的煞气折断。梼杌朝王贵大吼一声，王贵远远地跌开，摔倒在地上。

"贵伯！"王维怜悯王贵年老，怕他摔坏了，急忙跑过去。

梼杌闻到王维身上的桃核墨的气味，张开血盆大口，准备连人带墨一起吞下。

陶渊明大惊，道："摩诘，小心！"

---

① 八卦图，衍生自中华古代的《河图》与《洛书》，相传为伏羲所作。其中《河图》演化为先天八卦，《洛书》演化为后天八卦。

② 离，伏羲八卦中，离代表"火"。

王维倏地抽出宝剑，挥向梼杌。

梼杌一口咬下去，咔嚓一声，咬碎了剑刃。

王维大惊，急忙退避。

王贵已经摔得昏死过去，朱墨年纪小，吓得动弹不得。元曜也吓得脸色苍白，不知道怎么办才好。

陶渊明见王维陷入危险，奋不顾身地扑了过去，用身体挡住了王维。

"摩诘，快走——"

梼杌用利爪袭向陶渊明，陶渊明的胸膛被撕裂，鲜血淋漓。

"先生——"王维惊呼。

陶渊明渐渐透明，化作一缕青烟，钻入了王维怀中。

王维感到怀中的桃核墨咔嚓一声，似乎裂了。

梼杌张开巨口，咬向呆滞的王维。

与此同时，白姬摔碎一坛菊花酒，低声念了一句咒语，地上的酒液腾空而起，化作一条水鞭卷向梼杌。

在梼杌咬向王维的刹那水鞭缠住了梼杌，将它拖上夜空。

"嗷——"梼杌狂吼一声，水鞭断作数截，消失无痕。

白姬见状，急忙咬破食指，用龙血在空中写下"金""木""水""火""土"五个字。五个龙血字分别化作五条巨龙，飞卷向梼杌。

金龙、木龙、水龙、火龙、土龙与梼杌缠斗，吟啸声不绝。

元曜趁机跑到王维身边，一边拖昏死的王贵，一边提醒王维道："摩诘，快去柳树下。"

王维才反应过来，和元曜一起将王贵拖向柳树。朱墨如梦初醒，也战战兢兢地爬了过去。

夜空中，五条龙和梼杌正在激斗，金龙咬住了梼杌的头，木龙、水龙、火龙、土龙分别咬住了梼杌的四肢，五条龙朝五个方向飞去。

梼杌被一分为五，黑血如雨，脏器纷飞。

梼杌的黑血和脏器散落在院子中，一团像是肠子的东西跌落在柳树下。

白姬身上也溅了许多黑血，白衣上如绽墨梅。

元曜、王维将王贵拖到柳树下，在经过离卦符号时，因为太急，王维摔了一跤，桃核墨从他的怀中掉落。

王维急忙回身去拾桃核墨，然而梼杌的肠子蠕动起来，在王维的手触碰到桃核墨之前，已经覆盖了桃核墨。

桃核墨没入了黢黑的梼杌之肠中，包裹墨锭的锦缎被染成了褐红色。

王维大吃一惊，元曜也大吃一惊，朱墨吓得抱头尖叫起来。

王维顾不得害怕和恶心，赤手去和梼杌之肠抢桃核墨。

梼杌之肠如蛇一般缠绕上王维的手，王维干脆死死地攥住它，对元曜道："轩之，快夺桃核墨！"

元曜反应过来，急忙拾起血泊中的桃核墨。

王维大喝一声，挣开梼杌之肠，将它远远地扔开。

夜空中，五条龙分别咬住了梼杌的一部分。在梼杌之肠被王维扔开的刹那，梼杌的五个部分在龙口中动了起来，梼杌的头部瞬间变大，张开巨口吞下了金龙，梼杌的四肢分别从龙口滑进龙腹中，从龙的腹部破出。

五条龙连凄鸣都未来得及发出，瞬间化作虚无。

五条龙消失的同时，白姬吐出了一口蓝色的血，脸色苍白。

梼杌的五个部分合在一起，组成了完整的梼杌，地上的黑血、脏器也纷纷回归原位。一道青色的妖芒闪过，梼杌恢复了完整的形态，仰天发出一声咆哮。

梼杌飞速冲向桃核墨，元曜拿着桃核墨不知所措，王维反应迅速，急忙将元曜拉到柳树下。

梼杌接近柳树的瞬间，地上的八个离卦符号上分别蹿起一团火焰，八团火焰化作八名金甲神人，高约八尺，威武雄壮。

在火焰蹿起时，梼杌因为惊吓而后退了三步。它低下头，喉咙里发出低啸声，狡猾地注视着拿着桃核墨站在火焰神人后面的元曜，准备伺机攻击。

然而，火焰神人守护严密，毫无破绽。

梼杌没有耐心等候，咆哮一声，冲向元曜。

火焰神人大怒，扬手挥火刀，梼杌被火焰刀掀翻，滚了开去。

梼杌无法袭击柳树下的人，转而攻击白姬。

在梼杌复活的那一刻，溅在白姬衣裙上的黑血开始蠕动，化作一条条黑色的荆棘。荆棘在白姬身上越勒越紧，即将刺破血肉。

白姬倏然缩小成一条手臂粗细的小白龙。小白龙灵巧地钻出了束缚，回首吐出冰蓝色的火焰，将荆棘烧成劫灰。

恰在这时，梼杌张口袭来，小白龙没有来得及逃走，就被梼杌咬在口中。

"嗷——"小白龙在梼杌口中发出一声吟啸，却挣扎不出来。

"白姬——"元曜大惊，担心白姬被梼杌吃了，一股热血冲向头顶，将桃核墨塞给王维，拾起地上的木棍，奔向梼杌。

砰！元曜一棍子敲在梼杌的头上。

梼杌张嘴，吐出了小白龙。

小白龙无力地掉在地上，闭上了眼睛。

梼杌愤怒地对着元曜狂吼一声，元曜被一股巨大的力道震开了，跌倒在竹篱笆下，浑身疼痛欲裂。

梼杌一步一步地走向元曜，双眼青碧，浑身戾气。

元曜十分害怕，背脊也十分疼痛，抬眼去看白姬。

小白龙晕死在地上，不知死活。

眼看白姬指望不上，元曜情急之下，拾起手边的一把扫帚，向梼杌掷去。然后，他闭目等死。

谁知，梼杌见扫帚飞来，幽瞳中闪过一抹惧色，竟然转身逃走。不过几个起落，梼杌就逃到了远山之上。

夜风吹过，篝火熊熊，元曜、王维、朱墨松了一口气。小白龙也睁开一只眼睛，没看见梼杌，才睁开了两只眼睛，化作白衣女子优雅地坐起身来。

元曜本来在担心白姬的生死，却见她自己利落地坐了起来，生气地道："白姬，你居然装死？！"

白姬没有否认，笑道："俗话说，打不过就跑，跑不了就装死。这才是生存之法。"

元曜吼道："没有这种俗话！大丈夫立于天地之间，生当磊落，死当慷慨，岂能装死偷生？"

白姬理了理鬓发，笑道："轩之的话倒也不错，只是我得先把命留着，才有机会去找天枢弓，杀死梼杌。它会扰乱天纲，涂炭生灵，更重要的是会打乱长安城中千妖百鬼的秩序。"

元曜道："那也不能装死！"

白姬嘻嘻一笑，走到扫帚边，拾起扫帚观看。

元曜站起身，拍了拍身上的泥土，凑到白姬身边，道："怎么回事？那梼杌看上去似乎很害怕扫帚。"

白姬望着扫帚上的紫黑色香灰，道："梼杌不是害怕扫帚，是害怕扫帚上的香灰。"

白姬拿着扫帚走向柳树下，元曜急忙跟上。

白姬低声对元曜道："刚才，谢谢你。"

元曜一愣，才反应过来白姬说的是他冒死跑去打了梼杌一棍，让梼杌把小白龙吐出来的事。

元曜脸一红，道："哦，没什么。"

白姬以袖掩唇，道："轩之救了我，我打算以身相许，报答轩之。"

元曜瞬间呆住，僵立在原地，脑袋中的千思万绪变成了一团糨糊。

白姬走了两步，回头笑道："开玩笑而已，轩之不必当真。"

元曜的思绪又回到了头脑中，他脸色涨红地吼道："请不要随意开这种玩笑！"

白姬诡笑："嘻嘻。"

柳树下，朱墨在掐王贵的人中，王贵悠悠转醒。

王维在手中摊开锦帕，看着破碎成尘的桃核墨，轻声呼唤："先生，先生，你还在吗？"

一阵夜风吹过，吹散了桃核墨的碎尘，布帛上只留下指甲大小的一块墨。

王维流下了眼泪，心中悲伤。也许，陶渊明再也不会来了，王维还有很多话想和他说，还想和他一起去看桃花源。

白姬念了一句咒语，八名火焰神人消失了踪迹。

白姬走向王维，拍了拍他的肩膀，示意他不要伤心。

"陶先生还在，不过很虚弱，需要休养，暂时无法现身。"

"真的？！"王维转悲为喜。

"真的。"白姬笑着点头。她没有告诉王维，以桃核墨的状况来看，陶渊明下一次出现，也许就是和王维永别的时候了。

白姬问王维道："王公子，这扫帚上的香灰是从哪里来的？"

王维定睛一看，茫然摇头："不知道。朱墨，你知道吗？"

朱墨欲言又止，推托道："公子，这个，得问贵伯。"

王贵刚醒来，听见白姬问这个问题，有些不敢开口回答。他指着朱墨，道："郎君，一切都是这小子出的馊主意。"

朱墨分辩道："公子，不关我的事，我只是看贵伯因为鬼而愁眉不展，才提议他去凌霄庵拜佛，拿一些香灰回来驱鬼。香灰是他拿回来的。"

王贵和朱墨你一言我一语地述说了事情的经过。

原来，因为陶渊明夜夜出现，影响了王维的社交生活，王贵心中忧愁，整天唉声叹气。几天前，朱墨看不下去了，就给王贵出了一个主意，让他去凌霄庵烧三炷香，拿香灰回来驱鬼。之前邻村某户人家闹鬼，就是去凌霄庵烧了三炷香，然后把香灰撒在窗下、门外，成功地驱走了鬼。

王贵动了心。第二天上午，他借口去采买东西，带着钱去了凌霄庵。那一天，凌霄庵的香客特别多，尤其是给弥勒佛、观音大士上香的人，多得都挤出了大殿外。

王贵懒得等候，见供奉西王母的殿堂人少，就去给西王母上了三炷香。他跪着等香燃完，把香灰扒拉进一张纸中包好，放入了怀里。王贵留下香火钱，离开了凌霄庵。

当天傍晚，王贵把香灰撒在窗下、门外，以为香灰会驱走陶渊明。谁知，陶渊明晚上还是来了，天明又走了，香灰完全没有驱鬼的效果。

王贵很生气，大骂凌霄庵坑人，又怕被王维发现，偷偷地用扫帚扫掉了门口、窗外的香灰。香灰就沾在了扫帚上。

朱墨倒是觉得香灰不驱鬼是因为王贵拜错了神，西王母又不管驱鬼的事，王贵应该拜弥勒佛或者观音大士才有用。

白姬听完王贵和朱墨的叙述，笑了："轩之，天枢弓能拿到了。"

元曜道："去哪儿拿？"

白姬笑而不答。

第九章　重　阳

元曜又问道："梼杌为什么会害怕香灰？"

白姬道："因为，这香灰是西王母座前的。"

"什么意思？"元曜不解。

白姬解释道："梼杌曾经被西王母杀死，惧怕西王母。如今，它复活了，但仍然保留着对西王母的恐惧。西王母座前的香灰也有西王母的灵气，这份气息让梼杌害怕。"

王贵叹道："这么说来，幸好老朽拜的是西王母。"

天色已经不早，白姬、元曜、王维等人收拾了残局，进房休息。

王贵翻出剩下的香灰，撒在别院周围，以防梼杌再来。王维把自己关在书房里，点着灯火，痴痴地坐着，他的侧影映在窗户上，十分寂寞，十分悲伤。

朱墨给元曜、白姬分别收拾了一间客房，让他们歇息。

元曜心中既恐惧，又疑惑，躺在床上睡不着，思绪万千。桃核墨已经碎了，陶渊明会不会就此消失？王维看上去很伤心，希望他不要太难过。梼杌不知道什么时候又会来袭，到时候怎么办呢？白姬说可以拿到对付梼杌的天枢弓，她会去哪里拿？拿到了，又真的能够对付那么可怕的、杀不死的梼杌吗？

元曜正在忧愁，忽然听见隔壁的门吱呀一声开了。不一会儿，他看见关紧的窗户上隐隐有光，光芒中渐渐地浮现出白姬的脸。

白姬眨了眨眼睛，笑眯眯地望着元曜。

元曜吓得一个翻身坐起，手指着窗户发抖，说不出话来。

白姬笑道："轩之还没睡着啊。"

元曜生气，道："即使睡着了，也被你吓醒了。请不要从关紧的窗户中伸出一个脑袋来！"

白姬以袖掩面："我只是顺路悄悄地来看一眼轩之睡着了没有，吓到轩之了吗？"

"请不要以这么诡异的方式偷看！顺路？你要去哪里？都这么晚了。"

"出去一下，有两件事情要办。"

"什么事情？"

"去凌霄庵向西王母借天枢弓。"

"哎？西王母在凌霄庵？"

"西王母在昆仑。不过，去凌霄庵祈求的话，她能够听见，可以免除跋涉之苦。"

"西王母会借天枢弓吗？"

白姬幽瞳微闪，诡笑："会的。"

元曜沉默。他觉得自己不应该问这个问题，因为即使西王母不想借，白姬也会有一千种办法弄来天枢弓。

元曜又问道："另一件事是什么？"

"回缥缈阁让阿绯去办一件事，好了结桃核墨这段'因果'。"

元曜道："现在都已经过了子夜，你一个人要办两件事情，时间恐怕来不及，小生反正也睡不着，不如替你回缥缈阁带话给阿绯姑娘。"

白姬高兴地道："这样甚好。"

白姬对元曜吹了一口气，招手："轩之，过来。"

元曜站起身，走向窗户，另一个元曜倒下去，睡在床榻上。元曜没有开门，直接从墙壁穿了出去，站在白姬身边。

白姬笑道："轩之，你回去对阿绯说，'山鬼吹灯，魑魅魍魉。化入春红，桃之夭夭。花如镜影，缘尽空幻'。"

"什么意思？"元曜不明白白姬让他带的话是什么意思。

白姬笑道："什么意思阿绯会懂的，轩之把话带到就是了。"

"好吧。"元曜道。

白姬又道："如果缥缈阁里没有什么事，叫离奴明天也来吧。后天就是重阳节了，离奴独自留在缥缈阁会觉得孤单。"

"好。"元曜道。

王贵、朱墨已经睡了，王维还在书房里对灯枯坐，也许他在等待陶渊明。

白姬、元曜从马厩里牵出画马，一人一骑，离开了别院。在岔路口分别时，元曜担心半路会遇见梼杌，以及是否能够深夜进长安城。

白姬道："无妨，梼杌看不见你，城墙也拦不住你。记住，天亮之前一定要把话带到。"

"好。不过，小生天亮之前恐怕赶不回别院了，不会有事吧？"元曜担心他的灵魂回不了身体。

白姬笑道："别担心。这一次，我用了一点儿特别的法术，天一亮，你就回来了。"

白姬、元曜分别，一个去凌霄庵，一个去缥缈阁。

元曜骑着健马奔驰如飞，很快就到了启夏门。他穿过关闭的城门，没有任何阻碍，城墙拦不住他，戍守的卫兵也看不见他。但是，一左一右站在城门边的神荼郁垒却和他对上了目光。

神荼面容狰狞，郁垒神情凶恶，小书生十分害怕，急忙打马而过，不敢多看它们。

神荼望着小书生远去的背影，吐着蛇舌，道："那书生怎么只剩一缕魂魄了？他的肉身不会被那个不能说名字的龙妖给吃了吧？"

郁垒目光如电，道："依我看，他是肉身还在，心却早已被龙妖吞噬了。"

"龙妖太可怕了！"

"呦，好恐怖……"

元曜回到缥缈阁时，一时没有勒住马，连人带马一起穿过门扇，冲进了大厅。健马冲进墙壁上的《百马图》，消失不见了。元曜摔倒在地上，倒也不觉得疼。

元曜站起身来，摸到柜台边，点上了油灯。大厅里还是他离开时的模样，一切都那么熟悉。虽然，在缥缈阁中，灯火照不到的幽暗之处总有魑魅攒动，货架上的每一件宝物中也都栖息着诡异的妖灵，但元曜还是觉得这里安心温暖，像是回到了家一样。

元曜拿着油灯走向后院，在经过里间时，进去叫离奴，但离奴不在里面，连寝具都没有铺在地上。

离奴去哪里了？元曜纳闷地来到后院，眼前的情景让他张大了嘴。

月光下，原本赏心悦目的庭院变得乱七八糟，不知是谁挂了满院子的白色招魂幡，点了满院子的香烛，草地上还画着奇怪的符阵。

白幡随风飘摇，香烛烟火熏天，草地上鬼画桃符，祭品堆积，说不出地阴森吓人。

一只黑猫倒在回廊下呼呼大睡，翻着圆滚滚的肚皮，四脚朝天。黑猫的额头上系着一条太极图案的布条，爪边放着一本《论语》。

离奴在干什么？后院怎么会被弄得这么乱七八糟？

元曜不明白这是怎么一回事，但他也没工夫理会，艰难地踏过乱七八糟的庭院，走到了绯桃树边。

元曜整了整衣衫，礼貌地道："阿绯姑娘，白姬托小生给您带一些话。她有事想请您帮忙。"

桃叶纷纷散开，阿绯从桃树上探出身来，华艳而美丽。

阿绯以袖掩唇，温柔地道："元公子请讲。"

元曜摇头晃脑地道："山鬼吹灯，魑魅魍魉。化入春红，桃之夭夭。花如镜影，缘尽空幻。"

阿绯听了，开始有些疑惑，但侧头想了想之后，似乎明白了。

阿绯问元曜道："白姬还让您带什么话吗？"

"她让小生叫离奴老弟一起去摩诘家过重阳节。"

阿绯笑了，道："明白了。请转告白姬，阿绯一定办到，到时候以桃花为记号。"

元曜虽然一头雾水，但还是点头道："好。小生一定转告。"

阿绯笑着消失在了夜色中。

元曜又艰难地踏过各种障碍回到走廊下，叫醒离奴："离奴老弟，快醒醒——"

黑猫睁开了眼睛，看见元曜，一跃而起。

"咦，书呆子回来了？！主人呢？主人没回来吗？"

白姬如果回来了，看见后院变成这样，估计会生气地把离奴吊起来抽一百鞭子吧。元曜在心里想。他把王维家发生的事情简要地向离奴说了一遍，并转达了白姬的话。

离奴大怒，道："太可恶了！梼杌居然敢咬主人？！待爷去把它撕碎了吃掉！"

元曜道："那梼杌撕不碎的，离奴老弟还是不要莽撞行事，白姬好像有办法对付它。话说，离奴老弟，你在干什么？怎么把后院弄成这样一副阴恻恻的样子，怪吓人的。"

黑猫瞧了元曜一眼，欲言又止，最后还是说了。

"爷在从黄泉地府中招魂。"

"招谁的魂？"元曜奇道。

"招书呆子你爹的魂。"

元曜大惊，道："你招家父的魂干什么？！"

黑猫挠头："之前，爷不小心把你的《论语》烧了，你很生气，说书里有你爹的亲笔批注，爷就去买了一本新《论语》，打算招你爹的魂来再写个批注，然后还给你。爷不愿欠别人的东西。"

元曜如遭雷击，一下子愣住，半晌之后，反应过来，低头望着地上的《论语》，浑身颤抖。

从封面上看，这本《论语》还是崭新的一本书，完全没有写过字的痕迹。

黑猫在一边解释道："你爹可能已经投生去了，爷没招到他的魂。"

元曜的面色渐渐铁青，他生气地去掐离奴的脖子，大声道："即使家父还在黄泉，也不许因为这一点儿小事去打扰他老人家！"

今夜，白姬施了一点儿特别的法术，一缕幽魂的元曜不能如往日夜游时那样触碰到东西，虽然怒发冲冠，但怎么也掐不到离奴的脖子。

离奴见状，脖子一伸，闭上双眼，道："好吧，只要书呆子不生气了，爷今晚不还手，让你掐好了。"

元曜掐不到离奴，便不理离奴，向着院子里的香烛和招魂幡跪拜了一番，算是向父亲的亡魂致歉。

黑猫挠头，仍不明白自己做错了什么事。

见天色不早了，元曜准备回王维家。离奴让元曜等自己一会儿，等离奴收拾完后院之后一起走。元曜还在生离奴的气，不肯等，准备先走。

离奴眼珠一转，拿了一支香，将元曜的袍角插在地上。元曜无法动弹，自己也无法拔香，只好等着离奴。

离奴一边收拾后院，一边絮絮叨叨："太麻烦了！爷以后再也不读书了！会识字也没什么了不起，爷不识字，也开开心心地活了一千五百年，那些识字的，每天自寻烦恼，未必活过一百年。你说是不是，书呆子？"

元曜被香钉在原地，苦着脸坐在地上，还在生离奴的气，故意不理离奴。

离奴也不在乎，继续一边收拾，一边自言自语。

清晨的第一缕阳光洒下时，尽管被香钉住，元曜也消失了身影。

元曜这才明白，白姬怕他天亮时回不去，早已施了回魂术。

离奴看着元曜消失，叹了一口气，道："唉，白留了。原来，主人早施了回魂术。"

元曜消失在缥缈阁的同时，已身在王维家的客房中。他的魂魄与身体合为一体，像是昨晚没有离开过别院一样。

元曜起床，推门而出。

天已经亮了，清晨的风十分舒服。

王贵和朱墨也起床了，一个在打扫院子，一个在厨房做饭。

元曜望了一眼书房，书房中十分安静，王维好像还没起床。

王贵道："郎君坐了一夜，哭红了眼，刚睡下。昨晚，鬼好像一直没有出现。不知道，他还会不会再出现。"

元曜听了，心中有些怅然。

元曜洗漱之后，去找白姬，发现她还没回来，不禁有些担心。吃过早饭之后，元曜坐在院子里晒太阳，痴痴地发呆。

元曜不经意间侧头，看见一名皂衣男子站在菊花丛中，好像是陶渊明。

陶渊明朝元曜笑了笑，眼神悲伤，继而消失不见了。

元曜急忙站起身，奔去菊花丛边，道："陶先生，是你吗？"

一阵风吹过，金菊翻舞，如同波浪。

一朵盛开的菊花中，露出一块比指甲略大的桃核墨。

菊花中怎么会有桃核墨？难道是昨夜掉的？

元曜十分疑惑，拾起桃核墨的碎片，打算等王维醒了以后交给他。

别院外面，石桥之上，　名白衣女了骑马而过。她驻马桥头，向别院中张望，马背上挂着一张漆黑的巨弓，弓臂上纹绘着朱色的蝌蚪文，和日、月、星的标志。

白姬望见元曜坐在院子中喝茶发呆，眼珠一转，笑了。

"不如，试一试天枢弓。"

白姬伸手取下天枢弓，左手挽弓，右手平摊在阳光下。

阳光在白姬的手掌上凝聚成一支光箭，光华灿烂，如水流动。

白姬搭箭上弓，对准了元曜的发髻，但她想了想，怕元曜生气，还是将弓箭压低，对准了他手边的茶杯。

"嗖——"光箭离弦，飞射向茶杯。

光箭穿透茶杯，茶杯砰的一声，碎成齑粉。

茶水熊熊燃烧起来。

元曜大吃一惊：无缘无故，茶杯怎么碎了？茶水怎么燃烧起来了？茶水又不是油，怎么会燃烧起来？！

元曜张大嘴，傻傻地坐着，直到火焰蔓延上他的衣袖，他才反应过来，一跃而起，手忙脚乱地甩袖灭火。

"嘻嘻。"白姬在桥头偷笑。

元曜听见笑声，侧头一看，望见白姬在石桥上诡笑，顿时明白了什么。

元曜跑到竹篱笆边，生气地对白姬道："你又捉弄小生！"

白姬骑马走近，笑道："我是在代替老天爷惩罚轩之。"

元曜愣怔，道："小生从没做什么伤天害理的事情，老天爷为什么要惩罚小生？"

白姬道："阳光明媚，秋高气爽，如此大好时光，轩之却愁眉苦脸地发呆度过，这未免太可恶了。虚掷光阴，是世间第一大罪，应该受到天罚。"

"啊？！"元曜抬头四望，但见溪水明如玉，山野遍金黄，远处的田地中有农人正在辛勤劳作，村落中炊烟缓缓升起，田园风光一片温馨静美。

元曜有些惭愧，认为白姬说得有理，这样美好的秋日确实不该在愁闷中度过。

元曜道："多谢白姬提醒，小生确实不该愁闷地虚掷光阴。"

白姬走进院子，将马缰递给元曜，道："那么，轩之就去做事，来充实光阴。先把马牵入马厩，再沏一壶香茶，顺便去厨房给我拿一些吃的点心来，然后再去取一些朱砂、一支毛笔、一个箭囊。如果没有朱砂，家禽的血也可以。"

元曜的脸青了，他道："请不要用随意使唤小生来充实小生的人生！"

"嘻嘻。"白姬诡笑。

元曜把马牵入马厩，请朱墨沏了一壶茶，又去拿了一些点心给白姬，然后去找来了朱砂、毛笔和箭囊。白姬坐在院子中悠闲地吃点心，元曜忙完之后，在她对面坐下，望着那一张漆黑的弓。

"白姬，这就是天枢弓吗？"

白姬点头，道："对。"

"箭呢？只有弓，没有箭吗？"

白姬喝了一口茶，道："日、月、星三箭都非有形之箭，肉眼看不见。"

元曜挠头，道："看不见的箭？"

白姬笑道："对，看不见的箭。"

喝完了茶，吃完了点心，白姬开始用朱砂在地上画符阵。符阵画好之后，她把箭囊放在符阵中央，就去客房睡觉了。

"啊，太累了，先去睡一觉。"

元曜望着朱砂符阵，不知道是不是错觉，他觉得符阵中的阳光格外刺目，仿佛大多数阳光都聚集在了符阵中，如流水一般汇入箭囊。

下午，离奴提着菊花酒，背着重阳糕，还拎了一条大鲤鱼来了。

离奴对元曜笑道："书呆子，爷来过重阳节了。"

元曜还在生气，不理会离奴，挥袖走开。

离奴嘿嘿了两声，也不放在心上。

傍晚，太阳下山时，白姬收了朱砂符阵中的箭囊。她将皮革箭囊扎紧，好像生怕箭囊中的东西溜走。

元曜问道："这箭囊中装着什么？"

"日光。"白姬答道。

"日光？"

"对，晚上没有日光，所以白天把日光收集起来，供晚上用。"

白姬收好箭囊，拉元曜去吃饭："走吧，轩之，吃饭去了。"

昨晚没有等到陶渊明，王维神色十分悲伤，看上去很颓然。他没有胃口，几乎没动筷子。

白姬见了，淡淡微笑。

王维望了一眼木案上的菜肴，皱眉道："今天的菜肴怎么都是鱼？"

朱墨侍立在一边，苦着脸道："今天的菜都是白姬姑娘的仆人——那个叫离奴的家伙抢着去做的，他就只做了鱼。"

元曜心中尴尬。

厨房中，一只黑猫蹲在灶台上，大口大口地吃着鱼肉，喝着鲜美的鱼汤，十分满足和惬意。

吃过晚饭之后，王维又把自己关进了书房，坐在灯下写什么。

弦月升起，星光闪烁。

白姬望着夜空，十分满意："今夜有星有月，很好。"

白姬进入王维的书房，和他说了一会儿话，她再出来时，陶渊明也走了出来。陶渊明身影十分淡薄，仿佛一阵风吹来，就会将他吹散无痕。

元曜见书房中没有动静，灯也熄灭了，心中感到奇怪。

元曜问白姬道："摩诘呢？"

白姬道："睡着了。接下来要去做的事情有些危险，陶先生不希望王公子去。"

陶渊明回头望了一眼漆黑的书房，虚弱地笑道："我不希望摩诘遇到危险。也许，这是我最后一次出现了。"

刚才，白姬在书房中对王维说，她可以让陶渊明出现。王维拿出了仅剩的指甲大小的桃核墨，白姬将墨在砚台中研开，陶渊明出现了。

白姬说，她将去杀死梼杌，希望陶渊明作为诱饵随行，引梼杌出来。

王维不愿意让陶渊明冒险，陶渊明却答应了，因为如果能够杀死梼杌，王维就安全了。

王维坚持要和陶渊明一起去，陶渊明不答应。

白姬也不想让王维去，就让他睡了过去。

陶渊明知道这一去凶多吉少，也许再也见不到王维，就用桃核墨写下了一首诗，与王维告别。

"白姬，你要去哪里？"元曜问道。

"去杀死梼杌。这一次太危险了，我就不带轩之去了。"白姬笑道。

白姬拿了天枢弓，佩戴好箭囊，就和离奴、陶渊明一起出发了。

第十章　光　箭

白姬走了之后，元曜在别院中等待，心中焦虑。

时间一点儿一点儿地流逝，弦月渐渐地爬上树梢，已经到深夜了。

夜色之中，远山安静得如同一只危险的野兽。

梼杌那么可怕，且杀不死，白姬一行不会出事吧？天枢弓连箭都没有，怎么对付梼杌？三头人会不会是在捉弄白姬？万一，万一白姬被梼杌吃了，可怎么办？

元曜十分担心，无法入眠。他在月光下伫立了许久，做出了一个危险的决定：他偷偷地跑出别院，去山林里寻找白姬。

元曜走在昏暗的森林里，不辨方向。月光呈淡淡的青色，为森林平添了一抹妖异之色。

元曜走了许久，耳边只闻风吹木叶的沙沙声。他有些害怕，而更恐怖的是，一路行来，总有一双碧幽幽的眸子在不远处盯着他，不知道是什么野兽。

元曜害怕，加快了步伐疾跑，那野兽就在后面追。元曜跑得上气不接下气，那一双碧幽幽的眸子始终跟在他身后，和他保持一段距离。

元曜想起小时候听猎人说过，有些野兽不会爬树，如果在森林里遇见野兽，可以爬上树躲灾。他奔到一棵大树下，开始往上爬。小书生不擅长爬树，动作十分笨拙，好容易挨到第一个树杈了，但手没有抓稳，滑了下去。

元曜努力了几次，始终没能爬上去，累得汗流浃背，连连喘气。

那野兽看不下去了，飞奔过去，几个跳跃，灵巧地爬上了大树。它蹲在树枝上，向扒在树干上、正在往下滑的元曜伸出了爪子，道："元公子，把手给我，我拉你上来。"

元曜抬头望去，月光下，树枝上，蹲着一只健壮的猞猁。猞猁睁着亮幽幽的眸子，向他伸出了指甲锋利的爪子。

"啊？！原来是玉鬼公主？！"元曜吃惊，同时也放下了一颗心。他想去抓猞猁的爪子，但看到猞猁指甲上钢刀般的寒光，不敢去抓。

这一犹豫之际，小书生滑下大树，摔在地上。

猞猁跳下树，将小书生叼在嘴里，又灵巧地跃上大树，疾速向上攀爬，将他放在大树的最高处。

这一棵树非常高大，元曜坐在树枝上，头上月色如银，星斗如棋，脚下是一片树海，整片森林尽收眼底。

一阵天风吹过，墨绿色的树海起伏如波浪。

元曜道："玉鬼公主怎么会跟着小生？"

猞猁道："玉鬼担心元公子遇见危险，一直潜伏在别院附近。"

"谢谢公主。"元曜心中感动，道谢。

猞猁十分羞涩，准备跑掉。

元曜急忙拉住了猰貐，道："公主知道白姬现在在哪里吗？"

猰貐道："不知道。玉鬼只知道她出了别院之后，向南去了。"

元曜恳求道："请公主带小生去找白姬，小生十分担心她。"

猰貐见元曜望着自己，十分高兴，心中激动，大声吼道："一切包在玉鬼身上。"

"白姬在和梼杌战斗，那里一定十分危险，公主只需要找出她的位置，小生自己去，不连累公主。"

猰貐吼道："玉鬼已经对元公子以身相许了，愿和元公子同生共死！"

元曜心中发苦，道："请公主收回'以身相许'的话，小生对公主并没有儿女之情。公主身份尊贵，乃是仙人，小生只是一个愚钝的凡人，请公主另寻匹配的同族作为佳偶。"

元曜苦口婆心，猰貐却没有听进他的话。猰貐竖着耳朵，站在树顶上四处张望，嗅着夜风中传来的气味，追寻白姬和梼杌的踪迹。

一阵夜风吹过，猰貐望向东南方的山林，神色严肃地道："元公子，白姬在东南方。"

元曜转头，向东南方望去。

远山之中，夜色沉沉，隐隐有一道青色的妖光闪烁。

"玉鬼带元公子去。"元曜正在苦恼怎么去时，猰貐已经将他叼在口中，飞速向东南方而去。

元曜感激地道："多谢公主。"

猰貐心中羞涩且激动，加速狂奔。

青月之下，猰貐叼着小书生从一棵树上跳到另一棵树上，以闪电般的速度飞奔。

元曜的耳边夜风呼啸，眼前树木飞速后退。

"嗷——"不一会儿，元曜就已经能够听见梼杌的咆哮声了。

在山林间的旷地上，梼杌正在与一只黑色的猫兽激斗，它的右后足被一条白云织成的绳索缠住，无法迈开步伐，即使张开血盆巨口，却怎么也咬不住猫兽。

陶渊明跌倒在一棵大树下，奄奄一息。他的身影已经淡薄到近乎透明，元曜可以透过他的身体看见地面。

白姬站在旷地中央，她的白衣上隐隐有蓝色的血迹，发髻因为打斗而散乱，长发飞扬。她用金色的眸子注视着梼杌，眼神冰冷。她左手持弓，右手平摊在星月之下，星光、月光落在她的手掌上，凝聚成两支箭，一支蓝箭，一支银箭。

白姬搭箭上弓，瞄准梼杌。

"嗖——嗖——"两支箭离弦飞去，穿透梼杌的身体。

但是，月箭、星箭如射入虚空，丝毫没有伤到梼杌。

"嗷——"梼杌大怒，仰天狂吼。

白姬皱眉，咬住了下唇。她望向梼杌钢刀般交错的利齿，有汗水滑落额头。之前，她以陶渊明为饵，引诱梼杌出来。梼杌果然来袭，猝不及防之间，它咬住了陶渊明。白姬去救陶渊明时，不小心将收集了日光的箭囊掉在地上。梼杌将箭囊吞入腹中。

夜晚没有阳光，失去了箭囊，白姬无法使用日箭，而仅凭月箭、星箭，无法杀死梼杌。

猹猁叼着元曜，悄无声息地接近战场，停在一棵大树上。

元曜觉得有些不对劲，感到看见梼杌之后，猹猁正在发生一些奇怪的变化。

猹猁的毛开始倒竖，双眸渐渐变得血红，身上散发出一阵又一阵让人心寒的杀气。梼杌激发了猹猁体内潜伏的杀性，猹猁已经开始妖化成魔。

元曜的后背一阵阵发寒，他心中十分害怕，担心猹猁先把自己给吃了。玉鬼公主一旦杀性大发、妖化成魔，连猹猁王和王后都会攻击。然而，猹猁没有吃元曜，叼着小书生的腰带，将他挂在一段树枝上。

猹猁杀气腾腾、悄无声息地跃下大树，向梼杌潜行。

元曜心中发苦，想叫回猹猁，但是猹猁杀性大发，他又不敢叫，只能眼看着猹猁去袭击梼杌。

旷地之上，梼杌狂怒，使劲挣扎，右后足上的云索眼看就要被挣断。

离奴低俯身体，嘴里发出呜呜的低吼。离奴明白必须拿回装日光的箭囊，否则不仅自己，连主人也会丧命。

梼杌狂吼一声，挣断云索，获得了自由。

离奴见状，强压下害怕，鼓足勇气扑向梼杌。

梼杌见离奴扑来，张口咬住离奴的后颈。

"嗷——"离奴疼得人声哀鸣，左爪破开梼杌的腹部，扯出了梼杌之肠。

离奴将梼杌之肠抛开，对白姬叫道："主人，快去拿箭囊——"

白姬沉吟一下，飞速奔向梼杌之肠。

梼杌使劲将离奴摔出去，打算去与白姬争夺自己的肠子，但是离奴紧紧地抱住了它："怪物，休想甩掉爷！爷就是死，也要拉你去垫棺材板！"

梼杌暴怒，伸出利爪，抓向离奴的头。

离奴大骇，躲闪不及，以为必定会身首异处。然而，千钧一发之际，一只矫健的猞猁飞奔而至，张开獠牙，咬断了梼杌的右前爪。

离奴趁机灵巧地跃开，逃出了梼杌的攻击范围。

猞猁叼着梼杌的右前爪，双目血红，杀气腾腾。

离奴见猞猁救了自己，道："野山猫，你来得正好呀！"

猞猁双目血红，獠牙狰狞，朝离奴狂吼一声，像是要攻击离奴。

离奴知道这只猞猁一旦妖化，只会攻击杀戮，完全不认人，嘿嘿一笑，溜了。

"梼杌就交给你了，爷去帮主人。"

离奴飞速跑向白姬，留下发狂的猞猁与暴怒的梼杌对峙。

白姬站在梼杌之肠边，神色复杂。

梼杌之肠仿佛有生命一般，想要爬向梼杌。但是，一圈冰蓝色的龙火拦住了它，将它困在一个圆圈中。

梼杌之肠里，隐约露出一截皮革箭囊。

离奴道："主人，您还在发什么愣？赶紧拿箭囊呀。"

白姬咬着嘴唇，道："梼杌之肠是梼杌的戾气所化，充满了阴邪暴戾之气，会侵蚀人心。心中有阴霾的人触碰它，会被戾气侵蚀，失去自我，成为梼杌的食粮，继而化身为梼杌。只有心灵如水晶般纯净无邪的人才能触碰它，不被它散发出的邪意侵蚀了意识。我心不够纯净，恐怕不能碰它。一旦碰它，我也会变成梼杌。"

离奴挠头，道："离奴也不是好人，恐怕也不能碰这个邪门儿的东西。"

白姬叹了一口气，道："要是轩之在就好了。"

突然，离奴瞥见了什么，揉了揉眼睛，定睛望去，道："主人，您看，那棵老橡树上挂了一个书呆子。"

白姬循着离奴的目光望去，笑了："好像是轩之。他怎么会在树上？"

离奴想了想，道："一定是野山猫带他来的。"

白姬望了一眼旷地，梼杌与猞猁正在激战，打得不可开交。

梼杌失去了一只爪子，怒不可遏。

猞猁战斗力惊人，浑身环绕着红莲业火。梼杌与猞猁缠斗，青光红芒交织，伴随着一声又一声震天响的兽吼，十分惊人。

白姬对离奴道："玉鬼公主撑不了多久，快去把轩之带来。"

"是，主人。"离奴应道。

离奴飞奔到大橡树下，朝树上吼道："书呆子！爷来救你了！"

元曜看见离奴过来，十分高兴，忘了生气，道："离奴老弟，快把小生弄下去！"

离奴低头看了一眼自己的左爪，之前掏出梼杌之肠时，离奴的左爪被梼杌的邪戾之气侵蚀，渐渐变得指甲断落，猫骨森森，但是，离奴死要面子，没有让白姬知道自己受了伤。

离奴左爪伤痛，无法爬树，抬头望去，见元曜晃晃荡荡，挂得不牢，有了一个主意。

猫兽碧眸微睨，俯低身体，用尽力气向大树撞去。

砰！大树剧烈摇晃。

元曜的腰带松落，人从树枝上掉下来。

"啊啊啊——"小书生跌下大树，心中怕得要死，一想到就要摔得粉身碎骨，不由得暗骂离奴。

猫兽看见元曜跌下，急忙一个用力跃起，张大了嘴，打算在半空中叼住元曜，再平安落地。然而，离奴因为左爪受伤，跃起来的高度不够，嘴巴与坠落的小书生失之交臂，没有咬住他。

"啊！书呆子！"离奴大惊，顺势停在一截树枝上。

元曜万念俱灰，只等跌死。

离奴不忍心看见元曜摔成肉泥，伸爪捂住了眼睛。

千钧一发之际，一道白影飞速飘过来，站在元曜的下方。小书生即将落地的瞬间，白衣人伸出双臂，拦腰横抱住他。

小书生的体重加上下坠的冲击力让白衣人身形一沉，她飞舞的长发下，嘴角微微抽搐。

元曜抬头望去，正好对上一双灼灼金眸。

一阵夜风吹过，落叶飞舞。白姬横抱着元曜站在树下，如金刚般屹立，不动如山。

元曜大窘，不知道该说什么，只好生气地瞪向把他撞下树的离奴。

白姬也生气地瞪向离奴。

猫兽心虚，嘿嘿一笑，道："主人接得正好，不然书呆子就摔死了。啊哈哈，我去帮野山猫对付梼杌！"

离奴溜了。

白姬松开手，元曜跌落在地上。

白姬走向梼杌之肠，元曜急忙爬起来，跟上白姬，有些尴尬。

"呃，多谢白姬抱住小生。"

白姬回头，长发飞扬，诡魅一笑，道："轩之不必客气，刚才这一抱集天时、地利、人和于一体，耗费了大量的眼力、脑力、体力、精力，比跳柘枝舞、飞天舞、驱邪舞更加辛苦，我会折算成银子从你的工钱里扣。"

"呃。"元曜被噎住了。

白姬停在梼杌之肠边，元曜也停住。

白姬吩咐道："轩之，箭囊掉入梼杌之肠中了，你把箭囊取出来。"

"好。"元曜避开龙火，将手伸入梼杌之肠中，很轻易地就取出了箭囊。

梼杌之肠并没有缠绕、腐蚀元曜的手臂。小书生的心太过纯澈无瑕，邪念无隙可钻，恶意无法寄存。

元曜皱着眉头将沾满污血的箭囊递给白姬，忍不住想吐："好恶心！小生明天都吃不下东西了！"

白姬接过箭囊，笑道："吃不下东西也好，反正轩之已经很重了。"

"谁说的？！小生明明身轻如燕！"元曜生气地反驳道。

"是很肥的大雁吧？"白姬小声地道。她将箭囊的束绳拉开，日光倾泻而出，在她的掌心凝聚成三支日箭。

沉沉黑夜之中，日箭金光流转，光华夺目。

因为陷入梼杌之肠中，箭囊中的日光流逝了许多，剩下的只够凝聚成三支日箭了。换一句话说，今夜白姬只有三次射杀梼杌的机会。

"白姬，你说什么？什么大雁？"元曜没有听清，追问道。

白姬将手掌摊开在星月之下，从星光、月光之中分别取了三支星箭、三支月箭。日、月、星三箭本是无形之箭，白姬松开手，任由九支光箭飘浮在她身旁。

白姬随手取了日、月、星三箭各一支，一齐搭放在天枢弓上，对准了被龙火包围的梼杌之肠，笑道："我说，现在，就可以像射大雁一样射杀梼杌了。"

"嗖——"

"嗖——"

"嗖——"

日、月、星三箭一齐射向梼杌之肠。

梼杌之肠被三支箭穿透，瞬间燃起天火，火光熊熊，十分炽目。

梼杌之肠被天火焚烧，正在与猰貐激战的梼杌仰天发出一声悲鸣，痛苦得发狂。

天火燃尽，梼杌之肠被焚作劫灰，消失在天地间。

梼杌暴怒，张开獠牙交错的巨口，咬住猞猁的背脊。猞猁吃痛，十分愤怒，但又挣扎不出来。潜伏在旁边的猫兽见了，一跃而起，咬住了梼杌的尾巴。

白姬又取了三支箭，一齐搭在弓上，对准梼杌。

梼杌意识到危险，青睛中露出一抹幽光。

弓如霹雳，弦惊。

白姬射出日、月、星三箭，三支箭直射向梼杌庞大的身躯。但是，在三支箭逼近时，梼杌突然转过头，以口中咬着的猞猁作为盾牌。

三支箭以风速射过去，猞猁在梼杌口中拼命挣扎。

白姬、元曜、离奴大惊，离奴下意识地跃起，伸爪去挡离自己最近的月箭。

元曜急中生智，大声道："玉鬼公主！快变小！"

猞猁倏地变成了花狸猫，日箭、星箭从花狸猫的左耳、右耳边堪堪擦过，没入了梼杌的身体。月箭插进了离奴伸出的左爪上。

离奴的左爪之前已被梼杌的邪气侵蚀，指甲脱落，猫骨森森。而月箭化作了皎洁的月光，包围了狸奴正在逐渐腐烂的爪子。邪气渐渐消失，在月光的包围中，离奴的爪子逐渐愈合，长出指甲，恢复原状。

猞猁变成花狸猫之后，因为身体缩小，从梼杌的牙缝中掉落下地。花狸猫看见元曜，十分羞涩，脸上浮现出两片酡红，也不管梼杌了，飞奔到一棵大树后。

离奴因为爪子愈合而高兴，哈哈大笑，松开了梼杌的尾巴。

梼杌后足一踢，将离奴踢飞。

花狸猫尚未跑到大树后，离奴突然从天而降，正好将花狸猫压在庞大的身躯下。

"玉……鬼……公主……"元曜张大了嘴，花狸猫不会被离奴压扁了吧？！

"摔死爷了！好像压到了什么东西……"离奴躺在地上哼哼唧唧，疼得不愿站起来。

花狸猫从离奴的身下艰难地挣扎出来，离奴垂头一看，正好对上花狸猫愤怒的双眼。

花狸猫眸子一闪，深棕色的眼珠瞬间变作了血红色，身体倏然变大，又妖化成了好斗的猞猁。

离奴心中惊悚，笑着解释道："野山猫，不关爷的事，是梼杌把爷摔过来的……"

猰㺄双目血红，指甲暴长，狂吼一声，扑向离奴。

"喵！"离奴哀号一声，翻身爬起，撒腿就跑。

"嗷呜——"猰㺄发狂追去。

"救命啊——不要追爷啊——"离奴哭喊着夺路而逃。

猫兽飞逃，猰㺄猛追，两只妖兽一前一后奔入了森林中，离奴的哀号声和猰㺄的咆哮声渐渐远去。

"离奴老弟不会有事吧？"元曜冒出冷汗。

"放心吧，离奴逃命的速度在长安城中排名第一，玉鬼公主追不上离奴。"白姬笑道。

梼杌瞪着恐怖的青睛，拖着空洞的腹部，愤怒地走向白姬、元曜，牙齿和爪锋上寒光凛冽。

白姬伸手取了浮在空中的最后三支箭，搭在天枢弓上。

"轩之去远一些的地方，保护自己。"

元曜知道帮不上忙，也就远远地退开，去往陶渊明躺着的大树下。

陶渊明奄奄一息，身形如雾气一般淡薄，好像风一吹，他马上就会消失不见。

元曜见了此景，有些悲伤，道："陶先生，你还好吧？"

陶渊明笑了笑，摇头不语。

元曜望向白姬和梼杌，但见白姬踏着奇怪的步伐，如同跳舞一般，环绕梼杌而行，一圈又一圈。

梼杌伏在地上，似乎随时准备攻击白姬，却又无机可乘。

陶渊明道："明天，是重阳节吧？"

元曜点头，答道："对。"

陶渊明道："已经没有桃核墨了，太阳一出来，我就会消失。我和摩诘有一个约定，重阳节一起去登高，看来我是无法实现这个约定了。"

元曜听了，十分悲伤，但又无可奈何。

白姬骤然停步，将弓箭对准梼杌。

梼杌狂吼一声，扑向白姬，但是草地上白姬刚才踏过的地方突然蹿起一团团冰蓝色的龙火。龙火交错，织成一张网，将梼杌束缚在地上，令它无法动弹。

梼杌发出一声声震天响的怒吼，十分暴躁。

白姬拉开天枢弓，将日、月、星三箭一齐射向梼杌。梼杌被火网束缚住，无法动弹，三支光箭齐刷刷地没入它的身体，它狂吼一声，身上燃起炽目的天火。

梼杌在天火与龙火中哀号，身躯一点儿一点儿化作虚无。

不一会儿，天火熄灭，草地上只剩下白姬。

白姬松了一口气，道："从哪儿来，就回哪儿去，这不是你该来的世界。"

不远处的草丛中，一个青色的东西飞速移动，逐渐接近元曜和陶渊明。那是一只梼杌的爪子。之前，猰貐和梼杌激斗时，曾咬下梼杌的一只前爪。梼杌之爪一直在草地中，白姬射出的三支光箭只让梼杌消失，梼杌的爪子依然存在，并且还能活动。

白姬转身，走向元曜、陶渊明，看见梼杌之爪正从元曜的背部爬向他的肩膀，不由得神色一凛。

第十一章　桃　源

元曜见梼杌已经消失了，松了一口气，丝毫没有察觉背后的异状。

陶渊明的身体越来越淡薄了，已经近乎透明。

白姬走到元曜身边，望着停留在元曜肩膀上的梼杌之爪，欲言又止。陶渊明也看见了元曜肩膀上的爪子，想开口说什么，却又惊骇得说不出话来。

"轩之，你要冷静。"白姬道。

元曜不明所以，道："小生很冷静呀。"

"你右肩上有一片树叶。"白姬道。

元曜低头向右肩望去，看见梼杌的爪子，骇得头皮发麻，跌坐在地。

梼杌之爪扣在元曜的肩膀上，纹丝不动。

"这明明是梼杌的爪子，哪里是树叶？！"小书生震惊大吼。

白姬盯着梼杌的爪子，道："轩之就当它是一片树叶，将它拿起来，不要害怕，照我说的去做。"

元曜闻言，鼓足了勇气，伸出左手去掰梼杌之爪。梼杌之爪扣得不紧，元曜没用什么力气，就把它掰了下来，拿在手中。

白姬从元曜的袍子上撕下一大块布，摊放在地上，又取下悬挂在腰间的月白色茱萸香囊，把香囊中的茱萸撒在布上，道："轩之，把树叶丢到布上。"

元曜急忙将梼杌之爪丢到布上，仿佛甩掉一个烫手的山芋。

梼杌之爪掉在布上，准备逃跑，但是一碰到布上的茱萸就僵硬了。

白姬急忙用布将梼杌之爪包起来，紧紧地扎住。

白姬将布包递给元曜，道："轩之拿着。梼杌之爪恶意不深，又有茱萸镇邪，并不危险，可以放在缥缈阁的仓库中等待有缘人。"

元曜苦着脸接过了布包，一想起梼杌的可怕，他就觉得和梼杌之爪有缘的人一定也很恐怖。

陶渊明对白姬道："白姬，您能实现我一个愿望吗？这个愿望对我来说很重要。"

"什么愿望？"白姬道。

"我希望能够和摩诘一起看见桃源乡。"陶渊明道。

白姬笑了，道："真巧。王公子也许下了同一个愿望。可是，人世间没有桃源乡，去往真正的桃源乡这个愿望，我两百年前没有替你实现，现在依旧无法替你实现。"

"是否是真正的桃源乡并不重要，重要的是我希望摩诘实现他的愿望，不会因为我的离去而感到遗憾。他一直想在我离去之前找到桃源乡，带我一起去看。其实，他不必去寻找，与他邂逅的地方，对我来说就是桃源乡。我希望你能够让我和摩诘一起看见'桃源乡'。"

白姬笑了，道："很有趣。你们真正的愿望也是一样的，如此相似的想法，像是心心相印一般。"

"那你能实现我们的愿望吗？"陶渊明期盼地道。

"我有什么理由拒绝获得'因果'呢？"白姬诡笑。

"可是，已经没有桃核墨了，我没有地方栖身，天一亮就会消失在人世间。"陶渊明悲伤地道。

白姬翕动鼻翼，道："轩之身上有桃核墨。"

元曜愣怔，道："小生哪里有桃核墨……啊，不对，小生身上好像是有一小块桃核墨，之前在菊花丛中捡到它，准备交给摩诘，但后来忘了……"

元曜摸了摸怀中，摸出了一块比指甲略大的桃核墨。

陶渊明面露喜色。

白姬也笑了，道："梼杌之爪追逐轩之，也是感觉到了桃核墨的气息。"

元曜有些忧愁，道："这块桃核墨太小了，恐怕不能供陶先生长久栖身，直到与摩诘一起看到桃源乡。"

白姬狡黠一笑，道："无妨，不出意外，明天就可以看见桃源乡了。"

陶渊明道："我本非人，哪能奢求在人间长久存在、与人长久地相处？我只愿与摩诘一起看一眼桃源乡，让他可以无憾，我也可以无憾地离开了。"

白姬笑了，道："明天重阳节，大家一起登高去找桃源乡吧。"

陶渊明开心地笑了，消失在了草地上。与此同时，一缕微光流入元曜手心的桃核墨中，桃核墨光泽莹润，漆黑如沉夜。

元曜收好桃核墨，两个人带着梼杌之爪回王维的别院。

半路上，元曜对白姬道："你之前不是说世间没有桃源乡吗？明天去哪里找桃源乡？"

白姬指了指元曜的心口，笑道："只要心里有桃源乡，世间处处都是桃源乡。"

元曜想了想，又发愁道："现在是秋天，即使找到桃源乡，桃源乡里也不会有桃花吧？"

白姬神秘地笑："只要心里是春天，桃源乡里怎么会没有桃花呢？"

元曜挠头，听不懂白姬的哑谜，还是担心明天找不到桃源乡。

白姬、元曜一边闲聊，一边赶路，半路上遇见了离奴。

离奴累得耷拉下耳朵，向白姬诉苦道："野山猫太可恶了，蛮不讲理，幸好离奴跑得快，不然就被吃了。"

白姬摸了摸猫兽的头，道："你差一点儿把玉鬼公主压扁，玉鬼公主当然会生气了。玉鬼公主一旦妖化，就是这样的性子，你不想受伤，只能跑。你很久没有做运动了，就当锻炼身体吧。"

元曜有些担心猰貐，道："玉鬼公主没有受伤吧？"

离奴还未回答，森林的另一边传来了一声声猰貐暴怒的狂吼，雄浑激昂，精力充沛。

元曜、白姬放下了一颗心。

因为害怕惹来猰貐，白姬、元曜、离奴不敢再交谈，小心翼翼地踏着月色，悄悄地回别院了。

别院中，王贵、朱墨都已经睡下，十分安静。

白姬、元曜来到书房中，王维仍在昏睡，元曜点上灯火，掏出怀中的桃核墨，将它放在王维枕边。

白姬看见桌案上陶渊明留给王维的告别诗，笑了，道："这一首诗，今晚用不上了，还是明天再给他吧。"

白姬将诗折好，收入衣袖中。

秋高气爽，万里无云。

白姬、元曜、王维、陶渊明来到野外登高望远，王贵、朱墨一个挑着食盒，一个拿着行李跟在后面，离奴拎着一条大鲤鱼也跟在后面。

正是重阳节，来郊外登高怀远的人很多。白姬、元曜一行人登上一座高山，尽览一川平野，十里丹枫。他们见这里的景色很美，决定就在此饮酒赏景，王贵、朱墨在一棵老松树下铺上毛毯，摆上食物、酒具以及笔墨纸砚。离奴在一边挖了一个坑，拾了一堆柴火，开始烤鱼。

白姬站在山边望着远处的白云，元曜坐在毛毯上提笔酝酿关于重阳节的诗。王维捧着菊花酒与陶渊明对饮，十分开心，这是他们从缥缈阁中偷来的一天，他们想在离别之前做一些快乐的事情，那么分别之后也不会悲伤。

元曜写好了诗，摇头吟道："丹枫石桥山色深，重阳登高醉芳樽。自古名士多寂寥，美人香草寄诗魂。"

白姬听了，笑道："诗倒是不错，不过，要改四个字才应景。"

"改哪四个字？"元曜笑道。

白姬道："既然是重阳节，当然少不了茱萸叶、菊花酒，后一句当改作'自古名士多寂寥，茱萸菊花寄诗魂'。"

王维和陶渊明也笑道："不对，不对，后一句应该改作'自古名士不寂寥，因有知音寄诗魂'。"

白姬觉得"茱萸菊花"好，王维和陶渊明觉得"不寂寥"更佳，元曜觉得"美人香草"意境更美，三方争论起来，谁也说服不了谁。

离奴一边烤鱼，一边吟道："自古离奴不寂寥，大火烤鱼香喷喷。"

突然，不知道从什么地方吹来一阵桃红色的大雾，笼罩了山头。白姬、元曜、王维、陶渊明都被红雾包围，看不见踪影。在不远处喝酒、吃重阳糕的王贵、朱墨大吃一惊，十分害怕。

红雾很快散去，王贵、朱墨朝松树下望去，但见一应东西都还在，只是白姬、元曜、王维、陶渊明不见了。不过，离奴还坐在火边烤鱼，专心致志。

王贵、朱墨飞奔到离奴身边，慌张地问道："你家主人和我家郎君他们去哪里了？！"

离奴气定神闲地道："阿绯把他们带走了。"

"阿绯是谁？"王贵问道。

"一棵桃树。"

王贵和朱墨面面相觑，惊疑不定。

白姬、元曜、王维、陶渊明行走在红雾中，虽然看不清周围的景色，但可以听见溪水潺潺、鸟鸣啾啾。

不一会儿，红雾散去，元曜发现他们正走在溪水畔，周围是大片大片的桃树林。桃花吐蕊怒放，灿如云锦。

一阵风吹过，桃花瓣纷落如雨。

白姬在桃花雨中转了一个圈，桃花瓣落在她的裙子上、头发上，十分美丽。

元曜张大了嘴巴，道："桃花……秋天怎么会有桃花……"

王维和陶渊明相视一笑，道："也许，我们到了桃源乡。"

白姬、元曜、王维、陶渊明逆着清溪向上走。过了不久，一座炊烟袅袅的村庄出现在众人眼前。村庄中有几十户人家，茅屋竹舍林立，整洁而简朴。田陌间，青壮年男子在耕种；桑树下，少女背着竹篓在采桑；池塘边，小孩们嬉闹玩耍；庭院中，妇人正在纺纱，老人在编制器物。男女老幼往来村中，笑语喧阗，不闻俗世纷争，没有红尘悲苦，一片世外仙乡般的宁馨安然。

王维对陶渊明道："先生，我们找到了桃源乡，这就是桃源乡。"

陶渊明笑了，道："摩诘实现了承诺，找到了桃源乡，我们一起看见了桃源乡，我也可以没有遗憾地离去，摩诘也不必再有遗憾了。"

王维心中悲伤，流下了眼泪，道："先生……"

元曜有些难以置信，揉了揉眼睛，再一次向村落望去，顿时看见了奇异而惊悚的一幕。

周围根本没有桃花，只有许多枯树。前方根本没有村落，只有几十座荒冢。乱葬岗中根本没有人，只有一些狐狸、獐子、松鼠、野兔、山鸡往来其中。

元曜悄悄地对白姬道："这明明是乱葬岗和一些动物，哪里有桃源乡……"

"啊？！轩之竟然能够看透幻象？！"白姬伸手接了两瓣桃花，另一只手并掌成刀，用力一拍元曜的后颈，趁元曜张开嘴的瞬间，将桃花花瓣塞进了元曜嘴里。

元曜一吞口水，将花瓣咽了下去。

元曜生气地瞪着白姬，白姬嘻嘻诡笑，伸手将小书生的头扭向乱葬岗，道："这下，轩之能看见桃源乡了吧？"

元曜定睛望去，乱葬岗变成了一座宁静而美丽的村落，那些山禽野兽也变成了村民。不过，他们的形态虽然是人，但元曜还是能够看见他们的兽耳和兽尾。

王维、陶渊明却没有看见桃源乡的本相，相偕走向村落。

元曜和白姬也跟了上去。

王维、陶渊明走进村子，一位村长模样的老人扶着一个小童走了过来搭话。

"客人们看着眼生，不知道从什么地方而来？"

王维回答了。

老人惊讶地道："我们这里许久没有生人来访，原来，世间已经是唐朝了吗？"

王维、陶渊明惊喜，以为真的找到了桃源乡。

元曜却看见老人拖着一条蓬松的松鼠尾巴，小童长着一对长长的兔子耳朵。

村长热情地邀请王维一行人去他家喝酒，于是大家一起走向村长家。

到了村长家，进了屋子里，大家落座，村长的妻子、儿子、儿媳出来招待客人，十分热情。

元曜一看，村长的儿子十分眼熟，正是阿绯。阿绯穿着朴素的衣服，以布巾束发，身形高挑而挺拔，看上去干净而俊朗。

见村长一家和王维、陶渊明聊得火热，元曜把白姬拉到院子里，问她这到底是怎么一回事。

"阿绯姑娘怎么也在？还变成了村长的儿子？！"

白姬笑道："我之前让轩之给阿绯传的话，轩之还记得吗？"

元曜想了想，道："山鬼吹灯，魑魅魍魉。化入春红，桃之夭夭。花如镜影，缘尽空幻。"

"轩之把每半句的第一个字连起来读一遍，就知道是怎么回事了。"

元曜思索了一下，念道："山魈化桃花缘（源）？！"

白姬笑道："没错。这桃源乡是阿绯找山魈变化而成。王公子和陶先生的愿望都不是去真正的桃源乡，只是希望留下美好的回忆，让对方不要遗憾。所以，我姑且这么做了。"

元曜望向窗户，见王维、陶渊明与村长聊得十分开心，不时地哈哈大笑。他们的心愿都实现了，他们的脸上洋溢着幸福的光芒。

王维的愿望是为陶渊明找到桃源乡，让他离去时不会遗憾。陶渊明的心愿是离别时，王维不要悲伤，不要遗憾。对他们来说，桃源乡是真是假并不重要，重要的是在这仅剩的一天时光中，他们在桃源乡中相聚、告别。

元曜道："嗯，确实，桃源乡是真是假并不重要。"

阿绯走出来，来到白姬跟前，递给她一张字条，道："这是账单。"

白姬打开字条，看了一眼，脸色渐渐地青了。

元曜好奇地凑过去，只见账单上写着：

乱葬岗租赁费：十八吊钱。

松鼠（村长）：十吊钱。

獐子（村长妻子）：四吊钱。

阿绯（村长儿子）：三吊钱。

山蛇（村长儿媳）：三吊钱。

野兔（村长孙子）：两吊钱。

野鸡（村民）：两吊钱。

山雀（村民）：两吊钱。

田鼠（村民）：两吊钱。

…………

伙食费、茶酒费另计。

元曜失语。原来，这是聘请这些山禽野兽的账单。不过，他很好奇，问道："为什么松鼠能拿十吊钱，比别人多了这么多？"

阿绯笑道："山禽野兽之中，就松鼠识字，能够读《桃花源记》。这里的一切都是松鼠照着书中的描写来布置的，大家的角色也是松鼠分配的，所以松鼠拿的工钱最多。"

白姬嘴角抽搐，道："这一共都快一百吊钱了，太多了……"

阿绯小心翼翼地道："恐怕不止一百吊钱，大家还要求每和客人说一句话，工钱就增加十文。"

白姬、元曜转头望向窗户，但见村长唾沫横飞，语如连珠地和王维、陶渊明说话，村长妻子、村长儿媳、村长孙子也热情地和客人说话，而茅屋外面又涌来一堆村民，大家蜂拥而上，争着和客人说话。

白姬嘴角抽搐，无力地扶住篱笆，道："轩之，它们太能说了……"

元曜满头冷汗。他见白姬神色沮丧，安慰道："世间哪有双全法，为了获得'因果'，破一些财也是值得的。"

白姬道："虽然轩之言之有理，但这话不中听。"

王维、陶渊明愉快地和村民们聊了许久，村长的妻子和儿媳准备了丰盛的午饭，招待王维一行人。

午饭很快准备好了，十分丰盛。菜肴虽然都是蔬果，但非常新鲜美味，有好几种野菜王维、元曜等人以前从未见过。

王维和元曜询问野菜的名字，村长一家热情地回答，不仅说了野菜的名字和来历，每种菜还附带了一个很长的传说故事。听着村长一家人滔滔不绝，白姬脸色又渐渐地青了。

村长还拿出了珍藏的百果酒，给客人们品尝。酒的味道十分甘醇，大家赞不绝口，村长慷慨地表示等大家离去时，会给每人送一坛酒带回去喝。想到账单上写着茶酒费另计，白姬脸色渐渐地又青了。

宴席间，王维和陶渊明谈笑风生，十分开心。元曜看见他们幸福的笑容，心中也涌起了一种温暖的感觉。如果，他们能够永远做知音就好了。如果，人和非人邂逅之后，可以永远相守就好了。

白姬似乎察觉到了元曜的心思，轻声笑道："人和非人只可能短暂地邂逅，不可能永远地相守。"

"为什么？"元曜悲伤地问道。

"因为，不是同类。"白姬笑道。

"白姬，在你眼中，小生是一个怎样的存在？"

元曜和白姬也与王维和陶渊明一样，一个是人，一个是非人，那么，他们也只能短暂地邂逅，而不能永远相守吗？

白姬端起一杯酒，望向窗外纷飞如雨的桃花，嘴角浮起一抹温柔的笑容。

"轩之像春天的繁花，也像夜空的明月，是一种让我觉得心情愉悦的存在。"

元曜闻言，心中涌起一种奇异的感情。

"可是，白姬你之于小生，却像是镜中之花、水中之月，不似真实存在，如梦似幻。"

白姬笑道："一切真实，皆是幻象。一切幻象，皆是真实。"

元曜挠头，脑袋被白姬的话绕迷糊了。

酒宴散去，见时候不早了，王维、陶渊明一行人谢过了村长的热情款待，告辞离开桃源乡。村长和村民们热情地相送，还赠送了一些山珍和百果酒，将他们一直送到了桃花林的尽头。

一阵红雾骤起，包围了王维一行人。

元曜在雾中回首，美丽的桃源乡渐渐模糊，朝他们挥手作别的村民们也渐渐模糊，渐渐消失不见。

桃源乡，再见了。

元曜心中有些惆怅，回过头，跟上了王维一行人。

红雾中，王维、陶渊明在前面走，白姬、元曜跟随在后。

"啪嗒！"陶渊明手中拎的一坛百果酒掉在地上，碎了。他的手渐渐变得透明，逐渐消失。

王维、白姬、元曜向陶渊明望去，但红雾很浓，他们看不见什么。

"先生，你怎么了？"王维问道。

"我恐怕走不出这场大雾了。"陶渊明悲伤地道。

王维停下脚步，猛然回过头，他的喉结微微颤抖，想说什么，但又说不出来。

"摩诘，向前走吧，陪我走完最后一段路。"陶渊明拍了拍王维的肩膀，豁达地笑道。

王维点了点头，转身又继续向前走，陶渊明跟在他后面。

"摩诘，桃源乡之行真是十分愉快。"陶渊明笑道。

王维也笑了，道："嗯，我早就说过，世间是有桃源乡的。"

"谢谢你，让我看见了桃源乡。"陶渊明道。

"不，是我该谢谢先生，是先生让我看见了桃源乡。"有眼泪滑落王维的脸庞。

"相遇和别离都是人生的一种经历，要豁达地对待，不要太难过。如果有缘，终有一天，我们还会相逢。"

"我和先生会再相逢吗？"

"自古名士不寂寥，因有知音寄诗魂。如有一念相通，你我会在菩提之下、文字之中相逢。"

"在菩提之下、文字之中相逢……"

"再见了，摩诘。"陶渊明的声音渐渐消失。

"先生！"王维回头望去，背后只有一片迷蒙的红雾，不见了陶渊明。

一阵风吹过，红雾散去，王维、白姬、元曜三人置身在之前离开的山顶上，陶渊明已经不知所终。

"先生，再见……"王维流下了眼泪，十分悲伤。

陶渊明终究还是没有走出那一场红雾，消失在了天地中。

"陶先生……消失了吗？"元曜也觉得很伤心。

白姬笑了，道："也许，他是去真正的桃源乡了。"

"真正的桃源乡……"王维和元曜一起望向远方，也许天的尽头有真正的桃源乡，那里是陶渊明的归宿。

王贵、朱墨、离奴围着篝火一边喝菊花酒，一边烤鱼吃。王贵、朱墨见王维归来，十分高兴。离奴见白姬、元曜带回了百果酒，也十分开心。

王维、元曜、白姬坐在松树下，继续喝酒赏秋。见王维的情绪十分低落，白姬递给他一张诗稿，道："这是陶先生留给你的离别诗。"

王维接过，但见上面用桃核墨写着一首诗：

赠　别

菊花君子意，拂筝广陵篇。

流水或有尽，知音共桃源。

幽冥千里海，人世万重山。

相隔永无期，念君菩提间。

王维读罢，泪如雨下，道："先生在菩提间等我，如果我一心向佛，就如他一直伴在我身边一样。"

元曜也很伤心，劝慰了王维一番："不管怎样，你不要再伤心了，更不能因为伤心而颓废。这些都不是陶先生希望看见的。他希望的是你能够积极地面对生活，为实现自己的理想和抱负而努力。"

白姬道："佛法无边，王公子如果虔心向佛，一定可以再和陶先生邂逅。"

王维点头，擦干眼泪，珍惜地收好了陶渊明的赠别诗。他决定好好生活，积极乐观地面对人生，努力实现自己的理想与抱负。这是陶渊明的希望，与他是知音，王维断不能辜负了他的希望。同时，王维也决定更加虔心向佛，以善乐之心修缘，希望能与他在菩提间再次邂逅。

第十二章　尾　声

时光如梭，重阳之后，又过了几天。

这一天，天气晴朗，白姬和元曜却都陷入了苦闷中。

白姬苦闷的是虽然得到了桃核墨的"因果"，但是损失了一百五十吊钱。

元曜苦闷的是玉鬼公主打算嫁给他，他一再开口拒绝，但玉鬼公主完全不理会，每天都会高兴地送来捕捉的猎物，堆在缥缈阁的厨房里。玉鬼公主打算储备足食物之后，就和元曜成亲，然后一起在缥缈阁过冬。

元曜苦闷无言。白姬却很高兴，在盘算这些野味在冬天可以抬高到一个怎样可喜的价钱。离奴很不高兴，一来不希望缥缈阁里有两只猫，二来玉鬼公主打乱了离奴的食谱，各种野味霸占了离奴放鱼的厨房。

白姬准备去青龙寺听怀秀讲经解闷，元曜也想一起去。

白姬奇道："轩之不是没有兴趣听佛经吗？今天怎么突然又想去了？"

元曜苦着脸道："待会儿，玉鬼公主又要送猎物来，小生已经不知道怎么面对玉鬼公主了，还是去听佛经好了。"

白姬笑道："轩之不喜欢玉鬼公主吗？玉鬼公主很可爱啊。"

小书生叹了一口气，道："玉鬼公主是很可爱，小生不讨厌，可是小生并不想娶玉鬼公主呀。不管怎么解释，玉鬼公主都完全不听。白姬，你替小生想一个办法，让玉鬼公主打消这个荒唐的念头吧。"

白姬诡笑，道："我也没有什么办法。这是轩之种下的'因'，轩之得自己解决。"

"唉，如果实在没有办法，小生打算去出家为僧。"

"啊哈，玉鬼公主刚还俗，轩之又打算出家吗？"

"没有别的办法了。"元曜苦恼地道。

蹲在柜台上吃香鱼干的黑猫咧嘴，碧眸闪烁。

"书呆子，爷有办法。"

"离奴老弟，你有什么办法？"元曜问道。

黑猫抖了抖胡子，道："你可以对那只野山猫说你已经有妻子了，野山猫就会死心了。"

元曜拉长了苦瓜脸，道："小生哪儿有妻子，这不是说谎骗人吗？再说了，就是这么说了，空口无凭，玉鬼公主也不会相信，小生临时上哪儿去找一个妻子来？最后，玉鬼公主根本不听小生的话，也不会死心。"

"那倒未必。"白姬笑了，道，"猞猁一族崇尚夫妻忠贞不渝，一生一世只有一个伴侣，生死相随，患难与共。如果知道轩之已经有妻子了，玉鬼公主说不定就会死心了，不过肯定会很伤心。"

元曜挠头，道："呃，小生和玉鬼公主根本就不合适，暂时伤心，也比永远痛苦好。玉鬼公主将来一定会找到一个生死相随、患难与共的佳偶。那么，现在的问题是，小生上哪儿去找一个妻子来，让玉鬼公主相信，并且死心？"

白姬以袖掩唇，道："可以去找韦公子，他之前已经和轩之拜堂了呀。"

"请不要再提那件更荒唐的事了！"元曜生气地道。

"去找阿绯那家伙帮忙吧，他最擅长做戏了。"离奴提议道。

白姬眼珠一转，饶有兴味地笑了。

"嗯，这个主意倒不错。玉鬼公主听不进轩之的话，那就让阿绯去对玉鬼公主说他是轩之的结发妻子，从老家赶来长安寻找轩之。这样，玉鬼公主虽然伤心，却也会死心了。"

元曜脸红了，道："这……这……不知道阿绯姑娘会不会同意，这样做恐怕有损她的清誉……"

"无妨，阿绯不会在意的。"

"阿绯那家伙没有什么清誉。"

白姬和离奴异口同声地道。

元曜还是不好意思去找阿绯说，就央离奴去。

"离奴老弟，你去替小生求阿绯姑娘帮忙吧。如果她同意了，请替小生致谢；如果她实在为难，那就算了，也不必勉强。"

黑猫拍了拍胸脯，一口应下了。

"一切包在爷身上！爷一定替你办好这件事，让野山猫不再纠缠你。"

"多谢离奴老弟。"小书生感激地道。

"嘿嘿，书呆子不必客气。之前，爷欠你一本《论语》，这次帮你一个忙，我们就两清了。"

于是，白姬和元曜去青龙寺听怀秀讲经去了。

元曜心中有事，也没有心思仔细听经，好容易等怀秀讲完经书，已经过了中午。

白姬、元曜在青龙寺吃了斋饭，留下香火钱，就告辞了。听了经书之后，他们心情还是不太好。

白姬、元曜闷闷不乐地骑马回到西市，在缥缈阁外的巷口遇见了正在徘徊的王贵。

王贵一见元曜，高兴地道："元少郎君，幸好遇到你了！老朽转了半天，都没找到缥缈阁，还以为找错地方了。"

元曜翻身下马，笑道："贵伯找小生有何事？"

王贵从衣袖中拿出一张叠好的纸，笑道："郎君让老朽给元少郎君送一首诗作，说是之前没写完的桃源诗。"

元曜接了诗稿，有些感慨，道："摩诘终于写完这首诗了，不过，陶先生已经不在了。摩诘最近可还好？"

王贵道："郎君很好。他说留在别院中有些触景生情、睹物思人，就打算带老朽和朱墨来城里另租一处宅院住，也方便和文士们应酬。老朽今日来城里，一是为元少郎君送诗，二来也是去延康坊看新宅子。"

元曜道："这样也很好，摩诘定居之后，小生一定去拜访。"

"到时，元少郎君一定要常来呀。"王贵高兴地道。

王贵送了诗，就匆匆离开了。

元曜把诗放进衣袖里，打算回缥缈阁之后再仔细品读。

白姬闷闷不乐地道："桃花源真是烦恼之源。"

元曜道："别再惦记你那几吊钱了，至少，摩诘、陶先生都看到了他们想看到的桃源乡，实现了心中的愿望。"

白姬纠正元曜，道："不是几吊钱，是一百五十吊。"

"不管怎么说，你也得到了一个'因果'。"

"这个'因果'太贵了。"

白姬、元曜吵吵闹闹地走到缥缈阁门口，一只花狸猫大哭着狂奔而出，正好撞在元曜的左腿上。

花狸猫跌倒在地，元曜低头一看，正是玉鬼公主。

花狸猫望着元曜，万分伤心，哭道："原来，元公子已经有妻子了。看来，玉鬼与元公子有缘无分，只能断此爱恋了。"

元曜一愣，猜想阿绯装成他的妻子，已经和玉鬼公主说了。虽然玉鬼公主十分伤心，但他也没有别的办法，只能这样了。

元曜道："小生蒙公主错爱，实在万分惭愧。请公主不要伤心，您将来一定会找到一个与您有缘有分的佳偶。"

花狸猫一跃而起，泪落如雨。

"太伤心了，太伤心了，玉鬼万念俱灰，还是再去剃度，长伴青灯古佛好了。"

元曜心中发苦，劝道："请公主三思而后行……"

"好伤心……好伤心……"花狸猫完全不听元曜的话，一溜烟跑走了，泪洒满地。

白姬抚额，道："轩之，玉鬼公主又去剃度了。"

元曜叹了一口气，道："就如此吧。玉鬼公主剃度和不剃度其实也没有很大的区别。"

白姬叹道，"唉，玉鬼公主对轩之一往情深，轩之却害公主如此伤心。"

元曜道："小生对玉鬼公主并无儿女私情，且和玉鬼公主也不太合适，如果稀里糊涂地娶了玉鬼公主，才是真的害了人家。"

白姬凑近元曜，盯着他，好奇地道："那小生对谁有儿女私情呢？"

白姬的脸和元曜的脸近在咫尺，她的鼻子离他的鼻子只有一寸的距离。

元曜大窘，满脸通红，心跳加速，一时间语无伦次。

"这个……儿女……小生没有儿女……没有儿女……"

白姬扑哧笑了，道："轩之还没成亲，当然没有儿女了。"

小书生生气，道："小生是说，小生没有儿女私情！"

白姬转身，走进缥缈阁，嘻嘻诡笑。

"不过，里面倒是有一位轩之的'结发妻子'。"

元曜反应过来，道："啊，对了，小生得去谢谢阿绯姑娘帮了小生这个大忙！"

缥缈阁中十分安静，离奴不知到哪里去了。

白姬、元曜来到里间，透过薄薄的金菊屏风，看见了一个绰约的女子倩影。

元曜以为这是阿绯，恭敬地作了一揖，道："多谢阿绯姑娘帮忙。"

那女子从屏风后探出身子，尖细的嗓音道："主人和书呆子回来了？！"

那女子穿着鲜艳的衣裙，梳着双刀半翻髻，脸上涂了厚厚的香粉和胭脂，脸白如雪，腮红如血，几乎把本来的面貌遮住了。

白姬和元曜吓了一跳，道："你是谁？！"

"啊！有妖怪！"

那女子不高兴了，起身走出屏风，伸袖擦去脸上的脂粉，恢复了离奴的容貌，细声道："是爷。喀喀，嗓音一下子转不过来。"

白姬、元曜吃惊地张大了嘴，一时间说不出话来。

离奴解释道："是这样的，阿绯那家伙急着出门赴约，不答应假装成书呆子的妻子。没有办法，离奴只好自己来了。离奴去仓库翻了一件女人衣服，又涂了一些主人的胭脂水粉，梳了两个髻，变了一下声音，就变成这副模样了。还好，那野山猫眼神不好，又隔着屏风，没认出离奴，还以为爷真是书呆子的妻子。野山猫哭着跑了，以后应该不会再来纠缠书呆子了，也不会再往厨房乱塞东西了。"

元曜如遭电击，吃惊得说不出话来："这……这……"

白姬看着离奴双髻上乱颤的珠花，却憋不住了，哈哈大笑起来。

离奴挠头，道："主人，您笑什么？难道离奴很滑稽吗？"

"哈哈，我的心情终于好了！终于好了呀！哈哈哈哈——"白姬没有回答离奴，大笑着飘走了。

离奴挠头，道："书呆子，主人笑什么？离奴看上去真的很滑稽吗？"

元曜也憋不住笑道："哈哈哈，太滑稽了——"

离奴生气，化成黑猫，亮出镰刀般的指甲，一爪子挠向小书生，道："死书呆子，你才滑稽！你从头到脚都滑稽！！"

说完，黑猫气呼呼地跑了，只留下一地鲜艳的衣服、凌乱的钗环。

小书生捂着被抓伤的脸，眼泪汪汪。他叹了一口气，在青玉案边坐下，倒了一杯清茶。不管怎么说，玉鬼公主应该不会再来要求和他成亲了。等过几天，他打算雇一辆马车，把玉鬼公主储备在厨房里准备过冬的野味给送回凌霄庵，顺便，再向玉鬼公主道歉。

坐了一会儿，元曜想起衣袖里王维送的诗，便将诗翻出来品读。

桃源行

渔舟逐水爱山春，两岸桃花夹古津。

坐看红树不知远，行尽青溪不见人。

山口潜行始隈隩，山开旷望旋平陆。

遥看一处攒云树，近入千家散花竹。

樵客初传汉姓名，居人未改秦衣服。

居人共住武陵源，还从物外起田园。

月明松下房栊静，日出云中鸡犬喧。

惊闻俗客争来集，竞引还家问都邑。
平明闾巷扫花开，薄暮渔樵乘水入。
初因避地去人间，及至成仙遂不还。
峡里谁知有人事，世中遥望空云山。
不疑灵境难闻见，尘心未尽思乡县。
出洞无论隔山水，辞家终拟长游衍。
自谓经过旧不迷，安知峰壑今来变。
当时只记入山深，青溪几度到云林。
春来遍是桃花水，不辨仙源何处寻。

　　王维的字迹风骨神秀，飘逸如仙，恰如这首诗的出尘意境。

　　元曜心中感慨万千。人世间并没有真正的桃花源，桃花源在世人的心中，如遇知音，即是桃源。邀饮一壶清酒，忘却尘世烦忧，邂逅一位知己，高山流水无边。

　　一阵风吹过，不知何处有桃花飘来，散落在元曜身边，如真似幻。

第四折　清夜图

第一章 鼠 楼

曲江池边，一江秋水澹寒烟。

白姬、元曜牵着马，沿着曲江池闲庭信步，欣赏秋日的风景。其实，他们并非特意来游玩，而是来给玄武送它订的苏合香。不过，送完东西之后时间还早，而曲江池边景色如画，他们也就顺便赏景游玩一番。

一辆辆宝马香车偶尔从元曜、白姬身边经过，车中坐着来郊外游玩的贵妇淑媛。她们穿着华贵得体的衣裙，绾着时下流行的发髻，手持彩色鹦鹉扇，在车中与女伴嬉笑，从车帘中窥探游人。

华车过处，留下一地旖旎香风，惹人遐思。

唐朝时，风气开放，贵族女子也十分豪放多情。她们从车帘后窥看游子，遇见俊美潇洒的男子，会投以鲜花、香帕等物，以示心悦之。

白姬手中已经接了一捧鲜花了，元曜还是两手空空。

元曜望着身穿男装的白姬，但见她一身卷草纹白色长衫，腰束青玉带，手持象骨扇，俊美含笑，眼带桃花。他不得不承认她看上去还真像一位风流俊逸的富贵公子。

元曜闷闷地道："白姬，你这是欺骗香车中的女子。"

白姬一展象骨扇，笑了："轩之此言差矣。我让她们觉得赏心悦目，所以她们赠送我鲜花，彼此都欢悦，何来欺骗之说？"

元曜道："可是，她们以为你是男子呀。你还对她们笑得那么深情，万一她们误以为你对她们有爱慕之情怎么办？"

白姬笑道："轩之此言又差矣。她们好心地送我鲜花，我总不能对她们哭吧？再说，路掷鲜花只是代表欣赏，得到了幽会的阶段，才会上升到爱慕呢。"

元曜瞪眼，道："难道你还打算去和她们幽会？！"

白姬嘻嘻一笑，不作回答。

"为什么没有女子欣赏小生……"元曜幽怨地道。

一辆马车接近两个人，一只纤纤玉手伸出车帘，将一朵秋海棠投过来，秋海棠正好掉在元曜的肩膀上。

元曜十分高兴，十分激动，手忙脚乱地接了花。他正想向香车里的佳人回一个笑容，以示感谢，谁知，车窗里的女子们嘻嘻笑道："哎呀，手一滑，投错了。"

"嘻嘻，请给那位白衣公子。"

元曜的笑容僵在了脸上，他木然地把秋海棠递给白姬。

白姬对车中的丽人们深情一笑，香车中又飞出了一块手帕。

白姬伸手去接，但没有接住，手帕被秋风一吹，迎头蒙在小书生的脸上，遮住了他逐渐拉长的苦瓜脸。

香车渐渐远去，车中传出女子们嘻嘻哈哈的笑声。

"那白衣公子长得真好看……"

"那穿青衫的书生好傻……"

"哈哈，哈哈哈——"

"唉！"元曜把脸上的手绢扯下，递给白姬，垂头丧气地道，"果然没有女子欣赏小生……"

白姬将手中的鲜花、香帕放在马背上，弯腰从草丛中摘了一串铃兰花抛给元曜，笑道："我很欣赏轩之。"

元曜接过铃兰花，虽然花朵很小、很普通，不如贵妇们抛掷的鲜花繁艳，但他的心情突然变好了。

元曜也摘了一串铃兰花，抛给白姬，笑道："小生也欣赏白姬。"

"哈哈——"

"哈哈哈——"两个人都笑了。

白姬、元曜来到水边，闭了眼感受水的灵性。白姬把鲜花、香帕都放入水中，让水流将这一份份美好的心愿送往远方。

元曜望着远去的香花，道："你把它们丢掉，不会太可惜了吗？这都是欣赏与爱慕的心情，如果有意，你还可以通过鲜花、香帕，与它们的主人结下更深厚的情谊。"

白姬阴森一笑，道："贵妇们的情意虽然美好，但也很危险，还是点到为止更好，太过靠近，太过沉沦，会被'鬼隐'。"

莫名其妙地，元曜打了一个寒战，问道："什么是'鬼隐'？"

白姬笑得更诡异了，道："'鬼隐'就是被鬼吃掉，彻底消失。"

元曜心中恐惧。

在曲江池边玩到正午光景，白姬和元曜就骑马回城了。

元曜肚子饿得咕咕叫，但又不太想回缥缈阁去吃离奴做的鱼，提议道："啊，白姬，我们吃点儿东西再回去吧。"

白姬同意，道："也好，我也饿了。"

"那我们去哪里，吃什么呢？"

白姬想了想，道："有了，去万珍楼吧。"

万珍楼是长安城中首屈一指的大酒楼，以食不厌精、脍不厌细闻名，即使是最挑剔的食客，也会对万珍楼中色、香、味俱全的菜肴赞不绝口。最神奇的是，天南海北甚至番邦异国的菜肴，人们都能在万珍楼中吃到，而且口味正宗。

万珍楼十分神秘，禁止客人打听厨师以及厨房的情况。从来没有人见过万珍楼的厨师，也没有人进过万珍楼的厨房。

有人说，万珍楼能够做出天南海北的菜肴，厨师人数一定很多。但也有人说，万珍楼规模不大，菜肴价钱也公道，雇不起这么多的厨师，所有的菜肴都是一个厨师做的。有人说，他夜探万珍楼，发现万珍楼里没有厨房。也有人说，万珍楼的厨房在地底下。总之，流言蜚语，众说纷纭。

不过，流言蜚语完全不影响万珍楼的生意，因为美味佳肴的吸引力无法抵挡，将人们的舌头和肠胃彻底俘虏。

"太好了。"元曜很高兴。他很早就想去万珍楼见识一下各色美食了。

白姬笑道："偶尔也换一换口味，不能总吃猫做的食物。"

元曜沉浸在对美食的幻想中，没有细想白姬这句颇有深意的话。

东市，万珍楼。

万珍楼不在东市的繁华地段，而是坐落在比较僻冷的西南角，但它总是宾客盈门。人们为了品尝美味佳肴，并不介意多走一段路。

万珍楼古色古香，木质的楼阁十分古旧，大堂中的桌案、席垫整洁简单，没有多余的虚华装饰。其实，对于饭馆来说，飘浮在空气中引人食指大动的菜肴香味就是最好的装饰。

万珍楼中的食客很多，非常热闹，一楼几乎坐满了。

一楼、二楼是普通座，桌案与桌案之间没有屏风间隔，三楼是有屏风间隔的雅座。白姬果断地决定去三楼，却被店伙计告知今天三楼被烜王李继包下宴请客人，不接待别的客人。

白姬道："烜王请了多少客人？"

店伙计道："十几人吧，还有五名从平康坊请来的歌姬。"

白姬撇嘴道:"就算是二十个人,也用不了三楼呀。给我和轩之安排一个雅座吧。"

店伙计道:"烜王已经付了包下三楼的银子,请两位客官体谅,不要为难小的。"

白姬望了一眼倚在柜台边拨算盘的掌柜,笑道:"那我去为难一下徐掌柜。"

"白姬,算了吧,楼下虽然人多一些,但也不影响吃喝。"元曜刚要阻止,白姬已经走过去了。

元曜觉得徐掌柜一定不会满足白姬的任性要求,懒得跟过去,就站在原地等着。他望向大堂,但见四五名穿着灰褐色短打的伙计飞快地穿梭来往,他们手持托盘,为食客送菜。他们身手灵活,来去如风,食盘中连一滴汤都未洒出。

元曜暗自惊叹。他又望向白姬和徐掌柜。徐掌柜尖嘴猴腮,獐头鼠目,下巴长着三缕胡须。他身材异常矮小,如果不是站在一张凳子上,估计只有白姬一半高。

白姬指了指三楼,说了一句什么。

徐掌柜摇头,坚决拒绝。

白姬笑了,说了一句什么。

徐掌柜生气,眉毛倒竖,小眼睛瞪着白姬。

白姬又笑着说了一句话,同时伸手指了指所有的客人,脸上做出了一个夸张的惊吓表情。

徐掌柜仿佛被人抓住了什么把柄,一脸不甘心,但又无可奈何。他改换了一张笑脸,对白姬说了一句什么。

白姬气定神闲,又笑着指三楼。

徐掌柜赔着笑脸点头哈腰。

白姬向元曜招手,一脸"大功告成"的奸诈笑容。

元曜苦着脸过去了。这龙妖又在兴风作浪了。不知道这可怜的徐掌柜有什么把柄落在龙妖的爪中。

白姬笑道:"已经和徐掌柜说好了,我们去三楼的雅座吧。"

元曜担心地道:"可是,烜王已经包下三楼了,不许外人上去,如果被他发现了……"

白姬一展象骨扇,笑道:"没关系,我们从另一边上去。徐掌柜会给我们准备一个特别的雅座,我们可以看见烜王,烜王却看不见我们。"

徐掌柜在前面引路，白姬、元曜跟上。他们离开大堂，进了一间房间，从一条隐秘的楼梯上去，来到了三楼。

三楼的正中央，分隔雅座的屏风被撤去，布置成了一个雅致的宴堂。徐掌柜、元曜、白姬经过走廊时，透过窗格看见十几个人正在谈笑宴饮，他们锦衣玉饰，不是王公，便是显贵。五名花容月貌的歌姬一名弹琴，一名吹箫，三名在一张火绒毯上翩翩起舞，为宴会助兴。

"哎？丹阳也在里面？！"元曜眼尖，从宴饮的人群中看见了韦彦。

韦彦和一名神色憔悴的锦衣公子对饮，好像很有兴趣地在问对方一些什么，但锦衣公子似乎没有谈兴，只是闷头喝酒。

白姬定睛偷望，笑了："这个宴会好像很有趣呀。"

"嘘——"徐掌柜将食指放在嘴边，示意白姬和元曜小声说话，不要惊动了宴饮的人。

白姬、元曜跟徐掌柜进入大堂旁边的一个房间。房间不大，但布置典雅，南边是临街的窗户，可以将东市尽收眼底。房间西边是三楼的大厅，中间隔着一面墙壁，但不知道是什么缘故，竟可以清楚地看见大厅中的宴会情形，也能听见人们的交谈声。从大厅中看，这面墙壁上挂着一幅很大的《百花图》，看不到室内。

徐掌柜对白姬赔笑道："这是我自己吃东西的地方，一般不招待客人。您就委屈一下，在这里用餐吧。"

白姬在木案边坐下，饶有兴趣地望着歌舞升平的大厅。

元曜则觉得这里很不妥，有偷窥他人隐私的嫌疑。

白姬笑道："很好。轩之，你想吃什么？不要客气，今天徐掌柜请客。"

徐掌柜继续赔笑，但笑得比哭还难看。

元曜迟疑，不知道这徐掌柜有什么把柄落在了白姬手上，被她如此敲诈。他心中有些同情徐掌柜，道："嗯，够两个人吃的简单菜肴就好了，不用太麻烦，也不用太贵。"

白姬笑道："轩之说，要万珍楼中最贵最美味的菜肴，煎炸煮炒，生冷荤素，一样也不能少，食单上有多少种，就上多少种吧。"

徐掌柜脸渐渐黑了。

元曜吼道："小生没有那么说！"

白姬笑道："好吧，刚才是说笑。请徐掌柜给我们推荐几样可口的菜肴，够两个人吃就行了，再配一壶好酒。"

徐掌柜松了一口气，擦去额头上的汗水，道："没问题。"

徐掌柜行了一礼，退出去张罗了。

元曜好奇地问道："白姬，徐掌柜到底有什么把柄落在你手上了？"

白姬笑眯眯地道："为了轩之好，吃完了再说。"

"哦。"元曜道。

白姬、元曜一边欣赏大厅中的歌舞，一边等上菜。舞姬们的一支舞还没跳完，店伙计们已经飞快地端来了菜肴。

一大盘光明虾炙，用秘制香料腌制的大虾仁摆作灯笼的图案，鲜红喜人。一盘仙人脔，用鲜乳汁调和的鸡肉块，看上去很诱人。一盘金银夹花平截，将蟹黄、蟹肉卷在薄薄的蒸饼中，切成一段一段，摆作福字图案。一盘浑羊殁忽，即将整只鹅放在羊腹中烤熟，鹅腔中盛着五味糯米饭，旁边放着割肉的小刀。一盘爆炒白沙龙，白沙龙是冯翊之地所产之羊，肉非常肥嫩、鲜美。一盆百岁羹，即新鲜可口的荠菜汤。

徐掌柜拍开一坛秋露白，给白姬、元曜满上，笑道："两位请慢用，有招呼不周之处，还请包涵。"

看着眼前诱人的美味佳肴，元曜口水哗啦，谢过了徐掌柜，就开始一样一样地尝过去，筷子无法停下来。

白姬尝了一口五味饭，笑赞道："万珍楼的美食果然名不虚传，太美味了。"

徐掌柜道："多谢称赞，还请不要把我们的秘密传扬出去。"

白姬笑着点头，道："那是自然。如果少了万珍楼，长安城中很多食客会伤心欲绝。"

徐掌柜行了一礼，道了一声"慢用"，就退了出去。

元曜忍不住好奇地问道："白姬，徐掌柜究竟有什么秘密？"

"嘘——"白姬笑着夹了一块仙人脔，放入嘴里，"吃完东西再说。"

"好吧。"元曜欢快地咬了一口金银夹花平截。

隔壁大厅中，丝竹靡靡，歌舞升平。烜王和客人们饮酒聊天，话题居然转到了"神隐""鬼隐"之上。

长安城中，一直有"神隐""鬼隐"的事件发生。

在唐朝的长安城中，所谓的"神隐"，是指人们无缘无故地失踪，但失踪一段时间之后，又突然回来了。失踪的时间短则数日，长则数年。回来的人，有的完全不记得失踪时经历的事，有的则清楚地记得自己被神仙、妖怪带去了某地，经历了某一些奇异的事情。而所谓的"鬼隐"，则是指彻底消失。被鬼隐的人要么永远失踪不见，要么一段时间之后，尸体被人们发现。在长安城的街谈巷议中，神隐是一件无伤大雅的逸事，而鬼隐则是一场非常可怕的灾厄。

从烜王等人的言谈之中，元曜听出好像是之前看见的那位和韦彦对饮的锦衣公子遇上了神隐。

那位锦衣公子名叫李温裕，是纪王李慎的第三子，去年被册封为郡王。论辈分，烜王李继与他是堂叔侄关系，但其实他比李继还要大两岁。六个月前，李温裕在婚礼上失踪，遭遇了神隐，下落不明。直到半个月前，他才突然回来，被人发现昏死在城西的石桥下。家人追问他的去向，他只说遇见了神女，与神女在一处仙府中过了大半年神仙眷侣的日子。

李温裕的神色一直很苦闷，英俊的脸也消瘦而憔悴。

烜王嬉笑道："那神女有多美丽，竟让你在婚礼中抛弃了新娘子？"

李温裕苦着脸纠正道："不是，当时的情形很复杂。"

"怎么复杂？"

"到底发生了什么事？"

大家很好奇，纷纷探问。

见众人追问神隐的事，李温裕剑眉紧蹙，只是喝闷酒，不愿意多谈一句。

众人见问不出什么，也就不追问了，互相打趣调笑。

"哎哎，也有一个美丽的神女把我神隐了就好了。"

"就你那模样，让夜叉来神隐你还差不多。"

"我虽然不及小郡王俊朗潇洒、一表人才，但也不丑，神女不肯屈尊，至少也来一个妖娆多情的妖女呀。"

"只怕妖女太多情，不放你归来，神隐就变鬼隐了。"

"哈哈——"

众人哈哈大笑，李温裕却更愁苦了。

白姬皱眉，道："太奇怪了。"

"什么奇怪？"元曜一边啃鹅腿，一边问道。

"神隐的事。"

"这有什么奇怪的？既然确实有非人存在，那'神隐'不是很平常的事吗？那位兄台估计真的邂逅了神女。"

"这些男子，不是王族，就是显贵，长安城中的狐仙和神女绝不会选择他们神隐。"

"为什么？"元曜好奇。他想了想，坊间流传的男子被神女狐女"神隐"一段时间之后又回来的艳谈中，好像主角都是贫苦书生、羁旅浪子，从来没有达官显贵。

白姬笑得颇有深意，道："因为，神女和狐仙都比较偏爱平民男子，而讨厌王侯贵胄。"

元曜感慨道："神女和狐仙真好，不以家世门第取人。"

白姬诡笑不语。

元曜道："那位兄台身份应该很尊贵，不知道为什么也被神隐了。"

白姬喝了一口青瓷杯中的秋露白，打量了一会儿苦闷的李温裕，笑了："他心中有强烈的'愿望'。我又有'因果'了。"

元曜道："哦，问题是，他能够走进缥缈阁吗？"

白姬笑道："韦公子会带他去缥缈阁。"

"你怎么知道？"元曜望向韦彦，见他正端着酒杯望着李温裕，嘴角浮出一丝阴笑。

白姬望着韦彦，道："韦公子的脸上写着'告诉他白姬能够实现他的愿望，带他去缥缈阁，就可以知道他不肯说的神隐的事情了，顺便还可以敲一笔介绍费'。"

元曜揉了揉眼睛，定睛望向韦彦，奇怪地道："啊，丹阳的脸上有写这么多字吗？小生怎么没看见？！"

白姬嘴角抽搐，道："轩之的脸上也写着两个字。"

"什么字？"元曜好奇地摸脸。

"左边一个傻，右边一个瓜。"

"小生不是傻瓜！"元曜大声吼道。

白姬堵住了耳朵。

第二章　神　隐

酒足饭饱之后，白姬、元曜准备离开。白姬从衣袖中摸出一块银锭，放在桌案上，笑道："虽然徐掌柜说要请客，但终归不好让他破费，还是留下银子吧。"

元曜笑道："这才对。徐掌柜做生意也不容易，我们不该白吃白喝。"

白姬笑道："对，不该白吃白喝，轩之该付的一半，我会从轩之的工钱里扣。"

元曜苦着脸道："小生干活也不容易，你偶尔请小生吃一顿饭又有什么关系？"

白姬笑道："我收'因果'也不容易，轩之也该偶尔请我吃一顿饭。所以，这顿饭的钱我会全部从轩之的工钱里扣。"

"请不要压榨小生本来就不多的工钱！"

"嘻嘻。"白姬诡笑。

白姬、元曜从原路下楼，来到一楼时，远远看见徐掌柜在柜台边算账。

元曜好奇地道："白姬，徐掌柜究竟有什么秘密？"

白姬笑道："轩之想去看看厨房、见见厨师吗？"

"好呀。"元曜道。他很好奇做出如此美味佳肴的厨师们是怎样的人。

白姬走过去，对徐掌柜说了一句什么。

徐掌柜苦着脸答应了。他叫来一个小伙计，让伙计领白姬、元曜去厨房。

白姬、元曜跟着小伙计拐了一个弯，来到一间隐秘的房间前。房间的门紧紧关闭，只有左右两个窗户开着，里面隐约传来锅碗瓢盆碰撞的声音。许多伙计轮流从左边的窗户递食单进去，从右边的窗户接菜肴出来，来来往往，川流不息。

元曜猜想，这里大概就是万珍楼的厨房了。

小伙计将门推开，对元曜道："请进吧。"

"好。"元曜笑道。他走进去，举目望去。

厨房十分宽敞，光线很暗，各种食材堆积如山。火光熊熊的灶台上，几个大蒸笼正冒着水汽，散发着面点特有的香气。烤炉上烤着几只全羊，"吱吱"冒油。一排瓦罐里煨着不同的汤，"咕嘟"作响。菜刀在砧板上发出"啪啪啪"的声响，蔬菜飞舞。锅铲与铁锅相击，发出"砰砰砰"的声响，菜肴盘旋。

因为水汽和烟雾太大，光线又昏暗，元曜看不见厨师，只能隐约看见许多影子在攒动。他感慨道："厨师们的眼神想必很好，这样的光线下他们也能做菜。"

白姬展开象骨扇，对着厨房扇了扇，道："它们的眼神确实很好，即使在夜里，也无须点灯，就能做菜。"

烟雾和水汽被白姬扇走了，元曜的笑容僵在了脸上。

厨房中密密麻麻地爬满了老鼠，有成百上千只，它们站在地上、灶台上、烤炉边、炒锅边、蒸笼边，正忙碌地烹调菜肴。

"呃。"元曜头皮仿佛炸裂开来，脸色煞白。

老鼠们听见动静，一齐停下了动作，朝元曜望来。

昏暗的光线中，成百上千双眸子冷幽幽的，诡异而吓人。

元曜想到刚才吃的东西都是出自老鼠的爪子，胃一阵抽搐，狂奔出去呕吐了。

老鼠们垂头丧气，似乎受到了很大的打击。

小伙计摇着鼠尾，不高兴地对白姬道："这位公子太过分了。他厌恶我们是老鼠，伤了大家的自尊心。"

白姬道："啊啊，轩之一向就直来直去，不会婉转地表示厌恶的心情，大家不要放在心上。"

小伙计瞪着白姬，道："你这是在婉转地表示厌恶的心情吗？"

"嗯，食物好香啊。"白姬以扇遮面，顾左右而言他。

老鼠们拿起手边的蔬菜水果，一起将蔬果朝白姬掷去，将她打出了厨房。

白姬、元曜离开了万珍楼，一个满身狼藉，一个面有菜色。

白姬道："唉，以后，还是吃猫做的菜好了。"

元曜道："其实，是小生不对，它们做的菜肴很美味，小生不该因为它们是老鼠就心有成见，不尊重它们的劳动成果。改天，小生去向它们道歉。"

白姬道："如果大家的想法都和轩之的一样，徐掌柜就不用成天提心吊胆，担心被人们知道厨房里的秘密了。"

白姬、元曜一边说话，一边回缥缈阁了。

红叶落，黄花残，秋色渐浓。

这一天上午，离奴买鱼去了，元曜闲来无事，站在店门边看远处的秋色。

韦彦带着一名锦衣公子来到了缥缈阁。

元曜定睛一看，那位锦衣公子正是李温裕。

"轩之，白姬在吗？"韦彦笑问道。

白姬还在睡懒觉，没有起床。因为有生客在，元曜只好道："白姬在二楼静坐，冥想。"

韦彦道："有生意上门了，还冥想什么，轩之去叫她下来吧。"

"好。稍等，小生这就去叫她。"元曜应道。

元曜将韦彦、李温裕安排在里间坐下，就奔向二楼。

韦彦、李温裕坐在青玉案边等候，各怀心思。

李温裕左右望了望，有些怀疑。

"这缥缈阁的主人真的那么神通广大吗？"

韦彦道："放心吧。她懂玄门法术，有通神鬼的能力。"

"她是一个神棍？"

"嗯，差不多吧。"

李温裕更怀疑了，满脸愁容。

两个人等了一会儿，白姬才施施然飘下来。她随意穿了一身白色长裙，挽一袭月下白纱罗。她来不及细梳长发，漫不经心地用月牙形的牛骨梳绾了髻，有几缕发丝斜斜垂下，掠过她俊美的脸庞。

白姬用眼角瞥过韦彦和李温裕，心中已经明白是什么事了。她笑着坐下，道："刚才在静坐冥想，虔心礼佛，让韦公子和这位公子久等了。"

明明是在睡觉赖床，这条龙妖说谎连眼睛都不眨一下。元曜腹诽。

李温裕看见白姬，瞬间张大了嘴，双眼死死地盯着她，道："你……你……我见过你……"

韦彦和元曜见状，一齐道："白姬，你不会坑过小郡王的银子吧？"

白姬笑了，道："我长得面善，大家都看我眼熟。不过，我是真没见过这位公子，想必公子认错人了。"

李温裕摇头，居然忘了礼节，探过身去一把抓住白姬的衣袖，苦苦哀求："我没有认错人。我见过你的画像。你一定认识瑶姬。请你带我去她的仙府，我思念她，深深地思念她。"

元曜、韦彦面面相觑，不明白这是怎么一回事。

白姬也满头雾水，问道："你在哪儿见过我的画像？"

李温裕道："我神隐时去的地方。瑶姬，不，云华夫人的仙府中。"

于是，李温裕述说了事情的始末。

李温裕的父亲是纪王李慎，唐太宗的第十子，唐高宗李治的兄弟。当年的太子之争中，李慎和李治有过节儿，因此李治在位期间，李慎一直被流放在偏远的封地，不能回长安。李慎虽为王族，但有如平民。直到高宗驾崩，武后掌权的如今，武后为了拉拢一部分李氏王族，就把李慎召回长安，予以恩眷。于是，李慎的子女们也陆续回到长安。

去年，李温裕也来到了长安。李温裕在封地出生，在封地长大，这座都城，他还是第一次踏足。

李温裕来长安不久，正赶上武后显示恩泽，他和两个哥哥一起被封为了郡王。李温裕还没成家，很快就有很多人来提亲，李慎为儿子挑选了鸿胪寺卿韩章的女儿做妻子，婚礼定在三月初八。

三月初八那一天，从早上开始就下着蒙蒙细雨，李温裕穿着吉服带着仆从去迎亲。李温裕在韩府接到了新娘子，回来的路上，细雨变成了倾盆大雨，还夹杂着电闪雷鸣。

李温裕一行人只好进路边的一座荒寺中避雨。说来也巧，荒寺中已有另一队迎亲的人在避雨。对方是寒门，迎亲的人不多，阵仗也不如李温裕一行人华丽气派。不过，新郎官倒是十分英俊，一表人才。乍一看，他和李温裕还有几分相似。

交谈之后，李温裕得知对方也是接到新娘子之后，被大雨阻困，无法回去。于是，两方人一起在荒寺中等雨停。

李温裕等得不耐烦，再加上周围人多嘈杂，让他感到不舒服，就沿着回廊去散步，呼吸一下新鲜空气。

李温裕站在荒寺破败的后院中看雨景。

一个年轻的婢女突然来到李温裕身边，道："小姐请姑爷过去一下。"

李温裕以为新娘子有什么事，就跟着婢女去了。

婢女撑开一把竹伞，带李温裕走向后院的荒凉处，七绕八拐，带他离开了荒寺。

一辆华丽的马车停在荒寺后门口，婢女请李温裕上车。

李温裕上了马车，发现新娘子蒙着红盖头，娉娉婷婷地跪坐在里面。

新娘子道："大雨一时半会儿停不了，我家的别院离此不远，我们先去别院吧。"

李温裕觉得不妥，但他闻到了一股甜蜜的异香，渐渐失去了意识。

马车冒着大雨离开了荒寺。

李温裕在似梦似醒的状态中，只觉得身体飘飘忽忽，如行云中，不知身在何处。

等李温裕醒过来时，他发现自己身在一处金碧辉煌的华堂中，金红色的蜡烛发出光亮，各种家具古色古香，五色帷帐如同云朵一般飘逸。

婢女见李温裕醒了，笑道："姑爷，吉时已到，该拜堂了。"

李温裕惊奇，道："这是哪里？"

婢女笑道："这是别院中。因为雨太大，今夜赶不及去您府上，恐怕耽误了吉时，所以先在此成礼。"

"哦。"李温裕懵懵懂懂之中，被婢女搀扶着去了大堂。

新娘子盛装华服，正等在那里。

在鼓乐声中，李温裕和新娘子拜了堂，成了亲。然后，两个人进入了一间华丽的房间，鸳鸯帐暖，香气袭人。

李温裕揭开新娘子的盖头，一下子愣住。

橘红色的灯火下，新娘子仙姿玉色，光艳逼人，仿如天上的神仙妃子来到了凡间。

李温裕对她一见钟情，十分爱慕。

新娘子对李温裕嫣然一笑，百媚丛生。

李温裕顿时丢了魂魄。

新婚之夜，被翻红浪，说不尽的愉悦快乐。

第二天一早，李温裕打算带韩氏回王府。

韩氏睡在李温裕怀中，笑道："还不到早上呢，等天亮了再说吧。"

李温裕探头一看，窗外确实一片昏暗，还没有天亮。

于是，他又与韩氏颠鸾倒凤，鱼水交欢。

李温裕与韩氏待在洞房中，婢女中途六次端来了精致美味的佳肴，他们吃完了，或下棋，或聊天，或交欢，或睡觉。窗外一直灰蒙蒙的，没有天亮，李温裕不由得有些奇怪——这一夜似乎太长了。

韩氏美丽多情，谈吐优雅，李温裕十分迷恋她，即使心中奇怪，也不敢说出来。

李温裕又一觉醒来，见窗外还是灰蒙蒙的，有些忍不住了，问道："为什么天还没亮？"

韩氏在李温裕的耳边吹了一口气，笑道："一直待在洞房里也无趣，妾身带郎君出去转转吧。"

韩氏穿上一袭质地轻如烟的罗裳，梳好了发髻，贴上了梅妆，才带李温裕出去。

李温裕走出华堂，登上高处，但见天空一片幽蓝色，星辰如棋。这里光线比黑夜要明亮，但比白天要昏暗，不用掌灯，可以看清远景近景。

这座别院仿如神仙福地，视线所及之处琼楼玉宇，飞星连月，视线看不见的地方环绕着许多云雾。别院的景色也十分幽奇，东厢开着春天的桃花，西池盛开着夏天的荷花，南园中枫红如火，北亭旁梅花映冰霜，仿佛一年四季都被关进了别院中。

李温裕非常惊奇，不知道这是一处什么所在。

韩氏笑道："不瞒郎君，这处别院有些与众不同的地方。在这里，没有白天，只有夜晚。"

李温裕道："我什么时候才能带娘子回家？"

韩氏伸出纤纤玉手，抚摸李温裕的脸庞，露出娇媚迷人的笑容，道："先住几天，再说吧。"

李温裕十分爱她，不忍违背她，就答应了。

天色永远灰蒙蒙的，星辰永远挂在天上，李温裕不知道白昼黑夜，更无法知道过了多少天。不过，他与韩氏过得很快乐、满足。他们一起游园赏景，在亭台楼阁、飞瀑流泉中，每次都能够发现新的美景。

李温裕吹笛的技艺很高，平时难以找到合奏的人，韩氏对音乐有很高的造诣，她弹奏的琴音能与李温裕的笛声相和，这让李温裕十分高兴，更加迷恋韩氏。

韩氏有一半的时间不在别院中，不知道去了哪里，到处都找不到她。有时候，韩氏会消失很久，从吃饭的次数来算，应该是两三天。李温裕问她去了哪里，她笑而不答。

韩氏不在的时候，别院就会变成一座空宅，仆从们都不见了，只有之前见过的婢女小蛮按时来给李温裕送精致可口的食物，伺候他的饮食起居。

李温裕待在华室中，看墙上的白衣神女像发呆。他越想越觉得不对劲，遂决定悄悄离开。他走了许久，脚都磨出水疱了，却始终走不出去。他向东走，会回到西边，从南边走，会抵达北边，永远也看不见院墙和大门。

李温裕怀疑韩氏是妖怪，渐渐地把怀疑和恐惧表现在脸上。

韩氏见了，蛾眉微蹙，悲伤地对李温裕道："看来，你我缘分已尽了，既然已经被你怀疑和厌弃，我们还是就此分别吧。"

李温裕深爱韩氏，不忍心和她分离，道："即使你不是常人，也是我的妻子。我不会厌弃你，只希望你能离开这个奇怪的地方，跟我回家去。"

韩氏一愣，似乎心有所动。她望着李温裕，眼眸中一片深情，但是她想到了什么，眼神又悲伤黯淡了。

"其实，妾身欺骗了郎君。"

李温裕疑惑地望着韩氏美丽的侧脸。

韩氏道："妾身不是你的妻子韩氏。妾身是王母的第二十三个女儿，小名瑶姬，世人称妾身为云华夫人。因为与你有缘，妾身伪装成韩氏，与你结枕席之欢。"

李温裕吃惊，仔细想来，也觉得眼前之人不可能是韩氏。人间没有如此美丽、高贵的女子，只有神女才如此完美。

云华夫人又道："你现在所在的地方是天宫，天宫与星辰毗邻，故而没有白天。人神殊途，妾身没有办法跟你去人间，你如果想离开，妾身立刻送你回人间去。"

李温裕问道："我来天宫多长时间了？"

云华夫人道："以人间的时间计算，已经一个多月了。"

李温裕猜想，他离家这么久，家里人一定很担心他，便想回去。但是，他又十分舍不得神女，道："我回去之后，还能再来见你吗？"

云华夫人悲伤地道："你一旦决定回去，我们的缘分就尽了。"

云华夫人凄婉的神情楚楚动人，李温裕十分心疼，一时难以割舍与她的情爱，想了想，决定再留一段日子。

第三章 天 宫

时光流水一般过去，李温裕和云华夫人神仙眷侣，恩爱缠绵，不知今夕何夕。知道所在的地方是天宫仙府，李温裕也就不再害怕这永夜的光景了，甚至觉得这永远不变的星空也十分绚烂。

云华夫人还是会不定期地离开。她告诉李温裕，她奉玉帝之命去办事了。李温裕说他很想见一见玉帝、王母以及众仙人，云华夫人笑说仙凡相隔，不能相见。

越和云华夫人相处，李温裕也就越沉沦，陷入情网中不能自拔。虽然，他很思念人间，思念父母，但一想起离开之后就不能再见云华夫人，他就不忍心开口说出"离开"两个字。

云华夫人不在时，李温裕就坐在华室中发呆，思考怎样才能既回人间，又不与云华夫人分离。华室中有一幅白衣神女像，李温裕以为是观世音菩萨像，就常常参拜，对菩萨诉说心中的纠结。

小蛮见了，笑道："这是龙女之像，不是菩萨像，您拜她也没什么用。"

这一天，云华夫人回来了，她的神色有些异常。她询问李温裕叫什么名字，是什么人。

李温裕有些吃惊：云华夫人竟不知道他的名姓吗？不过，他仔细想了想，之前他确实一直没有通报过姓名，她也没有询问。两个人相处时，也一直只以郎君、娘子对称，没有互称姓名。但是，她是无所不知的神女，怎么会不知道与她结缘的人是谁呢？

李温裕如实回答了。

云华夫人脸色大变，一言不发地带小蛮退回内室了。不一会儿，内室中传来一声响亮的耳光，小蛮哭泣着跪在地上请求恕罪。

李温裕心中十分疑惑。

待云华夫人出来，李温裕忙问出了什么事、为什么打小蛮。云华夫人笑着说没什么大事，只是小蛮太不仔细，将她的一件重要东西弄丢了，故而受到责罚。

云华夫人叫人准备了丰盛的酒宴，与李温裕坐在星辰下对饮。

云华夫人的神色有些悲伤，她问李温裕："这半年的时光，你觉得快乐吗？"

李温裕握住云华夫人的手，笑道："如神仙一般快乐。"

云华夫人伸手抚摸李温裕的脸，眼中闪过眷恋之色。

这时，小蛮送来了一壶酒。她将酒倾入金杯中，酒是诡异的碧色，泛着金芒。

小蛮将金樽呈给李温裕，笑道："这是酒仙送来的珍酿，名叫'忘机'，请郎君品尝。"

李温裕端过金樽，放在鼻端一嗅，酒香扑鼻而来。

云华夫人望着李温裕，神色复杂。

李温裕正要喝下"忘机"，云华夫人突然伸手，将金樽打落。

啪嗒！金樽与仙酒皆落在地上。

李温裕感到很奇怪，小蛮也意味深长地望着云华夫人。

云华夫人挥了挥手，示意小蛮退下。

小蛮行了一礼，退下了。

云华夫人对李温裕笑道："凡人喝下'忘机'，就得醉上五百年。郎君喝下它，醉得不省人事，妾身可就寂寞了。"

李温裕也笑了，道："即使我醉了，也会在醉梦中与娘子相会。"

云华夫人嫣然一笑，李温裕顿时失了心魂。

这一夜，李温裕在睡梦中闻到了一股奇异而甜蜜的香味，便又陷入了不知身在何处的境地。半梦半醒之间，他依稀听见云华夫人缥缈的声音："你我缘分已尽，今后天上人间永不再见。请忘了我，忘了一切，勿再相念，勿再相忆。"

李温裕再次醒来时，阳光刺疼了他的眼睛，他发现自己躺在一座石桥下，身边围着几个路人。

路人见李温裕醒了，询问他是什么人、怎么会躺在桥下。

李温裕低头一看，发现自己还穿着婚礼时的那件吉服，问路人他在哪里，以及现在何年何月。路人回答了。李温裕才知道他身在长安，现在是九月。他在天宫中待了半年，而现在他已回到人间。

李温裕抬头望向天空，心中怅然若失。

李温裕回到王府，他的父母兄长十分高兴。李温裕失踪之后，他们十分焦急，派人到处寻找他，可是始终找不到，还以为他已经不在人世了。他们询问李温裕的去向，李温裕只简单地说被神女带去天宫，一家人啧啧称奇，并庆幸李温裕回来了。

李温裕回家之后，十分思念云华夫人。他整天望着天空发呆，口中"喃喃"念着云华夫人的名字，诉说着自己的思念与爱意。

李温裕得了相思病，衣带渐宽，形销骨立。他还常常去迎亲那天避雨的荒寺中徘徊，希望能够再见到云华夫人。

纪王夫妇见了，十分担心儿子。之前，李温裕虽然在迎亲的路上失踪，但是他的新娘韩氏还是被迎来了王府。一开始，以为能找回李温裕，韩氏也就待在王府，以儿媳的身份侍奉公婆。三个月过去了，李温裕音信全无，韩家也就委婉地提出要女儿回家。纪王也觉得李温裕生还无望，不能耽误年轻的韩氏，也就把韩氏送回韩家了。

如今，李温裕回来了，而韩氏尚未另嫁他人。纪王夫妇打算将韩氏接来，让两个人完婚，以此来打消儿子对神女的荒唐念头。韩家也同意了。但是，李温裕不同意，他表示此生除了云华夫人，谁也不想娶。

纪王恼怒，斥骂道："荒唐！那神女岂能同凡人成亲？更何况，还不知道对方究竟是神女，还是妖怪。"

王妃劝道："王爷不要动怒，裕儿刚回来，还有些糊涂。等过一阵子，他平复下来，妄念也就淡了。"

李温裕道："母亲，孩儿对云华夫人的思念不会随着时间而淡去，只会随着时间而加深。"

纪王又大怒，王妃又苦苦劝解。

纪王自作主张，为李温裕接来了韩氏。李温裕只见了韩氏一面，就离开了家，躲去了堂叔兼好友的烜王李继的府邸。纪王夫妇也无可奈何，只盼着过一段时间，儿子自己灭了妄念，回心转意。

李温裕苦苦思念云华夫人，日渐憔悴，不得解脱。

在一次宴会中，李温裕遇见了韦彦。韦彦告诉他，西市有一间缥缈阁，缥缈阁的主人可以实现人的一切愿望。李温裕并不太相信，抱着死马当活马医的心态来了。谁知，他一见白姬，发现她竟和他在天宫中当观音菩萨参拜的龙女画像一模一样。李温裕认为白姬一定认识云华夫人，就想求她带他去见云华夫人。

白姬听完李温裕的叙述，陷入了沉思。

元曜听完李温裕的叙述，十分惊异的同时，很为李温裕的痴情感动。

韦彦听完李温裕的叙述，满足了好奇心，十分满意。

白姬问李温裕，道："那天宫中没有白天？"

李温裕道："天宫中永远都是夜晚，永远都有满天繁星。"

白姬又问道："云华夫人有什么特征？"

李温裕道："她很美丽。"

白姬抚额，道："美丽不属于特征……请将她的容貌身形描绘得更具体一些。"

李温裕想了想，道："丹凤眼，高鼻梁，鹅蛋脸，身形和你差不多。"

白姬道："哦，这样大众化特征的美人，长安城中没有一万，也有八千。"

李温裕道："云华夫人是独一无二的，天下没有比她更美丽的女人。"

元曜忍不住提醒道："白姬，小郡王说的云华夫人不在长安，在天上，是王母的第二十三个女儿。你应该带他去天上见云华夫人。"

白姬道："小郡王遇见的云华夫人，不是天上那一位。"

元曜奇道："难道还有几位云华夫人？"

白姬道："天上只有一位，但人间有很多位。魏晋时期，就先后有三位呢。"

元曜一头雾水。

李温裕听说云华夫人在人间，眼中顿时焕发了光彩。他急切地再次描述云华夫人的外貌，但仅仅是"皮肤细白如瓷""身段曼妙，纤腰如柳"之类对找人没有什么实际帮助的描述。

元曜提议道："画像比空口描述要直观一些，小郡王还是画一张人像图吧。"

李温裕执笔，沉吟片刻，很快画了一幅女子像。

白姬、元曜、韦彦凑过去看，但见白纸上歪歪扭扭地画着一个长着手脚的葫芦，人头的部分则是一个长着五官的鸡蛋。

李温裕有些羞赧，道："云华夫人大概就是这样子了。我不擅长丹青，请凑合着看吧。"

白姬、元曜、韦彦沉默，李温裕不是不擅长丹青，而是根本就不会丹青。

白姬道："轩之，去集市上买一个葫芦、一个鸡蛋，让小郡王凑合着拿回去吧。"

元曜、韦彦大笑，李温裕也不好意思地笑了。

问不出云华夫人的外貌，白姬又问道："小郡王，云华夫人大约多大年纪？"

李温裕道："从外表上看，二十岁左右，但她是神女，应该活了几千年了。"

白姬"喃喃"自语："她为什么突然让你回人间呢？"

李温裕悲伤地道："最近，我仔细思量，感觉她是因为询问了我的名姓来历之后，才突然让我回到了人间。因为，之前一切都好好的，并没有'缘分已尽'的征兆，直到她询问了我的名姓，就仿佛变了一个人。接着，我就被送回了人间。"

白姬沉吟了一会儿，才道："我有一些眉目了。但是，如果真是这样，你见到了她，恐怕会是一场灾难。这样，你还想要见她吗？"

"灾难？"李温裕吃惊。

白姬道："有些愿望，实现了反而更令人痛苦。"

李温裕想了想，道："我现在已经被相思折磨，痛苦不堪。实现了愿望，即使痛苦，也不会比现在更痛苦。请实现我的愿望。"

白姬笑了，道："但愿，愿望实现之后，你还能这么想。"

白姬说她会去找云华夫人，有了消息再通知李温裕，李温裕、韦彦告辞离开了。

白姬在柜台边喝茶，问道："轩之，人类的爱情究竟是怎样的情感呢？"

元曜一边拿着鸡毛掸子给货架掸灰，一边答道："小生也不太清楚。"

白姬捧茶叹道："轩之真可怜，活了二十年还没有爱情。"

元曜生气，道："你活了一万多年，不也没有那种东西吗？"

"啊啊，非人是没有爱情的呀。"

"白姬，你打算怎么去找云华夫人？"

"嗯，我先去打听一下吧。"白姬收拾妥当，出门去了。

元曜整理完货架，坐在柜台后喝茶。他想起李温裕对云华夫人的痴情，觉得很感动。不过，白姬说，他实现了愿望也许会更痛苦，这是怎么一回事？还有，非人真的没有爱情吗？

就在这时，离奴拎着一条大鲤鱼回来了，嘴里哼着愉快的小调儿。

元曜问道："离奴老弟，你知道什么是爱情吗？"

离奴道："知道呀。爷最近爱去茶馆听说书，因为女客人多，他们天天都说才子佳人，爷悟性好，听着听着，也就明白爱情了。"

元曜用手掏了掏耳朵，道："请离奴老弟赐教，小生洗耳恭听。"

离奴想了想，指着大鲤鱼，道："爷对这条大鲤鱼的感情就是爱情了。我们在集市上一见钟情，待会儿烹调鱼汤时浓情蜜意，吃晚饭尝鱼汤时难舍难分，鱼汤下肚之后，我们就有情人终成眷属了。书呆子，这就是爱情。"

元曜拉长了脸，道："小生觉得这条大鲤鱼完全不想和你终成眷属……"

离奴邪魅一笑，道："由不得它，爷已经把它买下了，生米已经煮成熟饭了，它已经是爷的鱼了。"

元曜目瞪口呆，道："离奴老弟，请不要说得这么奇怪……还有，以后少去茶馆听一些乱七八糟的书！"

傍晚，白姬回来了。

元曜询问白姬："有云华夫人的消息吗？"

白姬道："暂时还没有线索，不过晚上有一场宴会，可以去探听消息。"

元曜问道："什么宴会？"

白姬笑道："神女宴。轩之要去吗？可以看见很多美人儿。"

"嗯。"元曜有些想去见识一下。

白姬眨了眨眼睛，道："不过，这场宴会有些特殊，轩之不能就这么去，得改变一下装束。"

"改变成什么装束？"

白姬掩唇道："女装。"

元曜生气，道："小生乃是堂堂七尺男儿，穿上女装，还有什么面目见人？"

白姬掩唇道:"无妨。今晚大家都会戴面具,不会以真面目见人。"

"啊?!"元曜很好奇这场神女宴,想去一探究竟,但又不想穿女装,"白姬,能不穿女装吗?"

白姬笑眯眯地道:"不行。神女之宴,不欢迎男子。"

元曜的好奇心和羞耻心在交战,白姬在旁边不动声色地为好奇心助威。

"反正会戴面具,不会有人认出轩之是男子。再说了,神女宴中有很多美人儿。"

元曜的羞耻心惨败,他道:"好吧。希望不会有人认出小生,也希望小生不要……神女宴中不欢迎男子,那如果小生被认出是男子,会怎么样?"

白姬笑得很灿烂,道:"如果轩之暴露了男子的身份,会被'鬼隐',我也救不了轩之。"

元曜的好奇心破灭了。

"那,小生还是不去了……"

白姬笑得更灿烂了,道:"如果轩之不去,我现在就把轩之鬼隐了。"

元曜笑道:"你在开玩笑吧?"

白姬咧嘴一笑,牙齿森森:"你看我像是在开玩笑吗?"

元曜哭道:"好吧,小生去就是了。"

白姬愉快地拍了拍小书生的肩膀,安慰道:"轩之不要害怕,神女们都是温柔的美人儿。"

元曜不寒而栗。

晚饭之后,白姬、元曜换上了华丽的衣裳,化上了冶艳的妆。

白姬身穿一袭孔雀纹白罗裙,披着银线钩螺钿纹的雪色披帛。她梳着高耸的飞天髻,发髻上插了三支华丽的白色孔雀尾。她身形修长,姿态婀娜,远远望去,仿佛一只美丽而高贵的孔雀。

白姬将一张纯白色的面具扣在脸上,看上去十分诡异。

"轩之,今晚在神女宴中,不要叫我白姬,要叫我孔雀夫人。"

元曜嘴角抽搐,怀疑参加宴会的神女们也都是非人。

元曜穿了一身榴红色华裙,披着西番莲图案的金丝披帛,头发梳成时下流行的堕马髻,发髻上插了一柄金扇子作为发饰。他一走路,身上环佩叮咚,还险些被裙子绊倒。

白姬将一个狐狸面具戴在元曜脸上,笑道:"从现在起,轩之就是金扇夫人了。"

"小生不是夫人!"元曜不高兴地道。

"那就叫金扇仙子好了。"白姬漫不经心地道。

"小生也不是仙子！为什么一定要用'金扇'两个字来取名？"

"因为，轩之的头上插了一把金扇子呀。为了省事，就这么叫吧。"

白姬提上一盏莲花灯笼，交代离奴夜间小心火烛，就和元曜出门了。

元曜跟在白姬身后，思考了一会儿，才道："小生不喜欢'金扇'两个字。"

"那轩之自己取一个喜欢的名字吧。"

元曜想了想，道："小生戴着狐狸面具，不如就叫'狐狸夫人'或者'狐狸仙子'吧。"

白姬叹了一口气，道："轩之的品位令人担忧啊！"

"喂喂，取'金扇'这个名字的人品位更恶俗吧？！"

白姬、元曜吵吵闹闹地走出小巷，一辆华丽的马车等候在路边，车夫戴着恶鬼面具，但看身形和服饰应该是女子。

元曜立刻住口，不再说话，以免让人听出自己的声音有问题。

车夫下车，对白姬行了一礼，示意白姬、元曜上车。

白姬上了车，元曜也上去了。

马车踏着月色缓缓而行，不知去向。

元曜借着莲花灯的光芒望去，车中摆着一个兽纹香炉，旁边有一盒香料。

白姬从香料盒中取出一小块香料，放入兽纹香炉中，点燃。

不一会儿，香雾氤氲，车中充满了甜蜜的异香。

元曜嗅着这股香味，不由得一阵阵恍惚。他抬头望向白姬，只看见一张雪白而诡异的面具。

"轩之，先睡一会儿吧。"白姬的声音缥缈如风。

元曜恍恍惚惚，忽见白色面具的嘴巴霍然裂开，一片黑暗瞬间包围了他。

第四章　女　宴

"叮叮咚咚——"

一阵铃铛声传来，惊醒了元曜。

元曜睁眼一看，发现自己正坐在一棵巨大的合欢树下，树叶间一簇簇红丝，宛如火焰。树上挂着一些铃铛，在夜风中发出叮叮咚咚的响声。

元曜四下一望，白姬不知所终，但有两个戴鬼面具的侍女坐在不远处翻花绳玩。她们看见元曜醒了，停下玩耍，笑道："金扇夫人，您醒了？"

元曜愣了一下，才反应过来金扇夫人是指他。他轻轻地嗯了一声，想知道这是哪里，以及白姬去了哪里，但是又不敢开口说话。

其中一个鬼面侍女笑道："孔雀夫人吩咐说，您醒了之后，就带您去参加宴会，请随我来。"

"嗯。"元曜轻轻应了一声，急忙站起来。他一脚踩在裙子上，险些跌倒，侍女来扶他，他怕暴露身份，急忙推开侍女，连连摆手。然后，他自己提着裙裾走路。

侍女带元曜转过合欢树，一座华丽的殿阁出现在两个人眼前。殿阁中兰烛高烧，丝竹声响，大开的轩窗中衣香鬓影，还有欢乐的笑声传出来。

元曜踏上台阶，走进殿堂，只见周围云雾缭绕，似真似幻，还以为到了天上神仙府。十几面屏风看似没有规律地将大殿隔成大小不一的空间，每一个空间中都放着一张贵妃榻，贵妃榻上坐着一个或者两个华衣丽人，她们每个人都戴着面具，有的是佛陀，有的是恶鬼，有的是动物。

元曜心中好奇，不知道这些是什么人。他粗粗算了一下，这里大约有十七八人。大殿中央，一名俊美的男子正在抚琴，一名英武的男子正在舞剑。

元曜心中嘀咕：白姬不是说神女宴中不欢迎男子吗？为什么乐师竟是男子？

元曜仔细一望，又吃了一惊：那抚琴的美男子是张昌宗，舞剑的美男子是张易之。这到底是什么宴会？张氏兄弟为什么也在？

元曜跟着侍女从舞台边经过时，因为太紧张脖子上出了汗，就从衣袖中掏出香帕擦汗。谁知，他手一抖，香帕飞到了张昌宗的琴上。

"啊！"元曜大惊，想去捡回手帕。

张昌宗抬眸，看见元曜，以为是参加宴会的神女，他邪魅一笑，眼神挑逗。

元曜在心中吐了一口血，也不要香帕了，转身走了。

元曜跟着侍女往上走，来到了白姬坐的地方。白姬坐的地方地势较高，明显是主座，可以俯瞰整个大殿。

白姬倚在贵妃榻上，脸上面具诡异。白姬身边还坐着另一个华衣丽人，她穿着一袭凤穿牡丹纹的蜀锦长裙，梳着半翻髻，戴着青鸟面具。

白姬见元曜来了，道："啊，金扇夫人来了。"

元曜很不高兴，想要反驳，但是因为有外人在，只好沉默忍耐。

白姬介绍华衣丽人，道："这位是上元夫人。"

元曜点了点头，以示见礼。

上元夫人哈哈笑了，一点儿也不见外，拉元曜坐在自己身边，眼神狡黠。

"我闻到了一股酸腐的妖气。"

元曜冷汗如雨，因为上元夫人靠得太近，又紧张得满脸通红，坐立难安。

白姬笑道："嘻嘻，轩之胆小，您就别捉弄他了，让别的神女发现了，他会有麻烦。"

上元夫人笑道："明明是你在捉弄妖缘，让他穿成这样，我还真想看看面具下那张呆脸，哈哈哈哈——"

元曜看见上元夫人左手手背上有一小片金色的叶子，又想起张氏兄弟也在，顿时明白了什么，大声道："你是太平——"

白姬伸手，捂住狐狸面具的嘴，将"公主"两个字堵回元曜嘴中，笑道："这里只有上元夫人。"

上元夫人也笑道："这里只有上元夫人。"

元曜冷汗涔涔，更加疑惑这神女宴了。

上元夫人对白姬道："我所知道的神女都在这里了，不知道有没有你要找的人。"

白姬问道："今晚，谁叫云华夫人？"

上元夫人召来一个鬼面侍女，低声问了一句话，鬼面侍女退下了。

上元夫人道："其实，今夜叫云华夫人的人，不一定是你要找的人。神女换名字比换衣裳还容易，叫什么名字，都是一时兴起，并不会长久地用一个名字。"

白姬道："我也明白。但是，之前也问过了，丝毫没有《清夜图》的下落，反正也没有头绪，不如撞一撞天缘吧。"

上元夫人道："《清夜图》你已经卖出去两百多年了，辗转了许多人，没有线索怎么找？"

白姬道："反正，一定在长安城中。"

不一会儿，鬼面侍女来了，在上元夫人的耳边低语了几句。

上元夫人挥手，让侍女退下了。

上元夫人指着南边的一个角落，道："那是云华夫人和太真夫人。"

元曜转头望去，屏风之间隐约映出两个倩影。

白姬道："那两位的真身是谁？"

上元夫人沉吟了一下才开口："我的异母姐姐。"

"哦，那两位公主呀。"白姬明白了。

元曜听得一头雾水，但又不好开口询问。

白姬道："我贸然去问，太过唐突。上元夫人与她们比较熟悉，还请您过去替我询问一下。"

上元夫人抚额，道："如果真是她们中的一人和李温裕有染，这件事就是李氏的大丑闻了。不仅如此，这还是祸事，被母亲知道的话，谁也活不了。"

白姬道："还不一定是她们。她们再糊涂、再大胆，也不至于神隐了自己的堂弟。"

上元夫人忧郁地离开，去找云华夫人和太真夫人。

元曜见四下无人，才开口询问白姬："这些神女都是什么人？神隐是怎么回事？"

白姬道："如轩之所见，上元夫人是太平公主。在座的神女都是长安城中的公主贵妇，她们有的因为一些原因没有婚配，有的死了丈夫或者与丈夫分居。"

元曜吃惊得张大了嘴巴。

"顺便说一句，西边第三个屏风后的戴昆仑奴面具的东华玉女是轩之的未婚妻非烟小姐。"

元曜吼道："非烟小姐已经是武夫人了，不是小生的未婚妻！"

"这些独身的公主贵妇十分寂寞，渴望爱情的时候，就会化作神女，与平民男子邂逅、相恋。因为身份尊贵，她们不能以真身去爱人，只能假借'神隐'，将心上人带回自己的府邸，并让他们相信自己是神女，一段恋情终了，就送恋人回去。一切神不知鬼不觉，只是长安城中会多一些神隐的艳谈。因为神女们都是极有权势的人，王孙贵胄她们大多认识，或者沾亲带故，为了避免丑闻和尴尬，她们只神隐平民男子、羁旅浪人，而对王孙贵胄敬而远之。"

元曜又吃惊得张大了嘴，觉得这种事情很不可思议。

"其实，神隐在魏晋时期更流行一些，晋惠帝的皇后贾南风最爱玩神女游戏。如今风气豪放，大部分贵妇效仿天后，公然蓄养男宠了。唉，世风日下，人心不古，还是神隐更浪漫和有趣一些。轩之，你觉得呢？"

元曜吼道："这两种行为都不对！无论是男子，还是女子，都应该约束自己的行为，修磨自己的品行，不该耽于淫乐，放纵私情！"

"啊啊，不过是游戏而已，轩之不必较真。"白姬笑道。

"白姬，小郡王恋恋不舍的云华夫人也是长安城中的贵妇？"

白姬点头，道："一定是。"

元曜望了一眼南边，见上元夫人正在屏风后和两位鬼面丽人说话。

"那两位神女是谁？你之前说她们是公主？"

白姬道："她们是太平公主的异母姐姐，一个是宣城公主，一个是义阳公主。"

元曜惊道："她们之中的一人是小郡王恋恋不舍的云华夫人？！"

白姬幽瞳漆黑，道："希望不是，不然，就是祸事了。"

元曜神色阴沉，盯着白姬，道："小生还有一件事，不知道当不当问。"

白姬心虚地笑道："如果轩之觉得不当问，那就别问了。"

元曜一跃而起，抓住白姬的肩膀摇晃，道："这神女宴中明明有男子，你为什么骗小生穿成这样？！这叫小生以后怎么见人？！"

白姬头晕目眩，道："啊啊，轩之不要生气。我也是为轩之好。轩之穿男装来，万一被哪位审美观有缺陷的神女看上了，然后神隐了，缥缈阁的活儿就没人干了。"

"为什么欣赏小生的神女就是审美观有缺陷？！"

"因为按时下的审美标准来看，审美观没有缺陷的神女不会看上轩之呀。"

"你这是什么意思？难道小生很丑吗？！"

白姬顾左右而言他，道："啊啊，张氏兄弟的表演结束了。"

元曜受到打击，松开白姬，坐在一边黯然神伤。

白姬见元曜伤心，安慰道："轩之不要伤心，大家的审美观或多或少都有缺陷，会有人欣赏轩之的。"

"白姬，请不要以安慰的语气说出更打击人的话。"

"嘻嘻。"白姬诡笑。

不一会儿，欣赏元曜的人出现了。张昌宗翩然而至，来还"金扇夫人"掉落的香帕。他来到元曜身边坐下，笑道："以前，似乎没有见过夫人的倩影……"

元曜心中发苦，不能开口，只能往白姬身后躲，以眼神示意白姬赶紧打发张昌宗离开。

白姬眼珠一转，笑道："金扇夫人比较害羞怕生。"

元曜心中生气。

张昌宗伸手扯住元曜的衣袖，眉目含情地望着他，道："夫人不要害羞，我只是来还夫人掉落的香帕。不知道为什么，我一见夫人的倩影，就觉得我们有缘。"

鬼才跟你有缘！元曜在心中骂道。他想扯回自己的衣袖，但张昌宗抓得很紧，他一时之间也挣脱不掉。

上元夫人走过来，白姬起身迎过去，和她在屏风外低语。

元曜也想过去听她们说什么，但无奈张昌宗不放开他，他很生气，瞪着张昌宗。

张昌宗误以为元曜对他有情，伸手解下佩戴的玉佩，将玉佩包在香帕中，塞进元曜手里，温柔地道："这枚玉佩且做与夫人的定缘信物。"

元曜心中吐血。

这时，张易之走过来，张昌宗就迎了出去。张氏兄弟一起向上元夫人献殷勤，神色谄媚。白姬趁机脱身，走了回来，坐在美人榻上，陷入了沉思。

元曜低声问道："怎么样？云华夫人是那两位公主之一吗？"

白姬摇头："不是。"

元曜松了一口气，幸好不是，如果是的话，就太可怕了。

大殿中衣香鬓影，笑语喧哗，不知何时多了一些身穿华服的美少年，他们穿行在屏风之间，与神女们说笑。

白姬起身，道："轩之，我们回去吧。"

元曜早就想走了，道："好。"

白姬向上元夫人告辞，上元夫人也没有挽留，只说了一句："走好。"

张昌宗似乎对金扇夫人恋恋不舍，以眼神传情。

元曜假装没有看到张昌宗的眼神，跟着白姬走了。

白姬、元曜走出华殿，来到合欢树下。

"叮叮咚咚——"夜风吹过，合欢树上的铃铛随风作响。

元曜问道："这是哪里？是太平公主的府邸吗？"

白姬摇头，道："是也不是。"

"什么意思？"

"我带轩之出去了，轩之就知道了。"说完，白姬走进了合欢树中，消失了踪影。

元曜大吃一惊，眼看着白姬的身影没入了树干中。

元曜呆呆地站在合欢树前，不知道该怎么办才好。忽然，合欢树中伸出一截雪白的手臂，将他拉了进去："轩之还愣着干什么？难道还舍不得宴会中的张公子吗？"

"去！"元曜生气地道。

元曜进入合欢树中，只见四周一片漆黑，但脚下有一级一级的石阶悬空延伸开去。石阶发出蓝幽幽的荧光，不知道通向哪里。

白姬和元曜踏着石阶而行，四周一片寂静。元曜觉得石阶踏上去没有丝毫实感，但也没有跌下黑暗的深渊。不一会儿，黑暗的尽头出现一团光亮，光亮渐渐接近，越来越大。

一个恍惚间，元曜踏在了实地上。他四下一望，发现自己置身在一间华室中。两个七枝烛台上，烛火照得室内十分明亮。

元曜左右一看，发现这里很眼熟，回忆了一下，顿时想起这是太平公主的水榭。

一张雕漆木案边，四名彩衣侍女跪坐着，一名在剪花纸，三名在灯下玩樗蒲①。她们看见白姬和元曜，起身行了一礼。

白姬道："我们要回去了。"

两名婢女拿起木案上的恶鬼面具戴在脸上，又去取了一盏宫灯。

"奴婢送两位夫人。"

元曜很好奇怎么突然来到了太平公主的水榭中，不经意间回头，发现墙上挂着一幅古画。古画中，一座华殿掩映在一棵巨大的合欢树后，周围云雾缭绕。那合欢树、大殿与元曜刚才所见一模一样，他有些吃惊，仔细一看，华殿中还有人影，那些蚂蚁一样小的人影竟还在动！

元曜大惊：难道刚才他和白姬在古画上？！

两名鬼面侍女提着宫灯走在前面，引白姬、元曜从侧门离开太平府。太平府外停着七八辆马车，马车前都坐着一名戴着鬼面的车夫。

元曜、白姬登上其中的一辆马车，白姬说了"西市"两个字，马车就

①　樗蒲，古代的一种游戏，类似于现在的掷色子。

踏着夜色缓缓而行。不多时，马车来到西市附近，白姬和元曜下了车，步行回缥缈阁。

第五章　瞬　城

缥缈阁中，离奴已经睡下了。

白姬、元曜没有吵醒离奴，轻轻地走到后院。

月光皎洁，地上放着离奴吃剩的夜宵和大半坛桂花酒。

白姬摘掉了面具，元曜也摘掉了面具，两个人相视而笑。

"轩之的样子好滑稽。"

"白姬你的样子也很好笑呀。"

"哈哈——"

"哈哈——"

白姬、元曜坐在廊檐下，倒了两杯桂花酒，一边饮酒，一边赏月。

"白姬，举行神女宴的地方是画中吗？"

"是。那幅古画叫《合欢图》，是仙人所画，有灵性，人可以去画中。"

"真神奇。"

"其实，我也画过一幅这样的图画，叫《清夜图》。"

"哎，你还会画画？"

白姬以袖遮面，道："不瞒轩之，琴棋书画，我可是样样精通呢。"

元曜嘴角抽搐，道："请把'精'字去掉，至少你下棋就很臭，几乎从来没赢过。"

"嘻嘻。下一百盘，还是能赢一盘的。"

"小生如果是你，都不好意思说出口！话说回来，那《清夜图》呢？小生倒是很想看一看。"

白姬叹了一口气，道：《清夜图》在两百多年前已经卖出去了，现在，不知道流落到了谁的手中。如果知道《清夜图》现在的主人是谁，也就知道小郡王思念的云华夫人是谁了。"

"什么意思？这和云华夫人有什么关系？"元曜不解。

"小郡王被神隐的地方，也就是他住了大半年的，没有白昼、只有黑夜的地方，一定是我画的《清夜图》里。"

"哎？小郡王在一幅画里住了半年？！"

"古画是'神女'们首选的神隐之所，不会被外人发现，也不会给当事人留下追寻的痕迹，即使将来当事人看见了古画，也可以更加证实神隐是神妖所为，不会暴露自己。"

"不过，你为什么那么肯定画是《清夜图》？也许别的仙人或者非人也画过夜晚的灵画。"

"我当年画《清夜图》时，一时兴起，把春、夏、秋、冬的景色都融入其中。"

"嗯，也许，别的仙人或者非人也画过四季景色皆有的灵画。"

白姬以袖遮面，道："我还把自己画了进去，因为一心想成佛，还把自己的龙女形象稍微改动了一下，融合了观音菩萨的特点。小郡王当观音菩萨参拜的龙女像，就是我的像了。"

元曜嘴角抽搐：这条龙妖想成佛想疯了吧？！

"呃，这么看来，小郡王被神隐的地方应该就是《清夜图》了。"

白姬发愁，道："可是，即使知道那是《清夜图》，也对寻找云华夫人没有什么帮助。今天，我拜托太平公主举行一场神女宴，在她认识的神女之中打听《清夜图》和云华夫人，但都没有线索。接下来，该怎么办呢？"

元曜想了想，提议道："不如，再去问一问小郡王？云华夫人既然是凡人，又和小郡王相处了半年，即使她有意隐瞒，也会在不经意间留下一些显示她真实身份的线索，像是她喜欢什么、忌讳什么、说话的习惯、做事的习惯。这些看似很细微的事情加起来，就可以还原一个真实的人了。通过这些细小的线索，也许就能找到她了。"

白姬揉了揉眼睛，望着元曜，道："没想到，轩之居然还很善于观察。"

元曜不高兴地道："请把'居然'去掉，小生一向就很善于观察。"

白姬忧心忡忡，道："就听轩之的，明天请小郡王来缥缈阁一起讨论云华夫人。"

"白姬，你好像在担心什么？"

"直觉告诉我，小郡王还是不要知道云华夫人是谁为妙。"

"为什么？"

"云华夫人突然让小郡王离开一定有她的原因。这个原因很有可能是两个人继续在一起会招来灾祸。云华夫人害怕灾祸而离开小郡王，小郡王反而去找她，这不是自寻灾祸吗？"

"啊，好像是这样。可是，小郡王对云华夫人一片痴心……"

"神女虽然多情，但也无情。用错了的痴心，会毁掉一个人，不，有时候，会毁掉很多人。"

"白姬，小生突然想到一件事。"

"什么事？"

"在小郡王的叙述中，两个人本来浓情蜜意，没有缘尽的迹象，但是，云华夫人知道了他的身份之后，立刻就送他回来了。云华夫人会不会认识小郡王？或者说，云华夫人的父亲、兄弟或者丈夫和小郡王认识？所以，她害怕暴露身份，赶紧送他离开了。"

"不可能。"白姬阴森地笑，道，"我说过了，神女为了自己的安全，对王侯贵胄一向敬而远之。万一哪一位王侯贵胄被神女误隐了，要么在结缘之前就会被送回去，要么神隐成为鬼隐，永远不能回去了。神女虽然多情，但她们最爱的是自己，如果小郡王的存在会妨碍云华夫人，那小郡王就会去黄泉，而不是回人间。"

元曜不寒而栗。在这一刹那他仿佛看到了神隐浪漫香艳的外衣之下的冷酷绝情。

"唉，明天劝一劝小郡王，让他打消寻找云华夫人的妄想，好好过现在的日子吧。"

"小郡王不一定会听劝。爱会让人昏头，明知是灾祸，还去飞蛾扑火。"

"还是试一试吧。"元曜道。

喝完了半坛桂花酒，白姬上楼睡觉去了。

元曜脱下华裳，洗漱一番，也去睡了。张昌宗硬塞给他的玉佩，他本来打算丢掉，但是想了想，多少也能卖几吊钱，就放到货架上去了。

第二天一早，白姬让离奴去王府给李温裕送信，请他来缥缈阁。离奴回来说，李温裕今天有事不能来，改约了明天。可是，正午过后，李温裕突然来了。

李温裕脸色很憔悴，看来还陷在相思之中。

白姬请李温裕去后院赏秋景，两个人在廊檐下坐下之后，元曜端来了茶点。

白姬笑道："还以为小郡王今天不来了。"

李温裕解释道："今天，在宫中望云楼有一个每年例行的族会，是本家一位出家为女道士的姑姑举办的，为国祈福，为祖先祈福，族人一起喝茶聊天，追忆先祖的功德。这个族会本来需要一整天，但是姑姑不小心从望云楼的台阶上摔下去了，受了重伤。没办法，族会只能延期了，今天的聚会还没开始就散了。"

白姬想了想，道："啊，这位出家为女道士的是瞬城公主吧？"

瞬城公主是唐太宗最小的女儿，杨淑妃所生。瞬城公主刚出生不久，唐太宗就驾崩了，唐高宗李治登基为帝。

李治的生母长孙皇后在他九岁那年去世，他从小被杨淑妃抚养长大。李治当上皇帝之后，对杨淑妃视如母亲，也很疼爱还在襁褓中的妹妹瞬城公主。

瞬城公主长大成年之后，不愿意婚配，自愿出家修道，为国家祈福，为皇室祈安。李治同意了，为她在大明宫外不远处修建了一座紫微观。

一晃，二十多年过去了，瞬城公主仍然独居在紫微观中，为国家祈福，没有二心。因为瞬城公主坚贞自持，品性高洁，为国家奉献了自己的一生，武太后也很欣赏和敬重她，不久前还敕封她为护国公主。

李温裕点头，道："就是瞬城姑姑。当年，我父亲带全家离开长安时，姑姑才四岁。我还从来没见过这位可敬的姑姑，今天本来想去见一见，却发生了这样的意外。"

白姬笑道："从台阶上摔下来可不怎么好过，希望她早日康复。"

"是啊。"李温裕也道。

白姬将话题转回了云华夫人身上，婉转地劝说李温裕放弃寻找云华夫人。

"云华夫人既然说缘分已尽，勿寻勿念，小郡王何必还要执着地寻找她？不如忘了神隐之事，珍惜现在的生活。"

李温裕道："您不会明白深爱一个人是怎样的感觉，不会知道相思是怎样难熬的滋味，我深陷痛苦之中，唯一的解脱方法就是再见到她。我已经要死了，除了见到云华夫人，无以自救。请您实现我的心愿，无论会有什么灾难降临，我的心意都不会改变。"

白姬笑了，道："我原是一番好心，宁愿少收一个'因果'，也不愿意让你陷入不幸。不过，你既然执意要实现这个心愿，我也没有理由拒绝放在眼前的'因果'。我会实现你的愿望，希望你不要后悔。"

李温裕道："我永远不后悔。"

白姬开始询问李温裕，让他回忆云华夫人的声音神态、举止习惯。

李温裕一边回忆，一边一一说了。

《清夜图》中永远是夜晚，天宫中仙雾飘渺，不免让人产生一些幻觉。李温裕又身处恋爱状态，情人眼里出西施，他口中的云华夫人和长安城中真实的云华夫人其实是完全不同的人也不是不可能。总而言之，元曜觉得这些细节对寻找云华夫人并没有什么帮助。

不过，虽然云华夫人没有线索，但那个叫小蛮的侍女倒是有一个特征：她的右眉上有一颗小痣。

元曜觉得这条线索也没有什么用，因为长安城中的贵妇没有一万也有八千，他们总不能一一闯入每一位贵妇的房中去看人家的侍女右眉上有没有痣，以此来确定主人是不是云华夫人。

白姬想了想，问道："你迎亲那一天，曾在一座荒寺中避雨，还遇见了另一位迎亲的新郎。"

李温裕点头，道："对。"

"那位新郎叫什么名字？住在哪里？"

李温裕道："我不清楚。不过，我失踪之后，父兄怀疑同在荒寺中避雨的他是匪徒，所以审讯了他，还关押了他一段时间。我回去问一问，就知道他是什么人了。"

白姬道："问清楚了，请来告诉我，恐怕，得从他身上下手寻人了。"

李温裕应道："好。"

坐了一会儿，李温裕告辞离开了。

白姬独自坐在后院，对着天空的浮云发呆，不知道在想什么。

第二天，李温裕派一个仆人送了一封信来缥缈阁，信中写着那位新郎的信息。那位新郎姓陈，名叫陈峥，是一个读书人，住在新昌坊。

白姬换了一身男装，准备和元曜去拜访陈峥。

白姬、元曜刚要出门，张昌宗却来了。

张昌宗穿着华丽的衣服，手拿一柄洒金折扇，涂脂抹粉，风流俊俏。他一见白姬，就拉住她的衣袖，哭诉相思之情。

"多日不见白姬，本公子肝肠寸断。本公子没有一刻不在思念您美丽的容颜。"

白姬急着出门，没有时间陪他哭，就笑道："我也无时无刻不在思念六郎，您与令兄需要的香粉口脂早已准备好了。不过，这次的价格得上涨一百二十两银子。"

张昌宗嘴角抽搐，道："日夜思念白姬，让本公子憔悴不堪。上次来你已经涨了五十两，这次怎么又涨了一百二十两？"

白姬一展水墨折扇，道："朝暮思念六郎，让我不堪断肠。最近的美人骨和美人血都难找，我只得出高昂的车马费雇人去外地寻找。磨骨粉的青鬼又因为工钱少闹罢工，我不得不给它涨工钱。所以，这次就涨了一百二十两。看在六郎对我一片情深的分上，就抹去零头，只涨一百两吧。"

张昌宗流泪，道："好吧。下次不要再涨了，最近手头很不宽裕，物价飞涨让人伤心。"

白姬笑道："下次一定不涨了，我宁愿自己亏钱，也不会让六郎伤心。"

"你上次就是这么说的。"张昌宗幽怨地望着白姬。

"哈哈，是吗？离奴，快去二楼仓库取备给张公子的香粉口脂。"白姬打哈哈糊弄。

元曜生出冷汗。下次，张氏兄弟还是会被这条龙妖宰吧？张氏兄弟明明很精明，不知道为什么总是任由这条龙妖宰割。

张昌宗道："兄长说了，你要多少银子并不重要，重要的是你不能把这种香粉口脂卖给别人，尤其是想在天后身边与我们兄弟争宠的人。"

白姬笑得阴森："这个，我明白。这种香粉口脂是只为令兄和您量身准备的，绝不卖给他人。"

张昌宗满意地笑了。

"对了，本公子还想买一件东西。"

"什么东西？"白姬问道。

"以前，你卖给我兄长祛掉身上的剑伤、刀疤的那种灵药，叫什么名字来着？"

"雪灵膏吗？"

"对，对，就是雪灵膏。缥缈阁还有吗？"

白姬笑道："当然有。不过，最近雪莲花难找……"

张昌宗打断白姬，道："行了，行了，涨价的原因本公子不想听，你随口开一个价吧，反正雪灵膏是兄长出钱。"

白姬当真随口开了一个天价。

张昌宗也没有异议。

元曜瞠目。

白姬有些好奇，问道："令兄要雪灵膏干什么？他的皮肤受伤了吗？"

张昌宗有些不高兴，道："他没有受伤，只是想讨天后的欢心。"

"啊，天后受伤了？"

"不是，天后一切安好，是瞬城公主受伤了。昨天，瞬城公主从望云楼的台阶跌下，受了重伤。听太医说，公主的腿被尖锐的碎石划出了一道七寸长的伤口，当时就流了很多血，将来伤口愈合，恐怕也会留下伤疤。公主一直在神前为国祈福，天后认为公主的玉体上留下伤疤不雅，恐怕会冲撞神灵，为此感到忧愁，昨晚念了许久。兄长想先找来雪灵膏，等天后再为此忧愁的时候，就趁机将雪灵膏献上，讨天后欢心。"

白姬叹道："令兄真是未雨绸缪，善于讨天后欢心。"

张昌宗有些不高兴，道："论谄媚逢迎之术，谁也比不上兄长。"

白姬笑道："六郎不必妄自菲薄，论谄媚之术，您与令兄不相上下。"

"白姬，你这是在夸我，还是在骂我？"

"嘻嘻，六郎觉得呢？"

张昌宗大笑道："本公子觉得这是夸，本公子喜欢'谄媚'两个字。"

"那就是夸了。六郎稍等，我上去找雪灵膏。"白姬笑着上楼去了。

元曜看着张昌宗的无耻嘴脸，心中很不屑。

张昌宗回头看见元曜，展开扇子，遮住脸面，仿佛多看元曜一眼，自己就会变丑。

白姬、离奴将香粉、口脂、雪灵膏拿下来，递给张昌宗，张昌宗拿了东西，就告辞了。

"银子明天派人送来。本公子还有事，就先走了。"

"六郎走好。轩之，送一送张公子。"白姬道。

张昌宗道："罢了，不要那个丑八怪送。白姬，把他辞了吧，本公子送你两个美少年做仆人。"

元曜很生气。

白姬笑道："我这庙小，雇不起美少年，还是将就着使唤轩之吧。离奴，送张公子出去。"

离奴一把将张昌宗推了出去，不高兴地道："快走，快走，爷还要去煮鱼汤，别耽误爷的时间。"

张昌宗和离奴磕磕撞撞地出去了。

白姬对元曜道："轩之，我们也走吧。"

元曜闷闷不乐，道："这个张公子太过分了。他为什么这么讨厌小生？"

白姬道："大概是看见轩之平凡的脸，就想起自己以前的脸了吧。以色悦人者，总是对脸比较偏执。其实，他也不讨厌轩之呀，神女宴中，不是还向轩之大献殷勤，还送轩之定情玉佩吗？"

元曜吼道："小生好不容易才忘掉那件讨厌的事，请不要再提了！"

"嘻嘻。"

白姬从《百马图》中召唤了两匹马，和元曜一起出门了。

白姬、元曜骑马来到新昌坊，一路打听着，来到了陈峥的家。陈峥是外地人，客居京华，租了一个院落，住在里面读书，身边只有一个老仆人。

陈峥有一个舅舅在永宁坊开当铺，去年舅舅给他定了一门亲事，今年春天他去迎亲时，因为下了大雨，与李温裕同在荒寺中避雨。李温裕离奇失踪了，纪王怀疑他是歹人，掳走或者杀害了自己的儿子，就将他抓进王府里审讯了大半年。后来，李温裕回来了，陈峥才被释放回家。不过，因为被囚禁了半年多，众人认为他凶多吉少，新娘子已经另嫁了。如今，陈峥仍然独身一人，客居读书。

白姬敲门，一个老仆人来开门，白姬自称也是读书人，来拜访陈峥。

老仆人进去通报之后，将白姬、元曜请入了书房。

陈峥、白姬、元曜席地而坐，老仆人端来了茶水。

元曜打量了陈峥几眼，不由得有些吃惊：乍一看去，无论是身形，还是面容，陈峥和小郡王竟都有三分相似。不过，多看几眼，旁人也就能看出他们明显是两个不同的人。

白姬客套了几句之后，向陈峥说明了来意。

陈峥一听白姬是为李温裕的事情而来，脸上明显有害怕之色。这半年来，他已经为此吃尽了苦头，完全不想再牵扯进这件事情里面了。

陈峥道："小郡王是被神隐了，与我完全无关。他被神隐的事情，请去问他自己，我完全不知道。我已经够不幸了，就因为避一场雨，喜事变成厄事，受了半年牢狱之灾，妻子也另嫁了。请不要再问这件事了，我不想再提了。"

白姬道："我不问你小郡王的事。我想问你神女的事。"

陈峥迷惑，道："什么神女？"

白姬道："半年前，或者更久之前，你有没有结识陌生女子？"

陈峥生气地道："我乃是正人君子，不做苟且之事，哪里会与女子有私？"

白姬笑道："我不是这个意思。"

"那你是什么意思？"

"嗯，这么说吧，你有没有与特殊的女子有一面之缘？"

"特殊的女子？"陈峥不解。

"就是身份高贵的女子。"

陈峥摇头，道："以我的低微身份，我哪里能够见到什么高贵的女子？"

白姬脸上露出失望之色，看来陈峥这里也问不出什么了。

白姬刚准备告辞，陈峥突然想起了什么，道："啊，我想起了一件事。我确实见过一位身份高贵的女子，不，不能说是见过，只是远远地看见一道倩影罢了。"

"说来听听。"白姬颇感兴趣。

陈峥回忆道："那是今年正月的事了。我的字写得还略可见人，我就通过一位朋友牵线，替紫微观抄写道家书文，挣一些旅资。紫微观里住着一位出家修道的公主。有一次，我抄好经文送去紫微观时，那位公主恰好在院子里摘梅花，我远远地看见了她。"

"然后呢？"白姬问道。

"没了。见到公主，就那一次。抄完道书，拿了银子之后，我就再也没有去过紫微观了。"

"噢，明白了。"白姬愉快地笑了。

白姬、元曜告辞离开陈峥家，骑马回缥缈阁了。

"白姬，这一趟有收获吗？"元曜很疑惑。

"有没有收获，晚上去验证吧。"

"去哪里验证？"

"紫微观。"

第六章　紫　微

傍晚，白姬、元曜、离奴坐在后院吃饭，今晚的菜肴是一盆豆腐鲫鱼汤、一碟炸香鱼、一盘蘑菇炒鱼丝。每一样菜的盐都放多了，咸得不能入口，白姬、元曜停下筷子，斜眼去看离奴。

离奴失魂落魄地大口大口地吃着，浑然不觉菜肴太咸。

元曜道："离奴老弟，你今天莫非贪便宜买多了盐？"

如果是平常的离奴，一定会生气地骂元曜，但是今天离奴仿佛没有听到小书生的打趣，还是呆呆愣愣的。

白姬道："离奴啊，你好像有什么心事？"

离奴放下筷子，眼泪汪汪。

"主人，离奴失恋了。"

白姬、元曜对望一眼，一个道："离奴老弟，你什么时候有恋人了，小生怎么不知道？"

另一个道："啊啊，失恋这种事，就跟盐一样，很平常。"

离奴号啕大哭起来。

白姬、元曜只好问道："这到底是怎么一回事？"

"离奴老弟，你的恋人是谁？"

离奴擦干眼泪，道："今天，离奴在集市上和一条大黄鱼一见钟情，准备把它买回来相亲相爱，做成清蒸鱼吃，但是，几只气势汹汹的老鼠也来买鱼，老鼠出的价钱高，拆散了离奴和大黄鱼，离奴就失恋了。离奴一整天都心情不好，觉得猫生一片灰暗。"

元曜嘴角抽搐，道："离奴老弟，请不要说得这么奇怪，你只不过是没有买到一条鱼而已。"

白姬道："啊，好久没吃离奴最拿手的清蒸大黄鱼了。离奴，你记住，男子汉大丈夫，被人夺走了恋人，就要双倍夺回来。一定要夺回来，双倍夺回来！"

"喂喂，白姬，你不要教离奴老弟一些奇怪的事！还有，恋人怎么双倍夺回来？！"

离奴眼中幽光一闪，握拳。

"听主人一语，离奴恍然大悟。离奴明白了。离奴这就去把恋人夺回来，双倍夺回来！"

"喂喂，离奴老弟，你不要随便乱悟啊！不过是一条大黄鱼而已，明天再去集市上买一条就是了。"

离奴倏地化作一只黑猫，一溜烟冲出了缥缈阁，夺大黄鱼去了。

"离奴加油，我等着吃夜宵！"白姬挥手道。

"离奴老弟，你回来，快回来——"小书生追出去喊道，但是，离奴已经跑得没影了。

元曜只好苦着脸回缥缈阁了。

月亮出来时，白姬和元曜骑着天马出门了。他们出了景耀门，来到位于长安东北方的紫微观。

道观清幽，苍藤掩门。白姬敲了敲门，不一会儿，一个小女冠打开门，探出头来："你们是什么人？"

白姬笑道："我们只是路人，希望见一见瞬城公主。"

小女冠生气地道："哪里来的无礼之人，公主岂是你们想见就见的？赶快走开！"

小女冠就要关门，白姬一把将元曜推进门内，小女冠一见男子靠过来，吓了一跳，退后几步。

元曜很窘，对小女冠道歉之后，生气地瞪着白姬。

白姬趁小女冠后退的机会已经进了门，在院子中站定。她的白衣上突然发出祥瑞的光芒，黑眸渐渐变成了金色，她对小女冠道："请去告诉瞬城公主，《清夜图》中的菩萨来拜访了。"

元曜生气地纠正道："不是菩萨，是龙女。"

白姬不高兴地道："我迟早会成菩萨，轩之这么计较称呼干什么。"

"必须计较。如果因为某个冒充者，世人对大慈大悲的菩萨留下不好的印象，那就不好了。"

"轩之真迂腐。"

"妖佛有别，不能弄混。"

"轩之太迂腐了！"

白姬、元曜吵了起来，小女冠看见白姬白衣发光，金眸灼灼，早已吓得一溜烟跑进去了。

不多时，八名披坚执锐的金吾卫飞奔出来，包围了白姬和元曜。

元曜大惊，道："白……白姬，这道观里怎么会有金吾卫？！"

"虽然是道观，但瞬城公主毕竟是公主。平常也许没有金吾卫，但她昨天受伤了，这里离大明宫也不远，天后派遣一队金吾卫来护卫她也是很正常的事。"

"那你还闯进来？！你坑苦小生了！小生是读书人，如果被当成了夜闯道观、对女道士无礼的登徒子，以后还有什么脸做人？"

"轩之不要着急，你可以拿一块手帕把脸遮起来，他们就不认识你了。"白姬笑道。

白姬明显是开玩笑，元曜却急昏了头，当真在衣袖中翻手帕，准备遮脸。但他还没有翻出手帕，已经被正走来的金吾卫将军认了出来："轩之，怎么是你？"

元曜抬头一看，那人居然是裴先。裴先，字仲华，现任左金吾卫大将军，是元曜的朋友。

元曜窘道："仲华，有误会。白姬与小生不是歹人。"

裴先望向白姬，又是一愣："你……你是慈恩寺里的狐狸姑娘……"

白姬笑眯眯地道："今天，我是菩萨。"

"龙女。"元曜纠正。

裴先突然笑了，深深地望了白姬一眼，道："不管你是什么，公主都请你去梅花小筑，请跟我来。"

白姬笑道："请裴将军带路。"

裴先带白姬、元曜往里走，走过了三道门，眼前出现了一大片梅花树林，一直延伸到半坡上。

现在是染霜之秋，梅花树只有树叶，没有梅花。梅花林中，四名金吾卫在站岗守卫。月光下，远远可以看见山坡上有一座幽雅的房舍，房舍掩映在梅花林中，轩窗里透出烛光。

裴先和金吾卫走到梅花林之后，就不再往前走了。

一位玉簪束发、身段窈窕的女道士提着莲灯从石阶小路走下来，她的身后跟着两个小女冠。

女道士停住脚步，打量了白姬、元曜一眼，轻声道："请随我来。公主在梅花小筑等候。"

月光下，女道士螺黛勾画的右边弯眉上有一颗小痣。

白姬笑着吟道："天宫神女梅山隐，人间小蛮提灯来。"

女道士笑了笑，没有说话。

白姬、元曜跟着女道士走到位于山腰的梅花小筑，这是一座十分幽静雅致的轩舍。女道士挑起湘妃竹帘，白姬、元曜走了进去，只见室内的陈设十分素雅简单，一架八折梅花图屏风隔开了室内和室外。

从书架上的书册、琴台上的凤尾琴、光亮的茶具可以看出这位公主平时的消遣爱好。透过梅花屏风向内室望去，隐隐可见一个婀娜的倩影倚坐在罗汉床上，两名小女冠跪坐在地上伺候。

白姬绕过屏风，走向内室。元曜觉得公主正躺着，他一个大男人，进去未免不好，但又很好奇，想知道这位出家修道的瞬城公主是一位怎样的人。他见没人拦他，也就觍着脸走了进去。

瞬城公主穿着一袭栗色单衣、浅玉色罩衫，青丝绾作一个高高的云髻，发髻上插了一支镶嵌玛瑙珠的银簪。她洗尽铅华的素颜如莲花一般美丽，但神色很憔悴。她一见白姬，顿时花容失色，道："你……你真是画中的龙女？"

白姬笑道："正是。公主既然认得我，那《清夜图》也一定在公主手中了。"

一听见《清夜图》，瞬城公主如遭雷击，愣愣地坐着，半晌没有言语。

女道士一听见《清夜图》，立刻将小女冠们遣了出去，自己跪坐在罗汉床边伺候。

瞬城公主见室内没有外人，才对白姬道："你是谁？你都知道什么？"

白姬金眸灼灼，道："公主七岁时，我在太极宫见过您一面，您竟然完全不记得我了吗？真是让人伤心。"

公主当时是小孩子，对路人不会有任何记忆吧？元曜在心中想。

瞬城公主望着白姬的灼灼金眸，似乎想起了什么，美目惊诧。

"我记起来了！你是那条白龙！太极宫祭祖时在天空盘旋飞舞的白龙，黄金色的眼眸，冰蓝色的火焰，美丽得令人惊叹！文武百官看见了白龙，都说是神灵护佑天子，派遣龙神显灵，赐降福泽。"

白姬以袖掩唇，道："啊，那是先帝花一万两黄金请我去的，说是内忧外患，时局不稳，用神龙来定一定民心。"

这龙妖在天上晃一下就赚了一万两黄金，她怎么好意思收先帝一万两黄金？！元曜瞪着白姬，在心中咆哮。

瞬城公主想起了往事，神色有些悲伤。

"那一年，本来内忧外患，时局不稳，因为神龙在祭典上出现，边疆战乱平定了，内乱也消散了。也是因为神龙之事，后来我才萌生了一生修道、为国祈福的志愿。不过，唉，我终究不能完全泯灭凡心，断了情缘……"

白姬道："人非草木，孰能无情，公主也不必太过自责。不过，您得给小郡王一个交代，他还苦苦思念您，希望能再见到您。"

元曜吃了一惊：原来瞬城公主是云华夫人？！她竟然神隐了自己的侄子？！而李温裕竟然爱上了自己的姑姑？！

因为这个真相而吃惊的同时，元曜又不寒而栗。这段不伦之恋如果被传出去，将会是皇室最大的丑闻，李温裕和瞬城公主都会因此而遭受灾难。如果别有用心的人用皇室悖德为理由制造叛乱，国家也会因此遭受可怕的灾难。

"不——不——我不要再见到他了！我绝不能再见到他——"瞬城公主摇头，十分伤心悔恨，"这完全是一个错误，一个可怕的错误！我不知道他是我的侄子，等我知道时，已经太晚了。"

白姬发出了一声几不可闻的叹息。

跪坐在一边的女道士见公主伤心，心也痛如刀绞，突然匍匐在白姬面前，连连磕头："龙神大人，您是神祇，无所不能，求求您大发慈悲，救救公主。一切都是我的过错，无论有什么罪过和灾难，请降于我的身上，此事与公主无关。"

女道士连连磕头，磕得很用力，额头很快就青紫了。

白姬退后，不受她的跪拜。

"我只是非人，不是神祇，救不了任何人。不过，你如果告诉我到底是怎么一回事，也许我会替你们拿一个主意。"

瞬城公主和女道士青梅相视，一个眼神交会之后，她们就如实说了事情的经过。

瞬城公主出家修道时才十五岁，从小陪伴她一起长大的侍女青梅也和她一起修道，并将侍奉她终身。主仆二人安静地住在紫微观中，为国祈福，供奉先祖，转眼十年过去了。

瞬城公主并不后悔当初的选择，但是修道的生活太清苦、太寂寞，有时候望着池水中交颈的鸳鸯、屋梁上双飞的家燕，她也会觉得十分向往。

瞬城公主虽然渴望爱情，但是不敢也不能公然与男子相恋，这会让她公主的身份蒙羞，也会让她女道士的处境尴尬。

二十五岁那年，她从一名贵妇那里得到了一幅《清夜图》，贵妇告诉了她神隐的秘密。漫长的岁月无以消磨，瞬城公主很快就沉迷在了神隐的游戏之中。

瞬城公主挑选心仪的男子，借助迷神香将其带入《清夜图》中，她与青梅扮作神女或者狐女与男子相恋。一段恋情终了，她们再送男子离开。

男子离开之后，永远不会知道与他相恋的女子是谁，只知道是神妃仙女、山魅鬼狐。他也永远不会知道自己待在哪里，只知道是神仙福地、妖楼鬼宅。一旦缘尽，瞬城公主和离开的男子将永远不会再有交集。

瞬城公主的神女游戏一直都很顺利，渐渐地她也觉得无聊了。

今年春天，瞬城公主在梅花林中摘梅花时，远远看见了一位英俊的青年。她很喜欢他，青梅就去打听了男子的姓名身份。

这个青年名叫陈峥，是平民，且客居京华，是可以神隐的对象。在打听到陈峥已经定了亲、将要成亲时，青梅打算早些神隐陈峥。瞬城公主却起了玩兴，想在陈峥成亲那一天神隐他，然后扮作他的新婚妻子，和他在《清夜图》中成亲。

青梅觉得这么做风险太大，毕竟成亲那一天会有很多人在陈峥身边，不方便她们行事。瞬城公主十分忧伤，闷闷不乐。青梅觉得瞬城公主大概是想体验做新娘子的感觉，毕竟公主因为曾经的誓言，一生都不能婚配，必须孤独终老。

青梅很怜惜瞬城公主，就答应了。

青梅原本的计划是混入陈峥的婚礼中，然后找一个机会带走陈峥。不料，天公作美，那一天竟下起了大雨。从陈峥出门，到他接新娘子，再到他在荒寺避雨，青梅和瞬城公主一直悄悄地跟着他。

当李温裕和陈峥在荒寺中相遇时，青梅看到了机会，混入了荒寺中。因为两家迎亲的人互不认识，都只把青梅当成对方新娘带来的丫鬟。

那一天，天色阴沉，大雨如注，荒寺中光线十分阴暗，李温裕和陈峥乍一看去又有几分相似，青梅错把李温裕当成了陈峥。

穿着新娘服装坐在马车里的瞬城公主也把李温裕当成了陈峥，将他带到了《清夜图》中。之前，她就只见过陈峥几次，不是从车帘的缝隙里就是距离很远，只知陈峥的大概模样，根本没有仔细看他的脸。

到了《清夜图》中，李温裕昏迷不醒时，青梅近看才知弄错了人。她本想说出来，但见瞬城公主抚摸李温裕的脸，十分喜欢他，就说不出口了。

瞬城公主穿着嫁衣，脸上挂着幸福的笑容，青梅还是第一次看见公主露出这么开心的笑容。

青梅一念闪过，决定不说出真相。神隐游戏本就是为了公主开心，让公主感到幸福，神隐的是谁并不重要。反正，这人也只是长安城中的一个男子而已，看他的模样大概也只是一个普通书生吧。

瞬城公主和李温裕拜了堂、成了亲，她伪装成李温裕的妻子韩氏，和他过着恩爱甜蜜的生活。瞬城公主把李温裕当成陈峥，李温裕把瞬城公主当成韩氏，双方都没有觉得不对劲。他们好像被冥冥之中的某种天意捉弄了。

也许是因为这一次穿了嫁衣，瞬城公主对李温裕产生了爱恋，有时候不由得真把他当作丈夫，敬他，爱他。

除了去大明宫中参加推不掉的宴会，和参加一些必须出席的社交活动，瞬城公主大部分时间待在《清夜图》中，和李温裕过着神仙眷侣般的生活。后来，李温裕怀疑她不是韩氏，她只好随口自称云华夫人，以免暴露自己的真实身份。

瞬城公主以为知道自己不是韩氏之后，李温裕就会离开，他们的缘分也将终了，没想到，李温裕并不介意她不是韩氏，而愿意为了她留下来。瞬城公主十分高兴，与李温裕的感情也越来越好了。

美好的时光总是短暂，春去秋来，转眼就是半年。在一次宫廷宴会中，瞬城公主见到了神色忧伤的纪王妃。贵妇们在小声地谈论纪王妃失踪半年的儿子，瞬城公主有些好奇，就细问了。

听说了李温裕失踪的情形，瞬城公主心中一动，来到纪王妃身边，假装不经意地和纪王妃聊了起来。话题转到失踪的李温裕身上，瞬城公主关心地询问可有什么找人的线索。纪王妃说没有什么线索，不过丈夫和大儿子抓了一个叫陈峥的书生在审问。

听到陈峥的名字，瞬城公主如遭雷击，几乎昏倒。她明白自己恐怕弄错了人，这半年来和她在一起的人也许是她的侄子。

瞬城公主又羞愧，又恐惧，感到十分不安，只觉得明媚的晴空顿时变成了昏沉的永夜，一如她的心情。

抱着也许是搞错了，《清夜图》中之人不是李温裕的侥幸心理，瞬城公主匆匆赶回紫微观，去画中询问李温裕的姓名和身份。

李温裕如实告诉了她。

在得知真相的那一瞬间，瞬城公主彻底堕入无底深渊之中。爱情被罪恶之火焚烧殆尽，剩下的只有悔恨和恐惧。

瞬城公主质问青梅，青梅只好坦白了自己确实弄错了人，并一直隐瞒着真相，但她也不知道李温裕的真实身份。瞬城公主一怒之下，打了青梅一耳光。青梅得知李温裕的身份，也吓得不知所措。主仆二人相对流泪，十分后悔，十分害怕。

青梅提议用毒酒杀死李温裕，把神隐变成鬼隐，这件事就可以永远变成秘密，不被人知晓。

瞬城公主无计可施，同意了。

可是，在李温裕喝毒酒时，瞬城公主又心中不忍。她本已罪孽深重，再毒杀血亲，加重自己的罪孽，死后一定会下十八层地狱，更何况，在纷乱复杂的心理中，她对李温裕还有一丝尚存的爱恋。

瞬城公主改变了心意，阻止了李温裕喝毒酒。

瞬城公主既无法面对李温裕，又无法杀他，只能连夜把他送走了。

瞬城公主抱着侥幸的心理，自认为在李温裕面前没有暴露身份，也认为像李温裕这样的王孙公子，回家之后身边美妻娇妾环绕，很快就会把在虚幻中邂逅的神女忘掉。将来，她只要小心翼翼地永远不和李温裕碰面，应该就不会发生灾祸。

谁知，李温裕是一个痴情人，回去之后犯了相思病，死脑筋地要找神女。

瞬城公主打听到李温裕四处找她，心中惴惴不安，难以安枕。而更让她忧心如焚的是，纪王李慎在武后身边更加受宠，他与他的几个儿子开始出入宫廷宴会和社交宴会，有些宴会瞬城公主也必须参加，只怕一不小心就会遇上李温裕。

昨天，望云楼中举行了每年例行的皇室聚会，她在客人的名册中发现了李温裕的名字，心中惊惧，非常害怕。如果她与李温裕的事情暴露了，他们不仅会身败名裂，被人唾骂耻笑，更会让皇室蒙羞，让国家遭受灾难。

瞬城公主故意从望云楼的台阶上跌下，以受伤为借口，让聚会不能如期举行。

她虽然逃过了这一次，但也难逃下一次。

瞬城公主战战兢兢，忧心如焚，腿上和身上的伤痛远远不及她的心痛。她未来将永远提心吊胆地活在黑夜之中，没有光明，就像《清夜图》一样。这都是她自己一手造下的业。

第七章　清　夜

听了瞬城公主和青梅的叙述，元曜觉得荒唐的同时，也感到很悲伤、很无奈，还有一丝同情。

瞬城公主悔恨而痛苦，哀求白姬。

"我发誓修道，却不能甘于清寂，而去贪享肉体上的欢愉。这是上苍对我的惩罚，我愿意接受任何惩罚，以赎罪孽。不过，我不能让家族蒙羞，更不能祸害国家。请龙神以国家为念，以苍生为念，赐我一个万全之策。"

白姬道："我不是神祇，也不是帝王，苍生和国家都与我无关。我只是一个生意人，在西市买卖欲望，收集'因果'。我救不了你，也无法赐你万全之策，但你可以告诉我你的愿望，真实的愿望，我可以替你实现。"

瞬城公主流下了眼泪，道："明天，纪王妃会来紫微观探望我，她的三个儿子也会以侄子的身份前来拜见，李温裕也在其中。我无法推托。即使推托了，迟早有一日我也会在其他的某个场合遇见他。刚才，我正在寻思等夜深人静之后，悬梁自尽，一死了之。"

青梅大惊失色，哭道："公主，您不能有这个念头！"

元曜也觉得很伤心，想劝瞬城公主一句，但又不敢贸然开口。

瞬城公主流泪摇头，道："可是，我仔细一想，如果我突然不明不白地自寻短见，恐怕会更加惹人怀疑。自从李温裕回去之后，我就一直活在黑夜里，提心吊胆，悔恨恐惧，被罪恶感折磨，永远看不到白天。如果能够许愿，我希望此生此世，永远不要再见到李温裕。"

白姬笑了，道："小郡王的愿望是再见到云华夫人，你的愿望，却是永远不要再见到小郡王。你们的愿望是矛盾的，我不能同时满足两个矛盾的愿望。"

瞬城公主道："神女一梦，永远不再相见，怀抱着美好的念想，对他来说才是最好的结果。他知道了真相，必定会受到打击，感到罪恶痛苦。这样的痛苦我一个人承受就好了，我不希望他刚从《清夜图》中离开，又要永远活在黑暗之中。"

白姬道："可惜，我已经先答应小郡王实现他的愿望了。他也说过，无论会有什么灾难降临，他想见云华夫人的心意都不会改变。"

瞬城公主掩面而泣，道："您不能选择实现我的愿望吗？"

元曜也流泪了，劝道："白姬，小生觉得实现公主的愿望比较好。小郡王大概没料到真相竟如此荒唐，才会说出无论会有什么灾难降临，他的心意都不会改变的话。正如公主所说，你实现了小郡王的愿望，让他知道他深爱的神女竟然是他姑姑，这反而会让他痛苦，甚至会毁了他一生。"

白姬发出了一声几不可闻的叹息，道："早知今日，何必当初呢？"

瞬城公主掩面痛哭，青梅伏地而泣，元曜也伤心地流下了眼泪。

白姬望着眼前这三个流泪的人，冰冷的金眸中竟闪过了一丝慈悲之色。

白姬问道："公主，《清夜图》在哪里？"

瞬城公主让青梅取来了《清夜图》，呈给白姬。

白姬在灯下打开三尺长的卷轴，元曜看见了一座华美巍峨的天宫神府，天空中有繁星闪烁，四周浮云缭绕，春桃、夏荷、秋菊、冬梅四季景色都在其中。但是，他没有看见龙女的画像，想必画像是挂在神宫之中。

《清夜图》的构图大气浑然，笔触细腻繁复，渲染得很见功底，留白也十分巧妙。整幅画看上去灵动飘逸，栩栩如生。

元曜不得不承认这条龙妖还真是丹青妙手。

白姬道："真怀念啊，画这幅画，我花了九十年时间呢。"

元曜顿住，道："九十年？难道，你一天只画一笔吗？"

"不，一天画三笔。"

"白姬，小生有四个字送给你。"

"是'丹青妙手'？"

元曜无奈，道："不，是'你太懒了'！"

白姬卷起画轴，撇嘴道："我好歹也画完了呀。"

瞬城公主吃惊，道："原来，这幅仙图是龙神所画？"

白姬笑道："我虽然不能实现公主的愿望，但是公主自己可以实现自己的愿望。公主如果把《清夜图》还给我，我就赠公主一句良言，度过此劫。不过，公主必须为度劫付出沉重的代价。"

瞬城公主闻言，高兴地道："出了这件事情，《清夜图》我本就想烧毁了，是青梅劝住了我。龙神想拿回去，就尽管拿回去。"

白姬凑近瞬城公主耳边，对她说了几句话。

元曜竖起耳朵，但什么也没听到。

瞬城公主听了白姬的良言，怔怔地没有说话，脸上看不出是高兴、还是绝望。

"龙神既然这么说了，我一定照办。"

"不，取舍全在你自己。这个代价残酷了一些。"

瞬城公主苦笑道："没有什么事情，会比永远行走在黑夜中更残酷。"

白姬拿下《清夜图》，和元曜告辞了。

青梅送白姬、元曜到梅树林，交代金吾卫送他们出去，转身回去了。

不知道出于什么心思，裴先竟遣退金吾卫，亲自送白姬、元曜出紫微观。

月光下，白姬走在前面，裴先走在她身边，元曜走在他们后面。

裴先望着白姬，笑道："今夜能与姑娘重逢，真是天定的缘分。"

元曜斜睨望向裴先，但见他痴痴地望着白姬，脸上似乎还浮现出诡异的红晕。

呃，裴先不会喜欢上白姬了吧？白姬会不会也喜欢裴先？！元曜心中涌起复杂的滋味，像是喝了一碗离奴放多了醋的鱼汤。

白姬笑道："这缘分也分良缘和孽缘。"

裴先笑道："我们一定是良缘。自从上次见到姑娘，姑娘就一直出现在我的梦中。"

白姬笑道："这梦也分美梦和噩梦。"

裴先笑道："有姑娘出现的梦，当然是美梦了。我还未婚配，一直没有找到心仪的人。"

白姬笑道："我认识一位媒婆，可以介绍给裴将军。"

"呃。"裴先被堵住了。

元曜在心中好笑，看来白姬应该不喜欢裴先，一直在婉拒他。裴先也不傻，应该明白白姬的言下之意吧。

"好！请姑娘一定要将媒婆介绍给我！"裴先装糊涂，居然这么说道。

"可以。"白姬笑道。

元曜忧愁。

说话之间，三人已经走出了紫微观，白姬、元曜来到了柳树下的天马边，骑上了天马。

裴先见白姬要走，急忙伸手拉住马缰，又道："姑娘最近有空吗？能约一个时间相会——不，替我介绍媒婆吗？"

白姬有些不悦，笑道："我倒是很闲，但裴将军最近应该会很忙了。我每次遇见裴将军，裴将军都一脸衰相，要倒霉的样子。我们是孽缘，我在的梦也是噩梦，裴将军就不要多情了。"

说完，白姬纵马而去，卷起一地烟尘。

裴先站在原地，摸了摸自己的脸："我真的一脸衰相吗？！"

呃，白姬太损了，一点儿也不体谅裴先的感受。元曜安慰裴先，道："仲华，你不要往心里去。白姬一向就是这样直言直语，其实她的心肠并不坏。小生先告辞了，再见。"

安慰完裴先，元曜也骑马走了。

裴先一个人站在柳树卜，不断地揉脸，自言自语。

"我真的一脸衰相吗？！"

天马行空，长安城尽收眼底，白姬、元曜各怀心事，沉默不语。

元曜问道："白姬，你到底给了瞬城公主什么良言？"

白姬道："过了今晚，轩之就知道了。"

元曜又问道："瞬城公主和小郡王这段孽缘太过巧合了，是苍天在捉弄他们吗？"

白姬俯瞰长安城，云淡风轻地道："也许是神女在捉弄他们。公主贵妇们借神女之名，做出荒淫的事情，迟早会受到神女的捉弄，自食酿下的苦果。"

"唉，无论怎么样，瞬城公主已经够惨了。"

"更悲惨的事情还在后面。"白姬幽冷地道。

元曜心中一紧，不祥的预感涌上心头。

白姬、元曜回到缥缈阁，离奴竟然还没回来。

元曜有些担心，道："白姬，离奴老弟怎么还没回来？会不会出了什么事？"

白姬不以为意地道："大概在外面玩吧，明天就会回来了。"

白姬在里间点上灯，将《清夜图》在地上摊开。她去取来了画笔和颜料，道："时候不早了，轩之先去睡吧。"

"好。你也早些休息。"元曜应道。

"嗯。"白姬随口回答道。

元曜来到大厅，铺好寝具，倒头就睡了。

里间的灯火亮了一整夜，白姬画了通宵的画。

第二天一早，元曜起床，经过里间时，发现白姬伏在青玉案上睡着了。

清晨的阳光下，摊在地上的《清夜图》上多了一名神女。神女梳着云髻，一身霓裳羽衣，容颜十分美丽。神女被画得栩栩如生，含笑的双眸仿佛透过了纸张，与注视图画的人对视。

多了神女像之后，神女像成了《清夜图》的主体，天宫仙府变成了背景。除此之外，《清夜图》右边的留白处，还多出了一串奇怪的咒文。

元曜越过地上的《清夜图》，走向白姬。白姬伏在青玉案上沉睡，她的手上、脸上都是颜料，十分滑稽。

元曜不由得暗笑，但一个错眼间，白姬不见了，一条沾染了颜料、浑身五颜六色的小白龙盘在青玉案上，发出细微的鼾声。

这条龙妖居然画了一整夜，真是辛苦了。元曜取来薄毯，将其盖在小白龙身上。小白龙被惊醒了，睁开了眼睛，道："啊，轩之，天亮了吗？"

"天已经亮了。"元曜道。

小白龙恢复人形坐起身，揉眼。

"居然天亮了。"

"白姬，你这《清夜图》上画的仙女是谁？"

小白龙伸了一个懒腰，道："瑶姬。就是天上的那位云华夫人。"

"啊，真是一位美丽的神女。"元曜赞道。

"轩之，洗漱之后，你去一趟纪王府，告诉小郡王说我找到云华夫人了，请他来缥缈阁。"

"好。"元曜应道。

"离奴呢？还没回来吗？"

"好像还没回来。"元曜道。

小白龙打了一个哈欠，道："随便吧。"

元曜洗漱完毕，收拾妥当，就出门去纪王府了。

白姬卷好了《清夜图》，打开了店门，飘上楼补觉去了。

元曜去纪王府时，李温裕已经出门了，不在府上。元曜留了话让仆人带给李温裕，就回缥缈阁了。

元曜猜想今天没人做早饭，就在路上买了两斤蟹黄饆饠。

元曜回到缥缈阁，发现店门虽然大开着，但白姬在楼上睡觉，离奴还没回来，他不禁庆幸暂时没有客人上门，否则就太失礼了。

元曜吃了两个蟹黄饆饠，就开始收拾里间凌乱的画笔颜料，又打来井水把大厅的地板擦洗了一遍。

白姬醒来时，已近中午。她一见自己被染得五颜六色，就叫元曜烧水，准备洗澡。劈柴烧水本来都是离奴的活儿，元曜不愿意干，但是又怕白姬扣他工钱，只好干了。

元曜在厨房中累得满头大汗，一身烟火味，白姬却在后院中沐浴着秋日的阳光，舒服地泡在紫檀木浴桶里。

白姬惬意地泡在热水里，水雾缭绕，她伸出纤长的玉手逗弄飞舞的蛱蝶，咯咯笑着。

元曜在厨房中烧水，大声道："白姬，大白天的，你在后院泡澡未免有些不合适！"

白姬笑道："一边晒太阳一边泡澡很舒服，没什么不合适的。轩之也可以把自己的浴桶搬来，我们一起泡澡。"

元曜大窘，吼道："光天化日之下，小生才不要在院子里洗澡！"

"轩之，水冷了，加一桶热水来。"

元曜一边将烧热的水倒入木桶中，一边大声道："小生去院子时，请你变成龙的样子。"

"好。"白姬应道。

元曜提着热水走到院子里，来到浴桶边，只见漂满花瓣的水中泡着一条小白龙。小白龙将头靠在浴桶沿上，须鬣湿润地贴在龙头上，半合着金色的眼睛，鼻子中冒出白烟。

元曜把热水倒进浴桶里，小白龙舒服地摆动尾巴，水珠四溅，在阳光下折射出彩虹。

"轩之，拿一坛桂花酒来，一边泡澡一边喝酒才是世界上最舒服的事啊。"白龙道。

"好。"元曜应道。

"轩之，再拿两个蟹黄饽饽来。"白龙又道。

"酒可以在浴桶里喝，但饽饽不可以在浴桶里吃！在浴桶里吃东西，成何体统？！"元曜吼道。

小白龙睁着水汪汪的金色大眼睛，可怜兮兮地注视着元曜，伸出一只小爪子扯住他的衣袖，道："我早饭都还没吃，肚子都饿瘪了。"

"白姬，你装出一副可怜的样子也不行，饽饽必须要洗完澡之后再吃。"元曜不为所动。

小白龙摊爪，撇嘴道："轩之真小气。"

小白龙一边泡澡，一边喝桂花酒时，李温裕来拜访了。元曜来通报之后，小白龙不得不爬出浴桶，幻化成人形去接待李温裕。

里间中，李温裕坐在青玉案边，心中忐忑不安。他是听了元曜的留言之后，才匆匆而来。

白姬坐在李温裕对面，湿发用骨梳绾作云髻，身上散发着沐浴之后的花香。

白姬道："我还以为，小郡王今天不会来了。"

李温裕道："确实发生了一些事情。不过，因为盼着见到云华夫人，我还是抽时间来了。"

"发生了什么事？小郡王方便说吗？"白姬笑道。

李温裕漫不经心地道："这事也不是什么秘密，很快就会在长安城中传开。我上次提到的那位修道的瞬城姑姑昨晚发生了意外，她住的房舍失火了，起火的原因是侍女粗心大意，忘了熄灭灯烛。火势很大，很猛烈，金吾卫和女冠们都来不及救火，瞬城姑姑因为腿受伤了，无法动弹，几乎葬身火海。不过，也许是常年修道，有神灵庇佑，她没有丧命，只是脸被大火烧毁了。她的贴身侍女在大火中不肯独自逃走，一直守着她，也被火焰毁了容貌。今天，这件事在宫里掀起了轩然大波，天后震怒，认为是金吾卫守卫失职，惩罚了负责的裴大将军。好了，不提这事了，云华夫人在哪里？"

比起谈论素未谋面的姑姑的不幸遭遇，李温裕更迫切地想知道云华夫人的下落。一想到将会再见到心爱的人，李温裕心中就十分兴奋、忐忑。

元曜听到李温裕的话，十分惊诧。

"啊，这还真是一件不幸的事情。云华夫人啊，她就在这里。"白姬指向青玉案上的《清夜图》卷轴，道。

李温裕一愣，缓缓打开《清夜图》，看见画中的仙宫神府时，大吃一惊，他记得这是他待了半年的地方。当他看见云华夫人时，他眼前突然一阵恍惚。

元曜看见那一串留白处的咒文化作金色的字，从纸上飞入了李温裕眼中。

白姬以缥缈如风的声音问道："小郡王，这是您思念的云华夫人吗？"

李温裕恍恍惚惚地点头，答道："是的。她是我思念的云华夫人。"

元曜大惊：李温裕思念的云华夫人应该是瞬城公主，而不是画中的神女。他怎么会认错自己苦苦思念的人呢？

白姬道："您遇见的云华夫人并不是神女，而是画中之妖。您去的地方也不是天宫，而是这幅画中。她现在就在您面前，您见到她了。"

李温裕怔了半晌，才伸出手去，抚摸云华夫人的脸庞，眼神悲伤。

"原来，她只是画中的妖灵。我不能再去画中了吗？"

白姬露出遗憾的表情，道："你们缘分已尽，恐怕您无法再去画中了。"

李温裕十分悲伤，痴痴地望着画中的女子，流下了眼泪。

"请将这幅画卖给我，虽然缘分已尽，但我希望她常伴我左右，她毕竟曾经做过我的妻子。"

白姬爽快地答应："可以。"

"请开一个价吧。"

白姬想了想，道："小郡王如果告诉我什么是爱情，什么是相思，这幅《清夜图》我就送给您了。"

李温裕又愣了一下。他望了一眼神色严肃的白姬，又望了一眼张大嘴巴斜睞睞着白姬的元曜，突然笑了，道："这个问题，我无法替你解答，你可以问你身边的人。"

白姬回头，望了元曜一眼，奇道："问轩之？"

李温裕点头，道："对。"

"之前已经问过了，轩之说他也不知道。"白姬道。

元曜道："小生确实不知道。"

李温裕笑，凑到白姬耳边低声说了一句话，然后站起身，卷好《清夜图》，道了一声告辞，就走了。

元曜很好奇李温裕对白姬说了什么，正想问白姬。

白姬倏然转过身，一把捧住元曜的脸，凑近看他的眼睛。

白姬的脸近在咫尺，她吐气如兰。

元曜大窘，面红耳赤。

"白姬，你干……干什么？"

"原来，轩之一直在藏私。小郡王说，爱情在轩之的眼中，相思在轩之的心里。轩之，你不介意我把你的眼睛和心剜出来看看爱情和相思吧？"白姬认真地道。

元曜头皮发麻，心中发苦，叫道："苍天可鉴，小生没有藏私，小生的眼里和心里什么都没有！小郡王坑死小生了！"

白姬瞪着元曜，望着他眼眸中映出的人影，道："胡说，我明明在你的眼中看见了我！"

元曜瞪着白姬，道："小生看着你，眼里当然有你了！不要说眼里了，现在小生的心里也都是你啊！"

这一句话一出口，白姬和元曜都愣住了。

白姬睁大了眼睛，若有所思。

元曜满脸通红，心一下子跳快了好几拍，一种甜蜜而忐忑的奇妙情愫呼之欲出。他好像有一点儿明白爱情和相思是什么了，但仔细一想，又是茫然。

白姬却恍然大悟，道："我明白了！轩之的眼中和心中都是我，那这就是说爱情和相思都是我自己。原来，爱情和相思的意思就是爱自己、思念自己。"

元曜郁闷，道："白姬，请不要得出这么诡异的结论。"

白姬不理会元曜，叉腰大笑。

"哈哈，轩之，我终于明白人类的爱情和相思了！"

元曜吐血，道："你……完全没明白……"

白姬不理会元曜，高兴地去后院继续泡澡了，元曜也只好去厨房继续烧水。

白姬在浴桶中哼着小调儿，用尾巴拍水玩儿。

元曜在厨房中一边干活，一边想着李温裕和瞬城公主的事情。

"白姬，小郡王为什么会把《清夜图》中的神女看成瞬城公主？"

白姬答道："因为那一串符咒入眼，会让他混淆云华夫人和瞬城公主的模样。"

"你为什么要这么做？"

"为了瞬城公主。将来，小郡王也许会给别人看《清夜图》，说起他被神女神隐的故事。如果见过瞬城公主的人对小郡王说'啊，这云华夫人和瞬城公主长得一模一样啊'，这样就麻烦了。现在，小郡王看《清夜图》中的云华夫人是瞬城公主，大家看云华夫人是真正的云华夫人，这样就不会露馅儿啦。况且，小郡王的愿望是见到云华夫人，我让他看见了真正的云华夫人，也不算违背他的愿望。"

"嗯，虽然是欺骗了小郡王，但也只能如此了。瞬城公主太可怜了，好好的怎么会失火？希望她早日恢复。"

"火是瞬城公主自己放的，她烧毁自己的脸，就永远不会被小郡王认出了。这是她自己的选择。她虽然做了错事，但赎罪的心很坚定，比我想象中要勇敢、有担当。"

元曜吃惊，心中五味杂陈，胸口有些闷闷的。

第八章　万　珍

傍晚时分，离奴竟还没回来。

白姬、元曜都不会做饭，互相推诿，最后肚子太饿了，只好达成协议：白姬负责做菜，元曜负责煮饭。

厨房里挂着一条离奴精心腌制的大鲤鱼，白姬在院子里生了一堆火，将大鲤鱼烤得香气四溢。

元曜回忆了一下离奴煮饭的经过，依葫芦画瓢，结果米饭煮煳了。

白姬看着一大锅黑乎乎的东西，安慰垂头丧气的小书生："轩之煮得挺好，至少锅没有烧坏。"

"幸好，还有几个蟹黄饸饹。"元曜道。

白姬、元曜坐在院子里，一边吃蟹黄饸饹，一边吃烤鱼。

元曜道："离奴老弟去哪里追大黄鱼了？怎么还不回来？"

白姬咬了一大口烤鱼，道："谁知道呢，大概晚上就回来了吧。啊啊，真担心离奴啊，我连胃口都没了。"

"一个刚吃下三个饸饹、大半条烤鱼的人，请不要说胃口不好。"

"离奴很机灵，又跑得很快，不会有事的，轩之不必太担心。"

"也对。离奴老弟在玉鬼公主的爪下都能逃命，应该也不会有事。"

谁知，离奴一失踪就是五六天，完全没有消息。元曜十分着急，道："白姬，离奴老弟不会也被哪位神女神隐了吧？"

"啊，要神隐也是被神女的猫神隐吧？"

"更有可能，是被鱼神隐。"

"很有可能。"

韦彦来缥缈阁买宝物时，告诉了白姬李温裕的近况。

李温裕得到《清夜图》之后，相思病好了一些，但心情还是消沉悲伤。

有一夜，李温裕梦见了云华夫人，云华夫人告诉他不要因为相思而消沉，应该振作起来，与妻子融洽地生活，孝敬父母，忠于国君。如果他能以快乐的心情生活，将来他们也许还会有见面的机会；如果他一直苦闷消沉，将来他们绝无再见的机会。

李温裕相信了云华夫人，决定不再意志消沉。相信只要他快乐地生活，做一个正直善良的人，将来就还会再见到云华夫人。他将用一生的时间等待，等待着她再来见他。

元曜真心觉得李温裕能够这样做很好，他相信这是云华夫人——瞬城公主的心愿。

至于瞬城公主，元曜听白姬说瞬城公主养伤时，李温裕跟随母亲去探望过她。他们面对面地相见时，李温裕完全没认出脸上缠满白纱的姑姑就是自己日夜思念的爱人。当李温裕跪在地上恭敬地叫姑姑时，瞬城公主流下了眼泪，不知道是悲伤的泪水，还是欣慰的泪水。

经过了这件事，瞬城公主万念俱灰，打算养好身体之后，就离开繁华的长安，去一个安静的道观潜心修行，用余生来忏悔和赎罪。

瞬城公主容颜尽毁，声音也沙哑了。白姬给她送去了两盒雪灵膏，让她离开长安之后使用，可以恢复昔日美丽的容颜。

瞬城公主只留下一盒给青梅。红颜枯骨随风散，名利富贵作浮云，红颜反而易堕罪孽，她打算今后就保持着这副丑陋的模样，以警诫自己。

青梅打算一生陪伴瞬城公主，见公主不愿意恢复容貌，也愿意和公主一样，拒绝收下雪灵膏。

元曜觉得瞬城公主和青梅的抉择让人动容。她们或许曾经犯下了过错，但意识到错误后就悬崖勒马，并勇敢地去弥补、去赎罪。这样的决心让人钦佩。不过，她们此生此世恐怕将会永远活在痛苦与罪孽中，希望忏悔能带给她们心灵的宁静，而时间能让她们重拾快乐。

到了第七天，离奴还是没有消息。

元曜十分着急，道："离奴老弟不会出了什么事吧？"

白姬也有一些担忧了，道："奇怪，离奴会跑去哪儿呢？"

"离奴老弟不会被鬼隐了吧？！"元曜悲伤地道。离奴不在，他不得不在厨房折腾。

白姬、元曜正在闲聊，一个声音从缥缈阁外传来："白姬在吗？"

白姬、元曜抬头，缥缈阁外空荡荡的，没有半个人。

元曜疑惑地道："怎么没有人？"

"是俺。俺在地上。"那个声音道。

白姬、元曜走到大门边，向地上望去，一只蜗牛正在缓缓爬动。

蜗牛缓缓道："白姬，有人托俺给您捎一句话。"

"什么话？"白姬问道。

"'主人，快来救救离奴！'"蜗牛以离奴的声音道，惟妙惟肖。

白姬吃惊，道："离奴？！"

元曜无力地扶住门框，眼泪滑落，道："死了，死了，离奴老弟一定已经死了。老弟怎么那么糊涂，性命攸关，居然叫蜗牛传话？！"

蜗牛不高兴地道："元公子，你又瞧不起俺了。"

白姬抚额，问蜗牛道："离奴是什么时候，在哪里让你传的话？"

蜗牛闭目计算了一下时间，道："五天前，在东市万珍楼。那黑猫去万珍楼找碴儿，要万珍楼给两条大黄鱼，惹怒了老鼠们，被老鼠们关进了笼子里，不给吃喝，饿得奄奄一息。俺正好经过，黑猫就请俺给您传话了。俺一刻也不敢耽误，从东市赶到西市，才花了三天三夜，俺觉得已经非常快了。"

白姬闻言，匆匆出门了。

元曜急忙提步跟去，也顾不上店了。

蜗牛见元曜要走，急忙道："元公子，请留步。俺赶了三天三夜的路，一滴水都没喝，十分口渴，能给俺一杯凉茶吗？"

元曜道："茶水在柜台上，蜗牛兄请自去取用。顺便请帮着看一下店面，小生去去就来。"

元曜对蜗牛作了一揖，匆匆而去。

蜗牛挺身望了一眼远处高高的柜台，叹了一口气："没办法，只能慢慢地爬过去了。"

白姬、元曜赶到东市万珍楼时，正好是宾客络绎不绝的中午。徐掌柜踩着小凳子，站在柜台后面噼里啪啦地拨算盘。

白姬走过去，站在徐掌柜面前，脸上似笑非笑。

徐掌柜抬头，看见白姬，殷勤地笑了。

"龙神今日怎么有空大驾光临？还是要上次的雅间吗？"

白姬一把抓住徐掌柜的衣领，隔着柜台将他从小凳子上拎了起来，眼眸变成了金色，流下了眼泪。

"太可恨了！太伤心了！你把我的离奴饿死了，我以后吃谁做的饭？！一想起以后天天要吃轩之煮的难以下咽的饭菜，我就恨不得和离奴一起死了算了！"

元曜嘴角抽搐，道："白姬，第一，离奴老弟还不一定已经死了。第二，即使离奴老弟真的死了，请为离奴这只猫而悲伤，不要只惦记着离奴做的饭。第三，你打击到小生了。"

徐掌柜双脚直蹬，脸憋得青紫，喘不过气。

"龙神息怒！龙神息怒！我不知道您在说什么——"

元曜拉住白姬，道："请快松手，徐掌柜会被你勒死！"

白姬松开手，徐掌柜站在了小凳子上。

元曜问道："徐掌柜，你是不是关了一只黑猫？它是缥缈阁的伙计离奴，它还活着吧？"

徐掌柜喘过了气，连连咳嗽。

"喀喀，黑猫倒是有一只，气势汹汹地来找碴儿，被我们关进了笼子里。被关了几天之后，黑猫吃了一盘鲙鱼炙，突然流着泪说太好吃了，以前从来没吃过这么好吃的鱼，求我们教猫做鱼。厨师们见黑猫态度诚恳，就答应了。于是，黑猫一直留在厨房里打杂学做鱼，赶都赶不走。不过，那猫自称小黑，因为家中一贫如洗，从乡下来城中讨生活，没说自己是缥缈阁的离奴大仙呀。"

白姬、元曜的脸色渐渐地黑了。

白姬道："请带我们去见一见这位小黑。"

"好。请跟我来。"

徐掌柜跳下小凳子，带白姬、元曜去后厨。

万珍楼的后厨还和之前一样，房门紧紧关闭，里面隐隐传出锅碗瓢盆碰撞的声音。厨房的左右两扇窗户开着，几个店伙计来来往往，从一个窗户递食单进去，从一个窗户接菜肴出来。

徐掌柜把木门推开，锅碗瓢盆碰撞的声音瞬间大了起来。

昏暗的光线下，成百上千只老鼠在厨房中忙碌，空气中浮动着诱人的菜香。

元曜定睛望去，只见一只黑猫也混在老鼠堆中，正在一只老鼠的指点下，将一条大黄鱼放进蒸笼里。

元曜擦去额上的汗水，低声对白姬道："看样子，离奴老弟过得很充实。"

白姬嘴角抽搐，道："在缥缈阁，从没见离奴这么勤快过。"

徐掌柜大喊道："小黑，你出来一下，西市缥缈阁的白姬大人想见见你！"

离奴闻言，在布巾上擦掉爪子上的调料，一溜烟飞奔出来。离奴看见白姬、元曜，高兴地道："主人，书呆子，你们怎么来了？离奴正打算今天回去呢。"

元曜道："离奴老弟，你不是让蜗牛捎话，让白姬来救你吗？"

黑猫挠头，笑道："嘿嘿，那是几天前的事儿了。蜗牛太慢了，居然今天才爬到缥缈阁。离奴发现万珍楼里的鲩鱼炙很好吃，就留下学做了。离奴本想学会了鲩鱼炙就回缥缈阁，但没想到学海无涯，万珍楼里的鳜鱼丝、逡巡酱、乳酿鱼等用鱼做的菜肴都很好吃，离奴以前都不曾见过、吃过，于是就一样一样地学，越学越沉迷，几乎忘了时间，更忘了回去。"

元曜道："离奴老弟，你在万珍楼学做鱼也没什么，但你就不能花半个时辰回缥缈阁去说一句吗？你一失踪就是七八天，没有半句音信，你知道白姬和小生有多担心你吗？"

"离奴怕回去说了之后，主人不让离奴来了。"黑猫挠头，嘿嘿笑道。

见白姬脸上阴晴不定，黑猫用头去蹭白姬的脚，讨好地道："请主人不要生气，离奴回去以后，一定天天做好吃的鱼给主人吃。"

白姬蹲下，抚摸黑猫的头，流泪道："无论如何，你还活着就已经很好了，我终于不用再吃轩之做的难以下咽的饭菜了。"

"白姬，你又打击到小生了。"元曜道。

黑猫也流下了眼泪，道："主人受苦了。书呆子做的饭菜一定是一股酸腐味，离奴不吃也知道。"

"离奴老弟，小生做的饭菜就是焦煳了一些，没有酸腐味。"元曜辩驳道。

白姬、离奴无视小书生，继续对话。

"离奴，今天就回去吧，以后你可以经常来万珍楼学做鱼，我不会扣你的工钱。"

"太好了！主人最好了！"离奴高兴地道。

因为既然已经来万珍楼了，白姬就决定大吃一顿再回缥缈阁，元曜、离奴同意了。三人来到三楼，徐掌柜领他们进了上次的雅室，然后请他们点菜。

离奴抢着推荐菜肴，推荐的全是鱼，白姬、元曜坚决否定了。白姬请徐掌柜推荐几样菜，徐掌柜推荐了驼蹄羹、红虬脯、五牲盘、黄金鸡、雕胡饭，白姬、元曜同意了，离奴很伤心。

秋风和煦，万里无云，白姬、元曜、离奴三人坐在窗边，一边吃着美味佳肴，一边闲聊分别的事。

元曜问道："离奴老弟，在集市上拆散你和大黄鱼的就是万珍楼的老鼠吗？"

离奴点头："没错。"

元曜问道："你怎么会被老鼠捉住？通常，不是应该正好反过来吗？"

离奴道："书呆子你有所不知，这徐掌柜和光臧那牛鼻子交情很好。牛鼻子来吃一顿饭，就画一张符给徐掌柜抵饭钱。老鼠们用符咒制住了爷，把爷关进笼子里，又在笼子上贴了三道符，爷在笼子里就变成普通的猫了。爷很羞愤，绝食不吃老鼠们给的东西，饿了两天。后来，爷撑不住了，就吃了鲩鱼炙。再后来，爷就去厨房打杂顺便学做鱼了。因为之前太狼狈，爷不好意思说是缥缈阁的离奴，就瞎编了一个身份。"

"原来如此，小生还担心离奴老弟也被神隐了呢。"

"什么神隐？"离奴问道。

元曜把李温裕和瞬城公主的事情说了一遍，心中又是怅然。

离奴对悲恋的故事不感兴趣，倒是对《清夜图》有记忆。

"啊，离奴还记得主人画的《清夜图》，离奴当时也帮主人画了一些地方。"

元曜奇道："离奴老弟也会画画？！"

白姬笑了，道："离奴用爪子点的梅花很好看。"

"嘿嘿。"离奴笑了。

元曜无语。

白姬转头望向窗外，窗外正好是大街，斜对面有一座茶楼旁搭了一个台子，台上装饰得红红绿绿，台下人山人海，十分热闹。

白姬手搭凉棚一望，笑道："哟，谁家小姐在抛绣球招赘夫婿。轩之赶快下去，也许还来得及抢绣球。"

"去！"元曜生气地道。他转过身，循着白姬的目光望去，也看见了对面抛绣球的热闹场景。

离奴凑到窗户边看了一眼，放下碗筷，要往下冲。

"爷去抢绣球玩！"

元曜一把拉住离奴，道："离奴老弟，鱼可以乱吃，绣球不可以乱抢，抢到了绣球就得和小姐成亲！"

"爷还不打算成亲。算了，不去抢了。"离奴坐下，继续吃东西。

白姬、元曜、离奴一边吃东西，一边在窗边看热闹。

不多时，一个娇俏的小姐袅袅走出来，准备扔绣球。这时，人群之外，一名英俊的书生正好赶路经过，他的长衫已经洗得发旧了。

小姐从台上扔下绣球，人群中顿时炸开了锅，未婚男子们纷纷去抢绣球。五彩绣球在人群中几番起落，最后飞出人群，落在了匆匆赶路的书生怀里，被他接住了。

小姐偷望了一眼书生，见他一表人才，心中十分满意，羞涩地退下了。

人群中一阵喧哗，台上鼓乐齐鸣，几名穿着新衣的下人来到书生跟前，请他去见老爷。书生受宠若惊地去了，不经意间在人群中与小姐眼神交会，一瞬间就堕入了情网中。

白姬、元曜哈哈大笑。

元曜笑道："苍天对人很公道，陈兄受了半年的无妄之灾，如今也走运了。"

那书生正是陈峥，那个与李温裕、瞬城公主一起被命运开了一个玩笑的人。

"是啊，走在路上就捡了一个妻子，很走运啊。"白姬笑眯眯地道。粗心的小书生没有发现绣球是转了一个诡异的弯之后才飞到了陈峥怀里，白姬也没有告诉他绣球转弯的原因。

离奴却发现了，道："主人，你为什么要——"

白姬大声打断离奴，岔开了他的话。

"时候不早了，咱们也吃饱了，准备回去吧。"

结了账之后，白姬、元曜、离奴准备回缥缈阁。离奴想去和老鼠们道别，白姬、元曜只好陪离奴一起去，三人来到了厨房中。

离奴向老鼠们告别，约定改天再来学习做鱼。

老鼠们依依不舍，感叹道："没想到，偌大的长安城中，只有一只猫理解我们的厨艺，不嫌弃我们是老鼠。"

元曜想起上次的无礼举动，觉得很惭愧，过意不去。他向老鼠们作了一揖，道："上次是小生不对，请各位原谅小生的冒失。各位的厨艺很好，小生很喜欢吃各位做的菜肴。只要有一颗认真努力的心，老鼠与人并没有区别。小生对各位没有嫌弃之心，只有敬佩之意。"

元曜说完话，后厨中一下子安静了。

元曜吓了一跳，以为自己说错话了，望向地上的老鼠们，这才发现老鼠们都在流泪。突然，老鼠们一拥而上，将元曜扑倒，爬满了他的身体。

老鼠们流着激动的泪，纷纷道："元公子说得太好了，我都哭了！"

"太好了，元公子理解我们！他理解我们啊！"

"浑蛋！怎么流泪了！太感人了！元公子是第一个理解我们的人类！"

"元公子真是好人！"

"元公子，我们一直在努力！为了你的理解，我们会更努力！"

元曜感到一大堆毛茸茸的老鼠在他身上、脖子上、脸上蹭来爬去，顿时头皮一阵阵发麻，心中一阵阵悚惧。

元曜瑟瑟发抖，在恐惧和恶心达到极限时，双眼一翻，昏死过去。

白姬以袖掩面，道："唉，可怜的轩之。"

第九章　尾　声

傍晚时分，街鼓响起之前，白姬、离奴、元曜回到了缥缈阁。

元曜因为一身老鼠味要洗澡，离奴不肯给他烧水，两个人吵了起来。

蜗牛从柜台上的茶杯中露出头来，缓缓地道："元公子来茶杯中洗吧，俺已经泡了半个时辰了，十分舒服。"

元曜道："多谢蜗牛兄的好意，但小生不是蜗牛，无法在茶杯中洗澡。"

白姬拿出一小幅卷轴画，道："轩之去画中的温泉里洗吧，也可以省一些柴火钱。"

白姬打开一尺长的画卷，画中是白姬的龙女肖像，面貌栩栩如生。元曜仔细看去，发现龙女的发型和衣饰明显借鉴了观音菩萨。龙女身后有几株紫竹，一口美泉。

"这是什么？"元曜问道。

白姬笑道："这是我的画像，就是挂在《清夜图》的天宫中的那一幅。在把《清夜图》送给小郡王之前，我把它取出来了。轩之可以去画中，在泉水里沐浴。"

"小生真的可以去吗？"

"当然可以。轩之去准备好换洗的衣服，然后我送你去。"

"太好了。"元曜很高兴。

元曜准备好换洗的衣服之后，白姬让他站在画卷前。

"轩之，闭上眼睛。"

元曜闭上了眼睛。白姬的手拂过元曜的鼻端，他闻到了一股甜蜜的幽香，顿时陷入了恍恍惚惚的状态。

不一会儿，天上传来白姬的声音："轩之，睁开眼睛。"

元曜睁开眼睛，顿时吃了一惊——他发现自己到了画卷中，正站在冒着温热水汽的泉水边。

元曜脱光了衣服，跳进了泉水中，洗去老鼠留在他身上的味道。

元曜正洗得欢快，一名白衣女子向他走来。他大吃一惊，仔细一看，女子是画卷中的龙女。

元曜大窘，急忙下沉入水中。

龙女来到元曜身边，微微一笑，开始念经。

元曜疑惑。

天空中，突然传来白姬的声音。

"轩之，一边洗澡，一边听佛经，可以增加慧根。"

元曜生气，对着天空大吼道："小生没有慧根！也不想有！你叫她走开，小生没法洗澡了！"

天空中的声音道："画太小了，她没有地方可去，轩之勉强听一听吧。"

"你至少让她背过身去念啊！"元曜吼道。

"这个，可以。"天空中的声音道。

龙女转过身，双手合十，继续大声念佛经。她从《妙法莲华经》念到《药师经》，语速不急不缓，十分沉溺其中。

元曜知道这是白姬在画卷外捉弄他，心中很生气，但也没有办法，只好拉长了苦瓜脸，在念经声中继续洗澡。

缥缈阁中，已是夜晚，蜗牛从茶杯中爬出来，告辞离去了。

白姬、离奴坐在后院中赏月，龙女画卷被摊放在地上，画中的小书生在洗澡，龙女在念经。

白姬望着夜空，若有所思。

"主人，您在想什么？"离奴问道。

白姬笑了，道："我在想，今夜哪位幸运或不幸的人又被神隐了。"

一阵风吹来，龙女画卷被吹到了草地上，被荒草掩盖了。

番　外　冬之蝉

一

长安，仲夏。

火伞高张，木叶荫荫，走在街上，可以听见街边的大树上传来"知了——知了——"的蝉鸣声，喧闹而令人烦闷。

元曜被离奴使唤，顶着火辣辣的太阳去买西瓜，经过光德坊与西市之间的大街时，实在热得走不动了。

元曜站在一棵大槐树下乘凉，汗水浸透了他的衣裳。听着大树上传来的蝉鸣声，他感到更燥热了，口也很渴，嗓子似乎在冒烟。

"如果能喝一杯清凉的甘露就好了。"元曜随口把心中的期盼说了出来。

"嘻嘻——"

"哈哈——"

突然，元曜听见背后传来笑声。

元曜吃惊回头，看见树后一左一右冒出两颗头，然后闪出两名细眉细眼的绿衣少年。他们十六七岁，应该是孪生子，长得如同一个模子里刻出来的一般，穿的服饰也一模一样，唯一不同的是一个的玉簪从左往右插，一个的玉簪从右往左插。

"你们是谁？"元曜诧异地问道。

玉簪从左往右插的少年笑嘻嘻地道："我叫初空。"

玉簪从右往左插的少年笑嘻嘻地道："我叫寒空。"

寒空手中拿着一个树叶卷成的小杯子，杯子中盛着澄澈的液体。他把叶杯递给元曜，笑道："这是清凉的甘露，送给元公子解渴。"

元曜吃惊，道："你们怎么知道小生姓元？"

初空笑道："我们经常看见您和白姬经过这棵大槐树下，大家都知道您。"

原来，他们是白姬认识的人。

元曜松了一口气，接过叶杯，喝下甘露。

甘露清凉可口，透着一丝浅浅的甜味，非常解渴。

元曜喝下之后，只觉得心旷神怡，凉爽了许多。

他问少年们："这甘露是什么做的？真好喝。"

初空、寒空一起笑道："这是树液呀。"

元曜道谢之后，离开了大槐树，去集市中买西瓜。他回来时，又从这里经过，看见初空和寒空在树荫中拍手唱歌，十分欢乐。

元曜笑着和他们打了一声招呼，就回去了。

晚上，白姬、元曜、离奴在后院中乘凉时，元曜说起了白天遇见初空、寒空的事，问白姬他们是什么人。

白姬笑道："初空、寒空不是人，是非人。"

"哎？！"元曜挠头，好奇地道，"初空、寒空是什么非人？"

白姬笑着念了一首诗："垂缕饮清露，流响出疏桐。居高声自远，非是藉秋风。①"

元曜恍然大悟，笑道："原来，他们是蝉。"

"嘻嘻，轩之答对了。"白姬笑道。

从此，元曜每次经过那棵大槐树时，都会看见初空和寒空。他们不是在拍手唱歌，就是并肩坐在树荫下，痴痴地望着天空。他们每次都会和元曜打招呼，元曜也会和他们谈笑几句，才去集市。

有一次，突然变天下雨，元曜没有带伞，在雨中跑过大槐树时，被初空和寒空叫住："元公子，请等一等。"

元曜停住了脚步。

初空拿了一把绿色的伞递给元曜，道："元公子，淋雨会着凉的。"

元曜很感激，道谢之后，举着伞回去了。

到了缥缈阁之后，绿伞变成了槐树叶。

夏去秋来，落叶满城。元曜路过大槐树时，还能看见初空和寒空。不过，他们不像夏天那么快乐了，神色也憔悴了许多。他们很少再拍手唱歌，大多数时候都忧愁地望着苍茫的天空，望着飞舞的落叶。

有一天，元曜又经过大槐树，看见初空、寒空坐在树上，悲伤地望着

---

① 这首诗是虞世南的《蝉》。虞世南（558—638），字伯施，越州余姚（今浙江余姚）人，初唐的重臣，也是著名的书法家。

天空，寒空还在流眼泪。

元曜大吃一惊，急忙问他们这是怎么了。

初空、寒空跳下大树，拉元曜坐在地上，一个坐在元曜左边，一个坐在元曜右边。

初空道："元公子，您见过雪吗？"

"见过。"元曜道。

寒空道："雪是什么样子的？"

元曜想了想，道："很白，很细，像柳絮，像花朵。"

寒空悲伤地道："啊，那一定很美丽，可惜，我们看不见了。"

蝉是夏虫，活不到寒冬。

元曜一想，也很悲伤，安慰寒空。

"这两天就是霜降，很快就会立冬了，离下雪也不远了，说不定你们能看到长安的第一场雪。"

初空也道："寒空，我们已经努力地活到现在了，再熬几十天，就可以看见雪了。"

寒空悲伤流泪，道："我已经撑不下去了，我的翅膀已经在寒风中僵硬了，我的嘴也软化，无法吸取树液了。再降一场寒霜，我就会因为寒冷而死去。"

元曜叹了一口气，觉得有些悲伤，但又无可奈何，道："夏虫想看冬雪，这种事情有些违背自然。"

初空道："我们的生命确实将在深秋时结束，可是我们很想看一眼冬天的雪。"

寒空也道："无论如何，我们想看一眼冬天的雪。"

元曜有些好奇，问道："你们为什么执着地想看冬雪？"

初空、寒空对望一眼，说起了往事。

大树根下有两只蝉蛹，它们待在黑暗的泥土里，等待蜕变成蝉。四周十分安静，什么也看不到，但蝉蛹能听见大树旁的书斋里传来一个十分温和好听的声音。

一名书生在吟诵自己写的诗：

> 孤斋听寒声，泥炉煮清茗。
>
> 梅魂染鬓香，兰萼透骨莹。
>
> 玉箫音似水，琼花色如冰。

瑶台种白璧，天外不夜城。

这位书生似乎很喜欢雪，写了很多与雪有关的诗句。

第二年冬天，书生吟道：

一夜东风冷，推窗雪尚飘。
飞檐凝冰柱，远山浮琼瑶。
红梅胭脂色，霜下犹妖娆。
幽幽一脉香，伴君度寒宵。

第三年冬天，书生吟道：

草堂调素琴，一弦清一心。
挑灯待雪降，吹月饮寒冰。

初空和寒空睡在泥土中，年复一年地听着书生朗读雪的诗作，蝉蛹在无边的黑暗中、无边的寂静里，对雪产生了无限的遐思。

"初空，等我们长大了，就可以见到雪了吧？"

"等我们离开泥土，飞到大树上，就可以看见雪了。"

"我们还有多久长大？"

"不要急，很快我们就会长大了。"

第四年夏天，初空和寒空破蛹而出，飞出了泥土，来到了大树上。

大树边的书斋已经空了，喜欢吟冬雪诗的书生已经游学去了。

初空和寒空跟着同伴们飞到了长安城，停在了光德坊的大槐树上。初空和寒空一直在唱歌，希望雪花听见歌声之后会降落。两只蝉一直望着天空，希望雪花能够落下。夏虫活不到冬天，所以初空和寒空希望能够发生奇迹，在夏天和秋天看到雪。

可惜，世界上没有奇迹。

秋天到来时，初空和寒空的伙伴渐渐地都死去了。

夏虫努力地支撑着自己的生命，希望能够活到冬天，看见第一场冬雪。可是，随着霜降的到来，初空和寒空已经渐渐觉得体力不支，无法再违背自然地支撑下去了。

初空和寒空很悲伤，很不甘心，渴望看见冬雪是什么样子，是不是和书生吟诵的诗一样美丽。

二

听了初空、寒空的叙述，元曜早已眼泪汪汪。

"你们跟小生去缥缈阁，让白姬想一个办法，她一定有办法让你们看见冬雪。"

初空、寒空悲伤地道："如果是夏天，倒还可以，但现在我们已经没有力气走到缥缈阁了。一离开这棵大槐树，我们就会死去。"

元曜道："小生去把白姬叫来，你们等着。"

元曜离开大槐树，跑回缥缈阁。他流着眼泪对白姬述说了初空、寒空的愿望，请白姬满足初空、寒空看冬雪的心愿。

白姬道："俗话说，夏虫不可语冰，这个愿望有违天道。"

元曜道："虽然不符合自然，但这个愿望并没有伤害任何人，初空和寒空只是想看一看冬雪而已。白姬，你就替初空和寒空想一想办法吧。"

白姬沉吟了一会儿，道："现在已经是霜降时节，离第一场冬雪也不远了。好吧，我就稍微延长一下夏虫的寿命，替初空和寒空实现愿望。"

"太好了！"元曜高兴地道。

白姬拿了一个竹篮，装上朱砂与毛笔，和元曜去见初空、寒空。

白姬、元曜来到大槐树下，初空、寒空并肩坐在大树上，清瘦得如同两道剪影，青色的单衫随风飞舞。

初空笑道："是白姬！白姬来了！"

寒空笑道："太好了！白姬她真的来了！"

白姬笑道："我可以实现你们的愿望。但是，违背天道，你们必须付出代价。"

"什么代价？"初空和寒空问道。

白姬道："只有一物换一物，才能维持自然的平衡。我可以让你们的生命延长到第一场冬雪降落时，但你们必须用身体的一部分交换这段延长的寿命。你们愿意吗？"

初空、寒空互相对望，一起点了点头。

"我们愿意。"

初空道："反正，也离不开这棵大槐树了，我就用脚来交换吧。"

寒空道："反正，看冬雪只需要眼睛，我用声音来交换。"

白姬点头，从竹篮中取出毛笔和朱砂，用毛笔蘸上朱砂。她伸出左手，对树上的两个绿衣少年道："来吧。"

初空、寒空跳下大树，化作两只夏蝉，扇动着半透明的羽翼，飞到了白姬的掌心上。

白姬提起朱砂笔，依次在两只蝉的翅膀上画下了一个小小的符咒。

符咒画好之后，朱砂突然燃烧起来，两只蝉分别被一团火焰包围。不过，火焰并没有伤害两只蝉，而是将咒印烙进了蝉的生命里。

火焰熄灭之后，初空和寒空恢复了生命力，不再感到寒风刺骨，也不再觉得生命将尽。然而，作为换取一段生命的代价，初空失去了脚，无法再行走，寒空失去了声音，无法再歌唱。但是，初空和寒空还是很高兴，愿意为了看见冬雪而付出代价。

白姬将初空、寒空小心翼翼地放在树上，道："当长安下了第一场雪时，你们就将死去。"

初空唱起了歌，寒空挥了挥翅膀，表示明白了。

白姬、元曜离开了。

霜降之后，就是立冬，天气越来越冷了。

这一年的冬天，长安城中的某一棵大槐树上，依稀有蝉鸣。

元曜还是经常经过大槐树，初空依然在树上唱歌，和寒空一起在等待。两只蝉不仅在迎接第一场冬雪，也在迎接自己的死亡。

立冬之后，转眼又是小雪。长安城中更冷了，但还没有下雪的迹象。

有一天，元曜去西市买点心，经过大槐树时，看见三个孩子在树下玩耍。他们捉住了两只蝉，正在撕扯蝉的翅膀。

"好奇怪，冬天怎么会有蝉？"一个小男孩道。

"看，它们的翅膀上有红字。"一个小女孩道。

"撕掉它们的翅膀，看上面写了什么。"一个胖男孩道。

元曜大惊，急忙去驱赶天真而残忍的孩童。

"快把蝉放了！你们太调皮了！"

三个孩子见元曜风风火火地来撵，随手把蝉一扔，跑了。

元曜在地上寻找两只蝉，发现一只蝉失去了翅膀，奄奄一息地躺在地上。另一只蝉已经被慌乱逃走的孩童踩死了，死状十分悲惨。

元曜心中悲伤，小心翼翼地把受伤的蝉拾起来，捧在手上。

受伤的蝉道："元公子，寒空呢？"

死去的是寒空。

元曜一时之间不知道怎么回答，只流下了眼泪。

初空明白了什么，哽咽着道："寒空已经死了，是不是？"

元曜没有回答，只是流泪。

初空想要振翅飞起来，去往寒空身边，但翅膀被孩童扯掉了一半，无法飞起来。初空想要爬去寒空身边，但为了换取一段生命，初空早已失去了脚。

"元公子，请让我再见寒空一眼。"初空泣不成声。

元曜犹豫了一下，还是将初空放在了寒空破碎的尸体旁边。

一只受伤的蝉沉默地望着另一只死去的蝉，四周安静如死。

过了一会儿，元曜打破了沉默，道："初空老弟，把寒空老弟埋葬了吧。"

初空幻化成人形，瘫坐在地上，木然点头，道："埋在这棵大槐树下吧。"

元曜在树下挖了一个小土洞，将破碎的寒空埋进了洞中，盖上泥土，堆起了一座小坟。

初空对着寒空的坟墓"喃喃"道："都是我不好，都是我害了寒空。因为小雪已至，快要看到冬雪了，我太过高兴，太过兴奋，大声地唱歌，才引来了那些调皮的孩子。他们想捉我们。我失去了脚，没办法逃走，寒空是可以逃走的，但寒空没有独自逃走，拼命地想背着我一起逃，我们才会都被捉住了。都是我的错，明明很快就可以一起看到冬雪了啊——"

元曜劝道："事已至此，自责也无用，寒空老弟拼命地保护你，并不是想听见你自责。你要坚强起来，连同寒空老弟的那份一起活下去，用你的眼睛替寒空老弟看冬雪。"

初空擦去了眼泪，点头："没错。寒空不在了，我更要等到雪落，看一看我们梦寐以求的冬雪，然后再去地下见寒空，讲给寒空听雪是什么样子。"

元曜把初空送到了树上，安慰了初空几句，就离开了。

三天之后，气温骤降，长安下了今年的第一场冬雪。灰沉沉的天空中，六出冰花缓缓而落，美丽得如同梦境。

白姬、元曜坐在火炉旁，一边喝茶，一边听雪。

雪花落下的声音中，竟似乎有一声声蝉鸣。

元曜道："下雪了，初空老弟一定很高兴。"

白姬笑道："这应该是第一只看见冬雪的夏蝉吧。"

元曜也笑道："夏虫也可以语冰了。"

大雪下了两个时辰才停下，地上、屋檐上、大树上都积了一层浅浅薄薄的白色。

白姬笑道："轩之，出门走一走呀。"

"好。"元曜应道。

白姬、元曜披上连帽斗篷，出门散步。他们走着走着就来到了光德坊，走到了初空栖息的大槐树下。

大槐树也披着一层浅浅的白纱，银装素裹。树下，一只蝉僵死在雪地上，抱着指甲大小的一团雪，看上去很宁静、幸福。

看到了冬雪，初空也死去了。

元曜的心情并不悲伤，反而很宁静。

"终于看到冬雪了，初空老弟一定很开心。"

白姬笑道："初空抱着一团雪，大概是想带去给寒空看，寒空也一定会看见吧。"

"嗯。"元曜也笑了，他的眼角有泪水滑落。

元曜在寒空的坟墓旁边挖了一个洞，将初空的尸体埋了进去。这一对孪生兄弟又像当初还是蝉蛹时一样，一起躺在大树下沉眠了。

突然，天空又飘起了雪花，天地间渐渐变得一片素白。

"知了——知了——"飞雪之中，响起了冬天的蝉鸣，似真似幻。